Les Printemps de ce monde

Christian Signol

CE QUE VIVENT LES HOMMES

**

Les Printemps de ce monde

ÉDITIONS FRANCE LOISIRS

Edition du Club France Loisirs,
avec l'autorisation des Editions Albin Michel.

Editions France Loisirs,
123, boulevard de Grenelle, Paris
www.franceloisirs.com

ISBN broché : 2-7441-5562-4

ISBN relié : 2-7441-5524-1

A la mémoire d'Emilienne Viratelle.

« Dans deux cents, trois cents ans, la vie sur terre sera d'une beauté indescriptible. »

TCHEKHOV.

« Peut-être l'homme est-il en voie d'humanisation mais il n'est pas moins certain qu'il demeure, et par son corps et par le redoutable poids de ses instincts ancestraux, très solidement enraciné dans le pré-humain. »

Théodore MONOD.

Famille Barthélémy

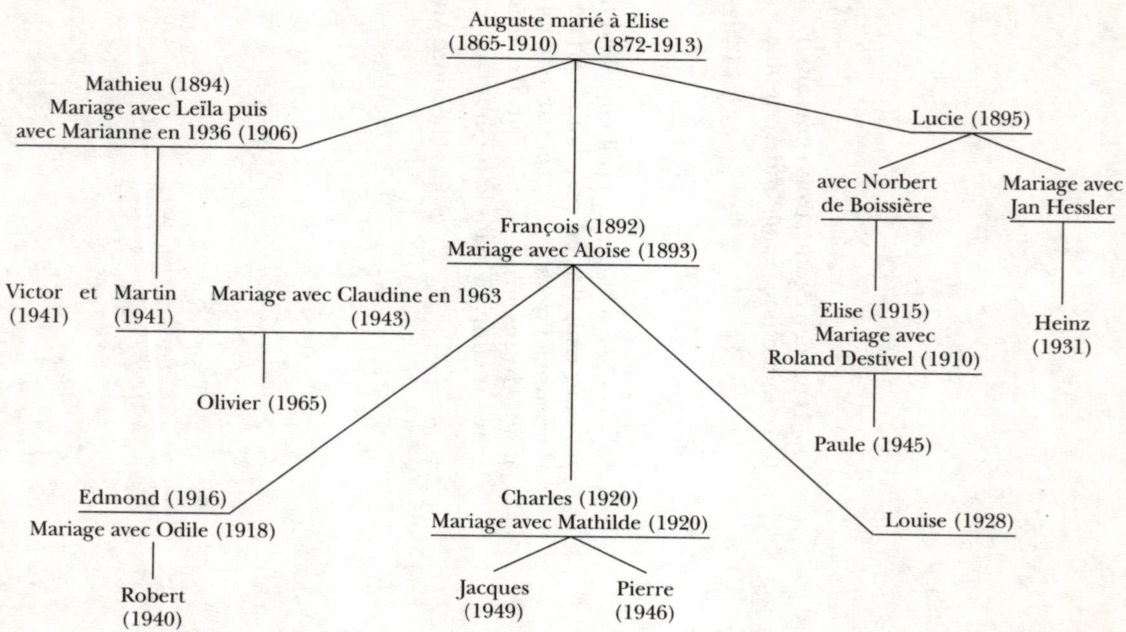

Des *Noëls blancs* aux *Printemps de ce monde*

FRANÇOIS, Mathieu et Lucie Barthélémy, qui, au début du XXe siècle, vivaient des Noëls blancs heureux malgré la pauvreté de leurs parents, ont connu des destins bien différents : François, revenu par miracle de la Grande Guerre, s'est marié avec Aloïse sur les terres du haut pays corrézien où ils ont eu trois enfants, Edmond, Charles et Louise.

Mathieu est parti en Algérie où il a acquis un domaine dans la Mitidja et épousé Marianne, une fille de colons. La naissance de leurs jumeaux ne l'empêche pas de penser avec nostalgie à sa terre natale.

Lucie, elle, est partie à Paris à dix-sept ans pour cacher la naissance d'Elise, l'enfant de Norbert de Boissière, le fils des châtelains chez lesquels elle travaillait. Elle y a épousé Jan, étudiant allemand qu'elle a suivi à Nuremberg où il est devenu un des rares opposants au régime nazi. Effrayée par les pogroms et les menaces qui pesaient sur eux, elle est rentrée en France avec leur fils, Heinz, tandis que Jan était emprisonné.

Quand s'achèvent *Les Noëls blancs,* trente-cinq années de leur existence se sont écoulées. Réunis pour cette veillée du 25 décembre, ils évoquent leurs souvenirs et le chemin parcouru depuis le 1er janvier 1900 où l'arrivée de « cherche-pain » dans leur maison les avait tellement bouleversés.

Les Printemps de ce monde s'ouvrent pendant l'été 39 alors que de sombres menaces se lèvent à nouveau sur l'Europe. François et Aloïse travaillent toujours leurs terres, aidés par leur fils aîné, tandis que Charles est devenu maître d'école, à leur grande fierté. Mathieu, toujours au loin, développe son domaine algérien et Lucie a retrouvé Jan sur les bords du lac Léman où il est professeur après avoir fui l'Allemagne.

Mais la guerre arrive, tout le monde le sait, et elle va de nouveau infléchir le cours de leur vie comme elle a infléchi la vie de milliers d'autres : tous ces Français qui ont traversé le XXe siècle en aimant, en souffrant, et en suivant l'évolution de la société qui a glissé inexorablement des campagnes vers les villes, jetant bas « le vieux monde », celui qui, aujourd'hui, achève de s'enfoncer dans les marécages du temps.

I

Les années rebelles

1

Ce matin de juillet semblait réverbérer la lumière du ciel comme un miroir immense. La rosée déposée par la nuit étincelait sur l'herbe des prés et les feuilles des arbres qui murmuraient leur complicité avec ce jour éclos dans sa beauté primitive. La chaleur de la veille s'était diluée dans la fraîcheur de l'aube. Une aube pure, comme le ciel désert vers lequel Aloïse Barthélémy ne pouvait pas lever les yeux : son aveuglant éclat laissait cascader la lumière à la manière d'un torrent, à gros bouillons d'argent, vers la terre encore endormie.

Dans la forêt, heureusement, l'éclat n'était pas le même. Son panier au bras, Aloïse ralentit pour profiter de la relative pénombre et respirer ces parfums lourds de feuilles, d'aiguilles et d'écorce qui, chaque fois, lui faisaient prendre conscience d'habiter un monde fait pour elle. Celui qu'elle n'avait jamais quitté. Celui où l'avait rejointe François il y avait… combien de temps de cela? Dix ans? Vingt ans? Elle réfléchit durant quelques secondes et soupira : vingt-six ans exactement. Pourtant, la guerre leur avait dérobé quatre ans de leur vie, un peu plus même, et avait failli les anéantir. François n'en était jamais guéri, elle pas davantage.

L'an passé, quand Hitler avait annexé l'Autriche puis les Sudètes, François était entré dans une rage folle, persuadé que la France et l'Allemagne, de nouveau, se dirigeaient droit vers la guerre. Depuis, il ne parlait plus ou à peine. Le succès de leur fils Charles au brevet supérieur de l'Ecole normale n'avait pu lui rendre son sourire. Le retour d'Edmond et son mariage avec Odile en 1937, l'aide qu'il lui prodiguait et la bonne entente qui régnait dans son foyer ne parvenaient pas à lui rendre la moindre sérénité. François ne décolérait pas. Il devenait violent dans ses gestes quotidiens, parfois à l'égard des bêtes. Aloïse s'en inquiétait. Elle ne le reconnaissait plus. Comme elle avait tenté de le rassurer, un soir, il avait répondu vivement :

— Nous avons un fils qui doit bientôt partir à l'armée et l'autre qui sera forcément rappelé. Si la guerre éclate, dans quelques mois, nous n'aurons peut-être plus de fils et tout ce que nous avons fait, tout ce que nous avons construit pendant notre vie n'aura servi à rien.

Il avait soupiré, ajouté :

— Je n'oublie pas non plus que ma sœur Lucie est mariée à un Allemand.

Ce soir-là, Aloïse avait su trouver les mots pour l'apaiser, mais, depuis, elle le sentait obsédé par cette idée d'une guerre inévitable. De fait, l'époque était bien étrange. En 1936, la crise économique avait conduit au pouvoir le Front populaire de Léon Blum. Depuis, tous les députés du département étaient radicaux, communistes ou socialistes. Ceux des campagnes, dans leur majorité, avaient rallié les candidats du Front populaire à cause de son plan précis de lutte contre la baisse des prix. Pour François Barthélémy, autant que ce plan de soutien, c'était le slogan « Le pain, la paix, la liberté » qui avait emporté son adhésion. Aloïse l'avait approuvé, convaincue qu'il fallait faire confiance à ce nouveau gouvernement qui paraissait si proche de leurs préoccupations quotidiennes. Pourtant, les accords Matignon qui avaient relevé les salaires de douze pour cent, instauré la semaine de quarante heures et les congés payés, avaient eu peu d'incidence sur les campagnes. En revanche, la création de l'Office du blé et l'octroi de primes pour les éleveurs les avaient rassurées. Les grèves, qui avaient presque paralysé le pays, n'avaient concerné que la ville et le monde ouvrier. Malgré tous ces événements, la situation économique ne s'était pas améliorée, provoquant la chute de Blum remplacé par Daladier. On entendait parler depuis quelque temps des revendications d'Hitler sur le corridor de Dantzig et des menaces de guerre avec la Pologne, mais tout était calme ici, dans le haut pays où les rumeurs du monde paraissaient bien lointaines, en cet été superbe.

Immobile dans la lisière à l'ombre fraîche des arbres, Aloïse regardait dans la direction du champ de seigle où elle apercevait les silhouettes de François et d'Edmond courbés sur les épis. D'argentée, la lumière devenait dorée, presque à vue d'œil. Entre les bois, les champs crépitaient maintenant dans la chaleur qui montait en même temps que le soleil perdu là-haut dans la gloire du jour. Aloïse était assise sur une souche de chêne et ne bougeait pas. Elle savourait intensément ce moment, cette parenthèse de repos dans sa vie.

Elle était demeurée fragile depuis cette sorte de folie dans laquelle la guerre l'avait précipitée à partir du moment où elle avait cru François mort. Elle y songeait souvent, redoutait d'être de nouveau submergée par cette vague de désespoir qui, cette fois, elle n'en doutait pas, la briserait définitivement. C'est pourquoi elle s'arrêtait, parfois, pour mesurer le bonheur des jours, même si François changeait, même si Charles revenait moins souvent à Puyloubiers, même si Louise, sa fille, semblait avoir hérité de la même fragilité qu'elle. Ces brèves haltes dans son existence lui faisaient soupeser la richesse de ces instants où le haut pays refermait sur les hommes et les femmes sa chape de lumière et de silence, à l'écart des tempêtes du monde.

Il y eut derrière elle un bruissement de branches agitées par un souffle de vent, qui la fit frissonner. On était à la mi-juillet, mais l'été ne déclinait pas encore. On le sentait installé pour de longs jours, sûr de sa force, bien décidé à ne pas capituler sous les orages qui ne manqueraient pas d'éclater. « 19 juillet 1939, songea Aloïse. J'aperçois François et Edmond dans le champ de seigle. Odile et Louise s'occupent du repas. Je suis bien. Je voudrais que les aiguilles du temps s'arrêtent pour toujours. Je voudrais voir François sourire. Je voudrais rester blottie dans cette ombre douce des arbres. Je voudrais ne jamais mourir, ne jamais être séparée de lui. » Elle sentit une larme sur sa joue, l'essuya vivement. Puis elle se leva, entra dans le soleil, et cria :

— François ! Je laisse la bouteille à l'ombre.

Elle montra les fougères derrière elle, mais il lui fit signe de l'attendre. Elle le regarda s'approcher dans la lumière blonde, observa ses bras nus, son visage étroit, son corps mince, ses yeux mi-clos qui souffraient de l'éclat du jour, et ce fut comme le matin où il était venu vers elle pour la première fois. Elle fit quelques pas dans sa direction, s'arrêta devant lui, ne sachant que dire. Il la prit par le bras, l'entraîna à l'ombre où il but avidement, son regard toujours posé sur elle.

Edmond s'approcha à son tour, fort, trapu, énergique comme il l'avait toujours été. Il s'assit, et but après s'être essuyé le front. Les yeux de François et d'Aloïse ne se quittaient pas. Ils ne pouvaient parler en présence d'Edmond mais tous deux comprenaient ce que leurs regards exprimaient. C'était une alliance entre eux mais aussi avec le monde : la forêt, les champs, les prés, une complicité d'au-delà des mots, comme s'ils ne faisaient qu'un, comme s'ils pouvaient lire en eux, se comprendre et savoir en un instant combien leurs vies étaient liées. François avait quarante-sept ans, et Aloïse quarante-six. Il était resté svelte, presque maigre, mais avait repris des forces depuis qu'Edmond était revenu pour l'aider. Aloïse, elle, s'était un peu arrondie, mais ses yeux étaient demeurés les mêmes, d'une gravité sombre, couleur de lavande, d'une profondeur toujours aussi mystérieuse.

Edmond repartit au travail sans un mot. François, qui ne s'était pas assis, s'était tourné maintenant vers le champ et semblait apaisé, heureux, sans doute, en cet instant, au spectacle des javelles blondes reposant sur le sol.

— Nous aurons fini ce soir, dit-il.

Il se tourna vers Aloïse, et ses yeux la reprirent dans leur lumière chaude. Elle attendit, pensant qu'il allait parler, mais il ne dit pas un mot. Dans un geste qui lui était familier, il passa son bras autour de ses épaules, la serra un instant, puis il s'en alla de son pas long et souple, sans se retourner. Immobile, Aloïse eut alors un vertige qui la fit chanceler. Cette silhouette qui ne se retournait pas venait de la faire songer à celle qui s'éloignait, pendant la guerre, après une permission, sans qu'elle sût si elle le reverrait. Elle s'appuya au tronc d'un chêne, puis, dès que le voile de ses yeux se dissipa, elle fit demi-tour et se hâta d'entrer de nouveau dans l'ombre de la forêt. Plus loin, elle suivit le chemin blanc de poussière, marcha rapidement vers le village dont les toits gris scintillaient sous le soleil.

Midi fut vite là. A peine Aloïse et Odile finissaient-elles de mettre le couvert que François et Edmond arrivèrent, affamés. Avant de s'installer à table, François alluma le poste de TSF, comme à son habitude, pour écouter les informations. Le speaker rendait compte de la déclaration du ministre français des Affaires étrangères, Georges Bonnet, qui souhaitait « que le gouvernement britannique proclame la détermination commune des deux gouvernements à remplir leurs obligations d'assistance vis-à-vis de la Pologne, quels que soient les moyens que l'Allemagne pourrait mettre en œuvre ».

François repoussa brusquement sa chaise, et, dans sa colère, il fit tomber son assiette qui se brisa. Il jura, sortit, claquant la porte derrière lui. Aloïse et Edmond se regardèrent, puis baissèrent les yeux.

— Mangeons, dit Aloïse.

Ils commencèrent mais suspendirent bientôt leurs gestes en entendant des coups sourds au-dehors. Aloïse se leva, sortit à son tour et se rendit dans la remise où François cassait du bois avec sa hache, la projetant sur le billot avec une violence inouïe. Elle s'arrêta devant lui, faillit être blessée par un éclat de bûche, s'écarta vivement. François laissa tomber sa hache, soupira.

— Tu te fais du mal, dit-elle.

— Ils ont tout oublié, fit-il. Ils vont recommencer.

Il se tut un instant, puis cria :

— Je suis sûr qu'ils vont recommencer !

— Ce n'est pas la peine de s'inquiéter avant l'heure, murmura-t-elle.

Comme il ne répondait pas, elle murmura :

— Malgré tout ce que nous avons vécu, nous sommes là, aujourd'hui, tous les deux, chez nous.

Le regard de François rencontra enfin celui de sa femme, comme si les mots qu'elle avait prononcés avaient enfin fait leur chemin en lui.

— Viens manger, dit-elle toujours avec la même douceur. Ce qui presse, c'est de finir de moissonner avant les orages.

— Va ! dit-il. J'arrive.

Elle comprit qu'il avait besoin de rester seul quelques instants pour se reprendre. Elle ajouta, juste avant de partir :

— Le seigle est beau. Nous en aurons suffisamment pour notre pain et nous pourrons peut-être même en vendre un peu.

Il hocha la tête, mais il ne trouva pas la force de sourire.

Depuis trois ans, Lucie avait eu le temps d'apprécier les promenades en barque sur le lac Léman, les filets de perche savourés sur des terrasses ombragées en buvant deux décis de ce vin blanc, délicieux, que l'on tirait des vignes étagées en paliers au-dessus du lac, et qui paraissaient monter jusqu'au ciel. Dès les premiers mois de son installation à Vevey, elle s'était sentie bien dans cette petite ville blottie entre la montagne et l'eau bleue au-delà de laquelle, les jours de grand soleil, on pouvait apercevoir les Alpes de Savoie, en France, tout près, lui semblait-elle – il aurait suffi de prendre l'un de ces bateaux blancs qui sillonnaient le lac, depuis Genève jusqu'à Montreux, depuis Pully ou Morges, jusqu'à Yvoire ou Thonon-les-Bains.

Avec Jan, ils en avaient pris un, au printemps dernier, pour se rendre à Genève, une ville aux larges avenues bordées d'immeubles superbes, sévère mais très belle, qui semblait ne vivre que pour le lac, tournée vers sa lumière magique. Ils avaient eu aussi le temps, en trois ans, de découvrir le proche voisinage de Vevey : le mont Pèlerin, tout près, à plus de mille mètres, Montreux et ses hôtels de luxe, les petits villages perchés au bord de la corniche en direction de Lausanne.

L'hiver précédent, Lucie avait retrouvé la neige de son enfance aux Diablerets, dans les Alpes vaudoises, et, une nouvelle fois, comme en regardant de l'autre côté du lac, elle s'était sentie proche de son pays. Heinz, son fils, grandissait sagement. A huit ans, il fréquentait l'école située dans la même rue que le collège privé où Jan enseignait le français.

Jan avait expliqué à Lucie que la Suisse était découpée en quatre zones linguistiques où l'on parlait le français, l'allemand, le romanche et l'italien. La Suisse alémanique était la plus importante. On parlait surtout le français dans les cantons de Vaud et de Genève, le romanche dans les Grisons, l'italien dans le Tessin. Lucie ne se sentait donc pas étrangère à Vevey, canton de Vaud, et elle avait vécu heureuse les années qui venaient de s'écouler depuis qu'elle avait retrouvé Jan, après son incarcération en Allemagne.

Depuis quelque temps, cependant, il paraissait inquiet. Elle n'avait pas réussi à le faire parler, mais elle devinait que le moment approchait où il se confierait. C'était sans doute pour cette raison qu'il lui avait proposé une promenade le long du lac, en ce dimanche de juillet. Ils avaient marché en observant les pêcheurs sur la corniche, tandis que Heinz jouait sur les galets, puis ils étaient remontés lentement vers la place du marché où ils s'étaient assis à une table à l'ombre pour se désaltérer. Lucie s'apprêtait encore une fois à demander à Jan ce qui n'allait pas, quand il se décida enfin à parler :

— Mon contrat est arrivé à échéance, dit-il, et il ne sera pas renouvelé. Le poste que j'occupe est brigué par un professeur plus diplômé que moi.

Lucie sentit son cœur se serrer, demanda :

— Alors, qu'allons-nous faire ?

Jan ne répondit pas tout de suite.

— On ne va quand même pas retourner en Allemagne ! s'exclama-t-elle.

Il ne répondit pas davantage.

— Le mieux est de revenir à Paris, reprit-elle.

— Avec ce qui se prépare ? Tu crois qu'ils vont confier un poste à un Allemand ?

— Si tu ne peux pas travailler, je travaillerai, moi.

— Et pendant ce temps je me cacherai pour ne pas être arrêté.

— En France, on ne met pas les gens en prison s'ils n'ont rien fait de grave.

— Non, mais en France on peut fusiller un ennemi en temps de guerre.

Il y eut un instant de silence que troubla la corne d'un bateau sur le lac. Lucie se tourna vers Jan, demanda doucement :

— Pourquoi parles-tu toujours de la guerre ?

— Parce qu'elle est là, tout près, inévitable. Hitler veut sa revanche, et il l'aura.

— Comment peux-tu en être sûr ?

— L'occupation de la Rhénanie ne lui a pas suffi. Il a annexé l'Autriche, puis les Sudètes, aujourd'hui c'est Dantzig, et bientôt, sans doute, la Pologne. Rien ne l'arrêtera. La France et l'Angleterre ne reculeront pas comme à Munich.

Ebranlée par les certitudes de Jan, Lucie soupira :

— Que va-t-on devenir ?

— On m'a proposé un autre poste à Zurich, en Suisse alémanique, dit Jan.

— C'est loin ?

— Pas très loin de la frontière allemande.

— Non, Jan, non, dit-elle, je ne veux pas retourner là-bas.

Il soupira :

— Mais c'est en Suisse, pas en Allemagne.

— Et on y parle allemand ?

— Oui.

— C'est loin de la frontière ?

— Une cinquantaine de kilomètres.

— Non, Jan, non. Je ne pourrai pas.

Un long silence s'installa. Il y avait quelques jours que Lucie redoutait d'apprendre une nouvelle de ce genre.

Elle avait toujours pensé que sa vie à Vevey n'était qu'une halte, qu'il faudrait de nouveau se rapprocher de ce pays qui lui faisait si peur, où elle avait failli, avec Jan, être emprisonnée. Elle s'y refusait de toutes ses forces, non seulement pour elle, non seulement pour Jan, mais pour leur fils Heinz, surtout, qui jouait là-bas sous un arbre, après avoir bu une limonade. Certes, il parlait le français et l'allemand, mais ce n'était pas cela qui le mettrait à l'abri des dangers.

— Sois raisonnable, dit Jan à mi-voix. En Suisse il ne peut rien nous arriver.

— Ils sont partout, tu le sais bien.

— Mais non, dit Jan, la Suisse est un pays neutre. Nous y sommes en sécurité.

Lucie releva la tête, murmura :

— J'ai besoin d'apercevoir les montagnes de mon pays.

Jan soupira. Il sentait qu'une fracture naissait entre eux, que ni l'un ni l'autre n'y pouvaient rien.

— J'ai encore huit jours avant de donner une réponse.

Il ajouta, conscient de devoir mettre du baume sur leurs blessures :

— Demain, nous traverserons, si tu veux. Nous passerons la journée à Thonon-les-Bains.

Comment lui dire que ce n'était pas seulement la France qui lui manquait, mais Paris, Puyloubiers, sa famille, et sa fille Elise, dont elle n'avait pas la moindre nouvelle mais à laquelle elle pensait toujours, en se demandant si elle la retrouverait un jour ?

— Merci, dit-elle.

Il n'y avait pas la moindre chaleur dans sa voix. Jan le sentit, reprit doucement :

— Enfin, tout cela, cette vie qui est la nôtre aujourd'hui, nous l'avons voulu tous les deux.

Lucie hocha la tête.

— Quand nous nous sommes mariés, reprit-il, nous avons décidé d'aller vivre en Allemagne, non ?

— Oui, répondit-elle, mais Hitler n'était pas au pouvoir.

Tout était dit. Ils le comprirent l'un et l'autre, ne parlèrent plus. La chaleur tombait un peu, maintenant, de même que l'éclat du jour. Le vent qui se levait apportait des odeurs marines, de jardins fleuris et de poissons frits. Il n'était pas encore l'heure de dîner et ni l'un ni l'autre n'avaient envie de rentrer. Ils savaient que la discussion risquait de reprendre, et ne le souhaitaient pas.

Jan paya, et, d'un même pas, sans se concerter, ils redescendirent vers le lac, prenant la direction de la petite corniche d'où l'on dominait de quelques mètres les eaux et où il faisait si bon regarder tomber le jour. Le bleu du ciel semblait se fondre dans le bleu des eaux. Sur leur gauche, le vert sombre des contreforts des Alpes répondait au vert plus clair des vignes en terrasses. En face, le soleil couchant faisait miroiter les sommets des montagnes.

Heinz marchait devant Jan et Lucie sur l'étroite route à flanc de colline. Ils ne se donnaient ni le bras ni la main, et Lucie songeait que ce mètre qui les séparait devenait infranchissable, ce soir, et le demeurerait peut-être demain. Elle s'en voulait car elle avait besoin de Jan autant que son fils Heinz, mais elle avait tellement eu peur en Allemagne, le jour où Jan avait été arrêté, qu'elle ne pouvait pas se faire à l'idée de se rapprocher de ce pays maudit.

Ils marchèrent un long moment, silencieux, puis ils s'assirent sur un talus pour regarder tomber la nuit. La sonorité de l'eau portait loin dans les collines. Ils entendaient parler des pêcheurs qui rentraient vers les maisons basses. Lucie observait Jan qui venait de descendre au bas du talus pour jouer avec Heinz. Il avait toujours cet air juvénile que lui donnaient son visage mince, ses cheveux blonds, ses yeux clairs, et pourtant quelque chose avait changé en lui. Elle le savait obsédé par ce qui se passait dans son pays, et parfois c'était comme si elle n'existait plus.

Bientôt, elle ne distingua plus ses traits dans l'ombre qui descendait très vite, maintenant, et il lui sembla qu'une partie de sa vie s'éteignait elle aussi. Elle en eut si cruellement conscience qu'elle sentit les larmes lui monter aux yeux. Elle effaça d'un geste brusque celle qui descendait sur sa joue droite, tandis que son fils et son mari remontaient vers elle en riant.

Un été de feu crépitait sur la Mitidja où Mathieu Barthélémy songeait aux vendanges prochaines. Il n'était plus seul dans sa maison blanche, au toit de tuiles romaines, depuis qu'il avait épousé Marianne Barthès en secondes noces, trois ans plus tôt. Cette présence lui était précieuse, non seulement parce que son bras unique l'empêchait de régler le moindre problème domestique, mais parce que Marianne était attentionnée, souriante, bien différente, en somme, de son père et de sa mère, qui s'étaient montrés envahissants, au début, au point que Mathieu avait dû y mettre bon ordre. Par le mariage de sa fille, le vieux Barthès avait cru pouvoir annexer le domaine voisin du sien, c'est-à-dire mettre le matériel en commun, mais aussi le bétail, et peut-être même les récoltes. Aujourd'hui, depuis une dernière discussion orageuse, au cours de laquelle Marianne s'était d'ailleurs rangée aux côtés de Mathieu, les Barthès ne venaient plus à Ab Daïa, et Mathieu s'en félicitait tous les jours; avec Hocine, et ses fellahs, il se débrouillait très bien seul.

Depuis quelques jours, pourtant, l'inquiétude montait dans la Mitidja : si le printemps pluvieux avait fertilisé les terres et rempli d'eau les canaux d'irrigation, la chaleur s'était abattue lourdement sur la plaine dès le début de juin et durait, depuis, sans la moindre miséricorde pour les hommes, les bêtes et les plantes. En rentrant, ce soir-là, dans l'odeur de sulfate de cuivre répandu sur les vignes, Mathieu s'inquiétait du vent qui venait de tourner au sud. Demain soufflerait le sirocco, il en était sûr, et avec lui reviendraient les risques de tout perdre. Depuis une semaine, on entendait parler des sauterelles, ce fléau apporté par le vent du désert, parfois, rarement, heureusement, mais que les colons redoutaient par-dessus tout.

— C'est mauvais, dit Hocine près de Mathieu, en rentrant dans la cour où la noria, désormais, n'était plus actionnée par un mulet squelettique, mais par une machine fonctionnant au charbon.

Mathieu, épuisé, couvert de sueur, ne répondit pas. Il n'avait qu'une hâte : boire, manger, échapper à la canicule. Il se lava les mains dans la cour, s'aspergea le front et la nuque, puis rentra dans sa maison où l'attendait sa femme. Tandis qu'elle réchauffait le repas, Mathieu observa d'un œil distrait la grande pièce dans laquelle il avait tenté de reconstituer la cuisine de Puyloubiers : une longue table en bois brut, deux bancs de bois, la lampe Pigeon, les murs blanchis à la chaux, le coffre à sel, le calendrier des Postes, une simplicité, une rusticité même, qui avaient beaucoup surpris les Barthès la première fois qu'ils y étaient entrés.

Marianne, elle, n'avait pas sourcillé. Elle s'était habituée à son nouvel univers comme elle s'était habituée à vivre avec Mathieu, avec naturel et avec cette placidité qui émanait d'un corps et d'un visage ronds, un peu lourds, où les yeux couleur de châtaigne cillaient rarement. Elle servit Mathieu, resta debout pour manger, de l'autre côté de la table.

— Assieds-toi, dit Mathieu, je t'ai déjà dit de ne pas rester debout devant moi.

Elle obéit à regret, lui sembla-t-il, car elle avait été habituée à servir les hommes et elle n'avait jamais songé à remettre en cause cette sorte de domination qu'ils exerçaient sur les femmes, en une époque où les colons avaient gardé les coutumes de leurs ancêtres paysans de France.

Ils mangèrent un moment en silence, puis Mathieu murmura :

— Je crains que le sirocco se mette à souffler dans la nuit.

— Oui, dit Marianne, c'est bien possible.

Mathieu avala une bouchée de pain, demanda :

— Tu as entendu parler des sauterelles ?

Marianne hocha la tête, ajouta :

— Loin, dans le Sud. C'est rare qu'elles arrivent ici.

— Oui, dit-il, mais il continua à penser à la menace dont tous les colons avaient si peur et il ne parla plus.

D'ailleurs il n'avait pas faim. Il voulait dormir. Du moins se reposer s'il ne trouvait pas le sommeil. Une fois dans sa chambre, il feuilleta *La Dépêche algérienne,* puis il réussit à s'assoupir jusqu'à ce que le vent le réveille. Alors il se leva, se pencha à la fenêtre et sentit l'haleine brûlante du sirocco passer sur ses tempes en sueur. Il ferma la fenêtre, se recoucha, garda les yeux ouverts jusqu'au matin, comme s'il pensait que le fait de veiller suffirait à protéger son domaine.

Le lendemain matin, le vent soufflait toujours, s'était même renforcé avec le jour. Mathieu partit comme à son habitude dans les vignes jusqu'à ce qu'un cri d'Hocine lui fasse lever la tête : au-dessus de l'Atlas, un immense nuage aux éclats de vitre commençait à basculer vers la plaine en virevoltant comme un gigantesque essaim de guêpes : les sauterelles. Le vol ressemblait à une tornade d'acier, dont le centre s'incurvait vers la terre, s'en approchait, remontait, repartait. Dans la Mitidja, on espérait que les terres à blé du plateau de l'Atlas les arrêteraient. Les sauterelles s'étaient approchées plusieurs fois. Mais on ne les avait jamais vues aussi près qu'aujourd'hui.

Mathieu entendit des coups de feu, dérisoires tentatives pour effrayer le vol qui, inexorablement, descendait vers les vignes et les orangeraies. Bientôt, il passa entre le soleil et la plaine et ce fut comme si la lumière du jour s'éteignait. Les fellahs étaient terrorisés. Seul Hocine, près de Mathieu, lançait des menaces dans la direction des insectes maudits. En pure perte, évidemment. Et tout à coup, Mathieu les entendit : un bruit affolant d'ailes froissées, de mandibules, de pattes crochues, un cliquetis énorme, effrayant, qui donnait envie de se réfugier sous terre ou de se mettre à courir. Pourtant, harangués par Hocine, les fellahs se redressèrent et, au moment où le vol s'abattit, ils commencèrent à se battre contre les insectes fous en brandissant leurs outils, décrivant avec leurs bras des moulinets aussi dangereux qu'inutiles, plus pour se protéger, d'ailleurs, que pour défendre une terre réduite à merci.

Mathieu fit de même, mais il sentit bientôt des sauterelles s'accrocher sur sa peau, sous sa chemise, ses pantalons, partout sur le corps. Les hommes, assaillis comme lui, durent battre en retraite, poursuivis par l'essaim fou qui avait fait décliner la lumière du jour.

— L'orangeraie ! cria-t-il.

Les hommes tentèrent là aussi de défendre les feuilles et les fruits, mais ils furent vite obligés de céder le terrain et gagnèrent la maison ou les gourbis pour se mettre à l'abri. Mathieu trouva Marianne en train de se battre avec un balai contre les insectes, qui, malgré les fenêtres fermées, étaient entrés dans la maison, on ne savait comment. Il y en avait partout, jusque dans les lits.

Ce fut une journée d'impuissance, de colère et de détresse. Quand il put sortir, le soir, Mathieu découvrit un spectacle de désolation. Plus de feuilles, plus de fruits, des arbres dévastés où seules demeuraient vivantes les plus grosses branches, et dans les vignes, c'était pis encore : même les ceps semblaient avoir été grignotés. Peut-être allaient-ils en mourir eux aussi. Il faudrait allumer des feux pour se débarrasser des insectes qui ne s'étaient pas envolés. Mathieu marchait sur un tapis de sauterelles écrasées, qui craquaient sous les pieds avec un bruit écœurant de cosse qui éclate. Bientôt la nuit tomba, illuminée par les foyers allumés par les colons, en un inutile réflexe de survie.

Le lendemain, le tableau semblait plus noir encore : les insectes survivants avaient envahi les étables et les greniers d'où on ne parvenait pas à les chasser, dévoré la moindre plante, anéanti la moindre trace de vie végétale. Un mot d'ordre courait dans la Mitidja : après avoir nettoyé, il faudrait labourer les terres le plus vite possible pour tenter de détruire les œufs pondus par les sauterelles.

C'est ce à quoi Mathieu s'acharna pendant huit jours, malgré son bras unique, poussé par une force qui provenait d'une nécessité de survie, il le savait bien. Car toute une année de revenus avait été anéantie en quelques heures. Peut-être même faudrait-il arracher et replanter des ceps. Il se demanda pour la première fois, en rentrant, ce soir-là, exténué, si ce pays qu'il aimait tant n'était pas en train de rejeter les hommes et les femmes qui, comme lui, n'y étaient pas nés.

Septembre était arrivé à Puyloubiers, feutrant les bois épais de ses ors et de ses pourpres dans un éclaboussement de couleurs. Haut dans le ciel d'un bleu profond paressaient des nuages de laine. La forêt frémissait doucement dans une aube très belle qui, cependant, n'adoucissait en rien le désespoir de Charles Barthélémy. La France avait déclaré la guerre à l'Allemagne depuis la veille, 3 septembre, et Edmond avait déjà été mobilisé. Lui, Charles, partait ce matin même pour la caserne Caffarelli de Toulouse. Son père, François, devait l'emmener à la gare de Merlines. Cette fois-ci, ce ne serait pas pour Tulle où il avait passé trois années exaltantes, à l'Ecole normale, sous l'autorité de maîtres remarquables, mais pour partir à la guerre. Charles était encore sous le choc en s'engageant, solitaire, sous les grands arbres de la forêt et en respirant le parfum de mousse et de fougères qu'il aimait tant. Son père, lui, semblait frappé de stupeur et n'avait pas trouvé la force de l'accompagner dans cet ultime pèlerinage au cœur de son univers familier.

Au terme de trois magnifiques années durant lesquelles Charles n'avait pas même senti le froid de l'hiver dans des dortoirs sans chauffage ni souffert de la médiocrité de la nourriture, comment eût-il pu renoncer à l'idée d'entrer un jour dans une salle de classe où l'attendraient des visages confiants ? Depuis trois ans, il n'avait vécu que dans cette espérance, dans cette passion du savoir à partager, et son succès du mois de juin au brevet supérieur l'avait comblé. Il serait maître d'école, c'était une certitude. Il lui restait seulement à accomplir le service militaire et à prendre patience pendant deux ans. Et voilà que la guerre avait éclaté, que l'espoir avait fait place à la peur de ne pouvoir exercer une passion à laquelle il s'était consacré totalement. La mort le guettait peut-être au détour du chemin.

Pendant qu'il marchait lentement entre les fougères lourdes de rosée, surgissaient en lui des souvenirs de discussions entre camarades, de retour à Puyloubiers une fois par mois, mais aussi d'une rencontre qui avait bouleversé sa vie, il y avait plus d'un an, lors d'un bal de fin d'année, avec Mathilde, une jeune fille blonde, grande et fine, qui avait le même âge que lui et qu'il avait retrouvée plusieurs fois à l'occasion des vacances scolaires, en juillet et en août, à Ussel d'où elle était originaire. Il lui avait fait ses adieux la veille, et l'émotion qu'elle n'avait pu lui cacher lui avait fait comprendre à quel point elle tenait à lui. Ils n'avaient pas parlé de mariage, mais l'un et l'autre savaient désormais que leurs destins étaient liés.

C'était à peine si, ce matin, il entendait respirer la forêt, et pourtant il ne se résignait pas à faire demi-tour. La guerre l'attendait. Il s'était longtemps refusé à cette idée, comme son père François, et cependant, depuis Munich, il avait fini par comprendre qu'elle était inévitable. Hitler était un fou. Après l'Autriche, après les Sudètes, il s'en était pris à Dantzig, à la Pologne, et bientôt ce serait le tour d'autres pays en Europe. Charles avait compris qu'il était de son devoir de faire face, malgré l'accablement qu'il ressentait d'avoir à renoncer à la vraie vie, au bonheur à portée de la main, à ces matins lumineux, ces parfums qui réveillaient chaque fois des souvenirs d'enfance, des jours enfuis, une somme de sensations qui lui étaient aussi nécessaires que l'air qu'il respirait.

Charles finit par s'arrêter, songeur. Allons ! Il fallait rentrer. Il arracha deux feuilles de bouleau, les froissa, les respira, puis il fit demi-tour, toujours aussi lentement, comme pour refuser ces instants qui l'attendaient dans la maison, refuge des dix-neuf années de sa vie. A l'instant où il entra, ils étaient tous là, et leurs regards se posèrent sur lui en même temps : son père, François, qui s'était voûté durant les derniers mois comme sous le poids d'un fardeau trop lourd à porter ; Aloïse, dont les lèvres pâlies étaient éclairées par un pauvre sourire ; Odile, la femme d'Edmond, petite brune aux yeux verts d'ordinaire si rieuse mais aujourd'hui sombre et muette ; Louise, enfin, qui paraissait aussi fragile que sa mère et dont les yeux très clairs étaient aussi étonnants, donnant l'impression qu'on pouvait lire à l'intérieur d'elle-même et deviner ses pensées.

Charles s'approcha de sa mère, l'embrassa sans un mot. Elle tenta de le retenir un instant contre elle, mais il se dégagea doucement.

— Je reviendrai vite, dit-il d'une voix qu'il s'efforça de rendre ferme, et qui, effectivement, ne trembla pas.

Ensuite il embrassa très vite Odile et Louise, puis il se saisit de son sac et sortit. Son père l'avait précédé dans la cour. Ils montèrent sur la charrette, et François fit claquer les rênes sur le dos du cheval qui obéit aussitôt. Charles ne se retourna pas. Il regardait loin devant lui la longue écharpe rose qui s'étirait entre les sapins et le bleu du ciel, dessinant une sorte de rivage où il aurait fait bon se réfugier. Il s'efforça de penser qu'il partait pour le collège ou pour l'Ecole normale, de retrouver cette impression qu'il éprouvait alors chaque fois, près de son père, de partager avec lui le meilleur de la vie. Ce matin, pourtant, François ne parlait pas, ne le regardait même pas. On eût dit que la déclaration de guerre l'avait anéanti. Lui, d'ordinaire si fort, était devenu fragile, méconnaissable.

Charles essaya d'évoquer leurs nombreux départs côte à côte, ce chemin qu'ils avaient parcouru tant de fois dans une émouvante complicité, mais son père se contenta de hocher la tête et ne dit mot. Il ne s'arrêta pas, comme il en avait l'habitude, pour donner à son fils ses ultimes recommandations et mesurer l'importance des moments qu'ils vivaient ensemble. Le soleil émergea au-dessus des forêts alors qu'ils arrivaient. Dans la cour de la gare, François descendit de la charrette pour attacher le cheval au tronc d'un tilleul, tandis que Charles se saisissait de son bagage.

Ils se retrouvèrent face à face, tout près l'un de l'autre, et Charles aperçut dans les yeux de son père une lumière humide qui le bouleversa. Il ne l'avait jamais vu ainsi, cet homme qui avait toujours été un roc indestructible, une force sur laquelle il faisait si bon s'appuyer, un être qui n'avait jamais renoncé, s'était toujours redressé même après les pires tempêtes. Il fit un pas pour s'en aller, mais quelque chose le retint : l'impression qu'il devait parler, lui, que c'était à son tour de venir en aide à son père.

— Il le faut, tu comprends, dit-il. Ce n'est pas comme en 14 aujourd'hui. Hitler est fou. Si on le laisse agir, de toute façon, un jour ou l'autre, ce sera notre tour.

François hocha de nouveau la tête mais ne répondit pas.

— Ne t'en fais pas. Je reviendrai, reprit Charles. Je te promets que je reviendrai.

Comme François ne répondait toujours pas, il répéta :

— Tu m'entends ? Je suis sûr que je reviendrai.

François parut s'éveiller d'un mauvais songe, passa sa main sur son visage dans un geste qui lui était familier lorsqu'il était bien fatigué.

— Prends garde à toi, petit, fit-il d'une voix hésitante.

Et il ajouta aussitôt, plus bas encore :

— Sans toi, tu sais, petit, je pourrais pas continuer. Non, je pourrais pas.

Charles se pencha vers lui, le prit aux épaules, le serra un bref instant puis il se détourna. Marchant le plus vite possible, il traversa la cour et entra dans la gare. Derrière les vitres, il regarda la charrette qui s'éloignait lentement et la silhouette courbée sur elle-même dont il se demanda, avec une crispation douloureuse, s'il ne la voyait pas pour la dernière fois.

2

CE 10 MARS 1941, il semblait à Lucie que le train n'arriverait jamais à Paris. On avait pourtant passé Orléans depuis longtemps, et les premiers immeubles de la capitale apparaissaient, noircis par les fumées des convois, sans qu'elle les vît vraiment. C'étaient surtout des images et des souvenirs qui défilaient devant ses yeux. Et d'abord des images de Zurich où, malgré ses réticences, malgré la déclaration de guerre de la France à l'Allemagne, elle avait finalement accompagné Jan à l'automne de l'année 1939.

Elle avait découvert une ville très belle, bâtie entre les versants boisés de l'Uetliberg et du Zurichberg, à l'endroit où la Limmat, sortant du lac, reçoit la Sihl, deux rivières aux eaux très claires encadrées par des quais couverts de bouquets d'arbres, de pelouses magnifiques et de jardins fleuris. Le lac avait rappelé à Lucie le Léman, mais il ne lui était jamais apparu aussi rassurant que lui. La France était loin, désormais, et l'on parlait allemand dans cette ville austère, qui évoquait douloureusement pour elle Nuremberg.

Dès le début de leur séjour, d'ailleurs, elle avait ressenti une menace que Jan lui-même n'avait pas niée : il existait un parti nazi dans la ville, comme il en existait à Londres, à Prague et même aux Etats-Unis, depuis que Hitler avait confié à Ernst Bohle, l'un de ses fidèles, la mission de développer le pangermanisme à l'étranger. Jan, très vite, s'était retrouvé directement menacé par les hommes de main de l'organisation, et c'est lui-même qui avait demandé à Lucie de rentrer en France pour ne pas se mettre en danger. Elle n'était donc restée que trois mois à Zurich, puis elle était partie avec Heinz pour Paris et, de là, pour Puyloubiers, chez François qui avait accepté de l'accueillir une nouvelle fois.

C'était donc à Puyloubiers qu'elle avait vécu la « drôle de guerre », là qu'étaient arrivées les lettres de plus en plus inquiètes de Jan, là, aussi, qu'elle avait appris l'invasion de la France en mai 1940, et, peu de temps après, par une lettre de sa mère, l'arrestation de Jan en Allemagne, tombé dans le piège tendu par l'organisation nazie. Ils lui avaient fait croire, par un faux télégramme, que son père était gravement malade, et il était entré clandestinement en Allemagne, où il avait été arrêté, chez ses parents, comme opposant au régime et espion de l'étranger. Il se trouvait à présent dans un camp de concentration, non plus en détention préventive, comme la première fois, mais sous le coup d'une condamnation pour haute trahison, et il risquait la peine de mort.

Lucie avait eu besoin de toute l'affection de François et d'Aloïse pour passer le cap. Eux-mêmes étaient très inquiets pour Edmond et pour Charles dont ils n'avaient aucune nouvelle depuis l'écroulement du pays. Fin juin, cependant, Charles était arrivé, épuisé, rejeté par la débâcle aux environs de Bordeaux d'où il avait, à pied, regagné Puyloubiers. D'Edmond, pas de nouvelles. Sa femme, Odile, en avait perdu le sommeil et se consumait d'inquiétude. Heureusement le fils, prénommé Robert, qu'elle avait mis au monde en avril 1940, l'aidait à supporter l'attente et la séparation d'avec son mari. Une lettre était enfin arrivée en juillet, leur apprenant qu'Edmond était prisonnier en Allemagne, dans un camp proche de Berlin.

Toute la famille s'était resserrée pour faire face, mais le silence régnait souvent à table, le soir, chacun demeurant perdu dans ses pensées. Heureusement, une fois remis, Charles, renonçant à demander un poste de maître d'école, avait décidé de rester à Puyloubiers pour aider ses parents. Ils en avaient bien besoin, surtout Aloïse, qui semblait dériver vers le dangereux abattement qui l'avait ébranlée pendant la dernière guerre. François, lui, paraissait avoir perdu la parole. Il travaillait, certes, et sa vaillance demeurait la même, mais il ne parlait plus : sans doute revivait-il ce qu'il avait enduré dans son camp de prisonniers pendant la Première Guerre et imaginait-il son fils aîné aux prises avec les mêmes privations, les mêmes souffrances.

Le temps avait passé, cependant, avec un Noël blanc, comme d'habitude, mais un Noël sans joie, sans festin et sans cette énorme souche de chêne qui, les années d'avant, illuminait la grande pièce où ils étaient tous réunis, après la messe de minuit, pour éprouver ensemble un bonheur qui venait de l'enfance et leur avait longtemps paru indestructible. Que n'auraient-ils pas donné pour chanter le *Minuit chrétien* et revivre ces heures chaudes et privilégiées qui n'étaient pas liées dans leur souvenir à la moindre menace, au moindre péril ! Mais ce temps paraissait loin, désormais, disparu définitivement comme avaient disparu certains des témoins heureux des anciennes nuits de Noël.

Au printemps suivant, alors que Lucie espérait une lettre de Jan ou de sa mère, le facteur avait apporté une enveloppe couverte d'une écriture inconnue. Redoutant d'apprendre la mort de Jan, Lucie était allée la lire dans la chambre, mais, dès qu'elle eut lu les premiers mots, elle avait compris que ce jour serait le premier jour de bonheur depuis bien longtemps. C'était une lettre d'Elise, sa fille, qu'elle croyait avoir perdue définitivement, et qui se manifestait pour la première fois, avec des mots que Lucie, incrédule, avait dû relire à plusieurs reprises pour se convaincre qu'elle ne rêvait pas.

Elise lui expliquait qu'elle avait reçu la visite d'une femme qu'elle n'avait jamais vue auparavant, et qui se prénommait Madeleine. Celle-ci lui avait confié qu'elle était très malade et qu'elle allait mourir. Puis elle avait aussitôt enchaîné, comme si le temps lui était compté :

— J'ai bien réfléchi avant de venir vous trouver. Il m'a semblé que c'était nécessaire avant de disparaître. Je ne veux pas emporter cette vérité avec moi. Voilà : j'étais cuisinière dans la même maison que votre mère, chez les Douvrandelle... Il faut que vous sachiez une chose : Mme de Boissière et Mme Douvrandelle avaient exigé de votre mère qu'elle vous abandonne à la naissance, mais votre mère s'y est toujours refusée. Elle s'est battue, au contraire, pour vous garder. Vous vous souvenez peut-être que vous avez été placée dans une ferme à côté d'Orléans : c'était chez mes parents. Ce n'est qu'après la disparition de ses deux enfants que Mme de Boissière a décidé de vous adopter. Et pour cela, elle a accusé votre mère de tous les maux, alors qu'elle se débattait dans les pires difficultés pour vous élever. Elle n'a jamais été coupable, votre mère, au contraire : sans elle, vous n'auriez plus aucune famille aujourd'hui.

Elise avait été convaincue aussi bien par le ton que par les circonstances de ces révélations : cette femme n'avait aucun intérêt à mentir à l'heure de disparaître. D'ailleurs elle ne demandait rien. Elle se libérait des secrets qu'elle portait, c'était tout.

Cette rencontre avait bouleversé la vie d'Elise qui s'était promis de renouer le contact le plus tôt possible. Elle avait facilement retrouvé la trace de sa mère à Puyloubiers. D'où sa lettre, dans laquelle elle proposait à Lucie de la revoir aussitôt qu'elle le souhaiterait. « Je ne sais pas si tu pourras un jour me pardonner tout le mal que je t'ai fait, concluait-elle, mais quant à moi, mon seul souci, désormais, est de rattraper au plus vite ces années que nous avons, par ma faute, vécu séparées. »

Pendant deux jours, Lucie n'avait cessé de relire cette lettre qu'elle avait si longtemps espérée. Elle l'avait montrée à François et à Aloïse qui l'avaient incitée à accepter ces retrouvailles. Elle avait écrit, donc, à l'adresse indiquée, avenue de Suffren, et, à l'issue d'un échange de courrier, elles étaient convenues d'un rendez-vous à l'entrée du Champ-de-Mars. C'est Lucie qui avait proposé cet endroit, souhaitant ainsi conjurer la blessure subie le jour où sa fille s'était enfuie en l'apercevant, avec un regard horrifié, dix ans auparavant.

Il allait être deux heures de l'après-midi, dans ce train qui ralentissait maintenant en entrant dans la gare d'Austerlitz. Lucie était heureuse, et, pour la première fois depuis longtemps, Paris ne lui apparaissait plus hostile. Quelqu'un, au cœur de cette grande ville qui l'avait tant éblouie, l'attendait.

Lors des vacances de Pâques, Charles avait présenté Mathilde à ses parents, qui l'avaient accueillie comme il l'espérait, c'est-à-dire comme si elle avait toujours fait partie de leur famille. Celle-ci occupait un poste de maîtresse d'école à Marcillac depuis deux ans, tandis que Charles, lui, n'avait pas encore enseigné : en octobre 39, il était à l'armée, et, en octobre 40, il n'avait pas demandé de poste, afin d'aider son père en l'absence d'Edmond. C'était même devenu entre eux un sujet de conflit qu'Aloïse avait de plus en plus de mal à tempérer.

— Tu en as assez fait pour nous, répétait François. Il est temps que tu penses un peu à toi. Odile nous aide en l'absence de son mari. Quant à moi, je n'ai que quarante-neuf ans. Je peux tenir le temps qu'Edmond revienne.

— Je ne veux plus te voir t'épuiser comme tu l'as toujours fait, répondait Charles.

— La rentrée n'est qu'en octobre, reprenait François. Les gros travaux seront terminés à ce moment-là. Je n'aurai plus besoin de toi.

Charles hésitait encore, en cette fin du mois d'avril, et cependant, à Puyloubiers, on ne souffrait pas de la guerre, ni des privations qui commençaient à apparaître dans les villes. Ici, on avait toujours vécu en économie fermée, et l'on se trouvait dans la zone libre, à l'écart des orages du monde. L'an passé, si François et Aloïse avaient accueilli l'armistice avec soulagement, espérant voir revenir très vite leurs deux fils de la guerre, ils avaient aussi entendu, le soir du 18 juin, la voix d'un certain de Gaulle, qui appelait à la résistance contre l'occupant. Depuis, ils n'en entendaient plus parler et se contentaient de faire confiance au maréchal Pétain pour sortir le pays du gouffre dans lequel il avait sombré.

Cependant, bien que l'on n'eût jamais vu le moindre uniforme allemand sur ces hautes terres, la présence étrangère sur le territoire était aussi insupportable à Charles qu'à François. Ils écoutaient à la TSF les informations toujours très favorables au gouvernement de Vichy, approuvaient les slogans de la Révolution nationale lancée par Pétain qui faisait du retour à la terre une des priorités pour reconstruire le pays sur des bases saines. Au contraire, l'atmosphère des villes où se rendait parfois Charles lui paraissait bien étrange. Ce qui l'inquiétait le plus, c'était de devoir partir pour ces Chantiers de jeunesse qui étaient censés mettre en œuvre le réarmement moral de la population. Heureusement, il avait plus de vingt ans et sa présence à Puyloubiers, en l'absence d'Edmond, devait pouvoir être considérée comme indispensable par les autorités.

Malgré son désir d'entrer enfin dans une école pour exercer la passion de sa vie, Charles hésitait encore. Un jour, en début d'après-midi, Odile étant allée faire des courses à Saint-Vincent, Louise étant au collège à Ussel et François occupé dans l'étable, il se retrouva seul avec sa mère dans la cuisine. Elle avait beaucoup changé, Aloïse, depuis qu'Edmond était prisonnier. Charles n'ignorait pas ce qui s'était passé lors de la dernière guerre, comment elle avait failli perdre la raison. Tous, dans la maison, se souciaient beaucoup d'elle, l'entouraient, la ménageaient, mais souvent elle « s'absentait » et demeurait immobile, avec, dans le regard, une lueur inquiétante qui rappelait de mauvais souvenirs.

Cet après-midi-là, si Charles se trouvait près d'elle, c'était précisément parce qu'il avait été convenu de ne jamais la laisser seule. C'était d'ailleurs aussi pour cette raison que Charles hésitait à partir : elle lui faisait peur, parfois, quand elle semblait quitter ce monde pour un autre connu d'elle seule. La solution était de lui parler, de ne pas la laisser s'enfuir trop loin, de maintenir tendu un lien entre elle et les vivants.

— Qu'est-ce que tu en penses, toi ? demanda Charles en s'approchant de sa mère.

Aloïse tourna vers lui ses beaux yeux sombres.

— De quoi ?

— De la rentrée d'octobre.

Aloïse n'hésita pas une seconde et répondit :

— Il faut que tu la fasses, mon petit. Tu en as tellement rêvé. Tu l'as tellement voulu, tout ça.

— Et toi, ici ?

— Quoi, moi ?

— Je ne veux pas te laisser seule.

— Mais je ne suis pas seule.

— Et tu ne cesses de penser à Edmond.

— Bien sûr que j'y pense. Comment faire autrement ?

Charles la prit par les épaules.

— Il reviendra, dit-il.

Aloïse hocha la tête et eut un sourire un peu triste. Puis, comme Charles continuait de la dévisager avec une ombre d'inquiétude dans le regard, elle murmura :

— Je crois que je me sentirais mieux si je te savais heureux.

— Où serais-je plus heureux qu'ici, avec vous ?

— Dans une école.

Il laissa retomber ses bras, demanda :

— Tu en es sûre ?

— Tout à fait sûre.

Cette conversation l'aida à prendre sa décision, le dimanche suivant, à Marcillac, de même que la remarque de Mathilde qui lui dit alors qu'ils évoquaient l'avenir :

— Si nous nous marions l'an prochain, et que nous demandons un poste double, il faudra pour l'obtenir que tu aies enseigné au moins une année. Sinon, ce ne sera pas possible.

Dès le lendemain matin, il prit le train pour Tulle où il signa sa demande de poste pour la rentrée de l'automne.

Lucie sortit du métro à l'angle de l'avenue de Suffren et de l'avenue de La Motte-Picquet puis elle s'engagea dans l'allée de gauche du Champ-de-Mars et elle s'assit sur le fameux banc d'où sa fille s'était enfuie en l'apercevant, il y avait dix ans. Elle attendit en essayant de se remémorer les termes de la lettre d'Elise et en se demandant si elle n'avait pas rêvé.

Elle avait tellement espéré ce moment, tellement souffert du regard effrayé de sa fille, tellement cherché à comprendre pourquoi Elise l'avait rejetée, qu'elle n'imaginait toujours pas, malgré son imminence, une rencontre possible.

Pourtant elle reconnut Elise dès qu'elle apparut à l'entrée, un peu avant quatre heures, dans une robe bleue, un serre-tête doré dans ses cheveux noirs. Sa démarche était identifiable à quelque chose de volontaire, à ses épaules penchées vers l'avant, une sorte de force, d'assurance, qu'elle tenait sans doute de son père. Lucie leva un bras pour lui faire signe, mais Elise l'avait aperçue. Elle marcha vers sa mère de plus en plus lentement, s'arrêta à deux pas, submergée par une émotion qui la paralysait maintenant, l'empêchait de combler l'ultime et faible distance qui les séparait encore. Lucie, de son côté, n'osait esquisser le moindre geste, comme si le passé pesait encore sur elle, et comme si sa fille n'avait jamais écrit ces mots qui lui avaient fait tant de bien. Ce fut Elise qui trouva la force de faire les pas qu'il fallait. Elle s'y décida brusquement, comme pour échapper au regard souffrant de sa mère, l'embrassa puis la serra longuement dans ses bras, et s'écarta, enfin, bouleversée. « Comme elle ressemble à son père », songea Lucie. Ses cheveux rejetés en arrière dominaient en effet son front haut, à la peau mate, si semblable à celui de Norbert de Boissière. Lucie ferma les yeux un instant, crut le revoir devant elle, chancela.

— Allons nous asseoir, fit-elle en prenant le bras de sa fille.

Elise se laissa aller contre elle, et Lucie retrouva d'un coup, délicieusement, magnifiquement, ce contact qui lui avait été refusé pendant tant d'années. Elles s'assirent côte à côte, sur le premier banc libre, n'osant parler. Des pigeons vinrent tout près, puis des moineaux peu farouches.

— C'est sans doute à moi de commencer, murmura Elise. Je ne sais si tu me comprendras, mais je voudrais que tu saches que, malgré tout ce qui s'est passé, tu n'es jamais sortie de ma mémoire.

Elle soupira, hésita encore un peu, reprit :

— Ils m'ont dressée contre toi, au point de me rendre aveugle. Surtout ma grand-mère, qui est morte il y a deux ans. Elle prétendait que tu me confiais à des femmes de mauvaise vie, que tu me laissais sans soins et que tu me battais. Je n'en avais aucun souvenir, sinon celui d'une gardienne sale, très sale, qui ne me donnait jamais à manger.

— Oui, je sais, souffla Lucie. C'était rue du Faubourg-Poissonnière. Je ne pouvais pas faire autrement.

— Elle me disait également que tu vivais avec un Allemand, un ennemi de la France, et que tu m'emmènerais là-bas, que je ne la verrais plus jamais... Elle répétait que les de Boissière étaient riches, et toi misérable, elle me couvrait de cadeaux, satisfaisait tous mes caprices... Une enfant ne peut pas résister à cela, n'est-ce pas ?

Elise s'arrêta, incapable de poursuivre. Lucie, brisée par l'émotion, fit « non » de la tête. Elle se sentait soulagée, soudain, comme si sa fille lui apparaissait victime et non pas coupable de ce qui s'était passé. Tout ce qu'elle avait enduré, toute sa souffrance des années écoulées n'avait pas été vaine. Aussi, en écoutant Elise expliquer la vie qui avait été la sienne jusqu'à la mort de Mme de Boissière, là, sur ce banc, Lucie se sentit en paix avec elle-même et il lui sembla que le monde s'éclairait autour d'elle. Quand Elise eut raconté son mariage avec Roland Destivel, la vie qu'ils menaient, heureux, tous les deux, Lucie murmura :

— Je sais, je vous ai vus, un jour, sur l'avenue de Suffren, et j'ai compris que tu n'avais plus besoin de moi.

— A l'époque, peut-être, murmura Elise, mais aujourd'hui si, j'ai besoin de toi.

Elle se pencha vers Lucie, implora :

— Crois-moi, je t'en prie. Nous avons tellement de temps devant nous et tant de choses à partager désormais.

Lucie aperçut dans les yeux mouillés de sa fille un éclat qui la convainquit de sa sincérité. D'ailleurs, elle était prête à croire n'importe quoi pour ne plus la perdre, savourer le bonheur de cette présence, le contact de ce bras contre elle, tout ce qu'elle retrouvait soudain, des premiers jours, des premiers mois qui avaient suivi la naissance de sa fille.

— Ma patronne d'alors et Mme de Boissière ont tout fait pour que je t'abandonne à la naissance, expliqua Lucie. Je m'y suis toujours refusée. C'est à leur insu que je t'ai placée chez une nourrice tout près de la rue de Tournon où je travaillais.

— Je sais, souffla Elise. Madeleine me l'a appris.

Elle se serra contre sa mère, ajouta :

— C'est le moment de tout me dire, tu ne crois pas ?

Lucie n'attendait que cela. Elle parla de Norbert de Boissière, de leur rencontre au château, puis de son départ à la guerre et du jour où elle l'avait revu défiguré. Elle parla également de son combat, pour la garder, elle, Elise, contre Mme Douvrandelle et Mme de Boissière coalisées, elle parla de Jan, de la vie en Allemagne, de leur fils Heinz, de la Suisse, de la guerre, de sa peur quotidienne de recevoir des nouvelles. Quand elle s'arrêta enfin, Elise tremblait contre elle.

Il y eut alors un long moment de silence, puis Elise dit doucement :

— Nous allons rentrer, maman. Tu vas pouvoir te reposer. Partout où je vivrai, maintenant, ce sera chez toi.

— Chez les de Boissière, ce ne sera jamais chez moi, observa Lucie.

— Ce n'est plus chez les de Boissière, chez moi, c'est chez M. et Mme Destivel.

Elle se leva, tendit la main.

— Viens, maman, dit-elle.

Des rayons de soleil traversèrent les branches nues des grands arbres, éclairant brusquement le parc de la lumière blonde du printemps.

Un nouvel été était tombé sur la Mitidja accablée de soleil. Mais ce n'était pas un été ordinaire pour Mathieu Barthélémy : il avait effectué cette année ses premières moissons de blé sur des terres ameublies deux ans auparavant, ce qui en faisait aujourd'hui l'un des plus gros propriétaires de la Mitidja. Elles venaient de Marianne, dont le père était mort d'une congestion cérébrale, et qui avait reçu sa part d'héritage. Mathieu avait profité de l'aubaine pour se diversifier car, depuis l'invasion des sauterelles, il craignait une nouvelle attaque des insectes sur son orangeraie, le mildiou ou un orage de grêle sur ses vignes. Il avait donc décidé de cultiver du blé sur les quinze hectares apportés par sa femme, qui, par ailleurs, allait lui donner un enfant en ce mois d'août 1941. Mathieu espérait bien que ce serait un fils, ce fils dont il avait toujours rêvé et qui reprendrait un jour le domaine dont il avait si patiemment assemblé les parcelles.

Depuis une semaine déjà, la Mitidja fumait de la poussière et de la paille des battages, dans le bourdonnement des machines à vapeur, les cris des hommes, le sifflement des courroies, sous le soleil implacable de journées interminables. Ce matin, c'était le tour d'Ab Daïa. La machine était arrivée la veille, s'était installée entre la maison et l'orangeraie, à proximité des meules de blé que les hommes avaient transportées sur des charrettes depuis les champs qui, maintenant, étaient couleur de cuivre.

Il y avait foule dans la ferme : non seulement les fellahs qui avaient l'habitude d'y travailler, mais aussi quelques-uns des propriétaires voisins, et une douzaine de Kabyles, qui accompagnaient la machine depuis le début des battages. Certains alimentaient la gueule grande ouverte du monstre, d'autres emportaient à l'écart les sacs de grains, d'autres encore montaient les meules de la paille débarrassée de ses grains, les plus habiles veillaient enfin sur la machine, ses courroies, ses engrenages dont l'huile chaude répandait une odeur forte, écœurante, qui se mêlait à celle de la paille et des grains.

Mathieu surveillait tout cela, allait de l'un à l'autre, tâchait de prévenir les conflits entre des hommes si nombreux, excités par le bruit, la chaleur, la fatigue. A midi, la machine émit un sifflement de locomotive à l'entrée d'un tunnel, et s'arrêta après de longs halètements, des soubresauts, des hoquets inquiétants. Les fellahs s'en furent manger à l'ombre les galettes que leurs femmes avaient apportées depuis les gourbis, tandis que les Kabyles s'installaient à l'écart, sous la surveillance d'Hocine, pour manger les salades cuisinées à la ferme.

Mathieu et Marianne avaient embauché pour l'occasion un cuisinier arabe qui devait nourrir, outre les Kabyles, les fellahs des propriétés voisines venus aider. Les derniers jours de la grossesse de Marianne, en effet, se révélaient très difficiles, et elle ne pouvait pas s'occuper de la cuisine. Elle se déplaçait à peine, souffrait beaucoup de la chaleur. Sa belle-sœur, Simone, l'aidait de son mieux, de même que Raïssa, une jeune Kabyle qui avait remplacé Nedjma depuis qu'elle avait refusé de remettre les pieds dans la maison, après la mort de sa fille Leïla, comme si le malheur y était définitivement installé.

Mathieu prit son repas en leur compagnie, de même qu'avec Roger, le frère de Marianne qui avait succédé à son père, mais qui était beaucoup plus accommodant que lui. Roger n'avait pas fait de difficultés pour donner sa part à sa sœur au moment du décès du vieux Barthès, et il travaillait en parfaite harmonie avec Mathieu, sans jamais manifester la moindre velléité d'annexion. Au contraire, il avait lui aussi pris ses distances avec Colonna et Gonzalès, qui vivaient de plus en plus isolés dans la Mitidja en raison de leur appétit de puissance. Roger et Simone Barthès étaient souvent invités à Ab Daïa, où les femmes parlaient de l'heureux événement à venir, les hommes des problèmes agricoles mais aussi et surtout de la guerre en Europe.

En mai et juin 1940, Mathieu n'avait pas réussi à comprendre ce qui s'était passé. Comment un pays aussi puissant que la France, qu'il avait défendu, lui, avec son sang et en y perdant un bras, avait-il pu s'écrouler si vite, dans une défaite honteuse ? Il avait écrit à François à plusieurs reprises pour connaître son sentiment, mais les lettres de son frère ne l'avaient pas éclairé vraiment. Non, la débâcle demeurait pour lui incompréhensible et il se félicitait du fait que le maréchal Pétain se trouvait désormais à la tête du pays. Seul un militaire pouvait rendre son honneur à la France et à ceux qui avaient su la défendre, entre 1914 et 1918, alors que tant d'autres, récemment, l'avaient trahie.

La Dépêche algérienne était pleine d'articles et de photographies favorables aux dirigeants de Vichy, ce qui rassurait Mathieu. Ce n'était pas tout à fait l'avis de Roger Barthès, qui était beaucoup plus jeune que lui, mais il prenait garde de ne pas s'opposer sur ce point à Mathieu, à qui son bras perdu à la guerre conférait une autorité incontestable. Roger se consacrait plutôt aux problèmes relatifs aux cultures, car il avait fait quelques études à Alger avant son service militaire et il était porté à expérimenter chez lui tout ce qui était nouveau dans le domaine des engrais ou des produits de traitement. Ainsi s'était établi entre les deux hommes un équilibre qui les satisfaisait, d'autant que leurs femmes, elles aussi, s'entendaient bien.

Ce fut à la fin du repas, ce jour-là, que Marianne ressentit les premières douleurs. Mathieu s'en fut chercher aussitôt la sage-femme de Chebli et revint vers quatre heures, au plus fort de la chaleur. Entre-temps, après une courte sieste, Roger Barthès avait fait relancer la machine, et les hommes, qui se démenaient dans une chaleur étouffante, venaient régulièrement boire dans des seaux l'eau du puits, sans parvenir à se désaltérer. Le ciel au-dessus d'Ab Daïa paraissait blanc. On ne distinguait même plus l'Atlas voisin dans la brume de chaleur qui dansait au-dessus de la plaine, saturée de poussière et de parfums épais au milieu desquels dominait celui de la paille et des grains.

Après avoir aidé son épouse à se coucher, Mathieu l'avait laissée aux bons soins de la sage-femme et de sa belle-sœur, puis il était redescendu sur l'aire, préoccupé, se demandant si le vacarme et la canicule n'allaient pas rendre l'accouchement de Marianne plus difficile. Il l'oublia, toutefois, pendant les minutes qui suivirent, car les hommes ne travaillaient pas aussi efficacement qu'au matin. Ils parlaient beaucoup, se querellaient, et certains avaient tendance à se cacher au lieu de prendre leur tour, au moment où ils auraient dû saisir le sac de grain ou la botte de paille pour les enlever. Ils étaient épuisés, en fait, et ils se succédaient devant le puits en se bousculant, malgré les cris d'Hocine qui n'en était plus maître.

Mathieu remonta plusieurs fois à l'étage prendre des nouvelles. Sa belle-sœur lui dit que ce serait long, de ne pas s'inquiéter. Il s'efforça alors de ne penser qu'au battage, y parvint jusqu'au moment où, malgré le grondement de la machine, il entendit nettement des cris. Il remonta à l'étage, frappa à la porte derrière laquelle sa belle-sœur apparut pour lui dire :

— C'est un siège. Elle souffre beaucoup.

Les cris de Marianne le chassèrent définitivement sur l'aire où il demeura jusqu'au soir, de plus en plus inquiet, jetant de temps en temps un regard vers la porte de la ferme, espérant voir surgir Simone, mais en vain.

La nuit approchait et la machine ne s'arrêtait toujours pas. Enfin, elle avala les dernières gerbes et le sifflet de la locomotive résonna dans l'air épais, provoquant les jappements des chacals dans le lointain. Mathieu s'en fut se rafraîchir en compagnie de Roger qui paraissait maintenant aussi inquiet que lui. Ils dînèrent en bas, servis par Raïssa, s'étonnant de ne plus rien entendre, ni dehors ni dans la chambre, et redoutant le pire. Près des gourbis, le chant plaintif des fellahs monta dans la nuit.

— Ça s'est mal passé, murmura Mathieu. Il est arrivé un malheur.

Il n'y tint plus, monta à l'étage, se heurta à Simone qui accourait.

— Il faut aller chercher le médecin, dit-elle. Elle a perdu beaucoup de sang. Tu n'as pas un fils, mais deux.

— Deux ? fit-il, incrédule.

— Oui, deux garçons. Deux jumeaux très beaux, mais qui l'ont beaucoup fatiguée. On a bien cru qu'elle n'y arriverait jamais.

Mathieu voulut les voir tout de suite, mais il songea au médecin et redescendit prévenir Roger pour qu'il aille le chercher à Boufarik. Après quoi il remonta, vint se pencher sur sa femme qui semblait avoir perdu connaissance mais qui ouvrit les yeux au moment où il lui parla. Puis il s'approcha du petit lit où la sage-femme avait déposé deux petits corps bien vivants, tête-bêche.

— Deux petits, dit Mathieu. Elle m'a donné deux fils.

Et, s'adressant à Simone :

— Tu te rends compte ? Deux garçons.

— A quel prix ! soupira Simone. Elle aura du mal à s'en remettre.

— Je l'aiderai, dit-il, bouleversé. Foi de Mathieu ! Il faudrait beau voir qu'elle ne puisse pas compter sur moi.

Puis il redescendit, et, tout seul, poursuivi par les chants des fellahs, il s'en alla vers ses vignes, levant de temps en temps vers les étoiles des yeux dont le voile humide l'étonnait. Il pleurait à l'idée que le bon Dieu, auquel il croyait épisodiquement, venait de lui accorder deux garçons pour compenser le bras qu'il avait perdu à la guerre.

Charles avait reçu son affectation en août : il avait été nommé instituteur à Spontour, un village situé sur les rives de la Dordogne, à une cinquantaine de kilomètres de Puyloubiers, pas trop loin, non plus, de Mathilde. Il n'eut aucun mal à se réveiller, ce 1er octobre 1941, car il n'avait pas dormi de la nuit : il avait repassé dans sa tête tous les événements, tous les efforts qui l'avaient enfin conduit à ce matin qui naissait derrière la fenêtre mi-close : un matin qui serait l'un des plus beaux de sa vie, il n'en doutait pas. Il était arrivé la veille vers midi, avait déjeuné à l'auberge qui se trouvait sur le port d'où, jadis, partaient des bateaux chargés de bois pour le Bordelais : une batellerie que l'arrivée du chemin de fer avait ruinée en quelques années.

Spontour était un village de quelques maisons groupées autour de son église au clocher fin et gris. Il semblait ne vivre que pour et par la Dordogne encore sauvage mais plus pour longtemps. Quelques kilomètres en amont, un village entier, Aynes, était sorti de terre pour la construction du barrage de l'Aigle dont les travaux avaient commencé un peu avant la guerre. C'est ce qu'avait expliqué le maire à Charles, lors de la visite traditionnelle qu'il lui avait rendue au début de l'après-midi.

— Vous aurez même quelques enfants de réfugiés qui ne parlent pas le français, avait-il ajouté. Des Polonais, des Espagnols surtout. La compagnie est allée les chercher à Argelès, et ils ne logent pas tous à Aynes. D'ailleurs, là-bas, à cause des enfants des ouvriers, l'école est pleine.

La difficulté n'était pas faite pour effrayer Charles qui s'y était préparé. Ensuite, le maire lui avait montré le matériel dont il pourrait disposer : des crayons à ardoise, des crayons noirs, des plumes, des porte-plumes, des cahiers et des livres qui n'étaient pas en très bon état.

— C'est tout ce que nous possédons, avait conclu le maire. Faites pour le mieux.

— C'est bien mon intention, avait répondu Charles qui s'était un peu étonné de ce qui pouvait apparaître comme du désintérêt mais qui n'était qu'un manque de moyens évident, dans ce haut pays à l'écart de tout, et où son prédécesseur, un grand blessé de la guerre de 14-18, avait laissé les choses aller à vau-l'eau.

Il y avait un poêle à bois au fond de l'unique salle de classe où trois rangées de bancs et de pupitres inclinés laissaient deux allées libres pour circuler. Un bureau très rustique monté sur une légère estrade trônait à la gauche d'un tableau noir qui, par on ne savait quel miracle, avait été repeint à neuf. Au mur opposé aux fenêtres qui donnaient sur une cour avec préau, une carte de géographie montrait l'Empire français dans le monde, et l'autre le relief de la France avec ses montagnes et ses rivières. Sur une étagère, derrière le poêle, étaient posés trois paquets de bûchettes de couleurs différentes, un boulier et deux boîtes de craies.

Dans l'appartement situé au-dessus de la salle de classe où le maire avait pour finir conduit Charles, il n'y avait aucune commodité : ni W-C ni salle de bains. Les waters, qui se trouvaient dans la cour, étaient aussi ceux des élèves. Pour sa toilette, Charles devrait utiliser l'eau du puits. Un poêle à bois servait à chauffer les trois pièces, dont une chambre, une salle de séjour et une cuisine au plafond décrépi qui laissait supposer la présence de fuites dans le toit.

— Ça ira, avait dit Charles au maire qui avait écarté les mains en signe d'impuissance. Je me débrouillerai.

Il ne s'était pas attendu à plus de confort et il avait bien connu ces conditions d'existence à l'Ecole normale ou même à Puyloubiers où l'on ne possédait pas encore l'eau courante. Et puis, pour lui, l'essentiel était ailleurs : dans la salle de classe dont, jusqu'au soir, il avait lessivé le parquet de châtaignier, épousseté les pupitres et le bureau, et où il avait compté les cahiers et les livres, préparé ses leçons du lendemain. Après quoi, de sa belle écriture aux majuscules soigneusement formées, il avait écrit la date du lendemain en haut du tableau : mercredi 1er octobre 1941.

Le soir, il n'était pas revenu dîner à l'auberge et s'était contenté du pain et du fromage qu'il avait apportés. Ensuite, il avait recollé les pages des livres défectueux, s'était efforcé de les remettre en état jusqu'à une heure avancée de la nuit, sachant qu'il ne dormirait pas. Il aurait voulu que son père fût là, le lendemain, à l'instant où il entrerait dans la salle de classe pour la première fois. Il aurait voulu pouvoir expliquer à quelqu'un, cette nuit, à quel point il était heureux de réaliser le rêve de sa vie : Mathilde, sans doute, qui, elle, aurait compris et aurait partagé ces heures précieuses à l'orée d'une existence choisie, atteinte après de nombreuses d'années d'efforts. Mais il était seul, et il imaginait l'arrivée des enfants dans la cour, se demandait s'ils seraient plus nombreux que prévu, s'il pourrait les accueillir tous.

Il se leva, vint à la fenêtre, distingua les reflets de la rivière loin, là-bas, mais pas encore les arbres des rives. Le jour tardait à naître, en cette saison, dans cette vallée étroite coincée entre les collines couvertes de forêts. Il fit sa toilette avec l'eau du seau qu'il avait tirée au puits la veille, déjeuna de café et de pain, s'habilla, revêtit la longue blouse grise qu'il avait achetée à Bort, huit jours avant la rentrée, puis il descendit dans la salle de classe et s'installa au bureau pour préparer la journée. Il ne faisait pas trop froid, encore, mais Charles savait que dès la fin du mois, peut-être même avant, il faudrait allumer le poêle où se grouperaient les élèves en arrivant, comme il l'avait fait, lui, il y avait bien longtemps. L'image de l'école de Saint-Vincent flotta un instant devant ses yeux, il revit son maître d'alors, puis M. Boussinot dont il avait appris par une lettre de sa femme qu'il était décédé : tous ceux qui l'avaient accompagné, aidé, pendant ce long chemin.

Le jour s'était levé, l'heure approchait. Charles jeta un rapide coup d'œil par la fenêtre, mais il n'aperçut personne. Il marcha lentement dans les allées entre les tables, redressa les deux cartes murales, vérifia qu'il aurait bien à portée de la main deux craies blanches et une craie rouge, puis il s'assit de nouveau pour relire la dictée qu'il avait choisie pour les plus grands : un court texte de Maurice Genevoix où il était question de la Loire et qui lui permettrait, donc, d'enchaîner sur la leçon de géographie.

A l'instant où il releva la tête, il aperçut deux enfants qui discutaient sous le préau, et son cœur se mit à battre plus vite. Il y avait un grand et un petit, et ils paraissaient se connaître, car ils étaient en grande conversation. Le temps de les examiner à travers la fenêtre et trois autres apparaissaient à la grille de l'entrée, puis d'autres encore, filles et garçons, vêtus de sarraus qui se voulaient propres mais qui, trop souvent ravaudés, ayant servi pour des frères ou des sœurs plus âgés, trahissaient une pauvreté émouvante, à quelques rares exceptions près. Des jeux semblaient s'organiser, entraînant les plus petits dans des joutes où ils risquaient de se blesser.

Charles sortit dans la cour. Les jeux s'arrêtèrent brusquement et tous les visages se tournèrent vers lui. Il avait imaginé très souvent cet instant, et cependant il sentit quelque chose de chaud et de précieux remuer dans son cœur. Il se détourna, revint vers le mur, agita la cloche. Aussitôt, les enfants, suivant l'exemple des grands, vinrent s'aligner en deux colonnes devant la porte d'entrée. Sans que Charles eût à prononcer le moindre mot, le silence se fit.

— Entrez ! dit-il.

L'instant d'après, il les avait tous face à lui, ces visages confiants, inquiets, rebelles, désemparés, farouches, soumis, pleins d'espoir ou de résignation. Lui se tenait debout devant le tableau, les bras croisés, s'efforçant de reconnaître rapidement celui qui avait besoin d'aide, l'enfant qui, peut-être, ne parlait pas français.

— Je m'appelle Charles Barthélémy, dit-il d'une voix qui ne trembla pas. Je suis né à une trentaine de kilomètres d'ici, de parents paysans, et, comme vous, je suis allé à l'école de mon village.

Il se tut un instant, reprit :

— Je suis sûr que nous nous entendrons très bien. Je vous apprendrai à lire, à écrire et à compter. Mais aussi bien autre chose j'espère : l'histoire de notre pays, sa géographie, les sciences naturelles, la morale et tout simplement la propreté.

Il lui sembla que les visages se détendaient un peu. Il alla s'asseoir, puis il demanda aux élèves de se lever l'un après l'autre, de lui donner leur nom et leur âge, ce qui lui permettrait de les classer dans les rangées, alors qu'ils s'étaient assis au hasard de leurs connaissances ou de leurs affinités.

Le premier se leva et lança d'une voix qui trembla un peu :

— Pierre Sermadiras.

— Né le ?

— 9 août 1931 à Spontour.

— Bien, dit Charles, tu peux te rasseoir.

Ses galoches raclèrent sur le plancher. Son voisin se leva, puis d'autres, dont la voix, ferme ou fragile, trahissait la personnalité, jusqu'à ce qu'arrive le tour d'un blondinet dont les yeux couraient, affolés, depuis Charles jusqu'à la fenêtre, comme s'il voulait s'enfuir. Charles se leva, s'approcha du petit blond qui était assis seul, en bout de rangée, contre le mur du fond. L'enfant paraissait vraiment terrorisé, comme s'il s'attendait à être battu, ce dont il avait peut-être l'habitude. Charles tendit la main en disant doucement :

— N'aie pas peur, mon petit.

Sa main se posa sur l'épaule de l'enfant qui tressaillit.

— N'aie pas peur, répéta Charles.

Puis, plus bas encore :

— Ton nom ? Ton prénom ?

Pas de réponse.

— Polonais ?

— Oui, dit la voix.

— Bien, fit Charles, tu me diras ton nom plus tard.

— Andrej, dit l'enfant.

— André, oui, fit Charles, et après ?

— Gregorzyck.

— Merci, dit Charles et il passa rapidement sa main dans les cheveux du petit qui sourit.

Il pensa qu'il s'agissait sans doute d'un enfant de Juifs polonais qui avaient fui les Allemands et trouvé du travail au chantier du barrage. L'appel continua, qui révéla la présence de deux Espagnols plus faciles à comprendre – leur langue étant proche du patois limousin – que le petit Polonais. Charles fit ranger ses élèves par année de naissance, distribua les cahiers, les livres, les ardoises et les crayons à ardoise. Il essaya ensuite d'évaluer les connaissances des uns et des autres en donnant à résoudre un problème aux moyens, puis il fit faire une dictée aux plus grands, tandis que les plus petits dessinaient une feuille de marronnier. Il se rendit compte alors qu'il avait laissé passer l'heure de la récréation, et que les plus grands manifestaient un peu d'impatience en se déhanchant sur leur siège et en cognant leurs galoches sur le plancher. Il les libéra pour une quinzaine de minutes. Le petit Polonais fut le dernier à sortir. Charles le retint au moment où il allait franchir la porte.

— Andrej, dit-il.

La tête blonde se tourna vers lui avec appréhension.

— Il ne faut pas avoir peur, dit Charles. Personne ici ne te fera de mal. Tu comprends ?

Le petit fit « oui » de la tête.

— Je t'aiderai, dit Charles. Si quelque chose ne va pas, il ne faut pas hésiter à venir me le dire.

Le petit ne répondit pas mais sourit. Et ce sourire-là, c'était celui que Charles attendait depuis des années. Il ne s'effaça pas de toute cette journée qui passa comme dans un rêve. Il ne pensa à Mathilde, à son père et à sa mère que le soir, une fois chez lui, après avoir renvoyé ses élèves. Ce fut le premier et le seul regret de cette magnifique journée : ne pas pouvoir leur faire partager ce qu'il avait vécu, cette richesse qu'il sentait accumulée en lui, autour de lui, dans le dénuement d'un logement dont il n'apercevait même plus les murs décrépis, le plafond souillé, les rares meubles branlants, la vétusté de la table en bois brut, rugueuse, zébrée de hachures, sur laquelle il s'était installé pour corriger ses cahiers.

3

Au printemps de 1942, Lucie avait reçu une lettre de Jan à Puyloubiers, dans laquelle il lui écrivait que, pour échapper à une condamnation à mort, il avait dû s'enrôler dans la Wehrmacht et se trouvait engagé dans l'opération Barberousse qui avait été lancée par l'Allemagne à l'assaut de l'URSS. Depuis, c'est en vain qu'elle avait guetté le facteur chaque matin, dans le petit appartement de l'avenue de Suffren qui se trouvait sur le même palier que celui d'Elise. Elle pouvait désormais payer un loyer puisqu'elle travaillait dans l'un des magasins qui appartenaient à sa fille, et dont, en quelques mois, après avoir fait ses preuves, elle était devenue la responsable. Ce travail lui plaisait beaucoup. Elle avait toujours eu le goût des toilettes, des beaux habits, des étoffes rares, et cela depuis son séjour au château de Boissière, il y avait si longtemps.

Heinz allait à l'école dans le quartier, grandissait sagement, et tout aurait été parfait si elle avait pu être rassurée au sujet de Jan qui lui paraissait chaque jour plus lointain. Etait-il toujours vivant, alors que la guerre ravageait l'Europe et que les combats devenaient de plus en plus violents, surtout en URSS où les Allemands, après avoir atteint les alentours de Moscou, avaient été bloqués sur un immense front par l'hiver, avant de reculer, en ce printemps 1943, sous les assauts de l'Armée rouge ?

Lucie, le soir, écoutait la TSF et lisait les journaux sous l'œil hostile de Roland, son gendre, qu'elle n'aimait pas. C'était un homme de grande prestance, toujours bien mis, le plus souvent dans un costume à carreaux, cravate à pois, pochette soigneusement assortie, qui affichait haut et fort ses idées : il était membre du Parti populaire français de Jacques Doriot, dans lequel il voyait un futur ministre de Vichy. Fort de ses appuis, il achetait des fonds de commerce dans lesquels il comptait ouvrir de nouveaux magasins, dès que les circonstances seraient plus favorables. Pour l'heure, celui des vêtements ne marchant pas fort, il s'était lancé dans le trafic de denrées alimentaires que, grâce à ses laissez-passer, il faisait acheter dans les campagnes de banlieue et revendait au prix fort à Paris. On ne manquait de rien, donc, avenue de Suffren où Lucie, cependant, malgré Elise, se sentait de plus en plus mal à l'aise. Au cours de leurs conversations, en effet, Lucie n'avait pas caché à Elise et à son mari que Jan s'était toujours opposé aux nazis, et que, s'il faisait la guerre à leurs côtés, c'était parce qu'il avait été contraint et forcé. Roland s'en étant indigné, l'échange qui avait suivi cette révélation avait été violent.

La déchirure, inévitable, se produisit le jour où une lettre, postée de Suisse, arriva, destinée à Madame Hessler. C'était Jan, qui avait trouvé ce moyen de donner de ses nouvelles : il avait été gravement blessé devant Stalingrad, et il se soignait chez ses parents après un long séjour à l'hôpital de Francfort, en espérant qu'Hitler serait vaincu avant que lui, Jan, fût en état de reprendre le combat. Soulagée, Lucie surgit souriante dans l'appartement de sa fille et lut imprudemment la lettre de Jan. Roland, qui était présent, entra dans une colère folle. Il n'était plus question d'abriter sous son toit la femme d'un soldat allemand qui ne souhaitait que la chute du Reich. Il ne pouvait pas accepter plus longtemps cet état de choses : c'était faire injure à ses convictions et à son engagement.

Dès le lendemain, encore sous le choc, Lucie trouva avec l'aide d'Elise un appartement rue de Paradis, dans le dixième arrondissement, pas très loin du magasin où elle travaillait, 46, rue du Faubourg-Saint-Martin. Elle n'en voulait pas à sa fille. Au contraire, elle lui était reconnaissante de lui avoir permis de trouver un toit et du travail, et de l'avoir beaucoup aidée, au début, en l'accueillant dans son propre appartement avec Heinz.

A quelque temps de là, cependant, un soir, à la fermeture, Elise vint la trouver au magasin, porteuse d'une autre mauvaise nouvelle.

— Roland ne veut plus que tu travailles ici, dit Elise, sincèrement malheureuse.

Et, comme Lucie, désemparée, avait pâli :

— Ne t'inquiète pas. Je te donnerai quand même de l'argent, tu ne manqueras de rien.

Lucie fit « non » de la tête, murmura :

— Je ne peux pas accepter d'être payée à ne rien faire.

Elle soupira, ajouta :

— Je ne peux pas, tu comprends ?

— Je te le dois, insista Elise. Tu sais bien que j'ai beaucoup plus d'argent qu'il ne m'en faut et que j'ai besoin de racheter toutes ces années que nous avons perdues par ma faute.

— Pas comme ça, ma fille, murmura Lucie. Je crois que je vais repartir à Puyloubiers. Là-bas, nous ne risquons rien.

Elise saisit sa mère par le bras, supplia :

— Non, je t'en prie, reste à Paris.

Elle ajouta, avec une sincérité qui toucha Lucie :

— J'ai besoin de toi. Je ne peux plus vivre sans toi, après toutes ces années. Est-ce que nous ne nous entendons pas toutes les deux ?

— Si, dit Lucie, mais tu vois bien que ma présence ici pose trop de problèmes. D'ailleurs, si je suis loin, tu pourras mieux le mettre en garde sur ses agissements. Tu sais, je crois qu'un jour tout ça finira mal.

Elle avait en effet à plusieurs reprises surpris des conversations entre Roland et de mystérieux interlocuteurs qui ne lui plaisaient pas du tout. Elle n'en avait rien dit à Elise, mais elle était persuadée que son gendre participait à la spoliation des commerçants juifs qui disparaissaient après avoir été arrêtés.

— Mais non, répondit Elise. Roland sait ce qu'il fait. Et tout va bien entre lui et moi, je te le jure.

— Justement. Il ne faut pas que cela change à cause de moi.

Elise eut une moue de tristesse, murmura :

— Réfléchis encore. Rien ne presse.

— C'est promis, dit Lucie, je vais réfléchir.

Dès le lendemain, cependant, elle écrivit à François pour lui demander une nouvelle fois de l'accueillir à Puyloubiers. Et ce fut avec soulagement qu'une semaine plus tard elle reçut une lettre de son frère qui, comme il l'avait toujours fait, se déclarait prêt à l'accueillir.

Elle partit, soulagée, après avoir promis à Elise de lui donner régulièrement de ses nouvelles et de revenir vivre à Paris, près d'elle, dès que ce serait de nouveau possible. A Puyloubiers, elle retrouva sa chambre, ses habitudes, et fut satisfaite d'avoir pris une telle décision : l'aide qu'elle apportait à François et à Aloïse leur était précieuse en l'absence de leurs deux fils.

A douze ans, Heinz retrouva l'école de Saint-Vincent sans aucune difficulté : il avait l'habitude de changer souvent de domicile et ne s'en formalisait pas. Son seul souci était son père, et il posait beaucoup de questions à son sujet. Lucie tâchait de lui dissimuler son inquiétude, mais elle y parvenait mal. Elle se doutait que, une fois guéri, Jan devrait repartir à la guerre, sauf s'il réussissait à sortir d'Allemagne pour passer en Suisse où il devait encore avoir des amis puisqu'il y faisait poster des lettres.

Elle n'avait pas tort de s'inquiéter. Au mois de mai, alors que la forêt aux alentours de Puyloubiers retrouvait ses couleurs, une nouvelle lettre arriva d'Allemagne, expédiée par la mère de Jan. Ce que Lucie redoutait était arrivé : contraint de repartir au combat aussitôt guéri, Jan était mort sur le front de l'Est, devant Novgorod, déchiqueté par un obus de mortier. On n'avait pu rassembler ses restes et il n'avait même pas de sépulture. Il n'existait plus nulle part.

En lisant les dernières lignes, Lucie venait de s'évanouir. François et Aloïse la portèrent dans sa chambre et restèrent près d'elle jusqu'à ce qu'elle reprenne connaissance. Ses premières pensées furent pour son fils.

— Mon Dieu, fit-elle, comment vais-je le lui annoncer ?

— Je peux m'en charger, moi, proposa François.

— Merci, dit-elle, mais je crois qu'il vaut mieux que ce soit moi qui le fasse.

Elle soupira, ajouta :

— En tout cas, j'essaierai.

On était au début de l'après-midi. Heinz ne rentrait qu'à cinq heures. Lucie demeura couchée un moment, revivant par la pensée tout ce qu'ils avaient vécu ensemble depuis le jour où elle avait entendu Jan tousser dans la chambre voisine de la sienne chez les Douvrandelle, leur départ en Allemagne, Cologne, Nuremberg, la Suisse, tant d'heures partagées dans les difficultés, la peur de l'avenir, et puis la guerre, inévitable, dont ils devinaient l'un et l'autre qu'elle les séparerait. C'était ce qui avait été le plus beau et le plus fort dans leur vie : cette lutte commune, depuis le début, contre un destin hostile. L'affirmation, malgré tout, d'un amour impossible, condamné d'avance, dans lequel ils avaient trouvé des moments de bonheur.

Il lui restait Heinz, qui ressemblait tellement à son père, devenait de plus en plus blond, comme lui, avec un visage fin, mince, et des yeux si clairs que l'on croyait y voir scintiller des cristaux de neige. C'était de ces yeux-là que Lucie avait peur, de cette froideur qui saisissait l'enfant parfois, le faisant devenir un bloc de glace où rien ne l'atteignait plus, ni les mots ni les caresses. On eût dit qu'à ces moments-là il était capable de tout.

L'heure de son retour de l'école approchait et Lucie tentait désespérément de rassembler ses forces. Elle se leva, se rafraîchit le visage à l'eau de la cuvette d'émail qui se trouvait sur la table de sa chambre, descendit dans la cuisine.

— Je peux lui parler, moi, proposa une nouvelle fois François en la voyant si défaite, si anéantie.

— Non, dit-elle, j'y arriverai. Donne-moi quelque chose à boire, s'il te plaît : un peu d'eau-de-vie, peut-être.

Il la servit et demeura près d'elle, avec Aloïse. Odile s'était absentée deux jours pour aller voir ses parents à Bort, emmenant son fils avec elle. Ils tentèrent de parler d'autre chose, de Louise, qui apprenait si bien au collège, d'Elise, qui écrivait souvent, mais bien vite le silence retomba entre eux, les laissant désemparés.

Quand la porte s'ouvrit à la volée, vers cinq heures et demie, François et Aloïse s'éloignèrent, laissant Lucie seule avec Heinz. L'enfant comprit tout de suite qu'il s'était passé quelque chose de grave. Le sourire qu'il affichait en entrant se figea. Lucie s'approcha de lui, mais il recula jusqu'à une fenêtre, tendant une main, comme pour lui interdire de parler.

— Ton père est mort, parvint-elle cependant à bredouiller.

Elle ajouta, alors qu'il n'avait même pas sourcillé, s'étant figé, comme à son habitude :

— Sur le front russe.

Elle espérait une larme, un signe, mais il ne bougeait toujours pas et la fixait comme si elle avait été coupable de la mort qu'elle lui annonçait.

— Viens, dit-elle, viens près de moi.

Il fit deux pas vers la porte, toujours appuyé au mur.

— Viens, mon petit, répéta-t-elle.

— Non.

Elle voulut s'approcher, mais il bondit vers la porte et la franchit. Elle sortit précipitamment derrière lui pour apercevoir François qui tentait en vain de retenir l'enfant. Heinz se mit à courir vers la forêt, lançant enfin le cri qu'il avait retenu, un cri déchirant qui fit se lever des rapaces dans les hautes branches des arbres et se répercuta indéfiniment vers la montagne.

A cause de la guerre, le mariage de Charles et de Mathilde, au printemps de 1942, n'avait pas réuni beaucoup d'invités. Le passage à la mairie et la cérémonie religieuse avaient eu lieu à Ussel, et le repas à Puyloubiers, dans la grange débarrassée pour quelques jours de ses bottes de paille et de foin. On avait dansé un peu mais on n'avait pas chanté. L'heure n'était pas aux réjouissances : Edmond était toujours prisonnier en Allemagne, les affaires allaient mal, même si, en échange d'une coopération militaire, l'Allemagne avait libéré cent mille prisonniers en janvier. Edmond n'en faisait pas partie. François et Aloïse peinaient de plus en plus sur la propriété, malgré l'aide de Charles qui venait y travailler dès le début des vacances.

Ce mariage avait au moins eu pour conséquence heureuse de leur faire obtenir un poste double à Bort en octobre. A peine avaient-ils eu le temps de s'y installer, de savourer les jours et les nuits passés ensemble, que le débarquement des Alliés en Afrique du Nord avait provoqué l'invasion de la zone sud par les Allemands. Désormais, toute la France était occupée. Charles et Mathilde essayaient de ne pas y penser, se consacraient de toutes leurs forces à leur travail dans les deux salles de classe contiguës de l'école. Ils auraient pu y être heureux, s'ils n'avaient senti peser sur eux une menace, celle des autorités de Vichy qui, contraintes de donner des gages à l'occupant, surveillaient de près tous les enseignants.

Un hiver avait passé, toujours aussi froid, avec plusieurs semaines de neige, et l'on commentait encore la création de la Milice de Joseph Darnand en janvier, quand parut, en février, le premier décret du Service du travail obligatoire. D'après ces dispositions, le gouvernement devait procéder à un recensement des travailleurs susceptibles de partir en Allemagne. Il apparaissait que la France devenait un simple protectorat du Reich et que sa jeunesse allait devoir soutenir l'effort de guerre imposé par Hitler dans le monde entier.

Dès le mois de juillet, cette année-là, Charles avait regagné Puyloubiers pour aider son père, accompagné par Mathilde. Ils y retrouvèrent Lucie désespérée malgré les deux voyages qu'avait faits sa fille Elise pour lui apporter un peu de réconfort, son fils Heinz qui semblait avoir perdu la parole et n'avait manifesté que de l'hostilité vis-à-vis de cette demi-sœur dont les apparitions étaient aussi brèves qu'imprévisibles ; Odile, bien sûr, qui espérait chaque jour recevoir des nouvelles d'Edmond, et Louise, qui, à quinze ans maintenant, secondait efficacement Aloïse et manifestait malgré son jeune âge le bizarre désir de partir en Afrique au terme des études d'infirmière qu'elle espérait entreprendre. François et Aloïse, au demeurant, n'attachaient pas trop d'importance à ce projet, persuadés que leur fille changerait d'avis avant d'avoir obtenu son diplôme.

On ne manquait de rien, à Puyloubiers, car François avait remis en état le four à pain et il cultivait toujours des légumes, surtout des pommes de terre, qui, avec les volailles, deux cochons, les champignons, les châtaignes, suffisaient amplement à nourrir toute la famille. Mathilde portait même régulièrement des victuailles à ses parents, à Ussel, d'anciens instituteurs qui ne possédaient pas le moindre jardin et étaient soumis, comme tous les Français, aux cartes de rationnement.

C'était un bel été que cet été-là, avec de longues journées bien ensoleillées au terme desquelles François et Charles avaient moissonné et battu côte à côte, aidés par les femmes. En cette fin du mois d'août, le repos à l'ombre était agréable, avant les grands travaux de l'automne. Les deux hommes y tenaient de longues conversations qu'alimentaient les nouvelles entendues à la TSF, où les éditoriaux de Philippe Henriot, sur Radio Paris, devenaient de plus en plus inquiétants. Il semblait que la majeure partie du pays basculât dans ce qu'il fallait bien appeler une collaboration avec l'occupant, ce qui préoccupait beaucoup les deux hommes.

A l'école même, Charles se sentait surveillé, devinait que la moindre erreur, la moindre parole équivoque de sa part, lui vaudrait des sanctions immédiates. Le poste double qu'il occupait avec Mathilde avait été reconduit pour la rentrée d'octobre, mais il s'interrogeait sur la conduite à tenir. C'était de ces interrogations-là qu'il entretenait son père, ce matin d'août, avant le repas de midi, assis face à lui dans l'étable où ils étaient allés ranger les bottes de paille de la moisson.

— Ils sont des milliers à être partis en Allemagne, constata Charles. Je me demande si je vais pouvoir y échapper.

— Ce sont surtout des ouvriers qui partent, précisa François. Ils en ont besoin dans leurs usines d'armement.

— Pour le moment, reprit Charles, mais qu'en sera-t-il dans quelques mois ?

François soupira, ne répondit pas. L'un et l'autre étaient désemparés. Pétain et le gouvernement de Vichy ne servaient plus à rien puisque la France entière était occupée. Tous ceux, nombreux, qui avaient cru que le Maréchal, en faisant « don de sa personne au pays », comme il l'avait si obligeamment déclaré, lui épargnerait l'humiliation suprême, constataient aujourd'hui que le « sacrifice » du vieil homme n'avait servi à rien. La flotte française avait dû se saborder à Toulon, la Révolution nationale promise s'était transformée en une collaboration forcée, les Allemands étaient partout, et, même si on n'avait pas encore vu le moindre uniforme à Puyloubiers, ils étaient présents dans tous les chefs-lieux de département, parfois aussi dans les chefs-lieux de canton.

Charles observait son père qui avait maigri et qui semblait n'avoir plus que la peau sur les os. Il aimait regarder ces bras, ces mains qui avaient tenu tant d'outils et qui les serraient très fort, encore, malgré la fatigue, malgré le poids des années, malgré son incompréhension pour ce qui se passait. Quand les yeux de son père se posèrent sur lui, comme François relevait la tête après avoir fixé une fourche aux dents cassées fichée dans la paille, Charles murmura :

— Je crois qu'il est temps de tirer les conséquences de ce qui se passe.

— Je crois aussi, dit François. Mais quoi faire ?

— Je ne veux pas courir le risque de voir la Milice venir me prendre à l'école devant les enfants. J'en mourrais de honte.

Il ajouta, un ton plus haut :

— Et je ne veux pas aller travailler en Allemagne pour Hitler.

— Je comprends, dit François. Moi, vois-tu, ce qui me chagrine le plus, c'est de voir cette terre, que nous avons tellement défendue, mon frère et moi, et dans les pires souffrances, être piétinée aujourd'hui par une armée étrangère. J'ai l'impression d'avoir souffert, de m'être battu pour rien pendant quatre années.

— Il me semble aussi, reprit Charles, un ton plus bas, qu'il y en a assez d'un, dans la famille, à être obligé de travailler pour eux.

Ils parlaient rarement d'Edmond. C'était un sujet trop douloureux. François hocha la tête, demanda :

— Si tu ne reprends pas l'école en octobre, qu'est-ce que tu feras ?

Et, comme Charles ne répondait pas :

— Si tu restes ici, ils te trouveront.

— Je ne resterai pas ici, dit Charles. Je prendrai le maquis.

— Où donc ?

— Dans les bois, au-dessus du barrage de l'Aigle. Je sais qu'ils ont commencé, là-bas. A Spontour, j'ai connu un ingénieur qui m'en a parlé.

— Et Mathilde ?

— C'est à cause d'elle que j'hésite encore. A l'école, elle sera en danger. Ils risquent de l'interroger. A Ussel, c'est pareil. Ils retrouveraient facilement sa trace. Il n'y a qu'ici qu'elle pourrait se cacher sans risque.

François comprit que le but de la conversation engagée par son fils était celui-là : s'assurer que son père était du même avis que lui et qu'il était prêt à accueillir Mathilde.

— Elle peut venir ici, bien sûr, dit-il sans la moindre hésitation.

— Tu sais que ça peut mal tourner, que vous risquez d'être inquiétés ?

— Ça m'est égal, répondit François. Il est temps aujourd'hui de faire quelque chose. Ça fait trois ans que l'on subit, que l'on attend un sursaut. Maintenant, ça suffit.

Il ajouta, se levant brusquement de la botte de paille sur laquelle il était assis, comme animé par une énergie neuve :

— Est-ce que tu lui en as parlé, au moins ? Es-tu sûr qu'elle sera d'accord avec toi ?

— Mathilde est toujours d'accord avec moi, fit Charles en souriant.

Les deux hommes se turent. Tout était dit. Ils ne soupçonnaient pourtant pas, ce matin-là, à quel point la voie dans laquelle ils avaient choisi de s'engager était périlleuse, ni combien ils auraient à en souffrir.

En Algérie aussi, Mathieu s'interrogeait sur le sort de son pays et il s'inquiétait beaucoup pour François et sa famille à Puyloubiers. Comme les journaux étaient censurés, il avait pris l'habitude de se rendre une fois par mois à Alger où la résistance contre la politique de Vichy s'organisait. L'événement qui avait réveillé la conscience de milliers de Français d'Algérie avait été le débarquement des Alliés, dans la nuit du 7 au 8 novembre 1942. Pour Mathieu, cet événement avait été une révélation : il existait une autre France que celle qui vivait courbée sous le joug allemand, celle-là même dans laquelle souffraient François et les siens. C'est à partir de ce jour qu'il avait pris l'habitude de gagner la ville blanche où officiait un Conseil d'Empire présidé par le général Giraud depuis le mystérieux assassinat de l'amiral Darlan.

Au début de l'année 1943, une conférence réunissant Churchill, de Gaulle, Roosevelt et Giraud s'était tenue à Casablanca, au cours de laquelle de Gaulle et Giraud s'étaient engagés à s'entendre. En mai, fidèle à sa promesse, de Gaulle était venu à Alger où, avec Giraud, ils avaient créé le Comité français de libération nationale avec lequel Mathieu avait réussi à entrer en contact au début de l'été. Ce n'avait pas été très difficile : ses états de service durant la dernière guerre et les relations qu'il avait renouées avec l'aide de camp du général Giraud, un officier nommé Montandon, près de qui il avait combattu pendant de longs mois avant sa blessure, en 1917, avaient suffi à le faire nommer responsable du Comité pour le secteur de Blida. Il s'agissait d'apporter la bonne parole et de rassembler les énergies dans les profondeurs du pays : la France, aujourd'hui, c'était le Comité de libération et non pas les fantoches de Vichy. Tous ceux qui pensaient le contraire devraient un jour rendre des comptes. Tel était le message que Mathieu s'était engagé à faire passer dans la Mitidja et les plateaux environnants.

Il était donc de plus en plus amené à s'éloigner d'Ab Daïa, malgré la présence de ses deux fils dont il était très fier, et qui grandissaient dans le domaine qui leur reviendrait un jour. Mathieu parvenait difficilement à les différencier tant ils se ressemblaient. Heureusement, leur caractère était différent : Victor se montrait plus décidé, plus intrépide que son frère Martin, lequel préférait la compagnie de sa mère plutôt que celle des fellahs occupés dans les champs, les vignes, les dernières terres marécageuses que Mathieu avait réussi à acheter, en bordure de l'Harrach, l'année de leur naissance. Désormais, Ab Daïa, c'était cent hectares de blé, de vigne et d'orangeraie, une maison où Marianne possédait tout le confort, et des dépendances dans lesquelles on rangeait le matériel nécessaire à une exploitation à la pointe du progrès, dans laquelle chaque parcelle de terre était mise en valeur.

Là-bas, en l'absence de Mathieu, veillaient Hocine et Roger Barthès. Mathieu pouvait partir tranquille dans ses « tournées », comme il disait, au volant de la traction avant de 1935 achetée d'occasion, en direction de Blida et son kiosque à musique dominé par un palmier, ses odeurs de jasmin, l'Hôtel de France où Mathieu rencontrait les officiers de la garnison pour s'assurer qu'ils pensaient comme il le fallait. En Algérie, en effet, Darlan avait beaucoup hésité, au moment du débarquement, avant de choisir le camp des Alliés, et il en restait des traces dans les garnisons isolées, les troupes fidèles à Vichy ayant été engagées contre celles du débarquement dans des combats sans merci.

Depuis Blida, Mathieu montait jusqu'à Chréa, à plus de mille mètres d'altitude, et visitait les villages où il s'adressait aux caïds afin de leur expliquer la situation et leur montrer où était aujourd'hui leur devoir. Il traversait des villages perdus, misérables, accablés de soleil et de poussière, où les populations se moquaient pas mal de ce qui se passait ailleurs : leur seul souci était de vivre, ou plutôt de survivre, avec des galettes d'orge ou de blé, très peu d'eau, sans hygiène sinon celle d'une coutume séculaire où les femmes et les enfants ne recevaient pas la meilleure part. De l'autre côté, plus loin, commençait le désert, où Mathieu se promettait d'aller un jour, incapable d'imaginer ce que l'on en disait : dunes à perte de vue, caravanes, mirages, de rares oasis, des milliers de kilomètres de sable, où l'on ne pouvait que se perdre.

Vers le sud-ouest, il poussait jusqu'à Médéa : ville de garnison également, cernée de remparts, avec ses jardins publics, ses terrasses de café autour de la place bordée de platanes, où l'on commerçait beaucoup avec les bourgades des portes du désert. Les soirées y étaient douces à cause de l'altitude, mais aussi grâce à la présence de l'eau qui, ici, n'était pas rare. Sa « tournée » achevée, Mathieu rentrait à Ab Daïa, y demeurait une quinzaine de jours avant de partir à Alger rendre compte.

Le domaine finit par souffrir de ses absences répétées,

malgré les présences dévouées d'Hocine et de Roger Barthès. Marianne, aussi, se plaignait des voyages de son époux, et elle n'était pas très rassurée, la nuit, de dormir seule dans la grande maison du domaine. Lors d'un de ses retours, Roger fit part à Mathieu des bruits qui couraient dans la Mitidja : il avait trop d'ambition, et ce n'était pas bon, ici, au milieu des colons qui s'enviaient tous un peu les uns les autres. C'est ce que lui confirma Gonzalès, fidèle à lui-même, un jour, à Chebli, où Mathieu était allé acheter des graines.

— C'est pas bon, la politique, tu sais, Mathieu.

— T'occupe pas de ça, je sais ce que j'ai à faire.

— Tu as trop d'ambition, Mathieu, reprit Gonzalès, tu n'as jamais su rester à ta place.

Il ajouta, perfidement :

— Je t'ai connu tout petit, moi, et à vouloir grandir trop vite comme tu le fais, tu as des dettes. Tout le monde le sait, ici.

— Pousse-toi de là, fit Mathieu, et mêle-toi de ce qui te regarde.

— Oui, c'est ça, fit Gonzalès. Toi aussi tu devrais te mêler de ce qui te regarde.

Mathieu rentra furieux à Ab Daïa, ce jour-là, mais également quelque peu ébranlé. C'est vrai qu'il avait beaucoup emprunté, mais il était persuadé de pouvoir rembourser avant dix ans. En s'endettant, en allant de l'avant, il ne faisait que son devoir vis-à-vis de ses garçons, qui prendraient un jour sa succession. Quant au reste : la politique, comme disait Gonzalès, ce qui l'avait poussé à agir était bien simple : il ne supportait pas de s'être battu pendant deux ans, d'avoir perdu un bras pour la France et de l'avoir vue vaincue, défaite, humiliée. C'était cela, sa politique, et uniquement cela. Mais l'on n'expliquait pas si facilement ces choses-là. A partir de ce jour, cependant, l'essentiel de sa mission ayant été rempli, il résolut de se consacrer davantage à sa famille et à son domaine. La France, aujourd'hui, pour lui, était redevenue ce qu'elle avait été.

— D'accord, avait dit Mathilde à Charles lorsqu'il lui avait fait part de son désir de prendre le maquis, mais je viens avec toi.

Il avait dû passer de longues minutes à lui démontrer que c'était trop dangereux, que tout était à construire, encore, et il avait promis de lui faire partager ce combat dès que l'opportunité se présenterait.

— Et en attendant, monsieur mon mari ? avait demandé Mathilde avec un brin d'ironie, est-ce que je dois reprendre l'école ?

— Non, ce serait trop dangereux. Il vaut mieux que tu vives à Puyloubiers. Chez mes parents, tu ne risques rien. Il est très facile de se cacher.

— A une condition, avait-elle repris. Que tu promettes de faire appel à moi dès que ce sera possible.

— Je te le promets.

Le jour du départ de Charles pour Spontour, cependant, la séparation avait été beaucoup plus difficile que l'un et l'autre l'avaient imaginé. Mathilde n'avait rien oublié de ces minutes cruciales durant lesquelles ils avaient eu conscience de risquer de se perdre à jamais. Aloïse elle-même avait tenté de retenir son fils, suscitant chez Mathilde une appréhension, une peur qui n'avaient fait qu'augmenter au fur et à mesure que le moment du départ approchait. Charles en avait été ébranlé, mais il n'avait pas cédé. Mathilde l'avait accompagné sur la route de Saint-Vincent, lui faisant part de son angoisse et de cette impression qu'elle ressentait de menace mortelle planant au-dessus d'eux.

— Allons ! avait dit Charles. Il n'y a pas de danger. Ne t'inquiète pas.

Mathilde avait dû prendre sur elle pour ne pas s'accrocher à lui, le laisser accomplir ce qu'il avait décidé. Pourtant, à l'ultime instant de leur séparation, elle avait eu l'intuition qu'elle ne le reverrait plus et elle continuait de marcher près de lui sans un mot mais avec une sorte de désespoir qui avait touché Charles au point qu'il avait failli renoncer. Mais quelque chose en lui avait été plus fort et il lui avait demandé doucement, calmement, de retourner à Puyloubiers. Il avait évité de la serrer dans ses bras et il était parti sans se retourner, tandis que, immobile sur la petite route déserte, elle regardait s'éloigner la silhouette de l'homme qu'elle aimait. Depuis, elle ne cessait de penser à ce départ et ressentait encore en elle, de façon précise, la peur de ce matin-là.

Aujourd'hui, octobre était là, avec ses ors, ses rouilles, ses cuivres, ses journées plus fraîches, et Mathilde, comme Charles le lui avait demandé, n'avait pas regagné son poste. Elle pensait aux enfants qui étaient habitués à elle et que, pourtant, elle avait abandonnés. Elle en souffrait comme d'une sorte de trahison, mais elle avait tenu sa promesse vis-à-vis de Charles et espérait pouvoir le rejoindre le plus rapidement possible.

Elle s'inquiétait aussi beaucoup pour ses parents, seuls et âgés. François, sur sa demande, s'était rendu une fois à Ussel pour les ravitailler et les rassurer au sujet de leur fille. Mais Mathilde souffrait de ne pas les voir autant qu'elle le souhaitait. Un lundi de la fin octobre, alors que le temps était couvert, faisant courir de gros nuages d'encre au niveau de la crête des arbres, elle décida de se rendre à Ussel à bicyclette, malgré l'avis contraire d'Aloïse et de François.

La pluie la surprit à l'entrée de la ville, une pluie violente, glaciale, qui pénétra ses vêtements et la fit arriver tremblante chez ses parents. Ceux-ci habitaient au cœur de la ville, dans une maison située derrière l'église, et dont l'entrée donnait sur la rue. Mathilde eut à peine le temps de se sécher, d'échanger quelques mots avec son père et sa mère que des coups sourds ébranlèrent la porte. Elle songea que la maison devait être surveillée depuis qu'elle avait renoncé à rejoindre son poste à Bort, entrant ainsi dans la clandestinité. Il n'y avait pas d'autre sortie. Elle ne pouvait pas s'enfuir. Son père tenta de défendre l'entrée de sa maison, mais les miliciens le repoussèrent sans ménagement et ils n'eurent aucun mal à découvrir la jeune institutrice cachée dans l'armoire de sa chambre.

Malgré les protestations et les menaces de ses parents, ils l'emmenèrent à l'hôtel de police, dont ils partageaient les locaux avec un détachement allemand. Une fois assise sur une chaise, face à trois hommes vêtus de noir, bardés de ceintures de cuir et coiffés d'un béret, elle comprit qu'elle avait changé de monde, et que les minutes qui allaient suivre compteraient dans sa vie. Ils commencèrent par l'interroger sur les raisons pour lesquelles elle n'avait pas repris son poste à Bort.

— Pour aider mes beaux-parents, répondit-elle. Leur fils aîné est prisonnier en Allemagne.

— Et votre mari, où est-il ?

— Je ne sais pas.

— Comment ça, vous ne le savez pas ? Si vous vous moquez de nous, vous allez le regretter, ma petite dame.

Celui qui paraissait le chef, un homme grand, osseux, avec des yeux très noirs et une cicatrice au coin de la bouche, s'approcha d'elle et, alors qu'elle ne s'y attendait pas du tout, il la gifla violemment, si violemment qu'elle se retrouva par terre, assommée, cherchant à comprendre ce qui venait de se passer.

Elle sentit leurs mains sur elle, des mains qui s'attardaient en la hissant de nouveau sur sa chaise.

— Alors, ma petite dame, votre mari, Charles Barthélémy, où se trouve-t-il à cette heure ? Ne devrait-il pas aider ses parents lui aussi ?

Elle ne répondit pas, s'efforça de se persuader qu'ils ne pouvaient rien contre elle, que c'était Charles qui les intéressait. Pourtant, pendant l'heure qui suivit, elle crut à plusieurs reprises qu'elle ne sortirait pas indemne de cette pièce sordide qui sentait la fumée et le vin. Même, à un moment donné, si un officier allemand n'était pas brusquement entré, elle eut la sensation qu'ils l'auraient violée. Mais l'apparition de l'officier parut les dégriser. Ils discutèrent un moment entre eux, puis le chef des miliciens sortit avec l'officier SS. Mathilde demeura seule avec les deux autres, s'efforçant de se retirer en elle-même, sans cesser de trembler. Elle comprenait qu'elle avait mis la main dans un engrenage dont elle n'avait jamais soupçonné la violence et elle se préparait au pire.

L'homme à la cicatrice revint au bout de dix minutes et donna à ses sbires l'ordre de la relâcher, sans doute dans l'espoir qu'elle les conduirait vers son mari. Il allait être deux heures de l'après-midi. Elle se retrouva hagarde, dans la rue, ne sachant que faire ni où aller, puis elle prit le parti de revenir chez ses parents pour les rassurer. Sa mère avait eu un malaise et son père se trouvait auprès d'elle, dans leur chambre. Ils parurent soulagés, mais la peur ne les quitta pas totalement. Que devait-elle faire ? Revenir à Puyloubiers ou rester à Ussel ? Elle décida de revenir à Puyloubiers où il serait plus facile à Charles de se manifester. Ici, en ville, surveiller la maison était trop facile pour ceux qui leur voulaient du mal.

— Là-bas aussi, ils vont surveiller le village, intervint la mère de Mathilde qui voulait à tout prix la garder auprès d'elle.

— Pendant quelque temps, peut-être, répondit-elle, mais ils ne peuvent pas être partout : ils finiront par s'en lasser.

Mathilde repartit, la peur tapie en elle, se retournant souvent pour tenter de savoir si elle n'était pas suivie, mais il lui sembla que ce n'était pas le cas. Il ne pleuvait plus. Les grands arbres de la forêt s'égouttaient avec des soupirs familiers qui lui firent du bien. Elle arriva à Puyloubiers vers cinq heures, épuisée. Là, en écoutant son récit de la journée, François et Aloïse se montrèrent très préoccupés. Ils allaient devoir se méfier. Certes, ils avaient confiance dans ceux qui habitaient le village, mais on pouvait observer la maison depuis les hauteurs. Ils n'écartèrent pas l'idée d'une perquisition des miliciens ou des Allemands. C'était ainsi : ils avaient choisi. Ils devaient vivre avec cette hantise de voir l'un des leurs arrêté. En particulier Charles qui, heureusement, au cours des jours qui suivirent, comme s'il avait été prévenu, ne se manifesta pas.

C'est grâce à des résistants d'Ussel qu'il avait appris ce qui s'était passé. Il ne vint pas à Puyloubiers mais il envoya un émissaire en la personne d'un marchand de bestiaux d'Eygurande, avec des instructions précises : Mathilde devait rester à Puyloubiers et attendre un nouveau contact. Il se montra enfin quelques jours plus tard, pendant une nuit de novembre, après s'être assuré que la route n'était pas surveillée. De son côté, Mathilde avait réfléchi. Elle ne voulait plus rester chez François et Aloïse ; c'était faire peser sur eux une menace. Il n'était pas davantage question de revenir à Ussel, pour les mêmes raisons. Charles devait donc l'emmener avec lui.

— Je n'ai pas de domicile fixe, répondit-il. Je dors un jour chez l'un, un jour chez l'autre. Je passe mon temps à me cacher. Je t'ai promis de te faire entrer dans le mouvement et je tiendrai ma promesse. Ce qu'il faudrait, ce serait trouver un point de chute entre Ussel et Tulle. Il me semble que tu as une tante à côté d'Egletons. Elle était présente à notre mariage. Nous aurons besoin d'un agent de liaison avec le chef-lieu. C'est très important pour nous. Essaye de trouver une solution de ce côté-là, et tu commenceras bientôt.

Mathilde ne se le fit pas dire deux fois. Elle se rendit dès le lendemain chez son oncle et sa tante de Lachassagne, près d'Egletons, où elle reçut l'accueil qu'elle espérait. Son oncle Henri, qui était marchand de bois, lui proposa même de l'aider. Elle comprit qu'ils écoutaient la radio de Londres et qu'ils avaient choisi leur camp. Dès lors, elle n'eut plus qu'une hâte : recevoir des nouvelles de Charles et prendre toute sa part, à ses côtés, dans le combat qu'il avait engagé.

Rien n'était facile pour Charles, maintenant qu'il s'était installé sur les hauteurs de Spontour, au cœur de la forêt. André C., l'ingénieur en chef du chantier où se côtoyaient des dizaines d'ouvriers peu favorables à l'occupant, avait jeté les bases de l'Organisation de la résistance armée des barrages (ORA), qui s'étendait depuis la Corrèze jusqu'au Cantal et au Puy-de-Dôme. Après son départ de Puyloubiers, Charles n'avait eu qu'à reprendre contact avec lui, car il l'avait bien connu quand il était en poste à Spontour, et ils étaient devenus amis, ayant compris rapidement qu'ils partageaient les mêmes convictions. Charles avait collaboré avec André pendant un mois, avant d'être nommé délégué aux relations avec l'Armée secrète de haute Corrèze, qui était tournée davantage vers le Sud. Puis, avec l'aval de l'ingénieur, il avait quitté la première organisation pour la seconde au début du mois de novembre 1943 et il était devenu le responsable unique de l'Armée secrète pour la région des barrages sous le nom de Marèges. Dans le cadre de ses nouvelles responsabilités, il multipliait les contacts avec Tulle, qui recevait les instructions directement de Londres.

Depuis quelques jours, il avait été chargé de trouver et d'aménager un terrain sur le plateau pour recevoir un parachutage d'armes qui devait intervenir avant la fin de l'année. La neige, déjà, avait fait son apparition, enveloppant le haut pays dans son étoupe blanche, feutrant les bruits, rendant les routes dangereuses, les points isolés difficiles d'accès.

Charles avait plusieurs fois attiré l'attention de son contact à Tulle sur la difficulté qu'il y aurait à récupérer et acheminer les armes en cas de parachutage, mais le mot d'ordre avait été maintenu. Il avait trouvé un terrain sur les crêtes, pas très loin de Saint-Vincent : une clairière quasi inaccessible par route. On était en décembre. Le temps était redevenu clair, mais le vent avait tourné au nord, et la neige avait gelé.

Lui-même et ses cinq compagnons attendaient le message, ce soir-là, sur la radio de Londres, cachés dans une fermette abandonnée entre Ussel et Saint-Vincent. La nuit était tombée depuis longtemps quand l'indicatif attendu retentit : « Boum Boum Boum Boum. Boum Boum Boum Boum. Ici Londres, les Français parlent aux Français. » S'ensuivit un chapelet de messages qu'écoutèrent, tendus, Charles et ses hommes. L'émission allait se terminer quand la voix familière lança l'un des derniers, celui qu'ils espéraient : « Les prairies sont couvertes de fleurs ; je répète : les prairies sont couvertes de fleurs. »

Il fallait partir. La nuit était très froide, avec une lune bien nette, de magnifiques étoiles coupantes comme du silex. Ce que craignaient le plus les hommes de l'AS, en démarrant cette nuit-là, c'était le verglas. Pour limiter les risques, Charles avait trouvé cette fermette pas trop éloignée du terrain. Un quart d'heure leur suffirait pour arriver sur les lieux, même si la camionnette à gazogène était en piteux état.

Ils ne rencontrèrent personne à cette heure avancée de la nuit, si ce n'est un chevreuil qui traversa devant les phares au détour de la route. Qui aurait pu s'aventurer, à part eux, dans cette nuit glaciale, sur ce plateau ouvert à tous les vents ? Les Groupes mobiles de réserve n'osaient pas encore étendre leur contrôle sur ces hautes terres naturellement si hostiles. Ils savaient que le danger pouvait surgir de la forêt n'importe où, et ils se contentaient d'agir sur les grands axes, notamment sur la nationale Tulle-Clermont-Ferrand.

Charles et ses compagnons eurent vite fait d'allumer les lampes torches le long de la piste qui leur parut minuscule, par comparaison avec la forêt et la hauteur des arbres : des hêtres trapus, des chênes massifs et des bouleaux de Sibérie dont les fûts blancs semblaient de fines silhouettes dans la nuit. Il n'y avait plus qu'un quart d'heure à attendre. Le vent soufflait fort : un vent du nord qui coupait comme une lame de faux. Charles se demandait si l'avion parviendrait à larguer ses conteneurs sur une surface si étroite quand le bruit des moteurs naquit au loin, puis enfla jusqu'à devenir assourdissant dans la nuit auparavant tapie dans le silence. Charles sentit son cœur s'emballer en adressant en alphabet morse le signal de reconnaissance : trois traits désignant la lettre O.

L'avion qui volait très bas fit un premier passage, s'en fut virer un peu plus loin, puis revint, encore plus bas, sembla-t-il à Charles qui craignit, un moment, de le voir s'abîmer dans les arbres. Mais non : les deux conteneurs brillaient sous la lune et déjà l'appareil s'éloignait dans la direction d'où il était apparu. Puis le silence. Etrange et angoissant. Les hommes tendaient l'oreille, mais le plateau bruissait seulement du murmure des arbres. Ils se hâtèrent de charger les conteneurs et partirent en direction de la grange perdue au fond des bois où ils devaient entreposer les armes : des grenades Gammon antichars, des mitraillettes Sten, un bazooka, des revolvers qu'il faudrait répartir entre les différents groupes de l'AS en haute Corrèze.

Ce fut fait dans les quarante-huit heures, malgré les tournées d'inspection de la gendarmerie de Neuvic qui avait été alertée par les fidèles de Vichy. Son contact de Tulle, qui se faisait appeler Montagne, avait annoncé à Charles qu'il y aurait un autre parachutage avant l'été. En attendant, il devait trouver un agent de liaison pour aller chercher à Tulle de faux papiers d'identité, des cartes d'alimentation et des bons de réquisition. La consigne, désormais, était de regrouper et d'organiser le plus d'hommes possible dans la perspective d'un débarquement. Les mouvements unifiés de la Résistance devraient être prêts, alors, à prendre en tenaille les Allemands entre eux-mêmes et les forces alliées.

Noël arriva, et la neige paralysa les routes du haut pays. Cependant, Charles ne voulut pas passer la période des fêtes sans se rendre au moins une fois à Puyloubiers, et aussi à Egletons pour embrasser Mathilde. Par prudence, il prit soin de ne pas y aller le jour même de Noël, mais seulement le lendemain soir. La semaine suivante, il gagna Egletons le 2 janvier et trouva Mathilde impatiente et déterminée. Il put rester une nuit avec elle dans une remise où son oncle avait installé un poêle pour ses bûcherons qui, eux aussi, étaient partis retrouver leur famille. C'était la première nuit qu'ils passaient ensemble depuis trois mois.

Le lendemain matin, après que Charles eut donné à Mathilde ses instructions pour ses voyages à Tulle, ils eurent beaucoup de mal à se quitter.

— Est-ce que tu es sûre que c'est bien ce que tu veux ? demanda Charles, avant de s'éloigner.

— Tout à fait sûre.

— Tu as déjà eu affaire à des miliciens. Tu sais que tout ça peut se terminer très mal.

— Et toi, dit Mathilde, le sais-tu ?

— Oui, dit-il, mais moi je l'ai choisi.

— Moi aussi, dit Mathilde. Et pour les mêmes raisons que toi.

Il mit longtemps à la quitter ce matin-là, comme s'il voulait bien fixer dans sa mémoire l'image de ses cheveux blonds, de ses yeux clairs, de son visage où se lisaient à la fois la force et la fragilité.

— Mathilde, dit-il, en se détachant d'elle, fais bien attention à toi.

— Charles, l'imita-t-elle en riant, prends soin de toi.

Oui, c'était cela : il fallait rire tant qu'on le pouvait encore. Charles s'en alla en se demandant pour la première fois si l'année qui débutait n'allait pas être, pour elle comme pour lui, une année de larmes.

4

LES CONTRÔLES étant nombreux, surtout dans les gares, il n'était pas question pour Mathilde de se rendre à Tulle par le train, puisque rien ne pouvait justifier un déplacement au chef-lieu. Certainement pas une visite à l'inspection d'académie, en tout cas, puisqu'elle avait abandonné son poste d'institutrice. Elle devrait donc s'y rendre par la route, mais ce n'était pas facile en ce mois de janvier, la neige ayant recouvert le haut pays et tombant régulièrement en averses glacées, qui rendaient la visibilité très mauvaise.

Son oncle Henri n'avait pourtant pas hésité à la conduire. A cette fin, il avait aménagé une cache à l'intérieur de son camion, tout contre la cabine, derrière les stères de bois qu'il était censé livrer à ses clients tullistes. Elle y grelottait de froid, ce matin-là, quand ils prirent la route verglacée qui se frayait un passage entre les sapins et les feuillus sur lesquels la neige avait gelé pendant la nuit. L'oncle avait attendu onze heures pour partir, espérant une embellie, mais le brouillard ne se levait pas et il roulait très doucement, se demandant s'ils auraient le temps de remonter avant la nuit.

Il leur fallut presque deux heures pour couvrir la trentaine de kilomètres qui séparaient Egletons du chef-lieu, où la neige, dans l'ultime descente, n'avait pas dégelé, au contraire : elle formait des plaques de verglas sur les bordures, dans les virages où les rayons du soleil ne pénétraient jamais. Plus d'une fois les roues mordirent sur la pellicule glacée, mais l'oncle, à force de rouler par tous les temps, connaissait bien ces pièges et il réussit à maintenir le camion sur la route étroite, dont les lacets semblaient interminables.

Une fois dans la ville, il s'arrêta sur une petite place derrière la cathédrale, l'arrière du camion tourné vers un mur, puis il fit sortir Mathilde après s'être assuré que la voie était libre. Elle partit pour sa première mission sans s'attarder, ne souhaitant pas compromettre son oncle en restant trop longtemps près du camion. Elle se retournait souvent, craignant d'être suivie, Charles lui ayant recommandé une extrême prudence. De temps en temps, passait fugacement dans sa mémoire l'interrogatoire qu'elle avait subi à Ussel, et un frisson glacé courait le long de son dos. Pourtant elle n'avait pas vraiment peur : c'était comme si le danger n'était pas immédiatement mesurable, du moins préférait-elle ne pas trop y penser : elle hâta le pas, passa devant la cathédrale sans un regard, tout entière tendue vers l'accomplissement de sa mission.

Le contact était prévu dans l'échoppe d'un cordonnier, au milieu d'une ruelle parallèle à l'avenue qui conduit à la préfecture. Mathilde passa une fois devant la petite boutique, alla jusqu'au bout de la rue, revint sur ses pas, puis hésita, ayant aperçu deux femmes à l'intérieur. L'une d'elles sortit, et Mathilde ne put faire autrement que d'entrer, en sentant son cœur s'emballer. Tandis que le cordonnier, un vieil homme à lunettes et béret, servait la dernière cliente, elle s'efforça de retrouver une respiration plus normale. Il lui sembla que la cliente, une femme au visage aigu dont les cheveux étaient couverts d'un fichu rouge, lui lançait un regard suspicieux, mais le calme du cordonnier la rassura.

— Madame ? fit-il d'une voix posée.

— J'aime beaucoup la montagne, dit Mathilde, et j'aurais besoin de grosses chaussures pour m'y rendre.

Le vieil homme ne parut pas surpris. Il se leva, ouvrit une porte derrière lui, puis il vint près de celle de sa boutique pour surveiller la rue et dit :

— Au fond du couloir à droite.

Elle s'engagea dans le couloir qui sentait le salpêtre et la pomme surie, se demandant si elle ne se jetait pas dans un piège fatal, mais elle pensa à Charles et ouvrit la porte d'une main ferme, sans frapper. L'homme qui était assis près d'une table de cuisine couverte d'une toile cirée verte se leva, salua d'un signe de tête.

— J'aime beaucoup la montagne, dit Mathilde.

— Venez, asseyez-vous, répondit-il.

Elle n'hésita pas une seconde : tout, chez cet homme, inspirait confiance. Il était grand et fort, avec des yeux noirs, des cheveux bruns coupés très court, des mains épaisses qui tenaient entre les doigts un petit carton à chaussures.

— Tout est là, lui dit-il en l'ouvrant. Faux papiers, bons de réquisition, cartes de rationnement. Faites-en bon usage.

— Merci, dit Mathilde en se saisissant du carton.

— On vous appellera Bruyère, dit l'homme.

Elle hocha la tête, demanda :

— Je devrai livrer où ?

— Ne vous inquiétez pas, on vous dira. Vous ne les garderez pas longtemps chez vous.

Il ajouta, baissant la voix :

— Faites attention en remontant. Pendant un mois, il va y avoir des contrôles sur la route, aux Rosiers-d'Egletons, deux fois par semaine.

Il se tut un instant, dévisagea Mathilde intensément, reprit :

— Si un jour il y a un problème, vous serez seule, vous le savez ?

— Je le sais, dit-elle.

— Une dernière chose : dites à Marèges qu'il n'y aura pas de nouvelles opérations avant la fin mars ou le début avril. Ça lui laisse le temps d'écouler tous les papiers et de consolider le réseau.

— Entendu, dit-elle.

— C'est tout, Bruyère, ne vous attardez pas.

Il lui serra la main d'une poigne ferme qui, de nouveau, lui inspira confiance, puis il la conduisit le long du couloir à l'opposé de la boutique, vers une autre sortie qui donnait sur une impasse, elle-même communiquant avec l'avenue. Le petit carton dissimulé au fond d'un cabas de ménagère, Mathilde reprit la direction de la cathédrale sans oser croiser le regard des passants sur le trottoir. Elle ne se retourna pas. Elle n'avait qu'une hâte : arriver le plus vite possible au camion et s'y cacher.

Il lui fallut à peine dix minutes pour retrouver Henri qui attendait dans la cabine.

— Il faut éviter les Rosiers-d'Egletons, dit-elle.

— Compris, dit Henri.

Il la fit monter à l'arrière et elle retrouva son étroite cachette contre la cabine, où elle pouvait à peine se tenir assise. Elle avait froid, très froid, sans doute autant à cause de la température que de la tension suscitée par cette première mission. Cependant, ce qui demeurait présent en elle, c'était la grande facilité avec laquelle elle avait pu la mener à bien. De fait, ce jour-là, ils remontèrent à Egletons sans le moindre incident et ils arrivèrent avant la nuit qu'ils redoutaient autant que les GMR. Il restait à Mathilde à attendre le contact annoncé par Montagne. Elle se mit à espérer follement que ce serait Charles, lui-même, qui viendrait vers elle et la serrerait dans ses bras.

En cette mi-janvier 1944, pour la première fois depuis très longtemps, la neige était venue délicatement se poser sur le domaine d'Ab Daïa, ravissant Mathieu Barthélémy qui avait la sensation de retrouver un peu de sa vie d'avant l'Algérie. Malgré les protestations de Marianne, il avait fait sortir ses fils à peine âgés de trois ans et leur avait construit un bonhomme de neige, juste devant la maison. Puis il les avait bombardés de boules à peine serrées, provoquant leurs rires, et puis leurs pleurs, quand le froid avait saisi leurs mains sans gants, leur infligeant une onglée dont ils découvraient pour la première fois la douleur.

Mathieu, lui, était aux anges. Toutes ces années passées dans la Mitidja n'avaient en rien occulté celles de son enfance, des batailles avec François dans la neige du haut pays, des longs allers et retours vers l'école, du grand froid du Pradel, et de la maison close sur elle-même alors que l'hiver resserrait sa poigne sur les collines. La neige ne tiendrait pas longtemps, il le savait. C'était déjà un miracle d'en voir au bas de l'Atlas blidéen, et il comptait bien en profiter.

Dès que ses fils furent réchauffés et remis aux bons soins de Marianne, il se vêtit chaudement et partit sur son domaine où l'on n'apercevait pas la moindre silhouette. Les fellahs, réfugiés dans leurs gourbis autour de mauvais feux, supportaient très mal le froid relatif de l'hiver. Mais il n'y avait pas grand-chose à faire, avec cette neige, en attendant d'entreprendre la taille des vignes qui ne tarderait pas. Hocine, lui-même, restait calfeutré dans l'annexe, près de l'écurie, où il vivait toujours avec sa femme, fidèle serviteur dont Mathieu aurait eu bien du mal à se passer.

La neige n'était pas épaisse – cinq ou six centimètres seulement – mais le bruit de ses gros souliers, cette sorte de craquement de feutre tassé, suffisait à Mathieu pour sentir renaître en lui toute une somme de sensations oubliées. Il y avait aussi ce silence ouaté, cette odeur à nulle autre pareille, qui n'en était pas vraiment une mais restait associée à un bonheur très ancien et d'autant plus précieux. Depuis combien de temps n'était-il pas revenu en France, chez son frère ? Sept ans ? Huit ans ? Renonçant à comptabiliser ces années disparues, Mathieu continua de marcher en direction des vignes dont les ceps trouaient la blancheur étrange de cette neige inhabituelle.

Il marcha longtemps avant d'atteindre les rives de l'Harrach dont l'eau, par endroits, avait gelé. Devant lui, très loin, lui semblait-il, les montagnes de l'Atlas formaient d'immenses croupes blanches dont les formes arrondies lui rappelaient celles du haut pays, au temps où il les découvrait avec François, depuis le point culminant du Pradel, alors que leur père les attendait en bas. Mathieu tout à coup se souvint de ce premier de l'an 1900, de ce monde nouveau qu'ils avaient guetté l'un et l'autre depuis le sommet, côte à côte, et François lui manqua cruellement. En revenant lentement vers la maison, il se promit de se rendre en France dès que la guerre serait terminée.

Parvenu à proximité de sa maison dont le toit fumait, il ne put se résoudre à rentrer et, au contraire, il continua d'errer dans ses terres à blé, au-delà des gourbis, dans la direction de la ferme de Roger Barthès. Sans même l'avoir décidé, il marcha vers elle, toujours aussi ému de fouler la couche fragile de la neige, dans un univers qu'il ne reconnaissait plus et qui le dépaysait, soudain, comme s'il se fût trouvé au-delà de sa vie, vers ces confins où l'on ne rencontre plus que soi-même. Il pensa à la guerre – la sienne : celle qui lui avait pris un bras, mais cette pensée se brisa très vite dans la douceur du tapis blanc dont l'étendue le ramenait irrésistiblement vers son enfance. Les souvenirs affluaient en lui, tous aussi précieux les uns que les autres. Il continua de marcher sans se rendre compte de la distance qu'il parcourait, entièrement tourné vers un passé dont l'évocation intérieure l'excluait délicieusement du temps présent. Deux chiens, qu'il connaissait bien, vinrent lui faire fête et le ramenèrent à la réalité.

Simone, sa belle-sœur, lui ouvrit la porte. Il l'embrassa, puis il entra et s'assit en face de Roger Barthès occupé à graisser un fusil.

— Les lièvres et les perdrix n'ont qu'à bien se tenir, dit Mathieu.

Il regrettait de ne pouvoir chasser, son bras unique ne lui permettant pas de tenir un fusil sans risque. Simone lui servit du café qu'il but en se brûlant délicieusement la langue.

— J'ai des nouvelles, fit Roger.

Mathieu se demanda quelles nouvelles son beau-frère évoquait.

— En France, la Résistance est de plus en plus active, assura Roger. Vichy a été obligé de créer des cours martiales pour juger ceux qu'ils appellent les terroristes, c'est dire !

Il ajouta, comme pour corroborer ses affirmations :

— Je l'ai lu dans *La Dépêche*.

Puis il donna des détails auxquels Mathieu prêta à peine attention. Ce matin, il n'était pas vraiment présent : il était ailleurs.

— Tu me suivras à la chasse, cet après-midi ? demanda Roger.

— Non, je ne crois pas.

— Tu as l'air bizarre aujourd'hui.

Comment expliquer le chemin que creusait en lui cette neige inhabituelle, ce transport dans l'espace et dans le temps qui lui restituait une part oubliée de lui-même, peut-être la meilleure ?

— Mais non, tout va bien, dit Mathieu.

D'ordinaire, il aurait posé des questions à Roger, lui aurait demandé le journal – ils s'y abonnaient à tour de rôle et se le prêtaient –, mais aujourd'hui tout cela lui apparaissait très lointain et vaguement dérisoire.

— Tu es malade ? demanda Simone.

— Non, non, je te dis que tout va bien. Il faut que je rentre, Marianne s'inquiéterait.

Il ajouta, dans un sourire :

— Je suis sorti avec mes petits et je leur ai fait un bonhomme de neige.

Puis il se tut, se souvenant que Simone et Roger ne pouvaient pas avoir d'enfant.

— Je passerai, ce soir, en rentrant, dit Roger, souhaitant changer de sujet de conversation. Tu peux dire à Marianne qu'elle s'apprête à plumer.

— Je le lui dirai, répondit Mathieu. A ce soir.

Il se retrouva dehors avec le même plaisir qu'à l'aller, observant les traces qu'il avait laissées dans la neige, s'étonnant presque de ne pas en apercevoir d'autres : celles de François, peut-être, qui, songea-t-il avec une sorte de joie un peu folle, ne l'avait pas attendu sur le chemin de l'école. François ? Que faisait-il à cette heure ? Sans doute se chauffait-il près de la cheminée, tout comme Lucie qui avait renoncé à vivre à Paris. Alors il vint à Mathieu l'envie de se chauffer lui aussi près de sa cheminée, dans la grande cuisine si semblable à celle du Pradel, puisqu'il l'avait voulu ainsi. Il se hâta de rentrer, trouva Marianne et ses garçons déjà attablés.

— Ils avaient faim, dit-elle comme pour s'excuser de ne pas l'avoir attendu.

— C'est moi qui n'ai pas fait attention à l'heure.

Il s'assit, se mit à manger face à ses deux fils qui levaient à peine la tête de leur assiette. La cuisine sentait bon. Marianne avait allumé un grand feu, celui-là même dont Mathieu avait rêvé en chemin. Il n'avait jamais été aussi heureux, Mathieu, qu'en regardant ses enfants manger. Et ce matin, avec la neige au-dehors, sa femme et ses fils dans une pièce qui lui rappelait celle d'une enfance lointaine, Mathieu sentit une vague chaude le submerger délicieusement. Il se dit avec satisfaction que c'était sans doute celle du bonheur.

Le soleil était revenu dans le haut pays, avec un ciel très pur, étincelant, et un froid si vif qu'on découvrait des oiseaux morts le matin, sur le seuil des maisons. Une semaine avait passé depuis la mission effectuée à Tulle par Mathilde. Elle commençait à s'interroger sur l'absence de contact avec Charles, quand, un jour, vers midi, arriva le marchand d'Eygurande qui lui remit un message. Charles lui donnait rendez-vous à Marcillac, le jour de la foire, dans le restaurant le plus proche du foirail. S'il avait choisi Marcillac, c'était sans doute parce qu'elle y avait été institutrice et qu'elle connaissait bien les lieux. De plus, il n'y avait guère que treize kilomètres entre Lachassagne et Marcillac, et l'agitation provoquée par le marché leur permettrait probablement de passer inaperçus.

Elle tremblait d'impatience de revoir Charles, ce matin-là, en se mettant en route dans le gazogène de son oncle, non plus dissimulée derrière le bois, cette fois, mais assise à côté de lui, sur la banquette. Il n'y avait rien d'anormal, en effet, à se rendre à l'une des seules foires qui avaient survécu à la guerre. Et il y aurait du monde, probablement, les occasions de se réunir, de vendre ou d'acheter des victuailles étant devenues rares. Malgré la faible distance à parcourir, il leur fallut près d'une heure pour arriver à destination, peu avant midi, car le camion patinait sur la route toujours traîtreusement verglacée malgré les apparitions du soleil.

Henri gara le camion à proximité du champ de foire mais demeura dans la cabine et s'apprêta à manger le contenu du panier préparé par sa femme. Mathilde gardait le souvenir de grandes foires et fut surprise de constater qu'il y avait moins de monde qu'elle ne le pensait. Elle observa un moment les lieux, n'aperçut rien d'anormal, descendit du camion, son panier au bras, et se dirigea vers le restaurant qu'elle connaissait bien, car elle y avait pris ses repas de midi pendant la semaine où elle avait emménagé à l'école.

Comme personne ne faisait attention à elle, elle se fraya un passage entre les hommes en blouse et les quelques ménagères qui vendaient des œufs ou des volailles. Elle ralentit à l'approche du restaurant, se retourna, puis son regard revint vers l'entrée et elle aperçut Charles : il refermait la porte et venait vers elle. Un élan mal maîtrisé la porta vers lui, mais il parut ne pas le remarquer. Il ne la regardait pas, et pourtant il l'avait vue, elle en était sûre. Il la croisa sans un regard, sans même la frôler. Elle remarqua alors trois hommes qui sortaient à leur tour, sentit un frisson glacé entre ses épaules, se remit à marcher. Elle connaissait l'un d'entre eux pour l'avoir aperçu dans le commissariat d'Ussel. L'avait-il reconnue ? Il ne lui sembla pas.

Elle n'eut pas une hésitation, continua d'avancer, croisa les trois hommes sans lever la tête, et entra dans le restaurant où la patronne, l'ayant reconnue, l'embrassa et lui proposa un vin chaud. Elle l'accepta, non sans mauvaise conscience : en lui parlant ainsi, elle la compromettait. Mais ce dont elle souffrait le plus, maintenant, c'était d'être passée si près de Charles, dont la présence lui manquait tellement, et de ne même pas avoir croisé son regard. Elle s'était imaginé qu'elle prendrait le repas de midi face à lui, dans la petite cuisine où elle avait autrefois ses habitudes, qu'ils passeraient une heure ensemble, à l'abri des regards, et elle comprenait que ce ne serait pas possible. Plus grave : le danger était là, immédiat, tangible, et elle ne savait plus ce qu'elle devait faire. Rester là, attendre Charles, ou ressortir et s'en aller ?

Elle n'eut pas à décider car la patronne, une grosse femme à chignon qui avait des bras énormes et de grands yeux placides, l'entraîna dans sa cuisine et lui donna une assiette de soupe bien chaude. Mathilde se hâta de l'avaler, jetant de temps en temps un coup d'œil dans la grande salle où les hommes s'attablaient pour le repas de midi. Encore sous le coup de la peur, Mathilde réfléchissait. Elle ne pouvait pas rester là. Elle n'avait pas le droit de compromettre ainsi cette femme, qui ne soupçonnait rien de ce qui se passait.

— Ce sont des œufs que vous avez là ? fit-elle en montrant le cabas de Mathilde.

— Oui. Ma tante m'a demandé de lui en acheter une douzaine.

— Vous avez de la chance, parce que, vous savez, on n'en trouve pas beaucoup.

Comme la patronne continuait de lorgner son cabas, Mathilde, un instant, se demanda si elle ne travaillait pas pour Charles. Mais non : elle aurait prononcé au moins un mot de passe. Ce qui l'inquiétait le plus, c'était de voir réapparaître l'un des hommes d'Ussel qu'elle avait croisés. Mais il n'était pas parmi les trois qui l'avaient interrogée. Il ne l'avait sans doute pas reconnue. Du moins l'espérait-elle.

Elle songea alors que ce n'était pas elle qui était le plus en danger, mais Charles. Aussitôt, elle remercia son hôtesse, évita de l'embrasser et ressortit. La rue était pleine de monde. Les paysans circulaient lentement entre le foirail et les restaurants. Que devait-elle faire ? Elle résolut d'aller se réfugier dans le camion, d'où elle pourrait observer les alentours.

Là, en s'asseyant près de son oncle qui avait fini de manger, elle se sentit un peu rassurée. Elle observa un moment le foirail qui se vidait, la grand-rue où le soleil jetait de pâles éclats qui ne réchauffaient même pas l'atmosphère, les hommes et les femmes qui se hâtaient de rentrer chez eux, dans le bourg même ou les villages voisins. Charles avait disparu, ainsi que les hommes dont elle avait eu si peur. Le mieux était de repartir. Elle hésita, pourtant : s'il était arrivé malheur à Charles ?

A cette pensée, aussitôt, elle ressortit du camion, se dirigea vers le haut du foirail, puis revint vers la rue, son cabas toujours sur le bras. Et brusquement, au moment où elle prenait à droite pour monter vers le restaurant, elle sentit le poids d'un regard sur elle. Elle tourna la tête vers l'autre côté de la rue et aperçut un homme qui l'observait. Elle ne le connaissait pas. Il était petit, maigre malgré la canadienne dont il était vêtu, bizarrement tête nue malgré le froid, bien différent de l'homme qu'elle avait rencontré à Tulle.

A peine eut-elle le temps d'hésiter qu'il franchit la route et s'approcha d'elle, très vite, avant qu'elle n'ait eu le temps de s'éloigner.

— Vous pouvez me vendre des œufs pour Marèges ? demanda-t-il.

Que faire ? Il avait posé une main sur le sac et le tirait nerveusement vers lui, comme s'il redoutait quelque chose. Ses yeux cillaient constamment et il semblait très inquiet.

— Donnez-moi les œufs et partez vite, fit-il.

Il ajouta, comme elle hésitait encore, retenant le sac de sa main droite :

— Il a dû repartir. Ne vous inquiétez pas. Je suis Luzège. Il vous expliquera.

Mathilde lâcha le sac, croisa une dernière fois le regard apeuré de cet homme qui lui paraissait fragile et de peu de confiance. Mais comment faire autrement? Elle se hâta de revenir vers le camion et dit à son oncle en s'installant sur la banquette :

— Partons vite.

Il ne posa pas de question, démarra aussitôt. Il fallut longtemps, à Mathilde, une fois qu'ils furent sortis du bourg, en apercevant les arbres blancs de chaque côté de la route, les fougères familières aux crosses corrompues par l'hiver, pour retrouver son calme. Pourtant la sensation d'une menace précise ne la quitta pas tout à fait, ni pendant la soirée ni pendant les jours qui suivirent. Elle ne cessa de se demander ce qui s'était réellement passé, ce matin-là, et elle en garda la conviction d'un péril imminent, au demeurant davantage dirigé contre Charles que contre elle-même. Elle aurait voulu l'aider, mais le contact qu'elle souhaitait de toutes ses forces ne s'établit pas. Redoutant qu'il ne lui soit arrivé malheur, elle fut tentée de se rendre à Eygurande, chez le marchand de bestiaux qui était son seul lien avec le réseau, mais, conseillée par son oncle, elle parvint à se raisonner et se résigna à attendre.

L'hiver desserra un peu son étreinte sur les hautes collines, mais il y avait toujours des plaques de neige gelée en bordure des chemins. Le vent soufflait encore du nord, le soir du 22 mars 1944, à l'heure où le deuxième message de parachutage fut entendu par l'AS à la radio de Londres : « Les étoiles brilleront dans le ciel. Je répète : les étoiles brilleront dans le ciel. » Charles avait dû trouver un autre terrain de parachutage, le premier étant devenu peu sûr. Il avait également dû réquisitionner une autre camionnette, la première ayant rendu l'âme après avoir trop souvent arpenté les routes du haut pays.

La nuit était sombre, sans lune, avec de gros nuages qui s'effilochaient sur la crête des arbres. En arrivant sur le terrain, Charles s'inquiéta de savoir si l'avion pourrait apercevoir les lampes torches, mais il était trop tard pour annuler quoi que ce soit. Dix minutes passèrent, puis l'on entendit le vrombissement des moteurs, toujours aussi inquiétant dans le silence de la nuit. L'appareil dut tourner deux ou trois fois au-dessus de la zone balisée avant de pouvoir larguer les conteneurs. Les hommes les chargèrent et se hâtèrent de déguerpir, car ce terrain était proche d'un hameau dont on n'était pas sûr. Ils parcoururent trois kilomètres en direction du plateau quand, brusquement, la camionnette tomba en panne. L'un d'eux, qui était mécanicien, tenta de la faire repartir, sans réussite. Charles décida alors de la pousser jusqu'à un sentier qui s'engageait dans la forêt, de laisser quatre hommes armés pour la garder et de partir lui-même à la recherche d'un autre véhicule.

Il s'en alla, frigorifié, à pied, dans le vent glacé, bien décidé à revenir avant le lever du jour. Il eut du mal à trouver un véhicule en état de marche dans une ferme dont il connaissait les propriétaires, à cinq kilomètres du terrain de parachutage. A son retour, lorsqu'il approcha du sentier où attendaient ses hommes, le jour se levait, blafard et froid, avec des rafales de pluie qui l'empêchaient d'avancer aussi vite qu'il l'aurait voulu, l'essuie-glace ne fonctionnant pas. Aussi n'aperçut-il qu'au dernier moment la traction qui arrivait en sens inverse et qui se tourna brusquement en travers de la route. Il n'eut même pas le temps de prendre son arme qui, sur son coup de frein, avait glissé sur le plancher : les GMR entouraient déjà son camion, brandissant leurs armes. Il crut qu'ils allaient tirer, qu'il allait mourir. Il pensa à Mathilde, à son père François, à l'école où il était entré pour la première fois et au petit Juif polonais auquel il s'était attaché durant cette année-là. Une sorte de révolte le poussa à se battre contre les hommes qui l'entouraient. Un coup de crosse sur la nuque lui fit perdre conscience. Une nuit épaisse et glaciale se referma sur lui.

Il retrouva ses esprits beaucoup plus tard, dans la traction qui roulait en direction d'Ussel. Il souffrait beaucoup de la tête. Il distinguait à peine les miliciens qui étaient assis à côté de lui, comprit qu'il avait les mains liées dans le dos, décida de faire le mort pour tenter d'apprendre ce qui s'était passé. Les GMR parlaient de leurs deux blessés du matin, lors des échanges de coups de feu, au moment où ils avaient surpris la camionnette gardée par les résistants. Ils n'étaient pas venus sur cette route par hasard. Un coup de téléphone les avait prévenus d'un avion qui avait survolé les environs du hameau. Les maquisards, eux, étaient morts. Cette nouvelle anéantit Charles qui se sentit glisser dans une torpeur douloureuse et garda les yeux clos.

A Ussel, ils le firent descendre à l'hôtel de police, téléphonèrent à la Gestapo de Tulle. Ils semblaient le connaître. Ils ne lui avaient même pas demandé son nom. Ils l'embarquèrent dans une deuxième traction qui partit vers Tulle dans la pluie et le vent, tandis qu'il s'efforçait de se préparer à ce qui l'attendait. A Egletons, il pensa beaucoup à Mathilde, se demanda ce qu'elle faisait à cette heure-là, et il eut la sensation qu'il ne la reverrait plus. Certes, il avait plusieurs fois songé au fait qu'il risquait sa vie, qu'il pouvait perdre tous ceux qui lui étaient chers, mais jamais, comme dans cette traction, il n'en avait mesuré l'imminence. Une image, surtout, lui fit mal : celle de son père François, les matins où il le conduisait en charrette vers la gare, à sa fierté, à son travail acharné pour que son fils puisse faire des études. Et tout cela n'aurait servi à rien ? Il serra les dents pour repousser les larmes qu'il sentait près de déborder ses paupières, y parvint, en fut soulagé, comme s'il avait remporté une première victoire sur les miliciens.

Ensuite, dans l'Hôtel Moderne de Tulle, il subit un premier interrogatoire au cours duquel il déclina son identité mais nia toute participation à la Résistance. A la tombée de la nuit, il fut transféré dans une caserne proche du Champ-de-Mars, puis interrogé de nouveau jusqu'au matin. Là, il fit vraiment connaissance avec les méthodes de torture de la Gestapo que l'on évoquait, parfois, au cours des réunions clandestines pour apprendre comment résister et ne pas parler. Mais comment imaginer l'inimaginable ? La douleur atroce qui dure, augmente jusqu'à ce que l'esprit décroche. A plusieurs reprises, il tenta par la pensée de se réfugier dans l'endroit où il avait été le plus heureux : une salle de classe, avec un tableau, des cartes de France sur les murs, des élèves attentifs, des odeurs de craie et d'encre violette. Mais, à la fin, sa souffrance était telle qu'il n'y parvint plus.

Il revint à lui dans une cellule où se trouvaient trois hommes qui, comme lui, avaient été torturés. Il ne savait pas s'il avait parlé ou non. Il avait mal partout, mais surtout aux mains. Il parvint à distinguer sa droite : elle n'avait plus d'ongles. Son bras était couvert de sang. Un homme s'approcha de lui, lui parla doucement.

— Ne dis rien, fit une voix à l'autre bout de la cellule. C'est un mouchard.

L'homme recula, ne parla plus. Charles aurait voulu dormir, mais ils revinrent le chercher à la mi-journée. Du moins le crut-il. En réalité, c'était déjà le soir. Et de nouveau ce fut la torture et la douleur impossible à apprivoiser. Il en sortit brisé, perdant beaucoup de sang et murmurant à l'intérieur de lui-même ces mots qui, seuls, par moments, l'apaisaient :

« Mathilde, Mathilde… »

A Puyloubiers, on apprit la nouvelle de son arrestation le 25 mars. François et Aloïse faillirent en perdre la raison. Le 30 mars, le marchand d'Eygurande leur révéla que Charles avait été transféré à Paris et qu'il risquait d'être déporté, comme tant d'autres, en Allemagne. Dès lors, Aloïse cessa de parler et parut de nouveau tomber dans le gouffre qui faisait si peur à François, lequel n'avait même plus la force de travailler. Heureusement, il y avait là Lucie qui tenta de les rassurer : elle connaissait à Paris quelqu'un qui, peut-être, pourrait sauver Charles. Elle partirait le soir même pour la capitale. Même s'ils n'y croyaient pas vraiment, François et Aloïse s'accrochèrent à cet espoir un peu fou.

Fidèle à sa parole, Lucie prit le train du soir et arriva à Paris le lendemain matin, après un voyage très pénible durant lequel elle dut faire face à deux contrôles d'identité. Depuis la mort de Jan, elle avait pu se faire établir, grâce à Mathilde, de nouveaux papiers et avait repris son nom de jeune fille : Lucie Barthélémy. Elle se rendit directement avenue de Suffren, non pas dans l'appartement, mais dans la boutique qu'Elise tenait seule, le plus souvent. Elise l'était, seule, ce matin-là, et elle se montra heureuse de l'arrivée de sa mère. Lucie lui expliqua en quelques mots pourquoi elle se trouvait là. Elise ne fut ni vraiment surprise ni vraiment contrariée de ce que sa mère lui demandait. Elle lui promit d'essayer de convaincre son mari d'intervenir en faveur de Charles, du moins s'il n'était pas trop tard.

A midi, les retrouvailles, tout d'abord, furent très froides avec l'homme du PPF. Ensuite il devint plus accommodant en apprenant que Jan Hessler était mort en héros du Reich à Novgorod. Il accepta que Lucie reste quelques jours à Paris, finit par se montrer plus aimable. Pourtant, les deux femmes n'abordèrent pas la question qui les préoccupait lors de ce premier repas ; d'ailleurs elles n'en auraient pas eu le temps : Roland Destivel avait été appelé à de hautes responsabilités depuis que Marcel

Déat, Philippe Henriot et Joseph Darnand étaient entrés au gouvernement à la suite d'un remaniement ministériel exigé par les Allemands.

Paris vivait dans la peur et la pénurie. Tickets et cartes de rationnement étaient indispensables pour trouver de la nourriture. Ce n'était pas un problème pour Elise en raison des activités et de la position de son mari. Partout sur les murs étaient placardés des avis – les *Bekanntmachung* – donnant des listes de « terroristes fusillés » ou promettant des récompenses à qui fournirait des renseignements permettant leur arrestation. Partout, aussi, fleurissaient des affiches de propagande « pour sauver l'Europe du bolchevisme » ou incitant au départ volontaire en Allemagne pour faire libérer les prisonniers. Dans les rues, on rencontrait de nombreux Allemands en uniforme, et l'on ne se sentait pas en sécurité. Plutôt que de sortir, Lucie aidait sa fille au magasin, mais les clients étaient rares et elles avaient donc le temps de parler.

Lucie raconta à Elise combien elle avait eu du mal à consoler son fils quand il avait appris la mort de son père. Pour elle comme pour lui, les jours qui avaient suivi l'arrivée de la lettre d'Allemagne avaient été très durs à vivre, mais le fait d'avoir à s'occuper de Heinz, à le réconforter, avait contribué à faire oublier à Lucie sa propre douleur. Les semaines et les mois qui avaient passé avaient heureusement adouci sa blessure. N'avait-elle pas toujours su que son amour avec Jan était condamné d'avance ? Son seul espoir, désormais, était que la guerre finît, afin de se rendre une dernière fois en Allemagne pour y rencontrer les parents de Jan, si toutefois ils étaient encore en vie.

Lucie évoqua aussi les difficultés de François et d'Aloïse, en l'absence d'Edmond et de Charles.

— Quelle folie, aussi ! s'exclama Elise. Pourquoi ne pas faire confiance à ceux qui ont en charge le pays ?

Lucie comprit que sa fille n'avait aucune idée de ce qui

se passait en dehors du cercle clos dans lequel elle vivait. Elle lui expliqua que la Résistance, en province, était de plus en plus active, et que l'on parlait même de l'éventualité d'un débarquement allié pour bientôt. Elise n'en crut rien, mais elle fut cependant ébranlée quand sa mère conclut :

— Si les choses changent un jour, ce dont je suis persuadée, ceux qui sont en place aujourd'hui devront rendre des comptes. Il serait peut-être bon que ton mari aide au moins une fois un résistant : ça pourrait lui servir.

Elise ne parut pas du tout convaincue, mais elle promit de faire tout ce qui était en son pouvoir pour fléchir son époux. Lucie ne douta pas un instant de sa sincérité et elle la remercia. Elle repartit pour le haut pays un peu rassurée, en tout cas bien décidée à faire partager son espoir à François et à Aloïse.

Mathilde aussi était au courant de l'arrestation de Charles. Dès qu'elle avait appris la nouvelle de la bouche du marchand d'Eygurande, oubliant toute prudence, elle s'était rendue à Tulle par le train, chez le cordonnier qui avait pu contacter Montagne. Celui-ci était venu à la tombée de la nuit, lui avait reproché son imprudence mais l'avait emmenée dans la rue du Pont-Neuf, au dernier étage d'un immeuble où ils avaient retrouvé sa femme, Emilienne, qui travaillait aussi pour l'Armée secrète.

— Vous l'appellerez Fougère, avait-il dit à Mathilde en la lui présentant.

Tout en prenant un repas frugal, ils avaient examiné la situation, et Mathilde n'avait pu s'empêcher de plaider pour une opération destinée à faire libérer Charles.

— C'est impossible, avait répondu Montagne. Il a déjà été transféré à Drancy.

Elle avait placé tout son espoir dans ce voyage à Tulle et tout s'effondrait en un instant. Elle avait eu beaucoup de peine à encaisser le choc, et puis elle s'était reprise en écoutant Montagne lui expliquer à quel point, là-haut, le réseau était menacé.

— Il faudrait verrouiller, reprendre tout de zéro, et vite. L'un des nôtres a peut-être parlé.

Elle savait très bien que c'était possible, même pour Charles, et, l'apercevant sous la torture dans ses rêves, il lui était même arrivé de le souhaiter.

— Etes-vous capable de vous en occuper ?

Elle n'avait pas hésité, car c'était désormais le seul moyen de se rapprocher de Charles, de gagner le combat avant qu'il ne soit trop tard, pour lui comme pour des milliers d'autres. Montagne lui avait confié trois noms codés : Ventadour, qui était le marchand d'Eygurande, Luzège, qu'elle avait rencontré à Marcillac, et André l'ingénieur du barrage de l'Aigle, qu'elle pourrait contacter à Spontour. Il lui avait demandé de remplacer Charles à la tête de l'organisation et de garder son nom de Bruyère. Il était reparti et l'avait laissée en compagnie de sa femme pour la nuit. Mathilde devait regagner Egletons dès le lendemain matin par le train, mais pour la dernière fois : ensuite elle ne devrait revenir que dans le camion de son oncle, lequel allait travailler pour l'Armée secrète sous le nom de Bouleau.

Comme convenu, donc, elle était repartie, et, depuis ce jour-là, elle parcourait les routes cachée dans le camion de bois, cherchant à savoir s'ils n'étaient pas surveillés, si un maillon de la chaîne n'avait pas cédé. André, l'ingénieur, d'une certaine manière, la rassura : tous ceux qui se trouvaient avec Charles le jour du parachutage étaient morts lors de l'attaque des GMR. Seul Charles avait été interrogé, ce qui limitait quand même beaucoup les risques. Elle sut gré à André de lui montrer à quel point il avait confiance en Charles, avec qui il avait travaillé au début pour l'ORA. Il lui expliqua que le mieux était de renouer les contacts avec tous les correspondants et de vérifier s'ils n'avaient pas été infiltrés. Il lui recommanda de s'appuyer sur Ventadour plutôt que sur Luzège, mais elle l'aurait fait d'elle-même : elle n'avait pas confiance dans l'homme qu'elle avait rencontré sur le trottoir, à Marcillac.

Elle s'efforça de renouer au plus vite les fils du réseau après s'être assurée qu'ils étaient solides. Ce fut assez facile dans le secteur de Ventadour qui, de lui-même, avait pris des dispositions de sécurité. C'était un homme assez semblable à Montagne : très fort, carré, une grande franchise dans le regard, et des mains larges et solides dans lesquelles on abandonnait facilement les siennes.

Ce fut plus malaisé avec Luzège qui avait paniqué et qui se terrait dans les environs de Lapleau, laissant ses hommes dans l'incertitude et le danger. Dès leur première entrevue dans une grange perdue à proximité du hameau de Chabanne, Mathilde fut persuadée qu'il avait été retourné. Quand elle revint à Tulle chercher des instructions, la décision de Montagne la pétrifia :

— Il faut l'éliminer.

— L'écarter seulement, protesta-t-elle.

— Vous n'y pensez pas ? Les Alliés vont débarquer sans doute avant l'été, et vous voudriez prendre ce genre de risques ? Si vous ne pouvez pas, dites-le-moi, je m'en occuperai.

Elle se sentit faible, soudain, incapable de décider ainsi de la mort d'un homme. Elle l'avoua à Montagne qui, aussitôt, ordonna :

— Vous allez passer sous l'autorité de Ventadour. A l'avenir, vous servirez uniquement d'agent de liaison vers Tulle. Ce que vous faisiez avant : pas davantage.

Elle ne songea pas à protester. Tout cela, parfois, était au-dessus de ses forces.

— Arrangez-moi un rendez-vous avec Ventadour, à Egletons, si possible. Vous y assisterez. J'y tiens.

Elle hocha la tête, s'apprêtait à sortir quand Montagne la retint par le bras et ajouta :

— Je ne peux pas faire autrement. C'est trop dangereux.

— Je sais, dit Mathilde.

Et elle repartit, dévastée par l'idée qu'elle allait être complice d'un meurtre. Et si elle s'était trompée ? Si Luzège n'était pas celui qu'elle croyait ?

Dès son retour à Egletons, malgré les risques qu'elle encourait, elle sollicita une nouvelle entrevue avec Luzège. C'était plus fort qu'elle. Il fallait qu'elle fût sûre de ne pas se tromper, sans quoi elle devrait vivre avec le remords d'un assassinat toute sa vie. La pensée de Charles qui souffrait peut-être sous la torture, en cet instant, lui donna les forces nécessaires pour partir à la rencontre de Luzège dans la grange qui lui servait de PC, non loin du hameau de Chabanne.

C'était un jour sans soleil, lourd de brumes qui ne se levaient pas. Le gazogène de son oncle roulait très lentement sur la route étroite entre les grands arbres de la forêt que la neige bossuait par plaques. Le rendez-vous n'était qu'à midi, mais ils étaient partis très tôt, car l'un et l'autre se méfiaient. Ils arrivèrent donc bien avant l'heure fixée et garèrent le camion dans un chemin creux qui s'enfonçait entre des sapins d'un vert très sombre. De là, ils gagnèrent la lisière d'où l'on apercevait la grange, en bas, près d'un ruisseau qui jetait entre les branches nues des éclats de vitre.

Ils se trouvaient là depuis dix minutes quand une traction surgit sur la route, de l'autre côté de la vallée, et descendit vers la grange. Quatre hommes en sortirent, dont l'un attira le regard de Mathilde, provoquant en elle un frisson glacé : elle le connaissait, elle en était sûre. Elle chercha pendant quelques secondes et, tout à coup, se souvint : il était parmi ceux qui étaient sortis du restaurant, derrière Charles, à Marcillac.

— Partons ! dit-elle à son oncle.

Ils regagnèrent le camion et s'enfuirent le plus vite possible, tandis que Mathilde se désolait :

— Il faudra tout recommencer.

C'est ce qu'elle avoua à Montagne, le jour où il rencontra Ventadour à Lachassagne, dans la maison de l'oncle Henri. Elle savait qu'en s'exprimant ainsi elle scellait le sort d'un homme, mais elle en était certaine aujourd'hui : Luzège avait été retourné par la Milice. Elle ne savait quand ni comment, mais elle était persuadée que Charles avait payé le prix de cette trahison, et sa voix ne tremblait pas, ce matin-là, tandis qu'elle donnait ses conclusions à Montagne. Celui-ci se tourna alors vers Ventadour :

— Il faut faire vite, très vite. Tu peux t'en charger ou je dois monter avec mes hommes ?

— Je m'en occupe, dit Ventadour.

— Il faudra aussi couper les branches pourries.

— Oui, j'avais compris.

Mathilde était pâle, hagarde, et tremblait. A l'instant où le regard de Montagne se posa sur elle, elle ne put l'affronter. Qui était cet homme capable d'une telle froideur ? Que faisait-il dans la vie ? Elle avait cru comprendre qu'il travaillait à la préfecture mais ce n'était pas le cas. Il n'avait rien d'un fonctionnaire, en fait, et ses mains révélaient plutôt une activité manuelle.

— Vous prendrez la place de Luzège, dit Montagne à l'oncle Henri. Méfiez-vous, c'est dangereux.

Il ajouta après un soupir :

— Limitez les risques. Une dizaine d'hommes, ça suffira. On n'a plus assez de temps, maintenant.

Ils ne s'attardèrent pas. Montagne repartit dans sa

camionnette avec ses trois gardes du corps qui, pendant l'entrevue, étaient restés dehors pour surveiller les alentours, puis Ventadour s'en alla aussi, sans l'ombre d'une émotion. Ces hommes étaient des rocs, sans doute nés dans le haut pays, au cœur de ces forêts où la vie avait été très dure, pour eux comme pour leur famille. Ils ne connaissaient pas la faiblesse, ils étaient prêts à tout pour défendre leur territoire.

Dix jours plus tard, un soir, en rentrant, son oncle dit à Mathilde que « c'était fait ». Une pince dure et froide se referma sur son estomac, mais elle s'efforça de penser à Charles et tenta de se persuader qu'elle l'avait vengé. Pourtant elle vécut les jours qui suivirent avec l'impression d'une souillure au plus profond d'elle. Un homme, sans doute plusieurs étaient morts à cause d'elle. Elle ne pouvait pas s'empêcher d'y penser. Il lui arriva de pleurer, la nuit, seule dans son lit, jusqu'à ce que les mains de Charles, dans ses rêves, se posent sur elle. Elles avaient seules le pouvoir de lui accorder la délivrance du sommeil et de l'oubli.

5

IL FAISAIT soleil, ce matin-là, sur Puyloubiers, quand François se leva, pressé de profiter de l'arrivée des beaux jours. Il se vêtit rapidement, but un verre de café et sortit dans l'aube pâle qui auréolait la forêt d'une lueur d'un rose étrange, au-dessus du vert profond des arbres. L'air avait perdu sa dureté de l'hiver, et les oiseaux s'égosillaient sur les branches où s'épanouissaient les premières feuilles. Au-dessus de la sapinière, pourtant, le ciel échancré par la pointe des arbres semblait avoir reflué, laissant place à une frise étincelante qui décourageait le regard.

François entendit du bruit dans la maison. Aloïse avait dû se lever, ou peut-être Odile qui ne dormait guère en l'absence de son mari, même si elle prenait son fils Robert près d'elle dans son lit. Cela faisait exactement quatre ans qu'Edmond était absent de son foyer. Aujourd'hui, Charles aussi avait disparu, et pour quelle destination, quel calvaire ? Dès qu'il s'arrêtait de travailler, que ses mains demeuraient vacantes, François ne cessait de penser à ses deux fils. Il s'abrutissait de travail pour oublier, surtout depuis que la neige avait fondu. Il s'efforçait de puiser des forces dans les fastes de la belle saison, la grandeur et la beauté de ces terres sauvages, là où, depuis toujours, il avait réussi à surmonter les épreuves de la vie.

Le plus difficile, c'était de trouver les mots, chaque jour, pour réconforter Aloïse et Odile. Heureusement, Lucie l'y aidait. Son voyage à Paris et ce qu'elle leur en avait dit au retour leur permettaient d'espérer. Cependant, la vie quotidienne demeurait difficile et il fallait prendre sur soi, ne pas se laisser aller, trouver dans les beaux jours un peu de joie et la force de croire en des temps meilleurs. C'est ce que se disait François, ce matin-là, en s'attardant au spectacle de la sapinière qui crénelait le ciel, là-haut, et veillait sur eux, comme ils l'avaient toujours imaginé avec Aloïse, depuis toujours.

Il entra dans l'étable et retrouva avec plaisir l'odeur des bêtes et du foin. Il se mit à traire, le front appuyé contre le flanc tiède, et la chaleur de cette peau, le chant du lait giclant dans la cantine le ramenèrent doucement vers la sensation d'un bonheur possible. Il suffisait d'être patient, de ne pas désespérer, de faire confiance à cette providence qui l'avait protégé pendant quatre années de guerre et lui avait permis de revenir vers Aloïse. Ce qu'il regrettait, aujourd'hui, c'était de ne plus avoir assez d'énergie pour se battre aux côtés de ses fils – non pas vraiment pour se battre, en fait, car il avait toujours détesté la guerre, mais pour les aider. Voilà : elle était là, exactement, sa blessure la plus secrète : savoir ses deux garçons en péril et se sentir impuissant à leur venir en aide. Il aurait donné tout ce qu'il possédait, même les années qu'il lui restait à vivre, pour les secourir et les ramener vers ceux qui les attendaient. Cette idée l'obsédait. Il ne pouvait s'en débarrasser. Il se dépêcha de traire, revint vers la maison pour déjeuner, croisa sur le seuil Heinz, le fils de Lucie, que tous appelaient Jean, et qui partait pour l'école de Saint-Vincent. François lui caressa les cheveux de la main, et le garçon, qui était en retard, s'enfuit en courant.

François entra, s'assit, coupa du pain, réalisa que trois

femmes, dans sa maison, avaient perdu un mari ou un fils à cause de la guerre. L'un d'entre eux ne reviendrait jamais, songea-t-il, mais les deux autres ? Est-ce qu'ils s'assiéraient de nouveau à cette table ? Aloïse, le sentant préoccupé, vint s'installer près de lui. Odile faisait déjeuner son fils Robert, et Lucie s'affairait dans les chambres. Louise se trouvait au lycée à Ussel et ne rentrait qu'en fin de semaine, toujours inexplicablement hantée par son rêve de partir un jour en Afrique.

A l'instant où François commençait à manger son pain et un morceau de lard maigre, il entendit un bruit de moteur sur la route. D'abord il ne s'en inquiéta pas, pensant que la voiture passerait sans s'arrêter, mais le bruit devint plus distinct et il comprit qu'il n'y avait pas une voiture, mais deux. Deux tractions noires, exactement, dont on entendit les portières claquer. A peine François eut-il le temps de se lever que des miliciens surgirent, en chemise et brassard noirs, tous coiffés d'un béret sauf un, blond, tête nue, qui semblait commander les autres hommes : six en tout, armés de mitraillettes ou de revolvers. François comprit que ce qu'il redoutait depuis que Charles était entré dans la Résistance se produisait ce matin, mais il n'avait pas peur, au contraire. Ce fut comme s'il prenait place enfin aux côtés de ses fils. Il saisit Aloïse par le bras et se rapprocha du mur où était suspendu un fusil qui était armé. Les miliciens, eux, n'ouvraient pas la bouche. Sur un signe du blond, trois d'entre eux pénétrèrent dans les chambres et se mirent à fouiller, trois autres sortirent et s'en furent perquisitionner dans la grange et dans l'étable. Le blond s'approcha de François et d'Aloïse et, toujours silencieux, les défia du regard. Il jouait avec une cravache qui battait régulièrement l'extérieur de son pantalon brun à fuseaux. Toujours sans un mot, il s'approcha de Lucie, puis d'Odile, et leva brusquement sa cravache sur elle.

— Qu'est-ce que vous voulez ? intervint François. S'il y a un coupable, ici, c'est moi.

Le blond se retourna vivement et hurla :

— Ferme ta gueule ! C'est moi qui donne les ordres !

François sentit Aloïse chanceler à côté de lui, voulut la retenir, mais il n'en eut pas le temps. Elle glissa sur le sol, aussitôt secourue par Lucie et Odile. Elles la relevèrent, la firent asseoir, tandis que François, lui, n'avait pas bougé : il ne songeait qu'à rester à portée de son fusil.

Les hommes sortirent des chambres, fouillèrent les meubles de la grande cuisine, puis ceux qui étaient à l'extérieur arrivèrent à leur tour. Que cherchaient-ils exactement ? Des faux papiers ? Des armes ? François ne savait pas. Le blond, qui paraissait très mécontent, sortit avec les trois qui avaient inspecté la grange. Deux des hommes qui étaient restés là s'approchèrent en souriant d'Odile qui tremblait, près de la cheminée. C'était la plus jeune, la plus belle, et ils se croyaient tout-puissants. Ils la prirent chacun par un bras et l'entraînèrent vers la chambre sans qu'elle trouve la force de se défendre. Avant même qu'ils passent la porte, François s'empara de son fusil et cria :

— Lâchez-la !

Ils se retournèrent, ainsi que le troisième, qui leur avait emboîté le pas, et se trouvait lui aussi, heureusement, dans le champ de visée de François. Ce qu'ils lurent dans ses yeux ne leur laissa aucun doute sur sa détermination : il était capable de tirer, même s'il devait le payer de sa vie. Placés comme ils étaient, leurs armes baissées alors que lui les tenait en joue, ils étaient à sa merci. En deux coups de fusil, il pouvait les tuer tous les trois avant qu'ils aient esquissé le moindre geste. Pendant un instant ils hésitèrent, pesant leur chance de s'en sortir sans renoncer à profiter de la proie fragile qu'ils tenaient encore fermement par les bras.

Le temps parut s'arrêter. Le doigt de François se crispa sur la détente. Puis on entendit des voix et la porte s'ouvrit. Le blond jugea tout de suite de la situation, et lança :

— Lâchez-la.

Odile vint se réfugier près de Lucie et d'Aloïse qui émergeait à peine de son évanouissement. François baissa son fusil, mais le garda dans les mains.

— C'est interdit ça, fit le blond, vous auriez dû déposer votre arme à la sous-préfecture.

— Je chasse, dit François. C'est nécessaire ici.

— Oui, on dit ça, fit le blond.

François hésitait, le milicien aussi.

— Je vais être obligé de vous emmener.

— Moi seul, dit François, relevant légèrement le canon de son fusil. Faites sortir vos hommes d'abord.

— C'est moi qui décide. Pas vous.

Le milicien hésitait toujours, c'était évident. Lui aussi soupesait les risques, comme ses collègues l'avaient fait avant lui. Il comprit qu'à coup sûr François tirerait avant d'être désarmé. Il fit un signe de tête à ses hommes qui sortirent, les uns après les autres, non sans regret. François se demandait ce qui allait se passer quand il aurait rendu son arme.

— Donnez-moi votre fusil, dit le milicien. Ensuite je contrôlerai les papiers des femmes et nous partirons.

— Je vous rendrai mon fusil après.

— Ne jouez pas avec ma patience. Faites vite ou vous perdrez tout.

Quelque chose dit à François qu'il devait obéir. Il venait de comprendre que non seulement ils cherchaient des faux papiers, des armes cachées, mais surtout Mathilde. Il en fut certain quand, ayant examiné les papiers des trois femmes, le blond parut dépité et lança :

— Non, ça ne peut pas être elle.

Et à François, d'un signe de tête :

— Passez devant.

François obéit sans hésiter. Il ne risquait rien, ou pas grand-chose. Il repoussa Aloïse doucement, la rassura. Sa seule préoccupation était d'éloigner le danger des trois femmes qui vivaient sous son toit. Il monta dans l'une des tractions avec soulagement. La première venait de démarrer devant celle où il avait pris place, entre le blond et l'un des deux miliciens qui avaient entraîné Odile vers la chambre. Il se sentit délivré, tout à coup. Son sort lui importait peu. C'était comme s'il avait enfin rejoint ses deux fils dans le combat qu'ils menaient sans lui depuis trop longtemps.

Mathilde ne se doutait pas de ce qui s'était passé à Puyloubiers, deux jours auparavant. Ce matin du 9 juin, en se réveillant à Tulle, dans la chambre prêtée par ses contacts, rue du Pont-Neuf, elle se trouvait en compagnie d'Emilienne, la femme de Montagne, qui, du fait qu'elle travaillait à la préfecture, était le principal agent de renseignement de son mari. Malgré le temps passé depuis l'arrestation de Charles, malgré les difficultés du combat qu'elle menait, Mathilde n'avait pas perdu espoir. Elle avait appris le voyage effectué à Paris par Lucie pour intervenir en faveur de Charles, et, de plus, comme le Débarquement avait eu lieu le 6 juin, elle était persuadée que les Allemands avaient d'autres soucis, aujourd'hui, que d'organiser des convois de déportés. Or, elle savait par Emilienne que Charles se trouvait encore à Paris le 5 juin. Avec un peu de chance, il s'y trouvait encore aujourd'hui.

Si elle se réveillait à Tulle, ce matin du 9, c'est parce qu'elle y était prisonnière. Depuis la veille, en effet, des événements d'importance s'y déroulaient : les FTP avaient attaqué la garnison allemande et s'étaient rendus maîtres de la ville. Par crainte de représailles, l'AS n'avait pas participé à l'action : le préfet Pierre Trouillé l'avait prévenue que la division Das Reich basée à Montauban remontait vers la Normandie, avec pour instruction de nettoyer sur son passage les zones de résistance contrôlées par les bandes armées. La Das Reich et surtout son régiment de pointe le Der Führer avaient été attaqués à plusieurs reprises par les FTP, notamment en Dordogne et près de Brive, avant de se lancer vers Tulle la veille au soir.

Mathilde, qui était arrivée ce matin-là pour prendre les instructions, avait vu apparaître les chars allemands de la fenêtre où elle attendait le retour d'Emilienne de la préfecture. Elle était bloquée, ne pouvait plus repartir. La nuit avait été entrecoupée de coups de feu, de tirs d'armes automatiques, de rafales de mitraillettes, de cris, mais le jour se levait dans une clarté magnifique, ce 9 juin, comme si rien de grave ne s'était passé, comme si la vie, malgré tout, continuait.

Emilienne était sortie très tôt aux nouvelles, qui n'étaient pas bonnes : on disait que les Allemands allaient exercer des représailles sur la population afin de venger la tuerie de la garnison basée à l'Ecole normale, dont les officiers auraient été mutilés. Effectivement, de la fenêtre, on apercevait des centaines d'hommes qui avançaient lentement vers la place du Champ-de-Mars. Montagne était parvenu à s'échapper de la ville dans la nuit, heureusement : les Allemands visitaient toutes les maisons pour contrôler l'identité des habitants, disaient-ils : en réalité pour exercer les représailles promises au préfet par le major Kowatch et le général Lammerding.

Ils étaient des centaines, peut-être des milliers, ces hommes qui avançaient sans trop de crainte, apparemment, vers la manufacture d'armes où se déroulait le tri : séparés en deux groupes, puis séparés encore selon une mystérieuse règle appliquée par les soldats allemands. Il y avait bien longtemps que les FTP avaient quitté la ville pour regagner les campagnes et les forêts. Mathilde ne comprenait pas pourquoi on ne relâchait pas les hommes une fois qu'on avait contrôlé leur identité et elle sentait monter en elle une angoisse diffuse que partageait Emilienne, qui venait d'arriver.

Cette angoisse fut à son comble quand les deux femmes aperçurent, un peu après midi, de l'autre côté de la Corrèze, un petit détachement qui portait des échelles, des escabeaux et des cordes.

— Mon Dieu, gémit Emilienne, ils vont les pendre !

— Non, dit Mathilde, c'est impossible.

— Ils étaient furieux, hier au soir, en trouvant les corps de leurs soldats près du cimetière.

— Ce n'est pas possible, allons ! répéta Mathilde.

— Je te dis qu'ils vont les pendre.

— Mais non, voyons : les maquis vont redescendre les attaquer.

— Ils ont parlé de cent vingt otages, insista Emilienne.

— Non, je suis sûre que tu as mal compris.

Pourtant, aussitôt, Mathilde fut soulagée à la pensée que Charles se trouvait loin de Tulle, même si elle ignorait tout de son sort à Paris.

Elles quittèrent la fenêtre pour essayer de manger un peu car elles étaient à jeun depuis la veille au soir, mais elles n'y parvinrent pas. Au moment où elles retournèrent à la fenêtre, elles aperçurent des cordes qui pendaient des balcons et des réverbères. Des SS et des jeunes des Chantiers s'activaient tout autour à disposer des échelles. C'est alors que, venant d'une rue perpendiculaire, une dizaine de prisonniers apparurent. Un prêtre se tenait auprès de ces hommes, très jeunes pour la plupart, qui semblaient hébétés par le soleil et ne comprenaient pas ce qui se passait. Dès qu'ils aperçurent les échelles, les premiers otages s'arrêtèrent. Des coups de crosse et des coups de botte les obligèrent à repartir.

Sur un ordre du SS qui paraissait diriger les opérations, le premier otage se détacha du groupe et posa un pied sur l'échelle. Mathilde en aperçut deux ou trois qui regardaient à droite et à gauche pour chercher de l'aide ou tenter de s'enfuir. Quand son regard revint vers l'échelle, l'otage, un homme brun, vêtu d'une chemise de couleur verte et d'un pantalon de toile noir, se trouvait sur le quatrième barreau de l'échelle. De l'autre côté, sur une échelle appuyée face à la première, un SS lui passait un nœud coulant autour du cou. Mathilde ferma les yeux mais entendit le cri. Elle recula, s'assit sur une chaise, bientôt rejointe par Emilienne qui tremblait de tous ses membres.

Un peu plus tard, en entendant hurler les Allemands, elles se précipitèrent, aperçurent un otage qui courait vers la Corrèze, les mains liées dans le dos. Les soldats, depuis la rambarde, l'ajustèrent à la mitraillette. Il tomba sur la rive, les jambes dans l'eau, et ne bougea plus.

D'autres otages arrivaient : par groupes de dix, toujours, alors que les cadavres des précédents jonchaient la rue, dans la lumière blonde du soleil.

— Combien vont-ils en pendre ? gémit Mathilde.

— Cent vingt, je te l'ai dit, fit Emilienne, anéantie.

De fait, le défilé des otages dura une grande partie de l'après-midi. On entendait une musique d'accordéon, venue d'on ne savait où, mais qui donnait au calvaire des hommes un air de fête sauvage. Certains refusaient de monter l'échelle et étaient frappés de violents coups de crosse, d'autres montaient sans un mot, fièrement, et criaient avant que l'échelle ne s'abatte sous leurs pieds. La plupart mouraient très vite, sous les rires et les plaisanteries des SS qui écartaient le cadavre à coups de pied. Une seule fois, une corde cassa, provoquant la colère de l'officier SS qui mit fin à l'agonie de l'otage à coups de revolver.

Le soir tombait, lourd de parfums de foin et de feuilles chaudes. Le ciel devenait vert, mais il n'y avait pas la moindre hirondelle au-dessus des maisons. Les SS venaient de pendre quatre-vingt-dix-neuf jeunes hommes et commençaient à les transporter dans un dépôt d'ordures pour les ensevelir. Tous les autres otages étaient embarqués dans des camions pour Limoges d'où, sans doute, ils seraient déportés en Allemagne. Le lendemain, un détachement de cette même division Das Reich sévit à Oradour où il brûla dans l'église femmes et enfants après avoir fusillé tous les hommes du village. Mathilde apprit la nouvelle à Ussel où la garnison allemande s'était rendue après un combat sanglant contre les FTP. Cependant, l'image du jeune homme brun montant les marches de l'échelle ne la quittait plus. Et le visage de ce jeune homme désormais, c'était celui de Charles. Mathilde était persuadée, ce dimanche 11 juin, dans la maison de ses parents qu'elle avait enfin retrouvés, qu'elle ne le reverrait plus.

Il était pourtant vivant, Charles, ce dimanche-là, dans sa cellule au cœur de Paris, même s'il avait perdu tout espoir. Il se demandait pourquoi il se trouvait encore dans cette cellule alors que tous ceux qu'il avait côtoyés n'y restaient que quinze jours, ou trois semaines, puis étaient emmenés il ne savait où. Ce qu'il savait seulement, c'était qu'ils disparaissaient dans l'un des camions dont on entendait régulièrement rugir les moteurs dans la cour. Lui, il était toujours là, s'interrogeant sur sa miraculeuse survie.

Il allait être cinq heures de l'après-midi quand il entendit une nouvelle fois des camions se ranger dans la cour intérieure. Il y eut des cris, des ordres, des bruits de bottes et de culasses que l'on manœuvre, puis un grand vacarme retentit dans le couloir. La porte s'ouvrit brusquement, et une voix cria :

— *Alles raus ! Schnell !*

Charles et ses quatre compagnons de cellule furent extraits à coups de crosse, dévalèrent des escaliers en tombant plusieurs fois et débouchèrent dans la cour où la lumière les aveugla. Ils titubèrent, furent poussés dans deux camions où ils s'entassèrent. Les moteurs se mirent à tourner. Charles se trouvait dans le deuxième véhicule, près de la porte. Alors que le premier s'apprêtait à démarrer, un officier, un peu en retrait, lança d'une voix qui glaça le cœur de Charles :

— Barthélémy ! *Aufstehen !*

Charles n'eut pas la force de se lever.

— Barthélémy Charles ! *Raus !*

Charles se dressa péniblement.

— Barthélémy ? répéta l'officier.

— Oui ! fit Charles.

— *Komm hier !*

Les jambes de Charles ne le portaient plus. Des soldats le firent basculer à l'extérieur puis rabattirent le montant de bois et le verrouillèrent. Charles demeurait immobile, se demandant ce qui se passait, pétrifié à l'idée d'être encore interrogé, torturé comme il l'avait été à plusieurs reprises. Un instant, il envia les hommes qui partaient. Mais ce qui lui fit le plus mal, à ce moment-là, ce fut la stupeur qu'il lut dans les yeux de ses compagnons de cellule convaincus de voir en lui un mouchard. Il esquissa un geste de la main, mais comprit qu'il était inutile. Les camions partirent.

— *Kommen Sie !* répéta l'officier en poussant Charles devant lui.

Au lieu de l'emmener dans la salle d'interrogatoire, il le fit reconduire dans sa cellule. Là, Charles s'apprêtait à passer la nuit la plus terrible de sa vie quand, vers dix heures du soir, la porte s'ouvrit sur le même officier qui lui donna l'ordre de le suivre.

Il le conduisit sans un mot vers l'arrière de la prison, le long d'un couloir que Charles n'avait jamais pris, si bien qu'il eut la certitude qu'on allait l'assassiner. La porte s'ouvrit sur une rue déserte, seulement peuplée de pigeons. L'officier lui tendit un morceau de papier où Charles lut : « 46, rue du Faubourg-Saint-Martin ». Une main brutale le poussa et, quand il se retourna, la porte de la prison s'était déjà refermée. Il crut à un piège, se dit qu'on allait lui tirer dans le dos, et, comme rien ne se produisait, il se dépêcha de s'éloigner.

A l'extrémité de la rue, il déboucha sur un boulevard où la vie parisienne bourdonnait délicieusement dans le jour finissant de juin. Il marcha sur une centaine de mètres, aperçut un square et un banc où il s'assit, incrédule, ne parvenant pas à comprendre ce qu'il faisait là. Alors il pensa qu'il avait sans doute parlé, trahi les siens, dans l'état de semi-conscience où il se trouvait, parfois, pendant la torture, et il pleura longtemps, sur ses mains mutilées, sur lui-même, sur ce monde qui était si beau, ce soir-là, dans la douceur de la nuit d'été où passaient par moments des parfums d'herbe coupée, un monde dans lequel il ne pourrait plus jamais être heureux.

Début juillet, dès qu'elle avait reçu la lettre d'Elise lui apprenant que Charles était vivant et qu'elle le cachait dans sa boutique de la rue du Faubourg-Saint-Martin, Mathilde, malgré les risques, avait décidé de se rendre à Paris. Comme elle ne connaissait pas la capitale, elle avait demandé à Lucie de l'accompagner, et les deux femmes étaient parties le 10 juillet, par le train, pour Paris où régnait une atmosphère lourde de menaces, les Allemands étant aux abois depuis le Débarquement. Ils résistaient encore, cependant, principalement en Normandie, alors que le centre de la France, et le Limousin en particulier, avait été libéré en juin.

C'est dans une ville dangereuse, en état de siège, que les deux femmes étaient arrivées en fin d'après-midi, ce 10 juillet, et avaient réussi à se rendre rue du Faubourg-Saint-Martin où Mathilde avait pu enfin retrouver Charles qui gisait dans l'arrière-boutique, sur un lit sommairement aménagé. Mais dans quel état ! Des blessures profondes sur ses mains, ses jambes et son torse témoignaient de la violence des tortures qu'il avait subies. Lucie et Elise avaient laissé Mathilde et Charles seuls pour ces retrouvailles tellement espérées. Charles essayait de sourire, mais son sourire faisait mal à Mathilde qui se penchait sur lui. Elle ne pouvait retenir ses larmes devant ces dérisoires pansements qui cachaient mal les blessures infligées par la Gestapo.

Elise avait expliqué qu'elle n'avait pu le faire transférer dans un hôpital, car les Allemands les contrôlaient régulièrement. Elle soignait Charles de son mieux avec une amie infirmière. Elle n'avait pu l'accueillir rue de Suffren à cause de son mari : on ne pouvait pas demander à Roland davantage que ce qu'il avait fait, même s'il sentait le vent tourner et sa position devenir périlleuse. Mathilde l'avait remerciée, n'ignorant rien des risques qu'elle avait pris à cacher ainsi Charles, alors qu'au-dehors les Allemands, dans une résistance désespérée, multipliaient les contrôles, les arrestations et les exécutions.

Cette première nuit, Mathilde avait voulu la passer près de son mari. Elise et Lucie étaient parties après que l'infirmière fut venue, comme chaque soir, donner des soins à Charles pour lequel elle craignait la gangrène. Selon elle, quels que fussent les risques, il aurait fallu l'hospitaliser, mais Elise s'y était toujours refusée, tout comme Mathilde, ce soir-là, s'y opposa.

Elle se coucha près de Charles, lui raconta ce qui s'était passé en son absence, comment François avait été arrêté mais relâché le lendemain, les événements de

Tulle, d'Oradour, la libération des villes du Limousin intervenue en juin. Charles, qui ignorait tout cela, reprit espoir. Il ne lui dit rien de ce qu'il avait subi. D'ailleurs, y avait-il des mots pour traduire une telle férocité ? A plusieurs reprises, cependant, il lui demanda en lui montrant ses mains :

— Est-ce qu'elles pourront un jour tenir une craie ou un porte-plume ?

— Mais oui, dit-elle, bien sûr qu'elles le pourront.

Ils se turent, essayèrent d'oublier, en s'aimant maladroitement à cause des blessures de Charles, combien ils avaient failli payer cher leur combat, puis, épuisés l'un et l'autre, ils finirent par s'endormir, étroitement enlacés.

A partir du lendemain, ils s'organisèrent mieux, grâce à Lucie notamment. En effet, si Elise n'avait jamais eu les coudées franches à cause de son mari, Lucie, qui connaissait bien Paris, réussit à trouver des médicaments. L'infirmière put intervenir plus efficacement et se montra dès lors plus confiante. Les plaies de Charles, qui menaçaient de se transformer en escarres, commencèrent à cicatriser lentement. Mathilde ne le quittait pas.

— Sors un peu, disait Lucie, je reste avec lui, moi.

— Et si je me fais arrêter ? répondait Mathilde.

De temps en temps seulement, elle s'approchait des vitres de la boutique qui avait été fermée par Elise depuis l'arrivée des deux femmes, observait un moment la rue merveilleusement éclairée par le soleil de l'été, puis revenait vers Charles, qui, trop faible encore, ne pouvait se lever.

Des jours et des jours passèrent ainsi dans l'attente et la peur, puis l'avenir commença à s'éclaircir en août, quand ils apprirent que, lors de la percée d'Avranches, les Alliés avaient rompu le front allemand de Normandie. Elise, dès lors, s'inquiéta pour Roland, son mari. Elle venait plus rarement rue du Faubourg-Saint-Martin, sachant que sa présence était inutile puisque Lucie et Mathilde veillaient sur le blessé. Effectivement, depuis que la boutique était fermée, Lucie s'était installée dans la pièce principale, sur un lit de camp. Elle sortait dans la rue par l'arrière, utilisant une petite porte qui donnait sur une cour intérieure, tâchait de passer inaperçue, ramenait quelques provisions ou des nouvelles glanées ici et là, furtivement.

Le 25 août au matin, ils entendirent les détonations des combats opposant les FFI et la deuxième division blindée de Leclerc aux vingt mille Allemands du général von Choltitz. Depuis le 20, déjà, l'insurrection parisienne avait déclenché des attentats contre les positions tenues par les Allemands et des actions commandos qui avaient occasionné de lourdes pertes, d'un côté comme de l'autre. Charles se levait depuis ce jour-là. Il faisait quelques pas dans la pièce, soutenu par Mathilde, reprenait espoir aussi bien dans la guérison que dans la victoire, et ses forces augmentaient peu à peu.

Le 25 au soir, vers cinq heures, des cris et des chants résonnèrent dans la rue. Lucie sortit puis revint précipitamment en apportant la nouvelle qu'ils espéraient tant : la garnison allemande avait capitulé, Paris était libéré, on disait même que le général de Gaulle se trouvait déjà dans la capitale.

Ce soir-là, Charles sortit au bras de Mathilde pour la première fois depuis quatre mois. Il n'en revenait pas d'accomplir ces gestes pourtant si simples, ces pas d'homme libre, de côtoyer des gens, de voir des arbres, des voitures, d'entendre chanter, rire, vivre tout simplement dans la chaleur de cet été où tout semblait de nouveau possible. Par la rue du Château-d'Eau, ils se dirigèrent vers la place de la République, où la foule était plus compacte. On entendait encore des coups de feu, au loin, venant des toits, sans savoir qui tirait.

— Il vaudrait mieux ne pas s'attarder, dit Mathilde.

De toute façon, Charles était fatigué. Ils retrouvèrent leur abri en se promettant de ressortir dès le lendemain pour profiter de cette libération inespérée, et, pour eux, qui, obligés de se cacher, avaient peu de nouvelles, inattendue.

Cette nuit-là fut la première nuit d'amour vécue sans la moindre crainte. Ils étaient seuls dans la boutique. Lucie avait rejoint Elise qui était très inquiète pour son mari, avenue de Suffren. Charles et Mathilde ne devaient jamais oublier ces heures vécues côte à côte dans l'euphorie de la victoire après avoir tellement souffert. Et à Paris, de surcroît, eux qui n'avaient jamais quitté le haut pays et qui n'auraient jamais songé à vivre loin de chez eux de tels événements.

Ils la savourèrent davantage le lendemain 26 août, place de la Concorde où les avait accompagnés Lucie, en acclamant parmi tant d'autres les libérateurs de Paris juchés sur des camions où flottaient les drapeaux français, américain et anglais. Il faisait beau, cet après-midi-là : dans le bleu du ciel s'étiraient de fins nuages qui évoquaient la douceur du lait dans un bol de porcelaine.

Après être restés près d'une heure place de la Concorde, ils réussirent à remonter vers les Champs-Elysées et aperçurent un bref instant le général de Gaulle qui descendait l'avenue dans un enthousiasme indescriptible, entouré par les membres du Comité national de la Résistance et des militaires de la deuxième division blindée. Ce n'étaient qu'acclamations, cris, vivats, au milieu desquels montaient par moments des chants patriotiques. Des coups de feu provenant des toits, place de la Concorde, provoquèrent un début de panique : la marée humaine reflua vers les Champs-Elysées. Réfugiés contre un mur, Charles et Mathilde prirent peur. Ils cherchèrent Lucie du regard, mais elle avait été emportée par la vague humaine et séparée d'eux. Ils parvinrent à descendre les escaliers du métro où ils la retrouvèrent miraculeusement. Charles était épuisé. Ses jambes ne le portaient plus ou à peine. Les deux femmes durent le soutenir pour rentrer rue du Faubourg-Saint-Martin.

Là, ils décidèrent qu'il était temps de repartir. Lucie ne les accompagnerait pas, car Elise avait besoin d'elle à son tour. Elle les quitta vers sept heures, ce soir-là, et ils vécurent seuls une nouvelle nuit, une nuit durant laquelle ils ne cessèrent de faire des projets d'avenir, évoquant leurs futurs élèves, les enfants qu'ils auraient bientôt – trois, prétendait Charles ; deux, assurait Mathilde –, se demandant dans quelle école ils allaient enseigner, quel village les accueillerait pour une existence où rien, jamais, ne les séparerait plus. Encore éblouis de ce qu'ils avaient vécu, incapables d'oublier les images de cette folle journée mais bien décidés à profiter des heures, des jours et des années qui les attendaient, là-bas, chez eux, dans l'ombre fraîche et rassurante des forêts, ils ne s'endormirent qu'au matin, épuisés de rêves et d'amour.

6

L'ANNÉE qui venait de s'écouler avait été pour Lucie celle de toutes les angoisses : après avoir tant souffert de la séparation d'avec sa fille, pas un jour ne s'était passé sans qu'elle craignît de la perdre une nouvelle fois. Tout cela à cause de son mari, Roland, qui avait payé dès la fin août 44 le prix de sa participation à la politique du régime de Vichy dans la capitale. Avenue de Suffren où il se cachait, il avait été arrêté en plein jour par des hommes qui portaient un brassard FTP et exposé aussitôt à la vengeance des nouveaux maîtres de Paris : ceux qui avaient conduit l'insurrection contre les Allemands sous l'autorité du colonel Rol-Tanguy, et que de Gaulle peinait à écarter des affaires, ne souhaitant pas tenir son pouvoir d'une insurrection populaire.

Ce jour-là, Lucie et Elise étaient présentes dans l'appartement. Malgré les protestations de Lucie, ils avaient emmené aussi Elise dont les papiers portaient évidemment le même nom que son mari. Lucie avait eu toutes les peines du monde à la faire libérer, au point que Charles avait dû revenir à Paris pour témoigner en sa faveur. Son intervention en tant que responsable de la Résistance armée en Limousin avait permis de faire sortir de prison celle qui l'avait sauvé en le cachant et en le soignant, mais Charles n'avait pu sauver Roland Destivel. Il avait seulement pu le soustraire provisoirement à la justice expéditive des nouveaux responsables, et obtenu qu'il soit jugé par les nouvelles juridictions d'exception mises sur pied par le Gouvernement provisoire de la République. Cela n'avait pas été suffisant, car, si Roland Destivel était intervenu pour que Charles soit relâché au mois de juin 1944, son passé de collaborateur actif était trop lourd. Il avait été exécuté sans jugement dans la banlieue de Paris à la mi-septembre, avec une dizaine de ses amis.

Lucie et Elise avaient pu avec difficulté récupérer son corps, et l'enterrer à la sauvette au cimetière Montparnasse, dans une concession qui appartenait aux parents de Roland Destivel, tous deux décédés. Ensuite, avait commencé un long combat pour obtenir la levée de séquestre des biens du collaborateur, mais aussi de ceux d'Elise. Dans cette lutte pour sauver ce qui pouvait encore l'être, la présence de Lucie avait été infiniment précieuse à sa fille, et cela d'autant plus qu'elle était enceinte de Roland depuis le mois de juillet, comme si elle avait deviné ce qui les attendait et ainsi voulu prolonger une existence de plus en plus menacée.

Leur vie était devenue bien difficile du fait que l'on devait utiliser des cartes d'alimentation, que les deux magasins d'Elise demeuraient fermés, et qu'elles n'avaient presque plus de ressources. La ration de pain n'était que de deux cent cinquante grammes par jour, et l'on avait du mal à se procurer du lait et du charbon.

Lucie songeait à emmener sa fille avec elle à Puyloubiers quand, enfin, en décembre, au cours d'un hiver très froid, Elise obtint l'autorisation de rouvrir les boutiques qu'elle avait achetées avec ses propres deniers, comme l'appartement de l'avenue de Suffren, grâce à l'héritage des de Boissière. Les biens propres de Roland Destivel demeuraient sous séquestre. Cela importait peu à Elise qui aurait suffisamment à faire pour acheter de la marchandise et remettre en activité ses deux commerces. Les efforts indispensables à ce nouveau départ aidèrent Elise à dominer un chagrin qui, un moment, avait failli la faire sombrer. Sans la présence de Lucie, au reste, elle n'aurait pu y parvenir tellement l'absence de son mari lui était douloureuse. Les trois mois qui venaient de s'écouler depuis la disparition tragique de Roland n'avaient été qu'un cauchemar dont elle émergeait à peine.

Pourtant, le fait d'être enceinte de Roland, loin de l'accabler, aidait au contraire Elise à se battre. Car, désormais, elle ne se battait pas seulement pour elle, mais pour l'enfant qui allait venir au monde. Elle avait la certitude que cet enfant deviendrait la preuve vivante d'un passé qu'elle n'avait aucune intention de renier : elle avait ignoré totalement ce qui se tramait en dehors des activités qu'elle partageait avec son mari, dans le cercle étroit de ses relations. D'ailleurs, c'était Roland qui avait fait libérer Charles Barthélémy, et c'était elle qui l'avait caché et soigné. Le reste, elle ne voulait plus y songer. Elle était en paix avec elle-même, avec sa mère, avec sa famille, et elle n'avait pas l'intention de payer pour les activités extérieures de son mari, auxquelles elle n'avait jamais participé. Seul, aujourd'hui, importait cet enfant qui allait naître et qui la consolerait d'avoir perdu un homme qu'elle avait aimé, et qu'elle aimait sans doute toujours malgré sa tragique disparition.

Elle ressentit les premières douleurs de la délivrance le matin du 10 avril 1945. Lucie, qui se trouvait près d'elle, alla chercher la sage-femme du quartier, qui aida Elise à donner le jour à une fille vers deux heures de l'après-midi, sans trop de souffrances.

— Comment vas-tu l'appeler? demanda Lucie en lui montrant son enfant qui paraissait paisible et gardait les yeux clos.

— Paule, répondit Elise. Nous en avions parlé avec Roland.

L'une et l'autre songèrent qu'en naissant cette enfant, déjà, n'avait pas de père. Que serait sa vie ? Est-ce qu'elle en souffrirait ? Lucie se dit qu'un jour peut-être sa fille se remarierait. En attendant, Paule avait au moins un toit, une mère qui possédait de quoi l'élever. Ce n'avait pas été le cas d'Elise au moment où elle-même, Lucie, avait décidé de la garder au lieu de l'abandonner. Aujourd'hui elles étaient toutes trois réunies, là, dans cette pièce que le soleil poudrait d'une lumière d'or – réunies pour toujours, pensa Lucie, et d'autant plus fortes, pour affronter sans homme la vie qui les attendait.

Il faisait beau, mais frais, encore, ce matin du 8 mai 1945 quand les cloches se mirent à sonner au clocher des églises de Saint-Vincent, Avèze, Sainte-Croix-La-Montagne et Villars. Tous les villages du haut pays célébraient la paix définitivement retrouvée, dans la clarté vive du jour qui faisait étinceler les arbres de la forêt. Certes, il y avait presque un an que la guerre s'était éloignée de la France, mais on attendait impatiemment d'être certain que tout ce qui s'était passé depuis cinq ans était vraiment terminé.

Surtout Charles Barthélémy, qui n'était pas encore totalement remis de ses graves blessures aux mains et au visage. Neuf mois plus tôt, il avait retrouvé François, son père, très amaigri, Aloïse qui avait beaucoup vieilli durant ces derniers mois, Louise toujours aussi secrète et dévouée, Odile qui attendait chaque jour le retour d'Edmond. Si Mathilde avait obtenu un poste à Ussel dès la rentrée de 1944, Charles avait dû y renoncer. Il devait avant tout se soigner et se reposer. Il avait souffert de ne pouvoir aider son père comme il l'aurait souhaité, à cause de sa difficulté à tenir les outils. Il avait pu, au moins par sa présence, accompagner ses parents et Odile sur le chemin de la paix, entretenir l'espoir d'un retour prochain d'Edmond, dont on avait tant besoin. Il allait rentrer bientôt, on en était sûr maintenant. Sa dernière lettre, qui datait d'une quinzaine de jours, était rassurante.

Quand les cloches se turent, ce matin-là, François et Charles s'en allèrent vers la châtaigneraie et s'assirent sur deux troncs coupés, face à face, pour partager ce moment. Ils demeurèrent silencieux quelques minutes, puis François demanda :

— Ces mains, comment ça va ?

— Mieux, dit Charles.

François soupira, puis :

— Heureusement que tu n'auras plus à tenir d'outils.

— Non, mais je dois réapprendre à tenir une craie et un porte-plume.

François eut un pauvre sourire, murmura :

— C'est moins lourd.

Charles hocha la tête, sourit à son tour.

Le vent jouait dans les branches, un vent qui n'avait pas encore rogné ses griffes de l'hiver.

— Edmond sera vite là, maintenant, dit Charles qui avait décelé dans la voix de son père une sorte d'accablement.

Et il le comprenait, car François était à bout de forces, après avoir trimé seul pendant des années.

— Quand même, reprit François, on peut dire que nous aurons payé le prix fort, nous autres.

Charles hocha la tête, répondit :

— Paye-t-on jamais assez fort pour vivre libre ?

— Quand même, dit François.

Et il répéta, comme si, dans ces deux mots, s'exprimait l'angoisse dans laquelle il avait vécu depuis l'arrestation de son fils :

— Quand même, quand même.

Il pensait aussi à ses quatre ans de guerre à lui, à la souffrance d'Aloïse, à Edmond qui aurait vécu cinq ans loin de chez lui.

— Et tous ceux qui sont morts, dit Charles, y penses-tu ? Nous sommes là, nous, au moins, bien vivants.

— Oui, murmura François, bien vivants.

Mais c'était comme s'il n'y croyait pas vraiment.

— Regarde, dit Charles, il y a des bourgeons sur les branches.

François leva la tête, sourit. Une voix retentit depuis le village : celle de Louise qui les appelait pour le repas de midi.

— Viens, dit Charles. Tout ira bien maintenant.

Ils rentrèrent côte à côte, dans les premiers rayons chauds du soleil.

L'après-midi, ils restèrent autour du poste à écouter les nouvelles, pas encore tout à fait certains que le cauchemar était terminé, qu'Edmond bientôt serait là, parmi eux. Le soir, Louise les ayant prévenus qu'un bal se tiendrait sur la place de Saint-Vincent, ils s'y rendirent tous, et dansèrent au milieu des villageois au son d'un accordéon. François fit danser Aloïse, mais aussi Odile, puis il s'assit devant le plancher de bois pour regarder tourner Charles et Mathilde. Les gens chantaient, s'apostrophaient, s'embrassaient, et l'on avait l'impression qu'ils avaient toujours été heureux. Et pourtant, songeait François, combien de ceux qui sont là ont-ils souffert en eux-mêmes ou pour les membres de leur famille ?

Charles et Mathilde vinrent s'asseoir également. Le bonheur inscrit sur leur visage était à la mesure de la souffrance et de la peur qui avaient été les leurs. Il fallait oublier pour continuer à vivre. Ou du moins essayer.

La fête se prolongea très tard, mais les Barthélémy rentrèrent vers minuit et demi, dans la nuit où passaient les premiers souffles tièdes du printemps. Des millions d'étoiles semblaient veiller sur la terre, très proches, comme pour assister à ces chants, ces musiques de fête qui s'élevaient des places des villes et des villages de France.

A la fin du mois de mai, ils eurent la surprise de voir arriver Mathieu et toute sa famille : Marianne qu'ils ne connaissaient pas et ses deux fils : Victor et Martin.

— J'ai voulu fêter la fin de la guerre avec vous avant les moissons et les vendanges, expliqua Mathieu.

Il paraissait heureux, en excellente santé, mais François ne pouvait toujours pas s'habituer à ce bras qui lui manquait et que lui, Mathieu, semblait avoir oublié. D'ailleurs il aida son frère avec une adresse surprenante, ayant depuis longtemps appris à compenser ce bras absent.

Comme on ne pouvait pas loger tout ce monde dans la maison, Charles décida qu'il irait à Ussel, le soir, rejoindre Mathilde, et Odile partit quelques jours chez ses parents. Prévenue par lettre de l'arrivée de Mathieu, Lucie avait répondu qu'en raison de la naissance de sa petite-fille elle ne savait si elle pourrait venir à Puyloubiers, mais elle avait promis d'essayer. La journée, tandis que Marianne aidait Aloïse et Louise à s'occuper de la cuisine et des garçons qui étaient habitués à courir en toute liberté et qu'il fallait surveiller comme du lait sur le feu, Mathieu et François retrouvaient cette complicité qui les avait toujours unis et qui, malgré le temps passé, les émouvait toujours. Ils ne pouvaient s'empêcher d'évoquer le Pradel, cette enfance que ni l'un ni l'autre n'oubliaient, et tout ce chemin parcouru.

Mathieu ne cessait d'en parler, plus que François, sans doute parce qu'il en était plus éloigné, là-bas, en Algérie. « Te souviens-tu », disait-il à tout instant, et il évoquait un événement, un mot du père ou de la mère, les cherche-pain du 1er janvier 1900, la magnifique robe reçue un soir en cadeau par la mère, ce jour où ils étaient allés à la fête du mois d'août, des souvenirs qui réveillaient chez François une sorte de bonheur ancien et l'ensoleillaient. Il oubliait alors sa grande fatigue, l'angoisse des années de guerre, et cette impression dont il ne pouvait se délivrer d'être usé comme un vieil outil dont le manche pouvait se briser à tout instant. Un soir, il fit part de ses craintes à Mathieu qui s'exclama :

— Qu'est-ce que tu racontes ? Tu n'as que cinquante-trois ans !

François lui expliqua tout ce qu'ils avaient subi, l'absence d'Edmond depuis cinq ans, le travail harassant, les miliciens dans la maison, l'arrestation de Charles, et Mathieu comprit vraiment ce qu'avait été la guerre, ici, alors qu'en Algérie il n'avait souffert de rien.

— C'est pour cette raison que je regrette parfois d'être si loin, dit-il. Si je pouvais, je t'aiderais, moi.

— Edmond va revenir. Le plus tôt possible j'espère, parce que Charles a du mal à tenir les outils. Tu as vu ses mains ?

— Oui, je les ai vues.

Cette image des mains de son fils bouleversait François. Les doigts ne pouvaient plus se plier, et les ongles arrachés repoussaient sous la peau qui avait formé des bourrelets horribles à voir. Les paumes elles-mêmes étaient encore crevassées et se mettaient à saigner chaque fois que Charles serrait un outil trop longtemps. Cette image permanente de la torture sous ses yeux, François ne la supportait pas. Il eût préféré que Charles, au lieu de l'aider, prît un poste de maître d'école.

— Comme si nous n'avions pas assez payé, nous deux, en 14, disait Mathieu avec une colère rentrée. Moi un bras, lui ses mains.

— Et dans quel état va revenir Edmond ? soupirait François.

— Ne t'inquiète pas, va, il est jeune, il se remettra vite.

— Il le faudrait bien. S'il n'est pas là pour les foins, j'espère qu'il sera au moins là pour les moissons.

— Mais oui, il va revenir, c'est obligé maintenant.

Ce ne fut pas Edmond, mais Lucie, qui, fidèle à sa promesse, arriva à Puyloubiers un samedi soir, à la grande satisfaction de Mathieu.

— Je reste seulement quarante-huit heures, dit-elle, je ne peux pas laisser Elise seule trop longtemps.

Elle s'émerveilla devant les jumeaux de son frère, eut de longues discussions avec Aloïse et Marianne au cours desquelles elle avoua son plaisir à s'occuper de Paule, sa petite-fille. Elle évoqua aussi avec Mathieu et François le Pradel, comme s'ils avaient connu là le paradis terrestre, alors que la vie y était pourtant si difficile. François ne put s'empêcher d'en faire la remarque :

— On s'imagine toujours qu'on vivait mieux dans le passé, mais on sait bien que ce n'est pas vrai. Rappelez-vous comme on manquait de tout, combien la vie était dure.

Mathieu et Lucie protestèrent pour la forme. Ils savaient que François avait raison, mais ces retrouvailles étaient l'occasion de se remémorer ce qui avait existé et qui ne reviendrait jamais : la tragédie de toute vie, qui rend les hommes inconsolables, avec ce terrible sentiment de pertes injustifiables, face auxquelles ils demeurent impuissants, accablés devant leur incompréhensible destin.

Lucie repartit très vite, et Mathieu la remercia d'être venue vers lui malgré ses difficultés à Paris. Durant les jours qui suivirent, il eut aussi de grandes conversations avec Charles, devant qui il était en admiration. Son neveu était devenu maître d'école. Mathieu prenait François à témoin en s'exclamant :

— Te rends-tu compte ? Ton fils est maître d'école ! Si on nous avait dit ça au Pradel !

Et il ajoutait plus bas :

— C'est le père et la mère qui auraient été contents de voir ça !

Un jour qu'il se trouvait seul avec Charles dans la châtaigneraie, François étant allé chercher un outil au village, Mathieu lui confia à quel point il était fier de sa conduite pendant la guerre.

— Nous, on a fait ce qu'on a pu. Mais toi, tu as fait beaucoup mieux.

Il baissa la tête, ajouta :

— Ça a dû être terrible.

Charles ne répondit pas. Il n'avait pu parler à personne de ce qu'il avait vécu en prison, pas même à Mathilde. Il lui semblait parfois qu'en parler l'aurait pourtant aidé à oublier. Mais il ne le pouvait pas. La nuit, souvent, des cauchemars le faisaient hurler dans son lit. Mathilde le réveillait, mais, malgré la chaleur de ses bras, il lui fallait plus d'une heure avant de retrouver le sommeil. Il ne se souvenait toujours pas s'il avait craqué sous la torture. Il lui semblait que ce n'avait pas été le cas. D'ailleurs, il savait maintenant à qui il devait sa libération. Parfois, cependant, il se disait que ce n'était pas possible de ne pas avoir parlé le jour où ils lui avaient arraché les ongles, ou celui où ils lui avaient broyé les mains dans un étau aux dents de fer.

— C'était terrible, oui, dit-il à Mathieu, c'est pour cette raison que je préfère penser à autre chose.

— Excuse-moi, petit, fit Mathieu.

Cet après-midi-là, ils le passèrent dans la châtaigneraie dont l'ombre fraîche était agréable en cette saison. Mathieu fit le projet de rester jusqu'aux foins pour les aider, mais ils n'étaient pas prêts à être coupés, la saison étant en retard. Et puis, là-bas, à Ab Daïa, dont Mathieu parlait chaque jour, le travail l'attendait. Il repartit, donc, avec Marianne et ses enfants qui avaient été impressionnés par les grands arbres du haut pays, en promettant de revenir plus souvent.

— Et si tu revenais définitivement ? lui dit François, la veille du départ.

— Je ne peux plus maintenant, répondit Mathieu. Je n'abandonnerai jamais ce que j'ai construit là-bas. C'est trop de peine, de travail et de sueur.

Il soupira, ajouta :

— Je voudrais que tu me promettes de venir voir, toi, ce que j'ai fait. Tu me ferais tellement plaisir.

— Je ne peux pas te promettre que je viendrai, dit François. Je te promets seulement d'essayer.

Mathieu parut se satisfaire de cette réponse. Il est vrai qu'ils ne se voyaient pas assez souvent, que les années passaient, qu'ils vieillissaient, mais comment faire autrement avec tout ce travail, depuis des années ? En regardant partir son frère, ce matin-là, dans la cour de Puyloubiers, François se demanda s'il le reverrait un jour, mais il se hâta de chasser cette pensée de son esprit.

Le 10 juin, il y eut un ciel lourd de nuages qui annonçaient des orages, et François se félicita de n'avoir pas encore coupé les foins. C'était l'heure de la sieste. Charles était allé dormir dans la châtaigneraie, mais François, lui, avait préféré l'ombre de sa chambre. Oppressé par la chaleur, il ne pouvait pas dormir et entendait les voix d'Aloïse et d'Odile dans la cuisine, de l'autre côté de la cloison. Pourtant elles parlaient bas : comme un murmure dont il ne pouvait pas distinguer les mots, mais qui l'accompagnait dans ses pensées. Elles le ramenaient toutes vers ce qu'il avait entendu à la radio à midi : les partis de droite compromis par Vichy étaient marginalisés ; le parti radical, lui, réapparaissait sous la direction d'Herriot, mais les grands gagnants des élections municipales du mois précédent étaient la SFIO et le parti communiste. De Gaulle préparait un référendum pour la fin de l'année afin de changer de Constitution et limiter le pouvoir de l'Assemblée. Les prisonniers de guerre tardaient à rentrer à cause des dispositions sanitaires prises par leurs libérateurs. En outre, leurs conditions de rapatriement n'étaient pas les mêmes selon qu'ils se trouvaient dans les secteurs américain, anglais ou russe. François savait qu'Edmond ne se trouvait plus dans la banlieue de Berlin depuis deux ans, mais dans le camp de Kitzingen, au nord-ouest de Mannheim, sans doute dans le secteur contrôlé par les Américains. Avec Charles, ils avaient cherché sur un vieil atlas où se situait exactement Mannheim, avaient été rassurés de constater que cette ville allemande ne se trouvait pas très loin de la frontière française. Depuis, François n'en disait rien, mais il espérait chaque jour voir arriver Edmond.

Dans la cuisine, les voix des deux femmes s'étaient tues. François parvint à s'assoupir enfin, puis à dormir vraiment. Vers trois heures, un chien aboya sur la route, réveillant à demi François, qui, aussitôt après, entendit crier. Il ne sut si c'était la voix d'Aloïse ou celle d'Elise, crut qu'il était arrivé quelque chose de grave. Il se leva en toute hâte, ouvrit la porte, ne comprit pas, sur l'instant, qui était cet homme debout, entre Odile et Charles, un homme vêtu d'une capote de soldat, avec deux courroies en travers de la poitrine, un béret sur la tête, et qui le dévisageait avec des yeux que François ne reconnaissait pas.

— C'est Edmond, dit Aloïse.

L'homme bougea, fit un pas vers François qui le reconnut enfin non pas à son physique mais à sa démarche. Edmond s'approcha, l'embrassa et dit, se forçant à sourire :

— J'ai donc tellement changé ?

— Non, dit François précipitamment, non. Je sortais de l'obscurité et tu étais dans la lumière.

— Ah bon ! fit Edmond.

Tous avaient compris, pourtant, en le découvrant cet après-midi-là, qu'il n'était plus le même. Les orbites de ses yeux étaient devenues saillantes, il avait beaucoup maigri, s'était voûté, et son regard trahissait une sorte de fragilité qu'on ne lui avait jamais connue. Ils étaient là, maintenant, tous les cinq, immobiles, terrassés par l'émotion, ne sachant que faire ni que dire.

— Tu dois avoir faim, dit Aloïse, reprenant la première ses esprits.

— Un peu, oui, dit Edmond en se débarrassant de sa capote et de ses musettes.

Ils s'installèrent autour de lui, sans oser lui poser de questions. Plus tard, seulement, quand il fut rassasié, il raconta comment il s'était évadé du camp où ils étaient gardés par les Américains en attendant d'être rapatriés. Il n'avait pas eu cette patience. Il avait réussi à se glisser dans un train de marchandises et s'était retrouvé à Strasbourg. Ensuite, il avait marché, volé une bicyclette, repris un train, marché encore, et il était enfin arrivé. Maintenant qu'il avait mangé, qu'il s'était reposé, il avait repris apparence humaine. L'émotion des retrouvailles s'estompait un peu. Edmond voulut savoir ce qui s'était passé à Puyloubiers depuis le temps qu'il était parti. Charles et François le lui racontèrent. En les écoutant, Edmond s'étonnait mais reprenait vie peu à peu. A son tour il expliqua comment s'était déroulée l'arrivée de la douzième division blindée des Américains, son impatience à regagner son pays, mais il ne parla pas de sa vie dans le camp et d'ailleurs nul ne songea à l'interroger là-dessus.

François observait Odile et Aloïse. Il ne les avait pas vues sourire ainsi depuis des années. Aloïse, surtout, dont les yeux demeuraient fixés sur son fils, et qui n'osait croire encore, semblait-il, à ce retour si longtemps espéré. Malgré sa fatigue, Edmond voulut revoir le petit domaine. Ils sortirent tous ensemble, Odile et Aloïse de chaque côté lui tenant le bras, mais Edmond n'eut pas la force d'aller très loin. Ils regagnèrent la maison, parlèrent des travaux à venir, des foins bientôt mûrs, de Louise, qui était à l'école, et la confiance revint lentement dans la maison. François se persuada qu'en quelques jours son fils serait redevenu le même. Il suffisait d'être patient.

Il sortit, s'assit sur le banc devant la maison. Le ciel demeurait couvert, mais les orages s'étaient éloignés et une promesse de beau temps circulait même dans l'air au parfum de feuilles. François se dit que si ce temps se confirmait, il pourrait bientôt commencer à couper les foins. Afin de laisser Edmond et Odile un peu seuls, François proposa à Aloïse de monter vers la sapinière qui leur avait servi d'ange gardien, pendant toutes ces années, ce haut lieu d'un vert très sombre qu'ils apercevaient chaque matin depuis la fenêtre de leur chambre et qui, croyaient-ils, les protégeait.

Il faisait moins chaud, maintenant. Ils partirent lentement sur le chemin escorté d'herbe folle et de fleurs sauvages. François était heureux, même si la pente faisait cogner son cœur. Aloïse, à son bras, souriait aussi, de ce sourire un peu triste qui ne la quittait plus mais que son regard de violette embellissait toujours autant. A mi-pente, ils firent une halte, puis ils repartirent du même pas.

Sur la crête, un vent presque frais leur fit du bien. Les sapins frémissaient avec de longs soupirs. L'herbe était haute, chaque printemps plus épaisse, plus belle, comme régénérée par la neige de l'hiver. Ils demeurèrent un instant sans parler, puis François murmura :

— Te souviens-tu de la première fois où je suis entré dans la maison, en 1913 ?

Aloïse posa sur lui ses yeux sombres et répondit :

— Je n'ai rien oublié de ce que nous avons vécu ensemble, François, tu le sais bien.

Il hocha la tête, sourit. Avec la fin de la guerre, la paix retrouvée, il lui sembla qu'un nouveau monde allait naître, du moins pouvait-on l'espérer.

— Nous avons traversé deux guerres, dit-il, nous avons beaucoup travaillé, et nous sommes là aujourd'hui, l'un près de l'autre, toujours debout, comme ces sapins qui ont failli être détruits par le feu, tu te rappelles ?

— Oui, fit-elle, j'ai tellement eu peur, ce jour-là.

De grands oiseaux tournaient au-dessus des collines, comme s'ils veillaient sur elles depuis toujours et pour toujours.

— Un été de plus, reprit François.

Il hésita, puis ajouta, plus bas :

— Combien en avons-nous à vivre encore ?

— Des milliers, dit Aloïse.

Il se tourna vers elle, chercha à sonder son regard, demanda :

— Des milliers ?

— Oui, dit-elle, des milliers, dans cette vie et celle qui nous attend.

Loin devant eux, une déchirure s'ouvrait dans les nuages, laissant apparaître un pan de ciel qui s'arrondissait à vue d'œil, d'un bleu très pur, étincelant.

— Si seulement c'était vrai, dit François.

— Mais c'est vrai, dit-elle, avec une conviction qui le surprit.

Il la prit par l'épaule, la serra contre lui.

— Bien sûr que c'est vrai, dit-il.

Et il lui désigna de la main, dans l'îlot bleu perdu au milieu des nuages, un grand oiseau blanc qui semblait voler vers ce porche ouvert sur un autre monde.

II

Le temps des écoles

7

LE MATIN du 18 novembre 1948, Charles Barthélémy frissonna, en se levant à six heures comme à son habitude. Depuis trois ans, ils occupaient avec Mathilde un poste double à La Roche, une bourgade située à flanc de coteau sur un plateau ouvert à tous les vents, au-delà d'une succession de vallons et de collines boisées qui en rendaient l'accès difficile.

Il s'en était passé des événements, pendant ces trois années durant lesquelles ils avaient pu, pour la première fois de leur vie, exercer vraiment leur métier, c'est-à-dire instruire des enfants selon les règles apprises à l'Ecole normale, mais surtout selon celles de leur cœur. Pierre, leur premier enfant, était né en 1946. Mathilde lui avait donné le jour assistée seulement par la sage-femme et le médecin du village, risquant sa vie en cas de complications, l'hôpital de Tulle étant distant de plus de vingt kilomètres. Mais c'était la loi, dans ces campagnes : toutes les femmes accouchaient alors dans des conditions aussi rudimentaires.

Pour Mathilde, heureusement, l'accouchement avait été facile, et elle avait pu se reposer pendant les grandes vacances qu'ils avaient passées à Ussel et à Puyloubiers. Cette grossesse l'avait d'autant plus fatiguée qu'elle devait, outre son enfant en bas âge, s'occuper des deux classes du cours préparatoire : une trentaine d'élèves à qui elle consacrait ses journées, dans la classe contiguë à celle de Charles. Le bâtiment de la Mairie-Ecoles était un immeuble à un étage, dont le corps central servait de mairie et de logement pour les instituteurs. Il n'y avait aucun confort, si ce n'étaient les toilettes situées au rez-de-chaussée, alors que, dans leur poste précédent, Charles et Mathilde usaient des mêmes commodités que leurs élèves, au fond de la cour. Pendant la journée, elle montait fréquemment à l'étage pour vérifier si tout allait bien dans le logement où, pour quelques francs, une vieille femme sans ressources qui habitait près de l'église veillait sur son fils.

Il n'y avait aucune distraction dans cette bourgade perdue sur ce plateau boisé, mais ils s'étaient habitués. Les mains de Charles, martyrisées par la Gestapo pendant la guerre, avaient retrouvé, ou presque, toute leur agilité; Pierre grandissait sans trop de complications et Charles occupait le poste de secrétaire de mairie, comme c'était l'usage, ce qui lui permettait de payer la vieille gardienne de leur fils, qui se prénommait Eugénie. A partir de la place du village, des routes étroites et tortueuses s'en allaient vers Egletons, Tulle ou Argentat. L'hiver, la neige tombait en abondance, même si La Roche était moins élevé en altitude que Puyloubiers, et le bourg, souvent, semblait désert, isolé de tout, inaccessible aux habitants des vallées.

Et pourtant Charles et Mathilde étaient heureux : ils avaient gardé la mémoire de ce qu'ils avaient subi pendant la guerre, et, en comparaison de ces épreuves, les enfants, devant eux, chaque matin, les comblaient de leur présence attentive. Toute leur vie était là, ils le savaient. Dans le dénuement mais dans l'exaltation d'un métier dont ils avaient longtemps rêvé. Aussi ne nourrissaient-ils nulle envie d'un ailleurs où ils se seraient distraits de leur passion commune.

Ainsi, Charles, chaque matin, se levait avec plaisir malgré le froid. Il allumait d'abord le poêle de l'appartement puis il descendait allumer celui des classes. Il aimait l'odeur du papier qui embrasait les brindilles, celle du bois qui s'enflammait, et il laissait quelques secondes la porte ouverte pour que cette odeur vienne se mêler à celle de la craie, de l'encre et des pupitres. Il s'installait dans sa classe où il finissait de corriger ses cahiers, contemplant son royaume encore désert, puis il remontait dans l'appartement pour préparer le café qu'il portait à Mathilde. Ensuite, il faisait sa toilette, puis il surveillait Pierre, tandis que Mathilde s'habillait dans sa chambre. Sa grossesse n'avait en rien altéré sa jeunesse. Elle demeurait mince, élancée, et la fatigue ne se lisait que sur son visage où ses yeux avaient perdu un peu de leur éclat. Charles n'y prêtait guère attention. Le combat qu'ils avaient partagé pendant la guerre avait scellé entre eux une alliance bien plus forte que les épreuves et que le temps.

En attendant l'heure, ce matin-là, Charles feuilleta les livres couverts de papier bleu du cours moyen : livres de lecture, d'histoire, de géographie, de calcul, de leçon de choses. Il chercha le sujet d'une rédaction pour le CM2, relut la page d'histoire à enseigner aux CM1. On était mercredi. En cette fin novembre, la neige menaçait. Demain, jeudi, il se consacrerait à la mairie pendant la matinée, et à couvrir les livres de la petite bibliothèque qu'il constituait patiemment, durant l'après-midi.

En bas, les élèves arrivaient.

— Je descends, dit-il à Mathilde, il est neuf heures moins le quart.

Dans la cour, le vent froid le surprit, et il constata avec regret, une fois de plus, que la plupart des enfants n'étaient pas habillés comme il l'aurait fallu. Il en vit même qui grelottaient et il les fit entrer dans la salle de classe où ils se groupèrent près du poêle. A neuf heures moins cinq, il agita la cloche qui se trouvait sur la façade, invitant ainsi les retardataires à se presser. Parmi eux arrivèrent les frères Chauvignat : trois pauvres garçons en guenilles qui habitaient dans les bois, auprès d'un père bûcheron et d'une mère impotente. Charles avait tenté de leur apprendre la propreté, et les enfants faisaient des efforts désespérés pour être dignes de la confiance de leur maître. C'était pour eux terriblement difficile : chaque matin, même s'ils se lavaient dans une fontaine à l'entrée de La Roche, leur état demeurait pitoyable : à leur chemise manquaient des boutons, leur veste de laine brute était trouée en plusieurs endroits; leur pantalon, souillé par la boue des chemins et le fumier des étables, était rapiécé aux fesses et aux genoux.

Ils n'étaient pas les seuls. Car, dans les fermes isolées de ce plateau, régnait la pauvreté, parfois la misère. Et si, à l'Ecole normale, on enseignait aux maîtres d'école comment pourfendre l'ignorance, on ne leur apprenait pas à combattre la pauvreté. Charles et Mathilde avaient dû l'apprendre seuls. Mais comment enseigner l'hygiène à ces enfants, quand les parents de la plupart n'avaient pas de quoi acheter du savon ? Comment leur apprendre à garder des vêtements propres alors qu'ils n'en possédaient pas d'autres que ceux qu'ils portaient sur leur dos ? Le soir, en rentrant, il fallait aider les parents dans les étables, les granges ou les champs. Les efforts des élèves étaient touchants, mais demeurer propres était au-dessus de leurs forces. Si bien que l'enseignement de l'hygiène, chaque matin, paraissait un peu dérisoire à Charles.

Il préférait commencer la journée par une leçon de morale qui, souvent, arrachait aux enfants des éclairs d'une intelligence toujours prête à éclore. L'obstacle majeur à cette éclosion était celui des règles imposées par leur vie quotidienne : notamment la nécessité pour leurs parents de nourrir leur famille au détriment de toute autre considération. Le reste était du domaine du luxe. On n'avait pas l'habitude de s'interroger ou de penser autrement que pour satisfaire les besoins essentiels.

Certains enfants, qui ne rentraient pas chez eux à midi à cause d'une trop grande distance à parcourir, ne mangeaient qu'un morceau de pain ou une pomme. Dès le premier hiver de leur installation à La Roche, Charles et Mathilde avaient fait préparer par Eugénie de la soupe de pain qu'ils versaient chaude dans des gamelles trop souvent vides. Le maire les avait mis en garde contre cette habitude qui pouvait être mal perçue par les familles, mais ils avaient passé outre. Ce qui importait, c'était que les élèves eussent quelque chose de chaud dans le corps. Après, une fois réchauffés et l'estomac en paix, ils étaient plus attentifs à ce qu'on leur enseignait.

Ce que Charles aimait par-dessus tout, c'était énoncer la dictée du matin, un texte soigneusement choisi dans les écrits des auteurs qu'il aimait : Louis Guilloux, Louis Pergaud, Jean Guéhenno, d'autres encore, qu'il lisait pour lui-même, le soir, à la veillée. La salle de classe devenait alors un lieu clos, protégé des vicissitudes du monde extérieur, et Charles se sentait responsable des vies futures de ses élèves, de leur destin. Il dictait lentement, formant bien les liaisons, détachant les syllabes :

« Comme mes sœurs, plus âgées que moi, étaient à l'école, je restais seul avec ma mère une grande partie de la journée. En faisant son ouvrage, elle me racontait l'histoire du cousin de Paris ou le naufrage de mon oncle à Madagascar… »

Charles délaissait un instant Louis Guilloux et profitait de l'occasion pour amorcer une leçon de géographie, puis il reprenait sa dictée, croisant des regards, s'arrêtant derrière un dos courbé par la concentration, rectifiant une syllabe mal perçue, insistant sur un mot difficile.

Ce qu'il préférait, c'était écrire au tableau les poésies, puis les expliquer et les faire apprendre à la classe entière. A cette occasion, il recherchait celles qu'il avait aimées, lui, enfant, et il lui semblait alors se retrouver à Saint-Vincent, dans une école semblable à celle-ci, comme si sa vie se refermait sur elle-même, dans un cercle parfait. Emile Verhaeren, André Chénier, Paul Arène, Jean Richepin, Marceline Desbordes-Valmore ou Théophile Gautier se succédaient selon son choix de la semaine :

Sur le coteau, là-bas, où sont les tombes
Un beau palmier comme un panache vert
Dresse sa tête où le soir les colombes
Viennent nicher et se mettre à couvert…

Le début de l'après-midi était consacré à la lecture des CM1, alors que les CM2 se penchaient sur leur rédaction. Ensuite, après la récréation, venaient la leçon d'histoire et la leçon de choses, puis Charles écrivait les leçons et les devoirs du lendemain au tableau, d'une belle écriture qu'il avait appris à maîtriser, après ses blessures de la guerre, au prix de grands efforts. Déjà, les galoches cognaient le plancher en signe d'impatience. Parfois, à l'heure de la sortie, Charles retenait un élève pour lui expliquer ce qu'il semblait n'avoir pas bien compris, mais l'enfant, dans ce cas-là, écoutait à peine : on devait l'attendre pour traire les vaches ou pour quelque tâche urgente. Charles le libérait. L'enfant filait à toute allure, oubliant parfois ses livres et ses cahiers qui contenaient ses devoirs du lendemain.

Qu'importaient, au fond, toutes ces difficultés ! Il y avait, souvent, dans les yeux des enfants, des lueurs qui ne trompaient pas : ils avaient aperçu un autre monde, deviné des richesses cachées, compris le sens d'un vers, découvert des mots ignorés. La tête haute, le regard étonné mais ravi, ils frémissaient d'une émotion qui récompensait Charles de tous ses efforts. Alors il se mettait à rêver pour eux d'une vie féconde, où le savoir leur apporterait le bonheur.

Paris n'avait jamais été aussi triste qu'en ce début d'hiver 1948. Elise et Lucie auraient bien voulu l'oublier, mais on trouvait difficilement du charbon, et les gens manquaient d'argent pour acheter les denrées ou les vêtements disponibles dans les magasins. Elles habitaient sur le même palier avenue de Suffren, après avoir partagé le même appartement à la fin de la guerre, en l'absence de Roland Destivel fusillé en 1944.

Dans ces circonstances aussi pénibles, la présence de Lucie avait été très précieuse à Elise mais aussi celle de sa fille Paule, à qui elle avait donné le jour en avril 1945. Le seul problème, entre elles, était la présence de Heinz qui manifestait vis-à-vis de sa demi-sœur une hostilité viscérale. Et pourtant Elise faisait des efforts pour l'amadouer, mais le garçon avait entendu parler de Roland Destivel et de ses activités coupables. Il ne supportait pas de se trouver dans la même pièce que sa demi-sœur, laquelle en souffrait, d'où le fait que Lucie avait loué un appartement séparé, même si c'était dans le même immeuble et sur le même palier qu'Elise.

Cependant, soucieuse de couper tous les liens susceptibles de rappeler sa parenté avec Roland et de lui attirer des ennuis, Elise avait changé d'activité : elle ne vendait plus de vêtements mais des meubles anciens. C'était Mme de Boissière qui lui en avait donné le goût, en l'initiant à cet univers particulier. Aujourd'hui, après beaucoup de travail, elle savait aussi bien évaluer la beauté d'une armoire de Gênes du XVIIIe siècle que d'un bureau anglais style Reine Anne. En quatre années, elle s'était bâti une réputation pour ses compétences au sujet des meubles vénitiens mais aussi pour les meubles français du début du siècle. Ses deux boutiques commençaient à être fréquentées par les riches étrangers en voyage en France et les affaires marchaient convenablement.

Par ailleurs, au domaine de Boissière, en haute Corrèze, dont elle avait aussi hérité, Elise avait vendu la presque totalité des terres et gardé le château, contrairement aux recommandations du notaire qui lui conseillait le contraire.

— Nous irons en vacances, avait-elle dit à Lucie, ou du moins tu iras, toi, et tu emmèneras Paule. Ça lui fera le plus grand bien.

— Tu n'y penses pas, avait répondu Lucie. Je n'oserai jamais vivre dans ce château.

— Eh bien, nous irons ensemble, concluait Elise. Tu seras mon invitée.

Elles se partageaient les responsabilités des deux boutiques de Paris. Eduquée par sa fille, Lucie avait appris elle aussi les secrets des meubles anciens. Ainsi menaient-elles la même vie, connaissaient-elles les mêmes soucis et les mêmes joies, dans la compagnie d'un seul homme, ou plutôt d'un jeune homme : Heinz, qui avait eu dix-sept ans, et qui les inquiétait beaucoup toutes les deux. Car il était secret, violent parfois, et posait d'incessantes questions sur son père disparu. Lucie avait beaucoup de mal à justifier le fait d'avoir vécu souvent loin de Jan, sinon par l'obligation de fuir les nazis.

— Tu aurais dû l'aider davantage, reprochait Heinz. Il avait besoin de toi.

— Tu étais là, toi, et on devait te protéger. C'était tellement dangereux en Allemagne.

— Et en Suisse, c'était dangereux ?

— Aussi. Il y avait des nazis partout à l'époque.

Heinz se braquait, lui échappait. Elle avait beau lui expliquer qu'elle avait beaucoup aimé Jan, qu'ils avaient longtemps mené côte à côte un combat difficile, son fils lui en voulait. Il avait lu tous les romantiques allemands : Goethe, Novalis, Hölderlin, et, depuis qu'il était entré en classe de philosophie, il lisait Hegel et Marx. Souvent, Lucie ne comprenait pas ce que son fils lui expliquait. Il vivait dans l'adoration de son père disparu, ne rêvait que de prendre le relais d'un combat dont il ne connaissait même pas les motivations, se disait communiste.

— Ton père n'était pas communiste, s'insurgeait Lucie. Il combattait les nazis, c'est tout.

— Ce sont les communistes qui les ont combattus le mieux, en France et ailleurs, répliquait Heinz.

— Mon frère et mon neveu ne sont pas communistes, répliquait Lucie, et pourtant ils se sont battus dans la Résistance.

— Ce n'est pas le cas de ceux qui vivent ici, à Paris.

Heinz faisait évidemment allusion à Elise, cette demi-sœur qui avait été mariée à un homme favorable aux nazis, ceux-là mêmes qui avaient harcelé, emprisonné et fini par détruire son père.

Un soir, n'ayant pas vu son fils depuis huit jours, Lucie se rendit au commissariat de police du quartier, rongée par l'angoisse. On n'avait pas signalé de disparition pendant la nuit, du moins dans le septième arrondissement où Heinz habitait une chambre sous les toits, rue Valadon, qu'elle avait louée, pour éviter les conflits entre sa demi-sœur et lui, depuis trois mois. Lucie en fut à peine rassurée.

— Ne vous inquiétez pas, dit le brigadier de service, il a dix-sept ans, tout de même, votre fils. Il est capable de se défendre.

Lucie apprit qu'on ne l'avait pas vu au lycée depuis une semaine et elle se consuma d'inquiétude encore pendant vingt-quatre heures, jusqu'à ce qu'un télégramme arrive de Strasbourg : Heinz avait été arrêté, sans papiers, sans argent, sur la frontière allemande. Il fallait aller le chercher, ce à quoi s'engagea Lucie sans hésitation, prenant le premier train pour l'Alsace.

Une fois sur place, elle eut bien du mal à ramener Heinz à la raison : il ne voulait pas retourner à Paris. Elle dut lui promettre de le laisser vivre où il voudrait dès qu'il serait majeur. Il rentra alors avec elle, mais demeura hostile, étranger, rebelle à la vie que menaient les deux femmes, à leur grand désespoir.

A Puyloubiers, Aloïse regardait la première neige de l'année tomber derrière la fenêtre. Il était onze heures du matin, et elle guettait François qui tardait à revenir de la châtaigneraie. Depuis quelque temps, elle s'inquiétait de sa santé, car il toussait beaucoup, et l'hiver, déjà, était là. Il n'y avait pas moyen de le faire rester à l'intérieur. Il voulait accomplir sa part de travail quel que soit le temps, soucieux de montrer à tous, et d'abord à son fils Edmond, qu'il était capable de travailler autant que lui.

Les rapports entre les deux hommes, au fil des jours, inexplicablement, s'étaient détériorés. Aloïse et Odile, la femme d'Edmond, ne cessaient de désamorcer les conflits, mais elles y parvenaient de plus en plus difficilement. François prétendait décider seul des travaux et de la manière de les effectuer. Edmond, que sa captivité en Allemagne avait durci, aigri, le supportait de plus en plus mal. L'un avait cinquante-six ans, l'autre trente-deux. Les ressources étaient mises en commun et gérées par François qui donnait peu d'argent à Edmond. La vie en communauté n'était pas facile, et pourtant Aloïse et Odile s'entendaient bien. Alors ? Que se passait-il ? N'avait-on pas toujours vécu de la sorte ?

Aloïse se détourna de la fenêtre et rencontra le regard d'Odile qui mettait déjà la table pour midi. Celle-ci eut une hésitation puis elle murmura :

— Cette fois, il veut vraiment partir.

Aloïse crut que le monde s'effondrait autour d'elle.

— Ce n'est pas possible, dit-elle. Qu'est-ce qui lui prend ?

— J'essaye de le raisonner, ajouta Odile, mais il ne m'entend plus.

— Où irez-vous pour être mieux qu'ici ?

— En ville. Il y a de l'embauche à Tulle, à la manufacture.

— Non, fit Aloïse, il ne peut pas faire ça. Dis-lui qu'il faut que je lui parle.

Puis elle se tut, car on entendait racler des souliers sur le seuil. François entra, frigorifié. Il se frotta les mains, s'approcha du feu, les étendit au-dessus des flammes avec un soupir d'aise.

— Est-ce raisonnable de sortir avec ce froid ? fit Aloïse. Ça ne peut pas attendre un peu ?

— J'ai passé l'âge d'être raisonnable, répondit vivement François. Et il faut bien finir de nettoyer avant la neige. Qui le fera si je ne le fais pas ?

Il sembla à Aloïse qu'il y avait là un reproche caché envers Edmond, qui avait tendance à négliger ce qui n'était pas de rapport immédiat. Mon Dieu ! comment se faisait-il qu'il existât tant de mésentente aujourd'hui, entre le père et le fils, alors que François avait tellement attendu, tellement espéré le retour d'Edmond ? Aloïse cherchait à comprendre, incitait François à moins travailler, à laisser Edmond cultiver les terres à sa guise, mais il ne voulait rien entendre.

— Je ne serais plus bon à rien, à mon âge ? s'insurgeait-il.

— Mais si, bien sûr.

— Alors ? Pourquoi me demander des choses pareilles ?

Parfois, elle ne le reconnaissait plus. Où était-il, celui qui était entré dans la maison en 1913 comme le sauveur attendu ? Et celui qui l'avait ramenée patiemment à la vie après la guerre ? Celui, enfin, qui avait lutté seul si longtemps pour préserver la propriété, et qui savait si bien l'écouter ? Aloïse ne comprenait pas pourquoi il se montrait si dur, si inflexible aujourd'hui envers ce fils dont il avait tant besoin. Et pourtant, le soir, quand ils étaient seuls tous les deux dans la chambre, il redevenait plus proche. Alors elle essayait de le convaincre de laisser prendre des initiatives à Edmond. François promettait, mais le lendemain il oubliait. C'était plus fort que lui. Il avait trop travaillé, trop peiné sur cette propriété pour accepter de s'effacer aujourd'hui.

Le repas, ce jour-là, fut silencieux, et Edmond repartit dès qu'il eut bu son café. François demeura un moment près du feu, puis il revêtit sa canadienne pour sortir lui aussi. Aloïse le vit se diriger vers le séchoir à châtaignes dans lequel était entré Edmond. Elle redouta une altercation, voulut s'y rendre à son tour, y renonça finalement. Elle demeura cependant derrière la fenêtre, observant la fine couche de neige qui fondait sous le pâle soleil revenu.

Brusquement, au moment où elle s'apprêtait à se retourner, François surgit du séchoir, claqua brutalement la porte et s'éloigna à grandes enjambées vers la route de Saint-Vincent. Aloïse comprit que ce qu'elle redoutait venait de se produire. Elle s'habilla, sortit, appela François mais il ne se retourna pas. Elle courut alors vers le séchoir où elle trouva Edmond tremblant de tous ses membres, une fourche à la main.

— Qu'est-ce qu'il y a ? demanda Aloïse. Qu'est-ce qui s'est passé ?

Odile arriva aussi, affolée. Edmond ne parvenait pas à parler. On eût dit qu'il avait perdu la parole. Odile lui prit la fourche des mains, l'appuya contre le mur derrière lui. Aloïse regardait d'un air horrifié ce fils qui la dévisageait sans la voir, et dont la fureur faisait briller les yeux noirs, trembler ce corps trapu, puissant, aux muscles forgés par les épreuves et les travaux des champs. Dans le même temps, elle revit François amaigri, affaibli, ayant perdu l'essentiel de son énergie, et elle comprit ce qui les opposait aujourd'hui : François, dans le déclin de sa vie, ne supportait pas de retrouver chaque jour, dans son fils, la force de sa jeunesse perdue.

Odile avait pris son mari par le bras, et elle lui parlait doucement :

— Ce n'est rien, disait-elle, ce n'est rien.

Edmond paraissait reprendre pied dans la réalité.

— J'aurais pu le tuer, dit-il.

— Allons ! fit Aloïse. Dis-moi plutôt ce qui s'est passé.

Le regard d'Edmond courut plusieurs fois de sa mère à sa femme, puis il murmura :

— Des reproches, toujours des reproches. Ce n'est plus possible. Il faut qu'on s'en aille, sinon ça finira mal.

Il chercha un appui dans le regard d'Odile, qui ne le lui refusa pas. Elle avait eu tellement peur en le découvrant dans l'état où il se trouvait, qu'elle songeait surtout à éviter le pire.

— Oui, nous allons partir, dit-elle.

— Non, dit Aloïse, attendez, je lui parlerai, ça va s'arranger.

— Ce n'est plus possible, répéta Edmond. J'en ai trop supporté. Aujourd'hui, c'est fini.

Aloïse chercha des mots susceptibles de faire revenir Edmond sur sa décision, ne trouva rien si ce n'est ces paroles qui lui échappèrent en désespoir de cause :

— Si vous partez, ça le tuera.

— Mais non, dit Edmond, il n'a besoin de personne que de lui-même.

— Il faut être patient, dit encore Aloïse.

— Patient ? s'écria Edmond. Ça fait trois ans que je le suis. Aujourd'hui, c'est fini. Je le lui dirai dès ce soir.

— Non, je t'en prie, fit Aloïse, attends un peu : quelques jours, jusqu'à la fin du mois. Le temps que je lui parle et qu'il comprenne. Après, tu feras ce que tu voudras.

Edmond consulta Odile du regard, murmura :

— Jusqu'à la fin du mois, pas davantage.

— Oui, dit Aloïse, c'est entendu.

Et elle ajouta, prenant les mains d'Edmond dans les siennes :

— Merci, mon petit.

Elle sortit, laissant là Edmond et Odile, pour se mettre à la recherche de François qui avait disparu. Il ne se trouvait ni dans la grange, ni dans la châtaigneraie, ni dans les champs voisins. « Où a-t-il pu aller avec ce froid ? » se demanda-t-elle en revenant vers la maison. Ce fut là, juste avant de pousser la porte, que lui vint l'idée d'écrire à Charles pour qu'il vienne vite à Puyloubiers. Lui saurait parler à son frère et à son père, et il parviendrait à les raisonner. Elle en était sûre.

Aloïse s'installa pour écrire dès qu'elle se fut réchauffée. Au fur et à mesure qu'elle écrivait, maintenant, l'espoir revenait en elle. Charles était le seul à pouvoir fléchir son père, le seul qu'il écoutait. Il ne restait plus qu'à souhaiter qu'il n'y ait pas trop de neige pour aller le chercher à la gare de Merlines. Pour lui, pour ce fils devenu maître d'école, François aurait fait des kilomètres dans les pires conditions, Aloïse le savait. Elle se hâta de mettre un point final à sa lettre et s'en fut la poster. Il lui restait seulement à éviter qu'une nouvelle dispute n'éclate avant la venue de Charles. Elle se jura d'y consacrer toutes ses forces.

Cela faisait une semaine que les pluies s'acharnaient sur la Mitidja. A quelques kilomètres de la maison, on entendait gronder l'oued El Harrach qui était devenu fou. Mathieu ne dormait pas. Il écoutait, près de lui, la respiration calme de Marianne, mais aussi cette sorte de grondement inquiétant qui provenait de l'est du domaine, là où la terre des anciens marécages était la plus basse, presque au niveau du lit.

Il était quatre heures du matin quand Mathieu entendit appeler en bas, dans la cour. Il se leva, aperçut Hocine qui s'éclairait avec une lampe.

— Faut venir, patron, l'eau arrive.

Mathieu se vêtit rapidement, mais sans faire de bruit pour ne pas réveiller Marianne et ses enfants. En bas, il prit une veste et sortit.

— Il a passé la digue et il court, fit Hocine, dont Mathieu remarqua l'air affolé.

Il avait toujours eu peur de l'Harrach, Hocine. Sans doute l'avait-il vu, jadis, dans ses colères les plus violentes envahir à plusieurs reprises ces terres basses, qu'aujourd'hui des digues dérisoires élevées à la va-vite étaient censées protéger. Mathieu avait souvent songé à les consolider, mais il n'en avait jamais trouvé le temps, et d'ailleurs, jusqu'à ce jour, l'Harrach n'avait jamais vraiment quitté son lit.

Mathieu aperçut des silhouettes devant lui, s'arrêta.

— J'ai réveillé les hommes, dit Hocine.

— Tu as bien fait.

Plus ils approchaient de l'oued et plus le grondement devenait inquiétant. Soudain, Mathieu s'aperçut qu'il avait les pieds dans l'eau. L'absence de lune rendit encore plus effrayante cette découverte dont les fellahs, eux, semblaient s'être aperçus avant lui. « A combien de distance sommes-nous de la maison ? » se demanda Mathieu. Cinq cents mètres ? Un kilomètre ? Il savait que l'Harrach coulait à trois kilomètres de sa demeure. Cela signifiait donc qu'il avait envahi plus de deux kilomètres de terres, recouvrant ainsi les anciens marécages. Un désastre pour les vignes qui risquaient d'être englouties.

Et puis, subitement, Mathieu pensa à la maison, à Marianne et à ses deux fils qui dormaient paisiblement.

— Vite ! cria-t-il à Hocine.

Au-delà de la maison, se tenaient les gourbis des fellahs où vivaient leurs familles. Tout le monde se mit à courir dans l'affolement le plus complet vers les lieux d'habitation, sous la pluie qui s'était remise à tomber.

— Les pioches, vite ! hurla Mathieu.

Les hommes se mirent à élever une petite digue de terre à trente mètres des murs qui, heureusement, avaient été construits à l'endroit le plus haut du domaine. Mais la faible éminence de quelques dizaines de mètres carrés ne se situait pas plus de deux mètres au-dessus du niveau des terres les plus basses. Les gourbis, eux, étaient bâtis au même niveau.

Ce fut d'eux que partirent les premiers cris : des cris de femmes, puis des cris d'enfants. Aussitôt les fellahs lâchèrent leurs pioches et se ruèrent vers leurs pauvres habitations que l'eau, déjà, avait atteintes. C'était la panique autour de Mathieu qui eut la présence d'esprit d'envoyer Hocine les chercher :

— Tout le monde à la maison !

Les fellahs retenaient les femmes qui hurlaient et couraient dans toutes les directions, au risque de se noyer. Quand elles eurent compris, elles se mirent à courir, leurs enfants dans les bras ou les poussant devant elles, vers la demeure du maître, où se trouvait le salut. En bas, dans le patio, il y eut bientôt plus de soixante personnes affolées, qu'Hocine ne parvenait pas à calmer. Mathieu, lui-même, que Marianne venait de rejoindre, tentait de leur imposer le silence, mais il songeait surtout à l'eau qui montait et il se demandait s'il ne devrait pas bientôt laisser accéder les fellahs au premier étage.

Dehors, il pleuvait toujours, comme il pleuvait depuis huit jours. Et pas de lune. Quelle heure pouvait-il bien être ? Quatre heures ? Cinq heures ? Mathieu demanda à Marianne de remonter dans la chambre des garçons, qui s'étaient sans doute réveillés à cause du bruit, puis il alluma une lampe et sortit sur le seuil. L'eau, déjà, était là. Il entendit des cris, très loin, dans les fermes alentour, se demanda si Roger Barthès et sa femme n'étaient pas en danger, mais comment eût-il pu les secourir ? Il prévint Marianne qu'il allait devoir faire monter les fellahs et leur famille, mais elle n'en fut pas étonnée.

— Je vais ouvrir les deux pièces du fond, dit-elle.

C'étaient les deux chambres qui, sur les quatre de l'étage, n'étaient pas occupées. Mathieu redescendit et eut toutes les peines du monde à expliquer aux fellahs qu'ils pouvaient monter à l'étage. Ils y consentirent seulement au moment où ils aperçurent l'eau qui entrait dans le patio. Ils s'installèrent alors dans le couloir et dans les chambres, assis par terre, parce qu'il n'y avait pas assez de place pour s'allonger. Des enfants pleuraient, des femmes se lamentaient, et, dehors, il pleuvait toujours.

Il n'y avait pas d'autre solution que d'attendre. Tout le monde était prisonnier des eaux de l'Harrach. On ne pouvait que prier pour que les eaux ne montent pas de plus de deux mètres, ce qui paraissait quand même improbable.

Pourtant, quand le jour se leva, il pleuvait toujours et l'eau atteignait cinquante centimètres dans le patio. De la fenêtre de sa chambre, Mathieu aperçut la plaine inondée au-delà de l'orangeraie, les vignes dont il ne devinait plus que la pointe des ceps. Il savait ce que cela signifiait : les parasites partout, et partout la pourriture, le mildiou, l'oïdium ; sans doute faudrait-il tout arracher. Pour le reste, sur les terres à blé, un labour profond suffirait, peut-être, à ensevelir la vermine. Il fallait l'espérer. Il sentit l'accablement l'envahir jusqu'à ce qu'une main se pose sur son épaule : celle de Marianne, qui lui dit doucement :

— On a résisté à tout, même aux sauterelles. On s'en sortira aussi cette fois.

Elle ignorait que Mathieu avait beaucoup de mal à rembourser ses dettes. Chassant cette idée, il pensa à ses fils et il reprit courage car c'était pour eux qu'il se battait. Et pour eux, pour ces enfants qu'il avait tellement espérés, il était prêt à relever tous les défis.

La crue mit deux jours à décroître. Deux jours pendant lesquels il fallut nourrir soixante personnes, dans une agitation et des disputes incessantes, même la nuit. L'eau atteignit la moitié de l'escalier de l'étage, puis, le matin du troisième jour, elle se mit à baisser et elle continua de baisser aussi vite qu'elle avait monté. Il ne pleuvait plus. La Mitidja, peu à peu, reprenait son aspect habituel. Pourtant, elle ne le retrouva pas entièrement : quand l'eau se fut retirée, elle laissa derrière elle une couche de vase brune qui atteignait par endroits trente centimètres. Les ceps, couverts de boue, semblaient morts. On essaya de les nettoyer puis on y renonça car ils étaient imprégnés d'une humidité qui risquait à elle seule de les faire pourrir. Il fallait attendre que tout cela sèche, espérer le soleil, mais le temps ne s'améliorait guère.

Si Roger Barthès et sa femme Simone étaient sortis indemnes de l'inondation, leur domaine aussi était dévasté par la crue. Cependant, ils n'étaient pas désespérés. Ils se souvenaient des sauterelles, du sirocco, des nombreux obstacles qu'ils avaient dû surmonter, comme tous les colons. Ils effectuèrent leur première visite chez Mathieu le jour où, vers midi, le soleil apparut au-dessus de l'Atlas blidéen. Un soleil très pâle, mais capable de sécher la vase et les ceps en quelques jours s'il persistait. La Mitidja en parut changée en quelques minutes. Ils la retrouvaient telle qu'ils l'aimaient, malgré ses colères, son ingratitude. Alors, attablés face à face, Mathieu Barthélémy et Roger Barthès, réconfortés, se mirent à tirer des plans sur l'avenir.

Charles était venu à Puyloubiers, comme le lui avait demandé sa mère, le premier dimanche de décembre. Il avait laissé Mathilde et leur fils à La Roche, Pierre étant trop petit pour voyager dans ce froid mordant, très sec, qui avait succédé à la première neige. Dès son arrivée, en peu de temps il avait persuadé Edmond de ne pas prendre de décision avant la fin de l'année, et il avait invité Aloïse et François à venir passer Noël à La Roche.

— Vous n'allez pas nous laisser seuls à Noël tout de même ? avait-il feint de s'indigner devant son père et sa mère.

François s'était laissé convaincre, et ils avaient pris le train, Aloïse et lui, le 24 décembre au matin, pour Tulle où Charles devait venir les chercher avec la voiture du maire. S'il n'y avait pas de neige dans les rues de la préfecture, ils en avaient trouvé sur la route en montant sur le plateau où se trouvait La Roche. Il leur avait fallu deux heures pour atteindre le bourg perdu dans ces hauteurs où tout était blanc : les arbres, les prés, les champs et les toits des maisons. Seul le sommet du clocher de l'église dressait sa pointe noire vers le ciel gris où dérivaient inlassablement des corneilles ivres de vent, au-dessus d'une bourgade qui paraissait déserte.

Charles avait remarqué que son père était ému en entrant, pour la première fois depuis longtemps, dans la cour d'une école, puis, ensuite, dans l'appartement où attendaient Mathilde et Pierre. C'était pour lui un honneur que de venir habiter quelques jours dans ces lieux auréolés à ses yeux d'un incomparable prestige. Il en était secrètement fier, car ils symbolisaient le succès de son fils, mais aussi un peu le sien. Aloïse et François s'étaient installés dans la petite chambre où, d'ordinaire, dormait Pierre, lequel, pour deux nuits, coucherait sur un matelas, dans la chambre de ses parents.

Ils avaient discuté de tout et de rien, préparé le réveillon, puis, vers six heures du soir, Charles avait demandé à son père :

— Veux-tu que je te fasse voir les classes ?

— Oui, je veux bien.

Aloïse prétendit avoir froid et ne pas vouloir se joindre à eux. Elle savait que Charles mettrait à profit cette visite pour parler à son père. Les deux hommes descendirent au rez-de-chaussée, pénétrèrent dans la salle de classe où, effectivement, il faisait très froid.

— Je vais allumer le poêle, dit Charles, nous avons le temps.

Pendant qu'il s'occupait, François allait et venait entre les allées. Il finit par s'asseoir sur un banc, face au tableau, puis il se releva et s'approcha du bureau. C'est là que l'aperçut Charles en se redressant, une fois le poêle allumé.

— Assieds-toi, dit-il.

— Non, dit François, non, non.

— Pourquoi ?

— Je n'ai pas le droit, fit François.

— Mais si, puisque c'est le mien.

— Tu crois que je peux ?

— Mais oui, bien sûr.

François hésita encore un instant, puis il tira la chaise, et, lentement, précautionneusement, il s'assit face à la classe déserte. Il demeura alors un long moment silencieux, puis il murmura :

— Si tu savais, petit, ce que ça représente pour moi.

— Je le sais, dit Charles en allant s'asseoir sur un pupitre, à deux pas de son père.

— J'aurais tellement voulu, moi aussi, reprit François.

Il soupira :

— Au lieu de ça, enlevé de l'école à douze ans pour être placé dans une ferme.

Il haussa les épaules, ajouta :

— Enfin, toi au moins, tu as réussi.

Charles observait cet homme, ce père de plus en plus maigre, décharné, qui s'était battu toute sa vie pour que ses enfants soient plus heureux que lui, et, soudain, il ne se sentait plus la force de lui reprocher quoi que ce soit. C'était pourtant dans ce but qu'il l'avait invité à La Roche, pour ce Noël. Mais que pouvait-il reprocher à cet homme ? C'était grâce à lui qu'ils étaient là, tous les deux, aujourd'hui. C'était parce qu'il avait trop travaillé, trop souffert qu'il allait mourir avant l'heure, ce père inflexible mais tant aimé, Charles en était certain. Alors, quoi lui dire ? Comment lui reprocher de s'arc-bouter sur ses prérogatives de chef de famille, de ne pas vouloir renoncer à diriger une propriété qu'il avait tenue à bout de bras, jusqu'à l'épuisement ?

François, maintenant, manipulait délicatement la longue règle de bois, le porte-plume, l'encrier au bord teinté d'encre rouge, et sa tête penchée sur ces objets précieux ne se redressait pas. Bouleversé lui aussi, Charles s'en fut vers le poêle, dont il ouvrit inutilement la porte pour agencer des bûches qui flambaient joyeusement.

— Je sais pourquoi tu nous as fait venir, petit, dit François doucement.

Charles fit mine de ranger un livre sous un pupitre, revint vers le bureau sans regarder son père.

— Je sais bien que tu as raison, reprit François, mais c'est plus fort que moi.

— Oui, dit Charles, je veux bien le croire.

— Et pourtant, tu vois, là, devant ce bureau, ce soir, il me semble que je ne vois pas les choses de la même façon. Je ne sais pas comment t'expliquer…

François soupira, reprit :

— C'est comme si j'avais gagné, tu comprends ?

— Bien sûr que je comprends.

Il y eut un long moment de silence, pendant lequel les regards du père et de son fils se croisèrent enfin.

— Je viens de comprendre que mon travail était fini, dit François.

— Mais non, il ne faut pas dire ça… Ce n'est pas de ça qu'il s'agit.

— Si. Tu le sais bien.

— Il s'agit de simplement laisser un peu plus de liberté à Edmond.

— De le laisser donner des ordres dans ma maison ?

— Non. De l'écouter davantage, tout simplement.

— De l'écouter comme s'il était le maître ?

La voix de François se fit grave, quand il ajouta :

— J'ai été trop longtemps valet pour le redevenir à mon âge.

— Enfin ! s'insurgea Charles. Il n'est pas question de cela !

— Pour moi, si, c'est la seule question.

Le silence tomba entre les deux hommes. Pendant un instant on n'entendit plus que le grondement du poêle.

— C'était, du moins, la seule question jusqu'à ce soir, reprit François. Mais maintenant, là, assis à ce bureau, je ne vois plus tout à fait la situation de la même manière.

François se tut brusquement, le regard perdu.

— Tu auras fait pour tes enfants beaucoup plus que n'importe qui, dit Charles. Pense donc ! Moi je suis devenu maître d'école, Louise va devenir infirmière et Edmond ne rêvait que de devenir agriculteur. Ce n'est pas aujourd'hui que tu vas l'obliger à devenir ouvrier ?

— Non, dit François. Ne t'inquiète pas. Ce soir, ici, j'ai compris beaucoup de choses.

Ils se turent. Tout était dit. Ils demeurèrent pourtant encore un long moment dans la salle de classe où François examinait les cartes accrochées au mur, les livres de la petite bibliothèque, puis ils remontèrent dans l'appartement. Il n'était pas question de se rendre à la messe de minuit car ils ne pouvaient pas laisser Pierre seul. Aussi réveillonnèrent-ils de bonne heure, ce soir-là, dans la petite cuisine-salle à manger de l'école. François parla des Noëls de l'ancien temps à Puyloubiers, quand ils allaient en charrette à Saint-Vincent. Il paraissait très gai, comme délivré d'un fardeau. A plusieurs reprises le regard d'Aloïse croisa celui de Charles, mais il ne put lui parler seul à seule avant le lendemain matin.

— Tout ira bien, lui dit-il, alors que François était sorti faire quelques pas. Les choses vont s'arranger.

— Tu en es sûr ?

— Tout à fait sûr.

Ils ne passèrent pas deux jours mais quatre à La Roche, car la neige ne cessait pas de tomber. Elle s'arrêta à la fin de la semaine, et Charles put enfin ramener son père et sa mère à Tulle pour prendre le train. Si la neige fondait sur la route, tous les arbres étaient blancs.

— C'est le premier Noël que nous passons loin de chez nous, dit Aloïse, assise à l'arrière de la traction.

— Il faudra revenir, fit Charles.

— Peut-être, dit-elle, si tout va bien.

— Tout ira bien, reprit Charles en observant, au bas des collines, les rayons du soleil qui avaient enfin transpercé les nuages.

Une fois à la gare, il aida ses parents à monter dans le train, attendit que celui-ci s'en aille avant de quitter le quai. Il fut rassuré par le sourire qu'esquissa son père au moment de disparaître dans le wagon, et il le garda précieusement en lui pendant son retour à La Roche, convaincu que cette journée avait vraiment été pour tous une journée heureuse.

Elle le fut encore plus, quand, juste avant de se coucher, le soir, très tard, Mathilde lui confia qu'elle attendait un deuxième enfant.

— Tu es sûre ? demanda-t-il, à peine étonné.

— Tu penses bien que j'ai attendu d'en être sûre pour t'en parler.

— Une fille ?

— Peut-être.

Mais elle ajouta aussitôt :

— Peut-être aussi un garçon.

Il la prit dans ses bras, esquissa quelques pas de danse, s'arrêta mais la garda serrée contre lui, regardant la neige au-dehors. Il lui sembla qu'elle était là pour les isoler davantage dans un bonheur dont ils allaient pouvoir maintenant profiter seuls, pendant les jours interminables qui les séparaient de la rentrée.

8

AU DÉBUT de juin de l'année 1951, Elise confia à Lucie le soin de trouver de nouveaux gardiens au château de Boissière, les anciens étant décédés récemment. Lucie s'y rendit avec appréhension car elle n'y était pas revenue depuis sa liaison avec Norbert de Boissière, il y avait plus de trente ans de cela. Autant que cette appréhension, cependant, une impatience vibrait en elle : allait-elle retrouver tout ce qui, à l'époque, avait ensorcelé la jeune fille qu'elle était, ignorante de ce monde des châteaux, de ses mœurs et de ses habitants ? Elle eut hâte de savoir si subsistaient en ces lieux des vestiges de la vie d'alors, et si, surtout, elle devinerait les ombres, les silhouettes de ceux qui le peuplaient, pour un saut dans le temps qu'elle espérait fidèle aux impressions, aux émotions qu'elle en avait gardées.

Elle voyagea de nuit, arriva à Puyloubiers à neuf heures du matin, passa la matinée en compagnie d'Aloïse, puis, malgré son impatience, y déjeuna auprès de toute la famille assemblée : François et Aloïse, bien sûr, mais aussi Edmond, Odile et leur fils. Comme chaque fois, Lucie se sentit bien dans cette maison où elle s'était réfugiée si souvent, à l'écart des soucis de Paris, loin des difficultés qui les avaient accablées, sa fille et elle, depuis la fin de la guerre.

Dès le début de l'après-midi, François la conduisit à

Bort, chez le notaire, qui détenait les clefs du château. Maître Claverie les lui remit en lui faisant observer que le bâtiment s'était beaucoup dégradé au fur et à mesure que les anciens gardiens avaient vieilli, car ils avaient été obligés de renoncer peu à peu à la fonction pour laquelle ils avaient été engagés, à cause de graves problèmes de santé.

— Je n'ai pas cru devoir les chasser, précisa le notaire. J'ai écrit une fois à ce sujet à votre fille qui ne m'a jamais répondu.

— Vous avez bien fait, répondit Lucie.

Elle partit vers le château avec François, sans se douter à quel point le notaire avait dit vrai. Elle le comprit dès qu'ils eurent poussé la grille : dans le grand parc, totalement à l'abandon, il ne restait rien des beaux massifs de fleurs de jadis. Au contraire, des ronces et des herbes folles proliféraient dans la cour, y compris jusque devant le perron. Derrière, c'était pis : elle remarqua avec un serrement de cœur que, des grands arbres magnifiques de sa jeunesse, survivaient seulement quelques chênes assaillis par le lierre, dont certaines branches, cassées par les orages, pendaient lamentablement. Le bassin en forme de lavoir était à moitié démoli, les allées étaient creusées d'ornières et leur murette de pierres arrondies renversée par on ne savait quel pied malveillant.

Sur le bâtiment lui-même, la peinture des volets décrépis formait des moisissures qui avaient attaqué le bois, tandis que, sur le toit, les deux cheminées étaient ébréchées. Leurs pierres d'angle ayant cassé, des tuiles que nul n'avait ramassées gisaient sur le sol, comme pour attirer l'attention d'un sauveteur éventuel. Toutes les grilles, toutes les ferrures étaient rouillées, trahissant un laisser-aller qui devait dater de longtemps.

Pourtant, en montant les marches du perron, et à l'instant d'ouvrir la monumentale porte d'entrée, quelque chose, doucement, se remit à vibrer dans le cœur de

Lucie. Comme François inspectait les pièces du bas, elle monta dans la chambre qui avait été celle de Norbert, celle-là même où il l'avait prise dans ses bras. Là, tout à coup, ce fut comme si elle avait encore seize ans : une grande vague de bonheur et de désespoir la submergea, la fit vaciller. Tout était intact : le lit en bois de noyer, les tables de nuit Empire à étoiles dorées, le secrétaire plaqué d'acajou, le miroir vénitien, le tapis rouge bordeaux, le lustre de verre, la fenêtre à deux battants qui donnait sur le parc. Quand elle ferma les yeux, une voix murmura près de son oreille :

« Comment vous appelez-vous ?

— Lucie, répondit-elle à mi-voix.

— Il y a longtemps que vous êtes ici ?

— Presque cinq mois. »

Il lui sembla que les mains de Norbert se posaient sur ses épaules et elle comprit qu'elle n'avait vécu que pour cet homme-là, le retrouver un jour, d'une manière ou d'une autre, le rejoindre à travers l'espace et le temps. Elle sut clairement, dès cet instant, que désormais elle viendrait vivre ici quelques mois dans l'année, pour tenter de sauver ce qui pouvait encore l'être d'un passé lumineux.

Une voix l'appela du perron : celle de François qui s'inquiétait de ne plus l'entendre. Elle redescendit, fit de nouveau avec lui le tour du parc, et, devant ce spectacle affligeant, elle eut soudain hâte de partir. Dans la voiture, ils furent du même avis : il y avait urgence à trouver une solution, sinon le domaine et le château seraient perdus à tout jamais. Ils repassèrent alors chez le notaire, qui, soucieux de faire oublier à Lucie les négligences coupables des uns et des autres, lui annonça qu'il avait pris une initiative : il avait pressenti un couple de la ville qui n'avait plus assez de ressources pour se loger et qui accepterait la charge d'entretenir le château à condition d'y habiter gratuitement : ils s'appelaient Georges et

Noémie Jonchère, pouvaient emménager rapidement. Il fut convenu de se retrouver au château dès le lendemain.

Lucie y revint en compagnie du notaire, cette fois, François ayant à faire, et elle rencontra donc le couple qui lui parut tout de suite digne de confiance. La femme était petite, boulotte, avec des cheveux de neige mais un regard noir plein d'énergie ; l'homme beaucoup plus grand, costaud, le nez camus, et semblait courageux. L'ampleur de la tâche ne les rebutait pas. Il fut donc convenu qu'ils pourraient emménager dès qu'ils le souhaiteraient, le plus tôt étant le mieux. Ils repartirent dans la voiture de Maître Claverie, et Lucie demeura seule au château en attendant François qui devait venir la chercher en fin d'après-midi.

Elle n'en était pas fâchée. Elle avait même projeté cette solitude d'une heure ou deux pour reconquérir ce passé qui constituait peut-être ce qu'elle avait connu de meilleur dans sa vie. Elle s'assit devant le perron où, jadis, officiaient les violonistes de la grande fête d'août, et, fermant les yeux, revit les femmes dans leurs plus belles toilettes, les hommes en redingote et queue-de-pie, les voitures qui se garaient là-bas à l'extrémité de l'allée. Elle sentit l'odeur des cigares et du patchouli, entendit la musique qu'elle découvrait alors et qui lui semblait ouvrir les portes d'un univers fantastique. Elle resta ainsi de longues minutes sans rouvrir les yeux, puis elle fit le tour du château, s'arrêta devant le lavoir, sous les grands arbres aujourd'hui blessés, pénétra dans l'écurie qui sentait encore le crottin de cheval et la paille des litières, se souvint de ce jour où elle avait été agressée par le cocher, et elle se hâta de ressortir comme si un nouveau danger la guettait dans l'ombre.

Rêvant au temps disparu, elle fit une nouvelle fois le tour du parc puis elle entra dans le château. Elle savait depuis la veille ce qu'elle souhaitait vraiment. Elle était d'ailleurs revenue avec cette idée précise. Elle monta à l'étage, entra dans la chambre de Norbert, observa chacun des objets, des meubles qui lui avaient appartenu, puis elle s'allongea sur le lit où il l'avait renversée, la première fois, avec un mélange de douceur et de violence. Elle l'entendit comme ce jour-là, sentit ses mains sur son corps, et rien n'exista plus que cette présence d'un homme qui était mort, mais dont elle sentait de nouveau l'odeur, la chaleur des mains, le souffle contre son oreille, la vigueur sur elle, en elle, si distinctement, si cruellement qu'elle s'évanouit.

Quand elle revint à elle, elle comprit qu'elle pleurait. Elle ne sut si c'était d'un bonheur fugacement reconquis ou de la conviction de sa perte. Les deux, sans doute. Mais à l'idée qu'elle pourrait dormir dans ce lit chaque fois qu'elle viendrait au château, elle sentit s'éveiller quelque chose qui, lui sembla-t-il, n'était pas éloigné du bonheur.

Charles et Mathilde s'apprêtaient à fermer l'école et à partir à Puyloubiers, ce mois de juillet-là, quand, un matin, Pierre, leur fils, fut incapable de se lever. Il avait très mal à la gorge, déglutissait difficilement, et se plaignait de la tête. Charles alla prévenir le médecin qui n'était pas là, mais en visite dans les fermes. Il ne rentrerait qu'à midi. En l'attendant, pendant la matinée, Mathilde demeura près de Pierre, très inquiète, se demandant si, au cas où sa maladie se révélait contagieuse, elle ne devait pas éloigner son deuxième fils, Jacques, à qui elle avait donné le jour deux ans plus tôt. Elle ne put s'y résoudre et elle se résigna à attendre le médecin, confortée dans cette idée par Charles qui pronostiquait une banale angine.

Le vieux médecin de La Roche vint à l'école dès son retour, sans prendre le temps de déjeuner. C'était un vieil homme placide, revenu de tout, y compris des usages routiniers et séculaires auxquels avaient recours les paysans hostiles à la médecine traditionnelle. Quand on l'appelait, souvent, il était trop tard. Il devait sauver ce qui pouvait encore l'être, c'est-à-dire atténuer des souffrances auxquelles on était habitué, sur ces hauteurs isolées où la vie était si rude.

Ce n'était évidemment pas le cas de Charles et Mathilde Barthélémy qui avaient fait appel à lui pour soigner chacune des maladies d'enfance de leurs fils. Menant le même combat contre des coutumes séculaires et des recours à la sorcellerie pour lever le mal ou lutter contre les mauvais sorts, ils étaient devenus amis.

— Alors, qu'est-ce qu'il a, ce petit ? demanda le médecin, ce midi-là, en s'asseyant sur le lit pour ausculter Pierre.

L'enfant était en sueur, avalait difficilement sa salive, parvenait à peine à parler.

— Combien de fièvre ? demanda le médecin en se tournant vers Mathilde.

— Trente-neuf.

Mathilde se tenait près de Charles, derrière le médecin, et s'étonnait de l'air sombre et de l'insistance du praticien à examiner la gorge de Pierre avec une cuillère. Il palpa ensuite le cou et la nuque de l'enfant, fit une grimace qui n'échappa ni à Charles ni à Mathilde.

— Une angine ? fit Charles.

— Je voudrais bien en être sûr, répondit le médecin après avoir laissé l'enfant s'allonger. Quel âge a-t-il exactement ?

— Cinq ans.

— Et Jacques ?

— Deux ans, répondit Mathilde.

Alarmée, aussitôt elle ajouta :

— Mais pourquoi nous demandez-vous ça ?

— Parce qu'il va falloir les éloigner l'un de l'autre.

Mathilde sentit ses jambes fléchir sous elle, s'accrocha au bras de Charles et demanda :

— Pourquoi ? Qu'est-ce qu'il a ?

Le médecin ne répondit pas tout de suite. Il rangea son stéthoscope dans sa sacoche, se leva, leur fit signe de le suivre dans la cuisine où, face à eux, il consentit enfin à avouer ses craintes :

— Je ne suis pas sûr encore, mais il est possible que ce soit la diphtérie.

— Non, fit Mathilde. Non, ce n'est pas possible.

— Hélas ! Ce n'est pas rare encore, par ici.

Le moment de stupeur passé, Charles demanda :

— Que faut-il faire ?

— Je préfère que nous éloignions le petit. C'est plus prudent. Il faudrait le confier à une famille sans enfant.

— Mes parents, à Ussel ? fit Mathilde.

— Oui, par exemple. Mais il faut partir aujourd'hui même.

— Je le conduirai, dit Charles.

— Pour Pierre, si c'est bien ce que je redoute, antibiotiques et isolement de trente jours.

— Il faut l'hospitaliser ? demanda Mathilde, affolée.

— Non. Pas dans l'immédiat. Ils n'y tiennent pas à cause de la contagion. Mais si on n'y arrive pas, il le faudra bien.

Tous savaient que cette maladie était parfois encore mortelle pour les enfants, malgré les progrès effectués par la médecine depuis la fin de la guerre.

— Je repasserai ce soir, fit le médecin, mais emmenez donc le petit à Ussel, c'est préférable.

Dès que le médecin fut parti, Charles alla demander au maire s'il pouvait lui prêter sa voiture, ce qu'il accepta aussitôt, n'ayant rien à refuser à son secrétaire de mairie. Mathilde demeura seule avec son fils aîné, déchirée d'avoir été obligée de se séparer de Jacques qu'elle n'avait jamais quitté depuis sa naissance. Comme il n'y avait pas de pharmacie à La Roche, Charles devait ramener les médicaments d'Ussel. En l'attendant, et en attendant aussi le médecin, Mathilde était assise près du lit de son enfant malade et le regardait avec horreur respirer difficilement, le soulevait pour l'y aider, essuyait son front, comptait les heures qui la séparaient du retour de Charles. Il ne serait pas là avant la nuit. Heureusement, le médecin reviendrait avant lui.

Il revint, effectivement, comme il l'avait promis. L'air sombre, il fit une piqûre à l'enfant et repartit, très inquiet, sembla-t-il à Mathilde. Elle se retrouva de nouveau seule dans l'angoisse, constatant combien son fils avait du mal à respirer, et elle sut que commençait là une des périodes les plus douloureuses de sa vie. Même l'arrivée de Charles, à dix heures du soir, n'atténua pas la peur qui s'était insinuée en elle de perdre son enfant, une peur aggravée par la lecture d'un article de journal qui faisait apparaître des statistiques de mortalité inquiétantes, en France, par diphtérie, depuis la guerre.

Cette première nuit, installés sur deux chaises de chaque côté du lit, ils veillèrent côte à côte dans la chambre de Pierre, guettant la respiration difficile de l'enfant, le faisant asseoir, puis s'allonger de nouveau, essuyant son front, lui donnant scrupuleusement les médicaments prescrits par le médecin qui, dès le lendemain, prit l'habitude de venir trois fois par jour.

Les nuits suivantes, comme ils étaient épuisés, ils se résignèrent à dormir à tour de rôle, mais leur solitude dans l'ombre et le silence n'en fut que plus angoissante. Surtout pour Mathilde, à qui son deuxième fils manquait beaucoup et qui redoutait ces instants durant lesquels Pierre étouffait, se débattait, l'agrippant de ses petits bras dans un appel muet qui la submergeait d'une peur bien plus atroce que tout ce qu'elle avait vécu pendant la guerre. Alors elle se précipitait dans la chambre où dormait Charles et le suppliait de venir près d'elle. Ils se retrouvaient de nouveau côte à côte devant le lit de leur fils, épuisés, incapables de parler.

Au fil des jours, le vieux médecin se montra de plus en plus pessimiste. Un matin, alors que, dans la nuit, vers deux heures, Charles et Mathilde avaient cru que leur fils allait mourir étouffé, il décida de le faire hospitaliser. Il fallut partir, dans la voiture du maire une fois de plus, et tenter de vivre en des lieux où la maladie paraissait encore plus redoutable. Là, ils se relayèrent de nouveau auprès de leur fils, se reposant seulement dans la chambre d'un petit hôtel voisin de l'hôpital.

Quinze jours et quinze nuits durant, la maladie ne céda pas. Comme leur fils, Charles et Mathilde étaient à bout de forces. Il y eut un jour terrible – un lundi, Mathilde et Charles ne devaient jamais l'oublier – pendant lequel deux infirmières et un médecin ne quittèrent pas la chambre de l'enfant. On le crut mort à deux reprises, mais ils réussirent à le réanimer. Vers le soir, il parut se calmer. La nuit qui suivit, il ne s'étouffa qu'à deux reprises. Le lendemain, il ouvrit les yeux.

— Si ça se confirme, il sera peut-être tiré d'affaire, dit le médecin qui s'occupait de lui depuis son arrivée.

Charles et Mathilde n'en espéraient pas tant, du moins pas si vite. Mais l'enfant respirait mieux. Il semblait avoir moins de fièvre. La nuit suivante, il ne se réveilla qu'une seule fois. Le lendemain, la fièvre tomba d'un coup. Ils avaient gagné le combat, mais à quel prix : Pierre était devenu squelettique, et son visage semblait ravagé par la maladie. Mathilde et Charles n'en pouvaient plus de ces nuits sans sommeil, de cette angoisse qui les avait rongés, leur faisant tout oublier de ce qui existait ailleurs, l'école, Puyloubiers, les vacances qui les attendaient.

Huit jours plus tard, en repartant de Tulle avec leur fils bien vivant, ils n'osaient croire à la fin de ce cauchemar. Et pourtant l'été flamboyait sur les hautes collines, un été dont, jusqu'à ce jour, ils n'avaient pu apprécier ni la lumière ni la douceur des soirs. Il leur sembla que le monde était aussi beau qu'auparavant mais que sa couleur était différente. Et, une fois à Puyloubiers, après avoir retrouvé Jacques et le décor immensément vert du haut pays, ils vécurent ce mois d'août-là avec la sensation d'une blessure qui ne se refermait pas. Malgré la beauté des sapinières sous un ciel d'un bleu très profond, malgré la chaleur de l'accueil de François et des siens, ils savaient désormais que, même sans la guerre, le malheur pouvait frapper sans prévenir. Ils en gardèrent la sensation d'une menace à laquelle auparavant ils ne croyaient pas.

— Nous avons vieilli, dit Charles, un soir, alors qu'ils marchaient sur la route de Saint-Vincent, dans le murmure des feuillages agités par un souffle de vent qui charriait encore toute la chaleur du jour.

— Oui, fit Mathilde, nous avons vieilli.

Et elle ajouta, plus bas, alors qu'ils passaient sous un couvert de magnifiques hêtres dans lequel jouaient les derniers rayons du soleil :

— Ce ne sont pas les années qui font vieillir, mais c'est la souffrance.

François avait depuis longtemps promis à Aloïse, qui n'avait jamais quitté le haut pays, de l'emmener en voyage. Au moins une fois dans sa vie connaîtrait-elle autre chose que les forêts du haut pays. Il n'avait jamais pu tenir cette promesse à cause du travail, mais aussi parce qu'il lui en coûtait de s'aventurer ailleurs. En ce mois de septembre, cependant, il avait compris qu'il était temps de tenir sa promesse. Il avait cinquante-neuf ans et elle cinquante-huit. Après, il se demandait s'il en aurait encore la force.

Quand ils avaient évoqué ce voyage, pendant l'été, en présence de tous les membres de la famille, Charles avait demandé :

— Où irez-vous ?

— J'ai toujours eu envie de voir la mer, avait répondu Aloïse.

— La mer ou l'Océan ?

— L'Océan, tu sais, du côté de Bordeaux.

— Là où descendaient les bateliers de chez nous en suivant la Dordogne, avait ajouté François.

Dieu sait s'ils en avaient souvent parlé ensemble, François et Aloïse, de ce voyage vers l'Océan – si souvent qu'ils ne savaient plus, aujourd'hui, s'ils ne l'avaient pas effectué en rêve. En avaient-ils d'ailleurs vraiment le désir ? François sans doute pas, mais Aloïse, oui. Elle, qui n'avait jamais quitté Puyloubiers, y songeait comme on songe à un univers trop grand, trop beau pour être jamais atteint. Il lui semblait qu'il y aurait là une sorte d'accomplissement, une brèche dans une vie sédentaire où le monde ne lui était apparu que dans les récits des uns et des autres, mais une brèche ouverte vers ce qu'il existait de plus grand, de plus vaste, et dont le spectacle suffirait à embellir définitivement une existence où il n'y avait eu d'horizon que la crête verte des forêts.

Quand Charles avait proposé de les accompagner, François avait accepté. Il ne se sentait pas le courage de tout organiser, de faire face aux difficultés d'un tel voyage qui avaient pris dans son esprit des proportions inquiétantes. Lui-même n'avait quitté le haut pays que dans des circonstances dramatiques, c'est-à-dire pour partir à la guerre. Il avait l'impression qu'il retrouverait ailleurs les mêmes menaces, du moins des conditions qui les mettraient peut-être en danger. C'était absurde, il le savait, mais on ne pouvait pas vivre des années et des années à l'écart du monde sans redouter de l'affronter un jour. C'était donc avec soulagement qu'il avait accepté la proposition de Charles pour un court voyage vers cet Océan dont Aloïse ne prononçait jamais le nom sans qu'une lueur éblouie éclaire ses yeux de lavande.

Edmond les conduisit à la gare de Merlines un lundi matin, un de ces matins de septembre qui annoncent l'automne dans les premières fraîcheurs de l'aube. Là, ils prirent le train pour Brive puis Bordeaux où ils arrivèrent en début d'après-midi. Charles se félicita d'accompagner ses parents. Ils paraissaient si inquiets, si étrangers dans le compartiment qu'il se demandait comment ils se seraient débrouillés seuls, loin de chez eux. De plus, il était heureux de les aider dans cet unique voyage de leur vie, dont il savait ce qu'il représentait pour eux : une preuve que cette vie n'était pas close comme ils avaient pu le penser, ni étroite, ni, peut-être, terminée. Une vie qu'ils avaient encore le pouvoir d'embellir, d'agrandir, parce que le travail, la peine, courbés sur la terre, hélas, ne grandissent pas. Ils amenuisent encore plus le monde sur lequel on est penché.

Après avoir pique-niqué dans la cour de la gare, ils reprirent un train pour Arcachon où ils arrivèrent à cinq heures de l'après-midi. Depuis la gare, on ne voyait pas encore l'Océan – du moins le bassin. Du petit hôtel qu'ils trouvèrent en face de la gare non plus. Mais dès qu'ils eurent déposé leurs bagages et se furent reposés quelques minutes, Charles proposa de se rendre au bord de l'eau sans plus attendre.

Ils marchèrent vers le centre-ville puis tournèrent à droite pour prendre l'avenue qui conduit vers la plage. François donnait le bras à Aloïse, tandis que Charles marchait devant eux, se retournant de temps en temps. A peine eurent-ils parcouru cinquante mètres qu'il aperçut le bleu du bassin, droit devant, un bleu qui se fondait dans le ciel, à l'horizon, au-dessus d'une ligne à peine plus sombre.

— Regarde ! dit Charles en se retournant vers sa mère.

— Où ?

— Là-bas, devant.

Aloïse cligna des yeux, aperçut le bleu mouvant de l'eau, mais sans parvenir à mesurer la grandeur de ce paysage si nouveau pour elle.

— Viens, dit Charles, viens vite.

Ils arrivèrent en quelques minutes au départ de la jetée qui s'enfonçait dans l'eau à marée haute, et, d'un coup, le bassin apparut à François et Aloïse qui s'arrêtèrent sur place, saisis par l'immensité du site que limitait seulement, à l'horizon, là-bas, du côté du cap Ferret, le banc de terre planté de pins qui séparait le bassin de l'Océan.

— Mon Dieu ! fit Aloïse en chancelant. Comme c'est grand !

Elle souriait, toujours soutenue par François, qui, lui, avait déjà vu l'Océan en Normandie, en 1916. Ils s'assirent sur un banc, face à l'eau qui charriait des parfums d'algues, de sel, de sable chaud. Charles, désirant les laisser seuls, marcha jusqu'au bout de la jetée où pêchaient des hommes aussi burinés par le soleil que des paysans. Il était ému de voir ses parents en vacances pour la première fois de leur vie, mais ne voulait pas le montrer. Après avoir observé un moment les pêcheurs, il se retourna. François et Aloïse n'avaient pas bougé. Ils semblaient fascinés par la lumière du ciel et de l'eau, regardaient droit devant eux le soleil qui baissait sur l'horizon, faisant saigner la mer, maintenant, dans une houle au-dessus de laquelle semblaient désespérément s'enfuir de grands oiseaux blancs.

Charles revint vers eux et leur proposa de marcher sur le quai, jusqu'au bout de la plage. Ils se levèrent et le suivirent le long de la promenade qui s'étirait entre la plage et les grands hôtels aux volets verts.

— Comme c'est grand ! répéta Aloïse.

Il y avait encore des baigneurs allongés sur le mince ruban d'un sable très blanc, où stagnaient des algues noires à la lisière de l'eau. L'air marin leur arrivait de face, si frais et si vivace qu'il déposait une mince pellicule de sel sur les lèvres.

Aloïse s'arrêta, demanda :

— L'Océan, c'est encore plus grand ?

— Beaucoup plus, dit Charles. Nous irons demain, tu verras.

Elle souriait toujours, éblouie par cet univers inconnu, étonnée de se trouver si vacante au bras de François alors que chez eux, là-haut, ils étaient toujours occupés, un peu ivre de ce bonheur si rare, et en même temps un peu honteuse de ne pas travailler, de ressembler pour un instant, mais si peu, à ces passants que nul souci ne semblait préoccuper, nulle tâche attendre. Ils découvraient le luxe aussi, celui des vêtements légers, des voitures de sport sur la route côtière et des hôtels où des grooms en costume rouge attendaient sur les seuils. C'était comme une ivresse, qui les fit marcher jusqu'à la nuit, sans parler, pour mieux profiter de cette halte dans leur vie, comme tous les humbles qui savent que ces instants leur sont comptés.

Après avoir dîné, épuisés par le voyage et encore sous le charme de ce qu'ils avaient vécu, ils montèrent directement se coucher et s'endormirent aussitôt, tandis que Charles s'enquérait auprès du patron de l'hôtel du moyen de se rendre sur une plage donnant directement sur l'Océan. Celui-ci lui répondit qu'il devait descendre à Biscarrosse le lendemain matin : il pourrait donc les déposer sur l'immense plage du Petit-Nice, juste après Le Pyla, et les reprendre en fin d'après-midi.

Charles accepta aussitôt cette proposition d'un homme affable, dont le seul souci semblait de rendre service à ses clients.

Le lendemain, ils partirent donc vers dix heures dans la traction noire du patron, qui rappela un instant à Charles de mauvais souvenirs. Il était assis à l'avant, François et Aloïse à l'arrière. Ils regardaient de tous leurs yeux la route qui se frayait un passage entre les pinèdes, d'où, par endroits, entre les arbres, jaillissait la lumière bleue du bassin. Plus loin, l'hôtelier leur montra sur la droite la grande dune du Pyla, puis la voiture se mit à descendre entre des bois de moins en moins épais. Elle s'arrêta deux kilomètres plus loin, sur la droite, au départ d'un chemin de sable qui se dirigeait droit à travers une pinède.

— Vous prenez ce chemin, là, dit le patron, et vous trouverez au bout la grande plage. Je vous reprendrai cet après-midi, ici même.

Il partit après un geste de la main, tandis que Charles, François et Aloïse s'engageaient sur le chemin de sable entre les pins qui embaumaient dans le matin de septembre. Il faisait bon, entre les arbres qui sentaient la résine, et ils marchaient avec plaisir sous cette ombre à peine trouée par quelques rayons de soleil, Charles devant, comme pour leur montrer le chemin.

Bientôt de grands éclairs bleus apparurent entre les branches, puis, d'un coup, la lisière s'ouvrit sur une immensité qui semblait ne faire qu'un avec le ciel. De grandes vagues aux crêtes blanches venaient se rompre sur la plage qui s'étirait à perte de vue. Tout semblait vaste, sauvage, inhabité, mais ce qui impressionnait le plus, c'était le bruit de l'Océan qui venait battre contre le sable d'un blanc immaculé.

— Mon Dieu ! fit Aloïse.

— Venez, descendons, dit Charles.

Elle hésitait, tenait difficilement sur ses jambes, comme la veille s'agrippait au bras de François qui, lui aussi, semblait bouleversé par cette immensité dont on devinait la violence. Ils descendirent cependant et s'approchèrent de l'eau qui, malgré le beau temps, semblait furieuse, comme si la terre, le sable, ici, en cet endroit, la retenaient prisonnière. Charles avait pris aussi le bras de sa mère. Ils avançaient ainsi, tous les trois, à la limite de l'eau vers un horizon sans limite, assaillis par le bruit et la lumière. Ils ne purent aller bien loin. Aloïse eut besoin de s'asseoir. Ils restèrent alors un long moment immobiles face à cet océan dont elle avait tant rêvé et qui lui faisait peur aujourd'hui, ou du moins lui donnait la sensation d'une petitesse que ne lui avait jamais donnée la forêt.

Un peu plus tard, ils repartirent, toujours dans la même direction, mais Aloïse s'arrêta brusquement.

— C'est trop grand, dit-elle.

Elle eut une sorte de malaise qui la fit peser davantage aux bras des deux hommes, sourit pour s'en excuser. Charles décida de revenir vers les pins pour se reposer à l'ombre. Ils s'assirent à l'intérieur de la pinède pour se protéger de l'éclat du ciel et de l'eau, et, aussitôt, Aloïse se sentit mieux. Ici, on entendait moins l'Océan, simplement une sorte de respiration sourde et régulière qui rassurait plutôt, par sa seule présence. Car il n'y avait personne, à perte de vue. C'était un lieu sauvage, déserté par les hommes, où se battaient dans un combat gigantesque le ciel, la terre et l'eau.

Ils déjeunèrent dans cette ombre fraîche avec les victuailles contenues dans un panier que leur avait remis le patron de l'hôtel. Tout en mangeant, Charles observait ses parents qui, hors de leur univers, semblaient redevenus des enfants. Il ne savait en cet instant s'ils étaient heureux d'avoir réalisé un rêve ou s'ils souffraient d'avoir perdu leurs repères, ceux d'une vie entière. Pourtant Aloïse, maintenant, souriait. Elle se tournait de temps en temps vers l'Océan, hochait la tête, murmurait :

— C'est tellement beau.

Et on ne savait s'il y avait là une souffrance ou du bonheur. François, lui, observait davantage Aloïse que l'Océan. Il cherchait à deviner les preuves d'un bonheur qu'il avait, pour elle, tellement souhaité. Mais ni l'un ni l'autre ne possédaient les mots capables de traduire ce qu'ils éprouvaient vraiment.

— Quel souvenir ça nous fera, dit simplement Aloïse à la fin du repas, comme si elle parlait déjà au passé de cette journée qui n'était pas finie.

Elle était assise près de François, tous deux dans leurs vêtements d'étoffe grossière de paysans, avec des gestes un peu maladroits, et Charles avait les larmes aux yeux à constater à quel point cet homme et cette femme étaient uniquement ceux d'un pays – du haut pays. Il les découvrait incapables de vivre ailleurs, comme ces plantes qu'on déracine et qui ne peuvent s'acclimater loin de l'endroit où elles sont nées. Il y avait là une fatalité qui lui fit mal mais il se félicita, une nouvelle fois, de les avoir accompagnés pour ce court voyage au pays de leurs rêves.

Après le repas, François s'endormit, appuyé contre un arbre. Charles fit une petite promenade avec Aloïse dans la pinède. Il lui sembla alors qu'elle se détendait un peu, qu'elle s'habituait, en quelque sorte, à cette immensité qui l'avait tant bouleversée au matin. Elle voulut revenir vers la lisière de la forêt, s'assit à l'ombre, mais face à l'Océan, cette fois.

— Jamais je n'aurais pu imaginer, murmura-t-elle, qu'il puisse y avoir tant d'eau quelque part. Je pensais bien que c'était grand, mais c'était impossible de me représenter ce qu'est vraiment la grandeur du monde. Je me sens toute petite, tu comprends ? En même temps je me dis que si j'étais morte sans avoir vu toute cette eau, je serais partie sans avoir tout ce qu'il faut en moi pour affronter une autre vie, qui doit être aussi grande que l'Océan, peut-être plus encore…

Et, se tournant vers Charles :

— Merci.

Elle ne prononça plus un mot. Ils demeurèrent là, côte à côte, à s'emplir les yeux de ces images mouvantes qui semblaient devoir durer l'éternité, puis François les rejoignit. Ils attendirent patiemment l'heure de repartir, silencieux dans l'ombre douce, les yeux douloureux de cette lumière crue qui coulait du ciel en flots translucides et que réverbérait l'Océan dans un bouillonnement d'écume.

Le soir, à Arcachon, ils firent de nouveau une ultime promenade sur le quai, comme la veille. Charles eut du mal à convaincre ses parents de rentrer pour se reposer. Maintenant, c'était comme s'ils avaient conscience du fait qu'ils ne reviendraient jamais, qu'ils ne reverraient plus jamais le soleil se coucher sur l'immensité de l'eau.

— Viens, dit François à Aloïse. Il faut rentrer.

Elle tremblait un peu, ne parlait pas. Ils prirent lentement la direction de l'hôtel, et elle se retourna souvent.

Le lendemain matin, avant de reprendre le train pour Bordeaux, elle voulut revenir une dernière fois vers le bassin et s'assit un instant sur le banc du premier soir. Ses yeux brillaient. Elle souriait, mais dans ce sourire passait l'aveu d'une délicieuse blessure.

Il aurait dû vendanger, Mathieu, en ce mois de septembre, si la crue de l'Harrach n'avait dévasté son domaine trois ans auparavant. Comme il l'avait redouté, il avait dû arracher la moitié des ceps pourris par la vermine, et replanter, donc, au printemps suivant, après avoir pris la précaution, avec Roger Barthès, d'élever une digue en bordure de l'oued. Cela avait été un labeur accablant qui les avait laissés à bout de forces.

Heureusement, Mathieu avait pu compter sur sa femme, Marianne, qui avait pris une part active dans ces travaux éreintants sans jamais se plaindre. Il l'avait vraiment découverte à cette occasion-là, fidèle et forte, ne doutant de rien, avec toujours les mots qu'il fallait, de la patience et de l'obstination, du jugement aussi, quand il s'était agi d'emprunter de l'argent pour faire face à l'achat des nouveaux plants.

— Non, il ne faut plus emprunter, avait-elle dit. On se privera le temps qu'il faudra, c'est tout.

Il l'avait écoutée. Ils avaient vécu comme ils avaient pu, traité la moitié des ceps qui étaient restés en place, sans grand résultat toutefois. S'ils avaient pu venir à bout du mildiou et de l'oïdium, ils regrettaient parfois de n'avoir pas tout arraché, tellement les vendanges avaient été mauvaises.

L'épuisement dans lequel ces travaux l'avaient laissé provoquait chez Mathieu des crises de malaria de plus en plus fréquentes. Cela commençait le soir, toujours le soir. Il se mettait à frissonner, claquait des dents et se couchait. Les cachets de quinine ne servaient à rien : la crise était là et il en avait pour une semaine au moins, avant d'être remis sur pied. Effectivement, après le froid, c'était la fièvre qui embrasait son corps, une fièvre qui lui donnait très soif, le contraignait à boire continuellement pour ne pas se déshydrater. Marianne tenait les enfants à l'écart, montait le voir, l'aidait à boire, essuyait son front, son corps couverts de sueur, lui parlait calmement, l'apaisait.

A la fin du mois d'août, il avait eu une crise plus forte, et le médecin de Chebli avait envisagé de le faire hospitaliser. Mathieu s'y était refusé, approuvé par Marianne. Il n'y songeait plus guère en parcourant ses vignes, ce matin-là, des vignes pitoyables où les raisins n'avaient pas mûri, et dont les grains squelettiques pendaient lamentablement. Ceux-là aussi, il allait devoir les arracher, sinon ils contamineraient ceux des vignes voisines. Pourtant il n'avait pas le moindre argent pour acheter de nouveaux plants. S'il avait écouté Marianne trois ans plus tôt, aujourd'hui il ne pouvait plus continuer sans emprunter, sinon il risquait de tout perdre. D'ailleurs, en décembre, il ne pourrait pas faire face à l'annuité de remboursement qu'il payait chaque année à M. Benhamar, de Blida, l'homme qui lui avait permis d'acheter des terres et d'agrandir son domaine.

Ce qui peinait le plus Mathieu, ce matin-là, c'était de devoir mettre au courant Marianne de la situation. Il ne se décidait pas à rentrer, s'attardait dans la douceur de septembre, sous un ciel de faïence qui lui faisait regretter de ne pas vendanger, de ne pas assister aux va-et-vient des fellahs, des charrettes écrasées par le poids des comportes pleines, ni sentir cette odeur de cuve, de moût si caractéristique de cette époque de l'année, qu'il aimait tellement.

Emprunter ! Emprunter ! Il avait cinquante-sept ans, Mathieu, aujourd'hui. Qui donc accepterait de lui prêter de l'argent ? Il avait beau tourner et retourner le problème, il se heurtait toujours à cette évidence que ses vignes risquaient de périr et qu'il ne pourrait pas régler l'annuité de décembre. Il ne lui restait que deux mois pour trouver une solution, autant dire qu'il ne pouvait plus reculer.

Il rentra, croisa Hocine sans même le voir, passa dans la cuisine où Marianne préparait le repas de midi. Les jumeaux étaient à l'école à Chebli. Mathieu s'assit, et, très vite, d'un seul élan, expliqua à Marianne où ils en étaient. Elle s'essuya les mains sur son tablier, s'assit en face de lui, ses yeux couleur de châtaigne le dévisageant calmement.

— Il n'y a qu'une chose à faire, dit-elle de sa voix douce, c'est vendre quelques hectares.

Ce fut comme si Mathieu avait été frappé par la foudre.

— Vendre, fit-il, tu n'y penses pas ?

— Oui, reprit-elle d'un même ton posé, vendre ces quelques hectares qu'il faudrait arracher. Ce serait double bénéfice : nous n'aurions pas à acheter de nouveaux plants et l'argent servirait à payer l'annuité.

Durant toute sa vie, depuis qu'il était arrivé en Algérie, Mathieu n'avait songé qu'à agrandir son domaine, et davantage encore depuis qu'il avait deux fils. Toute sa motivation, toute son énergie avaient été mobilisées dans ce but. Comment pourrait-il vendre des terres sur lesquelles il avait tant travaillé et tant souffert ? Il en voulut à Marianne, frappa du poing sur la table, se leva et, après un regard qu'elle ne songea pas à soutenir, il sortit. Ne sachant où aller, il entra dans la cave où deux fellahs nettoyaient des fûts inutiles, cria :

— Sortez de là !

Apeurés, ils s'enfuirent, allèrent prévenir Hocine qui demeura prudemment sur le pas de la porte. Mathieu était encore sous le coup des paroles prononcées par sa femme. Elles étaient aussi inattendues que frappées de bon sens, et donc d'autant plus douloureuses. Vendre des terres ! Lui, Mathieu Barthélémy ! Et à qui ? A Colonna qui n'attendait que ça ? Il imaginait d'ici le sourire de Gonzalès, des colons qu'il rencontrait à Chebli ou à Blida. Certains, par jalousie, en feraient des gorges chaudes, mais aussi à cause de l'attitude de Mathieu pendant la guerre, à l'époque où il avait pris fait et cause pour de Gaulle et Giraud, acquérant ainsi une position, un pouvoir, que ses voisins de la Mitidja ne lui avaient pas pardonné.

Non, il ne pouvait pas vendre, ne fût-ce que quatre ou cinq hectares. C'eût été un aveu d'échec, une sorte de faute vis-à-vis de ses enfants qui se partageraient un jour ce domaine, il en était sûr – il ne pouvait en être autrement. Il s'enferma dans cette position pourtant intenable et les jours recommencèrent à passer, le rapprochant de l'échéance de décembre, au point qu'il envisagea d'aller voir M. Benhamar pour négocier un report d'échéance. Mais cela aussi, c'était impossible. Il savait que le joaillier de Blida n'attendait qu'une faille pour le déposséder de quelques terres – il avait déjà agi ainsi à l'égard d'un colon nommé Arietta, du côté de Boufarik. Non, il fallait tenir bon, trouver une banque à Alger, qui lui consentirait un prêt à des conditions acceptables.

Il s'apprêtait à y partir, fin octobre, quand une nouvelle crise le jeta sur le flanc pendant plus d'une semaine, provoquant les menaces du médecin de Chebli qui lui dit un matin :

— Continuez comme ça, et vous n'en aurez pas pour longtemps.

Marianne, aussi, avait eu très peur : une nuit, il avait failli mourir. Le premier jour où il se leva, elle lui dit d'une voix qui ne tremblait pas :

— Mon frère Roger veut bien acheter les dix hectares à replanter. Il est jeune. Il peut emprunter encore. Comme ça, ils ne sortiront pas de la famille.

Mathieu n'y avait pas pensé. Si Roger achetait, Mathieu pourrait pourtant continuer à vendanger ses vignes, puisque l'on s'aidait entre voisins, chaque année, en septembre, pour rentrer le raisin. De plus, Roger était son ami. Qui sait s'il ne les lui revendrait pas un jour, ces vignes? Et de toute façon, il lui resterait plus de cinquante hectares, largement de quoi vivre et régler ses dettes vis-à-vis de M. Benhamar. Il ne devrait plus rien à personne, serait définitivement chez lui, cesserait d'être rongé par les soucis, accablé par les travaux qui, depuis plus de trente ans, l'avaient engagé dans une course sans fin, épuisante, dont il payait le prix fort aujourd'hui. Il n'oubliait pas non plus que ses garçons avaient seulement dix ans et il tenait à les voir grandir, s'installer sur ces terres qu'il leur avait gagnées à la sueur de son front.

Il prit sa décision ce jour-là, s'en fut trouver Roger Barthès à qui Marianne avait déjà parlé du projet. Ils tombèrent rapidement d'accord sur le prix, purent passer l'acte en novembre, et, au retour, fêtèrent l'événement dans la maison des Barthès en présence de Marianne et des deux garçons. Ce jour-là, Mathieu n'avait plus en lui aucune amertume. Au contraire, il avait l'impression d'avoir trouvé la paix, dont un mauvais orgueil l'avait détourné. Aujourd'hui, il n'avait plus de dettes, plus d'investissements à effectuer, ses vignes n'étaient plus en danger et, s'il lui arrivait malheur, ses fils pouvaient disposer du domaine à leur guise. En rentrant à Ab Daïa, dans la traction qui cahotait sur les pierres du chemin, Mathieu eut la conviction qu'était désormais venu pour lui le temps de la sagesse.

9

DÈS LA FIN juin 1954, le soleil s'était installé au-dessus des toits de Paris, dans un ciel d'un bleu profond, que Lucie, pourtant, ne remarquait même pas. Elle n'avait plus goût à rien, se consumait de chagrin depuis que son fils était parti en Allemagne, il y avait deux ans de cela. Elle avait tout tenté pour le retenir, mais, dès le lendemain de sa majorité, il avait fait ses bagages et avait disparu avec une hâte, une joie qui l'avaient accablée.

Pourtant, fidèle à sa promesse, elle s'était rendue à plusieurs reprises avec Heinz sur les traces de son père de l'autre côté du Rhin, espérant lui faire apparaître la réalité d'un pays qu'il avait sans doute idéalisé. Au contraire, ces voyages n'avaient fait que fortifier Heinz dans sa volonté de vivre un jour dans le pays où son père était né, où il s'était battu pour défendre ses idées contre un régime qui l'avait conduit à sa perte. Elle n'avait pu s'opposer à son départ, avait seulement demandé sur le quai de la gare où elle l'avait accompagné :

— Tu reviendras ?

Heinz n'avait pas répondu. Il était monté dans le train sans manifester la moindre émotion et avait disparu. Lucie était rentrée avenue de Suffren complètement désespérée. Là, elle avait retrouvé Elise qui avait tenté de l'aider en proposant :

— Si tu allais passer quelques jours au château, en Corrèze ? Ça te changerait les idées.

Lucie avait refusé. Elle préférait se plonger dans le travail, essayer d'oublier le départ de son fils qui, au fil des jours, en quelques mois, était devenu aussi lointain que Jan sur la fin de sa vie. Elle avait l'impression que, comme son père, elle ne le reverrait pas. Et cette pensée taraudait son esprit tandis qu'elle s'affairait, la journée, près d'Elise qui, malgré toute sa bonne volonté, ne trouvait pas toujours la possibilité de la réconforter comme elle l'aurait souhaité. En effet, les clients, les commandes, les factures à régler, les achats à effectuer, exigeaient d'elle beaucoup d'attention, l'essentiel de son temps.

Le soir, Elise sortait de plus en plus souvent : à trente-neuf ans, elle demeurait très belle et ne manquait pas de chevaliers servants, d'autant qu'on la savait riche. Lucie gardait donc Paule et tâchait de nouer avec sa petite-fille, aujourd'hui âgée de neuf ans, des liens qu'elle souhaitait indestructibles. Elle se souvenait de la manière dont on lui avait pris sa fille, il y avait si longtemps, et elle avait l'impression, grâce à Paule, de rattraper le temps perdu. L'enfant avait besoin d'elle, c'était évident. Elise, trop occupée, nourrissait de grands projets. Elle envisageait très sérieusement d'ouvrir des boutiques à Londres et à New York. Lucie ne savait si elle devait l'encourager ou, au contraire, l'en dissuader. C'était une aventure périlleuse, et elle craignait que sa fille ne perde un jour tout ce qu'elle avait construit depuis la fin de la guerre.

Ce matin-là, en se rendant à la boutique de l'avenue de Suffren, Lucie s'aperçut que l'été déclinait : les feuilles des arbres avaient viré du vert au jaune et au cuivre, et l'air, même de bonne heure, portait déjà des parfums d'automne qui réveillaient en elle des échos oubliés. Il lui sembla alors que quelqu'un ou quelque chose l'attendait ailleurs, là où, peut-être, elle pourrait retrouver son équilibre et se forger de nouvelles forces. Le château. Elle devait partir, vite, très vite, pour profiter des derniers beaux jours, ceux qui précédaient jadis le départ de Norbert à Paris. Elle fit part de son souhait à Elise qui répondit :

— Il reste quelques jours avant la rentrée. Tu devrais emmener Paule avec toi.

— Tu vas t'ennuyer, toute seule, à Paris.

— Certainement pas. J'ai tellement de travail.

— Alors c'est décidé ? Tu vas te lancer à New York ?

— Je ne sais pas encore. Je prendrai une décision bientôt. C'est très compliqué : à la fois pour obtenir des prêts et trouver des locaux.

— Si tu venais avec nous, tu pourrais décider au calme.

— Tu as raison. Je viendrai peut-être.

— C'est promis ?

— J'essaierai.

Lucie partit donc avec sa petite-fille dès le lendemain de cette décision, de ce besoin ressenti au plus profond d'elle. Et en effet, dès son arrivée au château, elle fut très surprise mais très heureuse de le découvrir en si bon état. Elle n'y était pas revenue, en fait, depuis deux ans, n'ayant pas eu la force de quitter Paris, redoutant la solitude qui la laisserait face à ses souvenirs. Des massifs de fleurs ornaient de nouveau les allées et le parc. Quant aux arbres, ils avaient été taillés et avaient presque retrouvé leur majesté d'avant. Georges et Noémie Jonchère avaient fait du bon travail. Ils habitaient le rez-de-chaussée, trois pièces seulement, où ils vivaient petitement, se chauffant au bois pendant l'hiver, et cultivant les trois terres les plus proches du parc, les seules à avoir échappé au démembrement du domaine.

Lucie s'installa avec Paule au premier étage, dans la chambre de Norbert, avec la sensation de reconquérir ce qu'elle possédait de plus précieux. A Paris, Elise l'avait incitée à apprendre à conduire, ce qu'elle avait fait pour passer le temps et oublier ses tourments. Elle était donc venue en Corrèze avec la voiture achetée par Elise : une Dina Panhard Z de couleur crème, que Lucie conduisait très prudemment, et qui fit sensation car nul, dans le haut pays, n'en avait jamais vu de pareille.

Dès le lendemain de son arrivée, elle put se rendre à Puyloubiers, avec Paule, chez François et Aloïse, où la petite fit la conquête des uns et des autres. Les jours suivants, après avoir confié sa petite-fille aux Jonchère, elle résolut de visiter les lieux où elle avait vécu dans son enfance, au Pradel, précisément, où elle revit la maison de ses parents dans laquelle elle avait été si heureuse.

Un jour, elle y conduisit François qui, foudroyé par l'émotion, demeura debout devant le seuil et ne put prononcer un mot. La maisonnette avait ses volets clos. Nul ne l'habitait plus aujourd'hui.

— Je donnerais bien tous les châteaux du monde pour racheter cette maison, murmura Lucie.

— Non, dit François retrouvant subitement la parole. Il ne faut pas parler comme ça.

Et, comme elle le dévisageait, surprise :

— On a fait trop de chemin. Il ne faut pas revenir en arrière.

Elle ne comprit pas très bien ce qu'il voulait par là exprimer, et elle en fut un peu décontenancée. Ils demeurèrent un long moment immobiles devant cette maison qui leur paraissait aujourd'hui minuscule, alors que dans leur souvenir elle était beaucoup plus grande, de même que le séchadour et la grange à l'abandon, là-bas, au bord du chemin.

— Moi, je n'ai plus que ça, murmura-t-elle d'une voix fêlée. Le passé, seulement le passé.

François tourna vivement la tête vers elle, répondit :

— Il faut se faire violence, sinon…

— Je n'ai plus la force, dit-elle. J'ai tout perdu.

— De la part de quelqu'un qui vit dans un château, ce ne sont pas des paroles que le père et la mère, dans cette maison, auraient aimé entendre.

Le rouge de la honte monta au front de Lucie. Elle se dirigea vers la voiture, mit le moteur en marche, attendit François qui faisait une dernière fois le tour de la grange. Ils repartirent et ne parlèrent plus. Mais elle n'oublia pas les mots prononcés par François et elle se mit en devoir d'aménager les pièces du château à sa guise, décidée à vivre non pas tournée vers un avenir incertain, mais au moins au présent dans cette fin d'été qui incendiait superbement les forêts du haut pays.

A soixante-deux ans, François essayait de travailler encore comme à quarante, mais il se fatiguait beaucoup. S'il avait renoncé à diriger la propriété, il tenait à aider Edmond de son mieux et ne se ménageait pas. A la grande inquiétude d'Aloïse qui l'incitait vainement à mesurer ses forces, il était devenu irritable, rebelle au monde auquel il prétendait ne plus rien comprendre. Ainsi, il s'était indigné, comme beaucoup, de la construction des barrages qui venaient de noyer la vallée. Après l'Aigle, celui du Chastang avait été mis en service, puis celui de Bort, en 1951, dont il apercevait la gigantesque retenue chaque fois qu'il se rendait dans la ville, non sans songer aux cimetières ensevelis, aux écoles, aux églises, aux maisons dans lesquelles avaient vécu, depuis des siècles, des centaines de familles aujourd'hui chassées de leurs foyers.

— Tant de villages noyés, tant de personnes expropriées ! s'insurgeait-il. Est-ce que ça a du sens ?

Il ne comprenait pas davantage les méthodes de cultures mises en application par Edmond, trouvait qu'il empruntait trop, se demandait quel intérêt il y avait à rejoindre le Centre national des jeunes agriculteurs qui multipliait les manifestations en pure perte. Il s'indignait également des nouvelles qu'il entendait à la radio, vitupérait contre les gouvernements qui se succédaient sans apporter de solutions aux véritables problèmes, contre les socialistes qui se divisaient sur la question des colonies, et contre l'inflation qui ravageait le pays. Heureusement, depuis 1952 l'expérience Pinay avait stabilisé quelque peu la monnaie. Aujourd'hui, un plan d'équipement de l'agriculture allait être mis sur pied. Trop tard, sans doute : il était évident que l'on était entré dans la société industrielle et que rien ne pourrait empêcher le déclin du monde rural. C'était surtout pour cette évidence, très claire à ses yeux, que François se montrait inquiet. Il se demandait si tous ses efforts, tous ceux d'Edmond aujourd'hui ne seraient pas vains. Que réservait l'avenir à ceux qui avaient choisi de rester dans les campagnes ?

Il avait reçu de Mathieu une lettre dans laquelle son frère lui faisait part de ses préoccupations : depuis les accords de Genève signés par Mendès France, la France avait perdu l'Indochine. Des négociations étaient aujourd'hui engagées avec la Tunisie et le Maroc. Et l'Algérie ? s'interrogeait Mathieu. Devrait-il un jour abandonner tout ce qu'il avait construit là-bas ? François n'en savait rien. Il avait été plutôt satisfait de la fin de la guerre d'Indochine après le désastre de Diên Biên Phu. Robert, le fils d'Edmond et d'Odile, avait quatorze ans ; Pierre, celui de Charles et de Mathilde, huit ans. François redoutait toujours une guerre, mais, en cet été superbe, il ne pensait pas que l'Algérie pût un jour s'embraser.

Il pensait surtout à sa fille Louise, qui, après quelques années de travail à l'hôpital de Tulle, avait décidé de partir travailler comme infirmière en Afrique, à Yaoundé précisément, dans une mission religieuse. Elle était partie en juin, au grand désespoir d'Aloïse qui avait tenté de la dissuader jusqu'au dernier moment, lui montrant combien cette décision comportait de périls. François, aussi, avait essayé. Mais Louise avait vingt-six ans, et elle songeait depuis toujours à ce qui était pour elle une vocation.

En fait, cette vocation avait été entre Louise et ses parents un long combat qu'ils avaient fini par perdre. Car la jeune fille un peu fragile qui ressemblait tellement à sa mère, après avoir longtemps attendu pour réaliser ce à quoi elle aspirait depuis son plus jeune âge, n'avait pas voulu y renoncer. Son départ avait été une déchirure, pour elle comme pour François et Aloïse. Quand ils avaient compris qu'ils ne pouvaient plus la retenir, ils l'avaient tous les deux conduite à la gare un matin, et le silence entre eux, alors, avait ouvert une blessure qui se montrait inguérissable. Une fois sur le quai, Aloïse avait tenté, encore, de retenir sa fille. Louise pleurait. « Il le faut, maman, il le faut, gémissait-elle ; c'est ma vie, j'en ai besoin, tu comprends ? S'il te plaît, laisse-moi partir. » Il avait fallu que François prenne le bras d'Aloïse pour la tirer en arrière, et leur unique fille avait disparu tandis qu'en eux s'affirmait la sensation d'une perte définitive.

Aussi évitaient-ils de parler d'elle, même quand ils étaient désœuvrés, comme en cet après-midi de dimanche, alors que la chaleur écrasante du mois d'août campait sur le haut pays. Edmond et Odile étaient partis rendre visite aux parents de celle-ci, à Ussel, et ils avaient emmené Robert avec eux. François et Aloïse étaient donc seuls, dans la pénombre de la cuisine, ce jour-là, attendant que le soleil décline pour sortir.

— Je n'ai pas souvenir d'une telle chaleur, soupira François, après avoir éteint la radio.

— Moi non plus, dit Aloïse, qui épluchait des légumes.

— J'aurais bien voulu monter jusqu'à la sapinière, pourtant. Il y a de l'ombre sur le chemin.

— Attendons un peu, encore, fit-elle, les enfants ne reviendront pas avant la nuit.

Elle l'observa sans qu'il s'en rende compte. Depuis que la chaleur s'était installée, il respirait difficilement et ne semblait pas bien. Il avait posé ses coudes sur la table, à l'autre extrémité, près du buffet où se trouvait le poste, et il baissait la tête, plongé dans ses pensées. Il avait encore maigri. Pourtant, par moments, elle décelait en lui des gestes, des attitudes qui la renvoyaient vers leur jeunesse, et qui la foudroyaient d'un fugitif mais éclatant bonheur.

— Tu penses à Louise ? demanda-t-elle.

Il redressa brusquement la tête, surpris, comme s'il revenait d'un autre monde.

— Non, répondit-il, je pensais au jour où je suis arrivé ici, venant de la vallée qui est aujourd'hui noyée.

Il soupira, ajouta :

— Il s'en est passé des choses, depuis.

— Oui, dit-elle, tout a bien changé.

Elle baissa les yeux sur son saladier, puis elle releva la tête et croisa de nouveau son regard qui ne s'était pas détourné.

— Il n'y a que tes yeux qui n'ont pas changé, souffla-t-il. Tu te tenais devant l'évier, et tu t'es retournée brusquement. Tu te souviens ?

— Oui, je me souviens.

Aloïse n'aimait pas cette voix qu'il avait depuis quelques jours, comme s'il redoutait quelque chose. Elle savait que, chaque fois qu'il se réfugiait dans ses souvenirs, c'était parce qu'il était très mal, qu'une idée le rongeait. Ses yeux ne la quittaient pas, la fouillaient.

— Plus de quarante ans, dit-il.

— Et alors ?

— Et alors, nous n'en avons plus autant devant nous.

Aloïse lâcha son ouvrage, vint s'asseoir à côté de lui.

— Qu'est-ce qui ne va pas ? demanda-t-elle.

Parfois elle regrettait de l'avoir incité à passer la main, à confier à Edmond la responsabilité de la propriété. Du jour au lendemain, il semblait avoir perdu l'essentiel de sa force. Quelque chose s'était brisé en lui, dont elle se sentait responsable. Elle en souffrait, car elle se souvenait de la manière dont il l'avait ramenée à la vie, après la guerre de 14, et comment il avait toujours été proche d'elle, dans les difficultés, pour l'aider, notamment quand elle avait perdu un enfant à la naissance. Elle s'inquiétait de ses épaules basses, de son regard où maintenant, parfois, elle apercevait la lumière noire du renoncement. Détournant son regard, elle dit en se levant :

— Viens ! Allons marcher.

Il eut comme une hésitation, puis il acquiesça et se leva péniblement.

Dès qu'Aloïse ouvrit la porte, le formidable éclat du ciel les éblouit et faillit les faire renoncer. Mais là-bas, sur le sentier de la sapinière qui s'enfonçait sous les grands arbres, il y avait une promesse d'ombre fraîche.

Ils se hâtèrent de franchir les cinquante mètres qui les séparaient des chênes et des châtaigniers, entrèrent avec soulagement sous les frondaisons, s'arrêtèrent un instant. Aloïse fouilla du bâton la bordure pour voir s'il n'y avait pas une pousse de cèpes, mais c'était peu probable avec cette canicule. Un peu plus loin, le sentier sortait du couvert des arbres pour longer la lisière, mais il était aussi à l'ombre, sauf sur quelques mètres avant d'arriver à la sapinière.

Pendant ces quelques mètres-là, François eut l'impression de pénétrer dans un four. Son cœur se mit à battre très fort, ses jambes à trembler, et il eut du mal à atteindre les sapins entre lesquels il se laissa tomber, un voile devant ses yeux.

— Il fait vraiment trop chaud, dit Aloïse en s'asseyant près de lui.

Il fut heureux de constater qu'elle ne s'était pas rendu compte de son malaise, s'essuya le front. Il étouffait. Un poids sur la poitrine l'empêchait de respirer à son aise, mais il fit en sorte qu'elle ne s'en aperçoive pas. Là-bas, le village dansait dans la brume de chaleur, d'un gris presque blanc, et François cherchait du regard la fenêtre de leur chambre où, si souvent, il s'était accoudé pour observer le vert profond de la sapinière, vérifier qu'elle était toujours là pour veiller sur eux.

Le voile devant ses yeux se dissipait et il respirait un peu mieux. Aloïse ne parlait pas. Elle regrettait de lui avoir proposé de sortir si tôt. Elle aussi respirait avec difficulté. Le ciel, au-dessus des bois, était d'un blanc de plâtre, et l'air semblait épais comme de la farine. Ils demeurèrent un long moment silencieux, puis Aloïse murmura :

— On devrait redescendre, il fait vraiment trop chaud.

— Si tu veux, dit-il, impatient de retrouver l'ombre des murs.

Il se leva avec difficulté, lui prit le bras. Un voile noir, de nouveau, vint se poser devant ses yeux. Dès qu'ils eurent parcouru dix mètres, des pinces brûlantes vinrent se refermer sur sa poitrine. Aloïse n'eut même pas le temps de le retenir au moment où il tomba brutalement sur l'herbe du chemin.

Charles et Mathilde, qui passaient quelques jours de vacances à Ussel, avaient été prévenus du malaise de François dès le lendemain. Ils étaient venus à Puyloubiers, s'étaient inquiétés auprès d'Aloïse mais également auprès du médecin de Saint-Vincent qui ne s'était pas montré très rassurant. « Votre père est très fatigué, avait-il dit. Son cœur est usé. Il lui faudrait du repos, uniquement du repos. » Charles avait fait promettre à François de se ménager, demandé à Aloïse de veiller sur lui, tout en étant persuadé que cela ne servirait à rien. Mais que pouvait-il faire d'autre ? Il n'était pas là pour le surveiller, et d'ailleurs il pensait que ce n'était pas la bonne solution. Sans doute valait-il mieux laisser agir son père à sa guise, ne pas le contrarier pendant ces quelques années qui lui restaient à vivre.

Ils étaient repartis dès le début de septembre à La Roche, afin de préparer leur déménagement, car ils avaient été nommés sur un poste double à Argentat : une petite ville assise sur les deux rives de la Dordogne, dans la vallée. Mathilde, comme Charles, en avait été très heureuse : leur vie allait changer, ils en étaient persuadés.

Ils s'étaient installés dans leur nouveau logement de l'école communale située dans une petite rue qui partait de l'avenue principale et aboutissait sur un grand foirail où, leur avait-on dit, se tenaient deux foires mensuelles. De là, il leur fallait cinq minutes pour se rendre sur les quais d'où, jadis, partaient les gabariers du haut pays vers la basse vallée : à Libourne et Bordeaux, ils vendaient leur bois de chêne et de châtaignier aux tonneliers. Charles songeait que, depuis Spontour – son premier poste –, il avait toujours été fidèle à la Dordogne, dont les eaux, sous les magnifiques arches du pont d'Argentat, paraissaient transparentes et évoquaient l'aventure des voyages, l'accès à d'autres mondes, celui de l'Océan, dont il gardait précieusement le souvenir en lui.

Ils avaient tout de suite été séduits par la paix qui régnait dans la petite ville aux toits gris, où il faisait si doux, en ce mois d'octobre, en comparaison du climat de La Roche. Tout était ici plus moderne : les poêles, d'abord, mais aussi les classes, plus fonctionnelles, les livres plus récents, l'appartement même : refait à neuf, il était situé au-dessus des classes dans un bâtiment d'un étage qui s'ouvrait sur un porche, au-delà duquel s'étendait la cour intérieure, dans un parc ombragé. La ville était un carrefour entre le haut et le bas pays, l'Auvergne et le Limousin, un lieu de passage animé et vivant, qui contrastait avec les villages du plateau où Charles et Mathilde avaient eu l'impression, parfois, l'hiver, de se trouver prisonniers.

La vie à l'école était elle aussi différente : ils ne disposaient plus d'un jardin, contrairement aux instituteurs des écoles rurales – ce qui était d'un rapport non négligeable –, mais la gestion de la coopérative était plus aisée. Charles, qui faisait fonction de directeur sans en avoir le grade, ne rencontrait aucune difficulté pour acheter les livres et les cahiers, mais aussi les plumes, l'encre, les cartes de géographie ou de science. Il commandait aussi bien des plumes Sergent-Major que Baignol & Fargeon, réputées plus souples ; des buvards et des gommes à volonté, de l'encre rouge comme de l'encre violette. Rien ne manquait : ni les cartes Vidal-Lablache, ni le globe terrestre, ni l'imposant tableau du système métrique, ni la chaîne d'arpenteur, la balance Roberval et ses poids en laiton, ni les gravures représentant la tour Eiffel ou Napoléon à Austerlitz.

Les élèves eux-mêmes étaient différents. Leurs parents, davantage commerçants que paysans, vivaient dans un luxe relatif par rapport aux gens du plateau. Les plumiers étaient de meilleure qualité, de même que les blouses, les sarraus, les chaussures, les manteaux d'hiver. Les enfants ne souffraient ni du froid ni de la faim. Les contacts fréquents qui se nouaient avec les étrangers dans cette ville de passage les rendaient plus réceptifs aux mutations de l'époque, à des préoccupations différentes de celles des fermes du haut pays.

Mais le plus nouveau, pour Charles et Mathilde, c'était que, pour la première fois de leur carrière, ils devaient faire face à la concurrence de l'école religieuse, qui possédait deux établissements dans la ville. L'un, surtout, jouissait d'une excellente réputation : l'institution Jeanne-d'Arc que fréquentaient non seulement les enfants d'Argentat mais aussi ceux du département tout entier. Elle était animée par des sœurs alsaciennes, très compétentes, qui s'étaient réfugiées là pendant la guerre et avaient réussi à faire de leur établissement l'un des plus respectés de la région.

Pour Charles et Mathilde, les instructions reçues à l'Ecole normale étaient claires : respect mais séparation. C'est ainsi qu'à La Roche ils avaient pris l'habitude, le jour du 11 Novembre, d'accompagner les enfants au monument aux morts, puis de les laisser aller seuls à l'église. Ici, cette règle s'appliquait encore plus strictement. Ils représentaient l'école de la République, se devaient de la défendre en donnant le meilleur d'eux-mêmes, y compris le jeudi et le dimanche, en encadrant leurs élèves dans des activités sportives pour les garçons, artistiques ou de couture en ce qui concernait les filles.

Ils ne tardèrent pas à mesurer l'ampleur de leur tâche, surtout Mathilde qui, en cours préparatoire, avait en charge plus de filles que de garçons. L'une d'elles était la fille d'une des familles les plus influentes de la ville. Dès la fin de la première semaine, les appréciations portées par Mathilde à son sujet ne furent pas du goût des parents qui les jugèrent injustes eu égard aux qualités évidentes de leur enfant. Mathilde reçut un soir à l'étude la visite de la mère qui ne cacha pas son intention de changer sa fille d'école si elle n'était pas considérée à sa juste valeur. C'était si inattendu, pour Mathilde, qu'elle ne sut que répondre, se défendit mal, et, se sentant coupable, en parla à Charles.

— Que puis-je faire ? demanda-t-elle. La mère a menacé de faire inscrire sa fille à l'institution Jeanne-d'Arc.

— Tu ne peux rien faire d'autre que de te montrer équitable par rapport aux autres enfants.

— Et si nous perdons une élève, que dira l'inspecteur ?

— Je lui expliquerai. La seule chose à éviter, c'est de se mettre en faute, surtout par des paroles qui pourraient passer pour des opinions politiques. Fais bien attention à ce que tu dis pendant la leçon de morale du matin.

Mathilde en perdit le sommeil. Elle repoussait l'heure de corriger les cahiers, le soir, ne sachant comment échapper au dilemme. Charles l'y aida. Par honnêteté vis-à-vis des autres enfants, ils se montrèrent stricts, ne firent aucune concession. Les conséquences ne tardèrent pas : dans les huit jours qui suivirent, la fillette en question quitta l'école publique pour l'institution Jeanne-d'Arc. Mathilde, qui avait été si heureuse de venir enseigner dans la charmante petite ville, en tomba malade.

— Tu le prends trop à cœur, lui dit Charles.

— Et comment tu le prendrais, toi ?

— Il suffit de faire notre travail le plus honnêtement possible ; le reste ne nous appartient pas.

— C'est facile à dire. Il n'empêche que j'ai l'impression d'avoir failli à ma tâche.

— Mais non, voyons ! Nous ne faisons que donner des appréciations conformes à ce que nous constatons.

Lui-même tenait scrupuleusement la comptabilité de la coopérative sur un cahier d'écolier en distinguant bien entre les fournitures de l'école et les siennes propres. De même pour le bois. Il y avait le bois de la classe et il y avait le bois de l'appartement. Il n'aurait jamais supporté d'être accusé un jour d'avoir utilisé quelque chose qui ne lui appartenait pas. Il tenait également les comptes de l'association sportive qu'il avait créée. Malgré toutes ces précautions, cependant, ils perdirent une autre élève, ce qui provoqua une visite de l'inspecteur dans la classe de Mathilde.

— Un peu plus de souplesse ne fait pas de mal, parfois, recommanda cet homme redoutable, vêtu d'un costume sombre à trois pièces, au terme de sa visite. Vous êtes jeunes, il faut apprendre à s'adapter. Ici, on ne vit pas comme dans un village perdu. Je suis persuadé que vous saurez trouver les solutions. Vous avez toute ma confiance.

— Si j'avais su, dit Mathilde à Charles, je serais restée à La Roche.

— Mais non, voyons, répondit-il, tout finira par rentrer dans l'ordre.

Il n'en était pas sûr. Il avait l'impression de vivre constamment épié, que tous ses faits et gestes étaient analysés. Malgré ses efforts, il commit lui aussi une faute en accompagnant ses élèves, après un match, dans un café. Un instituteur dans un café ! Un homme qui enseignait chaque matin les méfaits de l'alcool !

— Nous avons bu de la limonade, répondit Charles au maire qui s'était ému de l'événement.

— Ce n'est pas une raison. Vous n'avez pas à entraîner vos élèves au café. Vous le savez très bien.

— Je puis vous certifier que cela ne se reproduira pas.

— Je l'espère pour vous.

Charles et Mathilde finirent par se sentir vraiment menacés. Ils firent front, mais ce ne fut pas sans remettre en cause la manière qu'ils avaient de se conduire en présence de leurs élèves. Il n'y avait pas d'autre solution que de se montrer irréprochables. Ils s'y efforcèrent, comme tant d'autres, qui avaient fait de l'honnêteté, de l'intégrité, des règles incontournables de leur vie.

Mathieu, cette nuit-là, ne parvenait pas à trouver le sommeil. Pourtant, l'été et l'automne avaient répondu à son attente : de bonnes moissons et de belles vendanges – les premières, véritablement, après le mildiou et l'oïdium qui avaient frappé son domaine à la suite de l'inondation. Roger Barthès, depuis, avait replanté des plants sains, et les maladies avaient disparu de ses propres vignes comme de celles de ses voisins. Non, ce n'étaient pas des soucis financiers qui tenaient Mathieu éveillé cette nuit du 1er novembre 1954, c'était autre chose : des aboiements de chiens, des glapissements de chacals sur la route de Chréa, des bruits inhabituels, également, comme si, cette nuit, nul ne dormait dans la Mitidja.

Mathieu regarda l'heure à son réveil : minuit trente. A ses côtés, Marianne dormait paisiblement comme à son habitude, de même que ses garçons, dans la chambre voisine. Le soir, au retour de l'école, ils ne cessaient de courir dans le domaine au lieu de faire leurs devoirs, et, ensuite, ils s'écroulaient de fatigue.

Mathieu se leva, s'approcha de la fenêtre, qu'il ouvrit doucement. Il ne faisait pas froid, encore : la Mitidja basculait lentement vers l'hiver dans un automne ensoleillé, sans la moindre pluie, contrairement aux années précédentes. Une lampe était allumée au milieu des gourbis, là-bas, près de l'orangeraie. Une ombre passa entre elle et la maison. Mathieu pensa qu'il s'agissait d'Hocine, qui veillait, sans doute comme son maître, dans cette nuit étrange, pleine de sons étranges, d'échos sonores, de murmures de vent.

Il se recoucha, s'assoupit un peu, dans une semi-conscience où quelque chose lui interdisait de se laisser gagner par le sommeil. Il était minuit trente quand il entendit une détonation dans la direction de Blida. Il se leva en toute hâte, s'approcha de la fenêtre et aperçut la lueur d'un incendie gigantesque vers Boufarik. Il se vêtit rapidement, descendit, sortit dans la nuit pleine d'étoiles crépitantes. Une ombre vint vers lui : Hocine, qui avait entendu aussi et qui apercevait, comme Mathieu, la lueur des flammes dans la nuit.

— C'est mauvais, dit Hocine. Il se passe des choses.

— Que veux-tu qu'il se passe ?

— C'est pas bon, dit Hocine.

Des fellahs, aussi, s'étaient réveillés et venaient vers eux. Hocine les renvoya se coucher.

— Qu'est-ce que ça peut bien être ? fit Mathieu.

A cet instant, comme il se tournait dans la direction opposée, vers le domaine de son beau-frère, Roger Barthès, il aperçut également des flammes, mais plus petites, comme si une meule de paille brûlait.

— Reste ici, dit Mathieu à Hocine. Veille sur la maison. Moi, je vais chez Roger.

Il partit en voiture, plus curieux de savoir ce qui se passait que véritablement inquiet, et il arriva chez son beau-frère alors que celui-ci achevait d'éteindre le feu. Ce n'était pas grave : seulement un surplus de paille qui n'avait pas été rentré et qui venait de brûler.

— J'ai entendu comme une détonation vers Blida, dit Mathieu, et il y a quelque chose qui brûle là-bas.

— Oui, dit Roger, j'ai vu.

Et il ajouta :

— Ici, je me demande qui a mis le feu. Si c'était la journée, encore, je comprendrais : le soleil sur du verre, un mégot, ça peut arriver, mais la nuit ?

Ils discutèrent un moment, puis Mathieu pensa à Marianne et à ses enfants et il repartit vers Ab Daïa. Loin devant lui, l'incendie embrasait maintenant le ciel de part et d'autre d'un nuage d'épaisse fumée. Il semblait que cette nuit toute la Mitidja fût en éveil, comme si des événements mystérieux s'y produisaient, dont on avait tout à redouter.

Une fois chez lui, Mathieu s'assit sur une chaise devant sa maison, le fusil chargé, en compagnie d'Hocine. Ils veillèrent jusqu'à deux heures du matin, observant de temps en temps les flammes de l'incendie qui ne se calmait pas.

— Très mauvais, répétait Hocine de temps en temps, d'un air affligé.

— Si tu sais quelque chose, fit Mathieu, agacé, il faut me le dire.

— Ça vient de la montagne, dit Hocine. L'autre jour, dans un sac de farine, j'ai trouvé des cartouches.

— Des cartouches?

— Oui, des cartouches.

— Ici, chez moi? s'indigna Mathieu.

— Je l'ai renvoyé, patron.

— Qui c'était?

— Le fils de Boulaoud. Il venait de là-haut, de Chréa, tu connais.

Oui, Mathieu se souvenait de ses tournées sur l'Atlas, de la route en lacet qui s'enfonçait entre les bois de cèdres, de la ville close sur elle-même.

— Que faisait-il de ces cartouches?

— Il les portait.

— A qui?

— Je sais pas, fit Hocine. Ce que je sais, c'est qu'il y a beaucoup de cartouches qui circulent.

— Et tu ne m'as rien dit!

— J'ai coupé la branche pourrie.

— Tu aurais dû m'en parler.

Hocine ne répondit pas. Les reproches de Mathieu le touchaient toujours profondément. Il boudait, maintenant, gardant un silence obstiné, qui agaça Mathieu.

— Je vais me coucher, dit-il. A demain.

Une fois dans son lit, il ne réussit pas davantage à trouver le sommeil. Ce qui se passait cette nuit ne lui disait rien de bon. Si *La Dépêche algérienne* prenait soin de traiter de bandits ceux qui avaient dévalisé des automobilistes à la frontière tunisienne quelques jours plus tôt, *Alger républicain*, lui, avait fait état à plusieurs reprises des prémices d'une agitation politique. Mathieu savait qu'un jour ou l'autre la révolte souterraine qu'il avait devinée à Alger, en 1930, à l'occasion de l'assassinat du colonel Batistini, allait surgir au grand jour. Il ne pensait pas vraiment que c'était pour ce 1er novembre 1954, mais il était toujours demeuré en éveil. Comme cette nuit, dans laquelle il guettait les bruits, les yeux grands ouverts, incapable de dormir.

Il se leva un peu avant l'aube, partit vers Chebli glaner des nouvelles. On racontait que des bombes avaient explosé à Alger, qu'une caserne avait été attaquée dans les environs de Blida, et qu'à Boufarik c'était la coopérative qui avait brûlé, ainsi que le stock d'alfa de Baba-Ali. Mathieu repartit chez lui très inquiet. Il y trouva Roger en grande conversation avec Marianne et leur raconta ce qu'il avait appris. Tous deux ne croyaient pas à une insurrection. Ces événements étaient une coïncidence. Ils ne connaissaient pas un Arabe capable de tirer sur un Européen, à plus forte raison de poser des bombes. Mathieu n'insista pas.

Tout au long de la journée, pourtant, des nouvelles se succédèrent les unes après les autres : on avait sectionné des poteaux électriques entre Blida et Alger, tenté de faire sauter un pont sur l'oued El Terro, d'allumer un incendie sur du liège stocké à Larba. Marianne et Roger Barthès commencèrent à s'interroger sur ce que leur avait dit Mathieu. Ils furent convaincus de sa vision des choses en lisant *La Dépêche*, le lendemain : des soldats français avaient été tués à Batna et à Kenchela, des bombes avaient explosé à Alger mais aussi dans les Aurès et en Kabylie. Le plus incroyable était l'assassinat de deux instituteurs français, M. et Mme Monnerot, criblés de balles dans les gorges de Tighanimine.

— Je n'arrive pas à y croire, dit Roger Barthès.

— Hocine m'a avoué qu'il avait renvoyé le fils de Boulaoud parce qu'il transportait des cartouches, dit Mathieu.

— Ils n'ont pas d'armes, fit Roger.

— Ils en auront peut-être un jour.

— C'est impossible.

— Ce qui est possible en tout cas, c'est de faire brûler chez toi une meule de paille pendant la nuit.

— C'est vrai, mais il suffira d'envoyer la troupe pour les faire s'envoler comme des moineaux.

— Peut-être, dit Mathieu, peut-être.

Il n'en croyait rien, mais il ne voulait pas effrayer Marianne ni les enfants qui venaient d'arriver. En son for intérieur, cependant, il savait, et cela depuis 1930, qu'un jour ou l'autre il faudrait défendre cette terre contre ceux qui en avaient été les premiers occupants.

10

CE MOIS de février 1956 était si froid que la Dordogne avait gelé devant le port d'Argentat. La couche n'était pas très épaisse, mais les gamins les plus intrépides s'étaient aventurés à glisser jusqu'à l'autre rive. Chaque matin, levé de bonne heure, Charles trouvait des oiseaux morts dans la cour : des mésanges, des moineaux, mais aussi des merles qui n'avaient pu résister à ces températures polaires. Il aimait toujours se lever tôt, pour allumer les poêles et profiter de sa solitude, du silence dans la classe déserte, préparant la journée à venir mais aussi songeant à son père qu'il avait trouvé très faible, lors du dernier Noël, et qui l'inquiétait beaucoup. Tout en travaillant, il songeait également à ses enfants qui dormaient encore, à Mathilde, qui devait se réveiller, et il se demandait s'il pourrait garder longtemps près de lui tous ceux qu'il aimait, savourer ces heures précieuses des matins d'école sans souffrir d'avoir perdu l'un des siens. Il savait que l'heure approchait. François, ce père qui avait tant fait pour lui, l'homme qu'il aimait le plus au monde, ne survivrait sans doute pas à cette année commencée dans le vent et la neige. A cette idée, l'odeur du poêle, celle de la poussière de craie, de l'encre versée dans les encriers n'étaient plus les mêmes pour Charles. « Sans doute le froid », se disait-il, mais il devinait que les mois qui passaient s'ajoutaient, pour son père et sa mère, à des années de travail et de peine, et qu'ils allaient bientôt en payer le prix.

Et pourtant tout allait bien, maintenant, à l'école. Les habitants d'Argentat les avaient jugés, Mathilde et lui, et ils les avaient adoptés. Bon an mal an, les variations d'effectifs s'équilibraient entre les départs et les arrivées. Ils étaient bien notés. L'inspecteur avait annoncé à Charles sa visite dans la perspective d'une éventuelle promotion. Avec ce temps, il était probable qu'il ne le verrait pas de sitôt. Et ce n'était pas pour contrarier Charles qui, au contraire, se promettait du bonheur de cet isolement dans la neige et le froid : il se consacrerait à des études personnelles, à son travail de comptabilité des associations et de préparation des leçons de choses, à la lecture des journaux qu'il trouvait ici plus facilement qu'à La Roche.

Il avait été sollicité pour entrer au parti socialiste par un de ses collègues, mais y avait renoncé. Plus que Guy Mollet, qui venait d'être pressenti pour devenir président du Conseil, Charles préférait Mendès France, dont il avait admiré le courage politique au moment des accords de Genève qui avaient mis fin à la guerre d'Indochine. Il avait également apprécié le talent d'Edgar Faure lorsqu'il avait été mis en minorité et avait provoqué des élections anticipées en 1955. Plus que les systèmes, Charles aimait les hommes. Et s'il se désolait de la guerre d'Algérie, c'était pour son oncle Mathieu et sa famille, non pour le sort d'une terre dont il pensait qu'elle reviendrait inévitablement à ceux qui y vivaient depuis toujours.

Il envisageait parfois de prendre des responsabilités au sein du parti radical où il trouvait des valeurs auxquelles il croyait et qui avait contribué à imposer, jadis, l'école obligatoire pour tous. Il se considérait trop jeune, encore, mais ce projet lui tenait à cœur. Il en rêvait mais songeait aussitôt que ce serait du temps en moins pour ses élèves et reportait sa décision. Il y avait aussi ses propres enfants, qui grandissaient et avaient besoin de toute son attention. Pierre, qui était au cours moyen deuxième année, allait rentrer en sixième au collège en septembre prochain. C'était un élève brillant, très brillant, même, qui était promis à un grand avenir. Jacques, à sept ans, était encore dans la classe de sa mère, mais il passerait en deuxième année de cours élémentaire en septembre. Il ne montrait pas les mêmes dispositions pour les études que son frère aîné, regrettait La Roche, la campagne et les bois, n'aimait pas la ville.

On était mercredi. Il faisait toujours aussi froid dehors. Pendant la nuit, l'encre avait gelé dans les encriers. Il n'était que sept heures, heureusement : elle aurait le temps de dégeler avant l'arrivée des enfants. Charles cherchait sur son livre une leçon de morale tout en pensant, de nouveau, à son père. Il s'arrêta à la page trente, devant celle qui, chaque année, l'émouvait plus que de raison. Elle racontait l'histoire de ce vieil homme qui mangeait seul, à l'écart de la table familiale, dans une écuelle. L'enfant de cette famille de paysans en était frappé, ne comprenait pas. Un jour, son père, en le voyant creuser du bois avec son couteau, lui demandait ce qu'il faisait là. L'enfant lui répondait qu'il fabriquait une écuelle pour le jour où lui, son propre père, serait vieux aussi. Le soir même, le père faisait asseoir l'aïeul à table et lui donnait une assiette, comme à tous les membres de la famille.

Depuis deux ou trois ans, dans l'esprit de Charles, ce vieillard avait le visage de son père. Non que François mangeât dans une écuelle à l'écart de la table familiale, mais il avait le même air résigné, la même tristesse parfois, au fond des yeux.

Si Charles aimait ces leçons, c'était parce qu'elles étaient empreintes d'une philosophie généreuse, où la bonté, le respect des autres étaient montrés sous un aspect émouvant qui touchait les élèves. Il savait que leur esprit malléable en serait imprégné à jamais. La veille, il avait été heureux de voir s'éclairer leur visage en écoutant l'histoire de ce pauvre âne lourdement chargé qui tentait d'éviter d'écraser un crapaud dans l'ornière d'un chemin. Charles avait lu dans leurs yeux le soulagement quand la charrette s'était enfin éloignée, puis leur chagrin quand l'âne s'était écroulé de fatigue un peu plus loin. Et c'était chaque matin le premier plaisir de Charles que de lire le texte choisi, de faire réagir les enfants, de constater le naturel avec lequel ils se rangeaient aux côtés de ceux qui souffraient, qui avaient besoin d'aide.

Il en fut de même, ce matin-là, quand il acheva sa lecture, vers neuf heures quinze, mais il n'était pas seul avec ses élèves. L'inspecteur était arrivé à neuf heures précises, au grand étonnement de Charles qui croyait les routes bloquées. L'inspecteur, un petit homme à barbiche et à lunettes que Charles connaissait pour l'avoir rencontré au moment de leurs difficultés, la première année, avec Mathilde, lui avait expliqué qu'il était arrivé la veille au soir et avait passé la nuit à l'Hôtel Saint-Jacques, puis il l'avait invité à poursuivre sa leçon après s'être assis au bureau.

— Je ne vous interromprai pas, avait-il dit. Faites comme si je n'étais pas là.

Charles avait réussi à capter l'attention des enfants bien qu'ils fussent très impressionnés par la présence d'un personnage aussi redoutable. Puis il avait énoncé la dictée d'un texte d'Eugène Fromentin et retourné l'un des panneaux du tableau pour les grands du certificat d'études, dont le problème, ce matin-là, était particulièrement difficile à résoudre :

« Un ouvrier gagne 9 francs par jour et travaille 300 jours par an, mais il perd les 3/25 de son temps au cabaret et dépense en boissons spiritueuses les 32/85 de son gain. Trouvez combien il gagne par an et combien il dépense en boissons alcoolisées. »

Les fractions représentaient la plus grande difficulté du programme, et Charles savait qu'ils ne seraient pas nombreux à trouver la solution. Il s'efforça de résumer brièvement les règles apprises les jours précédents, mais il était sans illusions sur le résultat final.

Une heure plus tard, il fut surpris de constater que plus de la moitié des grands avaient trouvé les deux solutions. Tout simplement parce qu'ils comprenaient ce jour-là que le sort de leur maître dépendait d'eux, et qu'ils avaient fait un effort inhabituel. Il en fut touché, éprouva une satisfaction qui dépassa de loin les compliments que lui adressa l'inspecteur un peu avant midi.

— Vous êtes un très bon maître d'école, dit celui-ci. Et vous méritez mieux. Vous savez qu'à la sélection, en fonction de mon rapport et de mes notes, vous pouvez devenir professeur de collège ?

— Je le sais, monsieur, mais j'aime ce que je fais. Ces enfants me passionnent. Et puis j'aime ces classes primaires, tout ce qu'elles représentent, tout ce qu'elles permettent d'enseigner.

— Cela signifie que vous refuseriez un poste au collège ?

— Je crois, monsieur.

— Ce ne serait pas banal.

— Peut-être, dit Charles, mais j'aurais du mal à me passer d'eux.

— Nous en reparlerons. N'oubliez pas que vous êtes au service de l'Education nationale, dont la mission ne s'arrête pas à l'école primaire.

— Je ne l'oublie pas, monsieur.

L'inspecteur s'en alla, non pas vexé, mais intrigué. Charles revint dans sa classe qu'il avait laissée sous la surveillance d'un grand, le temps de s'entretenir avec l'inspecteur dans le logement du dessus. L'inquiétude était inscrite sur tous les visages tournés vers lui, comme si les enfants redoutaient de n'avoir pas été à la hauteur.

— Ça s'est très bien passé, dit-il, et je vous remercie.

Il ne devait jamais oublier les sourires qui fleurirent à ce moment-là sur les lèvres de tous, du plus petit jusqu'au plus grand.

Nul ne se souvenait d'un tel froid dans le haut pays. Et pourtant janvier avait été plutôt doux, avec de la neige, mais sans trop de gel. Puis, du jour au lendemain, la température était descendue jusqu'à moins trente degrés. Au-dehors, tout était gelé, emprisonné dans une couche de glace, y compris les arbres qui éclataient dans la nuit comme des coups de fusil. A Puyloubiers, on ne risquait pas de manquer de bois, mais on avait beaucoup de mal à trouver de l'eau, surtout pour les bêtes. Edmond passait son temps à casser la glace, aidé par Odile, tandis qu'Aloïse et François demeuraient près du feu, à attendre le printemps.

François, d'ailleurs, n'aurait pu les aider, même si le temps avait été plus clément. Depuis son malaise cardiaque, le médecin lui avait interdit tout effort. Aloïse le regardait désespérément errer dans la maison, ou de la maison à la grange, en essayant de choisir les mots susceptibles de lui redonner de l'espoir.

— Bientôt les beaux jours, disait-elle, ne t'impatiente pas ; tu pourras sortir, alors, et tu ne trouveras pas le temps si long.

Il ne répondait pas, s'abîmait dans un silence qui faisait peur à Aloïse. Il avait tellement changé en un peu plus d'un an ! Même son regard était différent. On eût dit qu'il était devenu de verre. Ses yeux paraissaient s'être enfoncés dans leurs orbites, et il semblait d'une fragilité qui serrait le cœur d'Aloïse. Elle aussi avait changé à force de voir ainsi se briser cet homme qui avait été si fort, qui avait tant travaillé. Elle ne supportait pas cet appel au secours qu'elle déchiffrait parfois dans ses yeux, en souffrait comme d'une blessure mortelle. Elle savait qu'il allait mourir, et elle se disait qu'elle ne pourrait pas continuer sans lui. Il ne se plaignait jamais, et elle ne savait pas s'il souffrait. Elle ne le pensait pas, cependant, ou alors il le cachait bien. Sa souffrance était plutôt morale, à l'heure de devoir quitter cette terre. Elle espérait des mots qui ne venaient pas, qui ne viendraient sans doute jamais. Alors c'était elle qui lui parlait, prenant le rôle qu'il avait tenu, lui, quand elle en avait eu besoin.

Elle lui parlait de leur vie, surtout au début, à l'époque où il était arrivé à Puyloubiers, de leur mariage à Saint-Vincent, de ce qu'elle avait fait pendant la guerre alors qu'il se trouvait au front, de la naissance de leurs enfants, de leur retour de l'école, des vêtements déchirés après s'être battus avec ceux de l'école religieuse, et, parfois, elle arrivait à lui arracher un sourire. Elle lui parlait aussi du présent, de ce grand froid qui avait fait geler la Corrèze à Tulle, de Charles en poste à Argentat où la Dordogne peut-être, aussi, avait gelé, de Louise qui finirait bien par revenir un jour de Yaoundé. Elle leur manquait beaucoup, Louise. François fermait les yeux chaque fois qu'Aloïse évoquait son retour, comme si cette séparation lui était insupportable.

La température au-dehors les contraignait à rester l'un près de l'autre, à partager ces moments dont elle devinait qu'ils étaient les derniers. Au début de l'hiver, en effet, François avait eu un autre malaise, et il avait fallu l'hospitaliser pendant une quinzaine de jours. Depuis, les malaises devenaient plus fréquents, même s'il se cachait parfois, quand il sentait qu'il allait défaillir. Que pouvait-elle faire d'autre que l'accompagner, demeurer très proche de lui, lui faire sentir combien elle aurait voulu le suivre au-delà de la vie, continuer ensemble, ailleurs, peut-être, mais ensemble, ce qu'ils avaient entrepris ici-bas.

Au cours de l'après-midi du 22 février, François parut à Aloïse plus distant, plus lointain, comme s'il s'éloignait déjà. Il voulut se coucher plus tôt que d'habitude, n'eut pas la force de manger. Elle l'accompagna dans la chambre, resta un long moment assise près de lui, sur le lit. Il paraissait très calme, pas inquiet du tout.

— Je vais aider Odile à la vaisselle et je reviens tout de suite, dit Aloïse.

Il souleva la main droite, comme s'il désirait qu'elle la prenne. Ce qu'elle fit, un instant, avant de la reposer doucement.

— Veux-tu que je reste avec toi ? demanda-t-elle.

— Non, va, fit-il d'une voix qui lui parut déjà endormie.

Elle hésita, puis elle passa dans la cuisine, étreinte par un pressentiment qui l'incita à se dépêcher. Elle revint alors dans la chambre où François s'était endormi. Elle se coucha, écouta sa respiration régulière et, rassurée, s'endormit à son tour.

Ce fut une bizarre sensation de froid, près d'elle, qui l'éveilla brusquement vers six heures du matin. Elle ouvrit les yeux, toucha le bras de François : il était glacé. Elle l'appela, mais il ne répondit pas. Elle le secoua, mais il ne réagit pas. Il ne respirait plus. Il l'avait quittée, cet homme qui avait ensoleillé sa vie, partagé avec elle la peine et le bonheur, donné ce qu'il possédait de meilleur. Tandis qu'elle pleurait sans bruit, elle le revoyait au retour de ces permissions pendant la guerre, les yeux hallucinés, pendant qu'il répétait : « Mais d'où je viens ? » Et c'était le souvenir de cette souffrance-là qui lui causait le plus de mal, ce matin, une souffrance qui avait ébranlé le cœur de cet homme courageux, dont le départ définitif réveillait chez Aloïse la vision d'une capote bleue disparaissant au détour de la route, derrière les arbres de la forêt amie.

Elle demeura un long moment blottie contre lui, ne se décidant pas à prévenir ses enfants. Accrochée de toute sa force à ce corps sans vie, comme si elle avait voulu le retenir près d'elle, elle sentait se lever au fond de son être la vague de désespoir qui allait de nouveau l'ensevelir. Elle le savait. Elle l'acceptait. Elle ne saurait pas vivre sans lui. Elle n'en aurait pas la force.

Elle vécut la matinée qui suivit dans une sorte d'absence qui la préservait de la douleur. On s'affairait près d'elle, mais elle ne savait plus très bien pourquoi. Odile lui parlait, puis Charles, vers le soir, et Louise, lui sembla-t-il, qui se trouvait pourtant en Afrique. Tout cela dura longtemps. La terre étant trop gelée, on ne pouvait pas enterrer François. Il fallut attendre huit jours avant de l'accompagner au cimetière de Saint-Vincent. Le froid avait cessé, mais la neige tombait. Aloïse retrouva bizarrement, ce jour-là, un peu de lucidité.

Le soir venu, pourtant, elle retomba dans la désespérance dont elle connaissait très bien le voile opaque, redoutable. Au milieu de la nuit qui suivit, elle se leva, se vêtit sans bruit et sortit dans la nuit criblée d'étoiles scintillantes. Il neigeait un peu. Aloïse n'avait pas froid. Elle prit la route de Saint-Vincent, marchant d'un pas régulier et décidé dans la neige de faible épaisseur. Une heure plus tard, elle arriva au cimetière de Saint-Vincent, ouvrit la grille, marcha jusqu'à la tombe de François et lui parla. La neige, maintenant, tombait plus dru. Il lui sembla que la tombe avait besoin d'être protégée, que peut-être François avait froid. Elle s'allongea doucement sur le marbre gris et ne bougea plus.

A Ab Daïa, chaque jour Mathieu devenait plus inquiet. Au point qu'il n'avait pu se rendre aux obsèques de François et d'Aloïse à Puyloubiers et qu'il en avait été très malheureux. Même avec un mois de recul, il ne pouvait se faire à cette idée que son frère et Aloïse eussent tous deux disparu. Il se rappelait le premier de l'an 1900, quand, François à ses côtés, ils guettaient les signes d'un monde nouveau ; les Noëls blancs du Pradel et de Puyloubiers ; leurs retrouvailles pendant la guerre, sur le front, et il lui semblait que sa vie, sans François, ne serait plus jamais la même.

D'ailleurs, en Algérie, tout changeait : depuis avril 1955, l'état d'urgence avait été proclamé par Jacques Soustelle, le gouverneur qu'avait nommé Mendès France peu avant d'être renversé. Les troupes françaises étaient engagées dans une œuvre de pacification qui se heurtait à bien des difficultés, surtout dans les Aurès et en Kabylie. *L'Echo d'Alger* et *La Dépêche* faisaient régulièrement état de grenades ou de bombes lancées dans les cafés et dans les rues de la ville européenne.

Dans la Mitidja, l'armée française ne luttait pas contre de véritables bandes armées, contrairement à ce qui se passait ailleurs. La rébellion était plus sournoise : des poteaux télégraphiques et des routes coupés, au point qu'on avait baptisé « fellaghas » (les coupeurs de routes) ceux qui œuvraient dans la clandestinité pour le compte du FLN. Ils provoquaient aussi des incendies dans des bâtiments isolés, mais exerçaient surtout des représailles sur les musulmans qui maintenaient leur fidélité et leur dévouement aux Européens. C'était la manière la plus efficace qu'avait trouvée l'ALN de montrer à la population ce qu'il en coûtait de choisir le camp de l'oppresseur. L'Armée de libération nationale s'en prenait à tout ce qui portait un uniforme de l'Etat français : les gardes champêtres, les gendarmes, et bien sûr les soldats.

Des discussions passionnées opposaient Mathieu à Roger Barthès, son beau-frère.

— Il faut se défendre, martelait Roger. Rappelle-toi ce qui s'est passé à Philippeville l'an passé : cent vingt-trois Européens massacrés par les musulmans.

— Et mille deux cents Arabes massacrés en représailles, répondait Mathieu. Voilà comment s'enclenche un engrenage. Après, on ne peut plus rien arrêter.

Un jour, alors qu'ils discutaient depuis plus d'une heure, Roger s'indigna :

— Alors, il faut se laisser égorger !

— Bien sûr que non. Tu sais bien que des renforts sont arrivés. L'armée finira par éteindre les foyers de l'insurrection, j'en suis sûr.

— Pas si elle utilise un marteau-pilon pour écraser une mouche. Comment veux-tu que des blindés viennent à bout des chaouïas dans les Aurès ?

— Il faut bien faire quelque chose, non ? C'est facile de manifester contre Guy Mollet et de piétiner les fleurs qu'il dépose aux monuments aux morts, mais ça ne réglera pas les problèmes.

— Ce n'est pas contre lui que les Européens ont manifesté le 6 février ; c'est contre la présence de Mendès France dans son gouvernement. Après la Tunisie et l'Indochine, va venir le tour de l'Algérie. Tu sais comment on l'appelle, Mendès France, chez les colons ? Ben Soussan : le bradeur.

Mathieu soupira, répondit d'une voix qu'il voulait calme mais qui était surtout lasse :

— Il faut essayer d'intégrer plutôt que de combattre. Tu sais bien que tous les fellahs menacés par les gendarmes vont grossir les bandes armées.

— Intégrer ! ricana Roger. Tu crois qu'on peut intégrer des Arabes, toi ?

— Intégrer ne veut pas dire assimiler. Moi, je fais confiance à Guy Mollet. Il a déclaré à la Chambre le

16 février « qu'il n'était pas question de laisser huit millions de musulmans dicter leur loi à un million et demi d'Européens ».

— Tu le regretteras. Les socialistes ont perdu la Tunisie et l'Indochine. Ils perdront aussi l'Algérie.

— Pas les socialistes, rectifia Mathieu. Les radicaux.

— Oui, si tu veux, conclut Roger, c'est la même chose.

Mathieu ne releva pas. Il était fatigué de ces vaines discussions qui l'opposaient à son beau-frère, alors que, jusqu'à ce jour, ils s'étaient bien entendus. En fait, il ne pensait pas du tout que ses terres étaient menacées. Il était certain que l'armée française, en qui il avait confiance, finirait par venir à bout de la rébellion. En fait, s'il s'inquiétait, c'était surtout pour sa famille. Il devait se montrer prudent, et surtout ne pas s'éloigner du domaine pour ne pas mettre en danger la vie des siens.

Le mois de mars s'achevait, faisant courir sur la Mitidja un vent qui portait déjà des douceurs de printemps. Hocine semblait bizarre. Il avait demandé une arme à Mathieu qui lui avait donné un fusil, lui montrant ainsi sa confiance. L'un et l'autre se méfiaient des fellahs. Malgré l'interdiction de Mathieu, il y avait toujours parmi eux, dans les gourbis, de nouvelles têtes qui apparaissaient et disparaissaient mystérieusement. Mathieu interdisait à ses garçons, âgés aujourd'hui de quinze ans, de s'éloigner seuls dans les terres.

Le 8 mars, il y eut une nuit pleine de murmures et de bruissements étranges apportés par le vent. Les cyprès se mirent à chanter. Mathieu avait installé un fauteuil près de la fenêtre et il guettait, scrutant la nuit, les ombres mouvantes des arbres, la cour, les gourbis. A deux heures du matin, il vit passer Hocine qui faisait sa ronde autour de la maison, son fusil en bandoulière. Dix minutes plus tard, Mathieu réalisa qu'il ne l'avait pas vu repasser. Il attendit encore quelques instants, puis il prit son fusil, descendit, s'engagea dans la cour, tourna à droite en direction des vignes.

Le vent de l'Atlas soufflait fort et il n'était pas possible d'entendre quoi que ce soit d'autre que les rafales qui pliaient les branches des cyprès, couraient à ras du sol, soulevaient la poussière du sentier. Il n'y avait pas de lune. Mathieu avançait courbé, serrant sous son épaule la crosse de son fusil qui pesait sur son bras unique, tout en sachant qu'il aurait du mal à tirer rapidement si la nécessité s'en faisait sentir.

Il s'arrêta un instant, puis il repartit lentement, et buta contre quelque chose. Il faillit tomber, poussa l'obstacle du pied, comprit qu'il s'agissait d'un corps. Il s'accroupit, reconnut l'éclair d'un fusil et fut certain qu'il ne pouvait s'agir que d'Hocine. Il lui parla, mais Hocine ne répondit pas. Mathieu tenta de le tirer vers la maison, n'y parvint pas. Alors il fit demi-tour et s'en fut réveiller ses fils avec lesquels il revint sur les lieux, muni d'une lampe. C'était bien Hocine. Il avait été égorgé. Ils le portèrent vers la maison, tentèrent de cacher à sa femme ce qui s'était passé, mais, comme elle ne l'avait pas vu revenir, Nedjma surgit et poussa les hurlements dont elle était coutumière. Marianne parvint difficilement à la faire taire. Alertés par les cris, les fellahs allumaient des lampes dans les gourbis. Mathieu les renvoya quand ils s'approchèrent puis il posta son fils Victor, avec l'arme d'Hocine, devant la maison. Sous le pied droit d'Hocine avaient été incrustées au fer rouge les trois lettres : FLN.

Le lendemain matin, après une nuit de guet et d'angoisse, Mathieu tint conseil avec Roger Barthès.

— Tu as compris maintenant ? fit Roger. Tu vois vraiment où nous en sommes ?

Mathieu venait de comprendre que, sur cette terre si belle, le point de non-retour avait été atteint. Dès ce jour-là, il chassa les fellahs, ne garda que deux familles, celles qui travaillaient dans son domaine depuis toujours. Les autres le supplièrent de ne pas les renvoyer, mais Mathieu ne céda pas. Il donna une arme à chacun de ses fils, et protégea l'entrée de sa maison avec des barbelés. Maintenant, il savait : pour rester sur cette terre, cette plaine superbe, il faudrait la défendre avec son sang.

Onze ans après la fin de la guerre, Lucie mesurait à quel point l'effort de reconstruction de l'Allemagne était remarquable. Même dans les villes les plus touchées, les effets des bombardements alliés avaient quasi disparu. Elle pouvait d'autant mieux le mesurer qu'au cours de ses voyages avec Heinz, quelques années auparavant, elle avait constaté l'état de désolation du pays. Aujourd'hui, en ce printemps 1956, un nouveau pays était né, surtout dans le secteur américain, qui s'étendait de Munich jusqu'au sud de Cologne. Au nord, se trouvait la zone anglaise, à l'ouest la zone française, à l'est la République démocratique contrôlée par les Russes.

Il n'était pas facile de passer d'Allemagne de l'Ouest en Allemagne de l'Est. C'était pourtant là que voulait se rendre Lucie, car la dernière lettre de son fils Heinz, qui remontait à plus d'un an, indiquait une adresse à Berlin : 84, Stalin Allee. Lucie avait attendu son visa à Francfort, dans un hôtel de la Berliner Strasse, derrière la Paulskirche. C'était une ville qu'elle aimait beaucoup, car Jan y avait fait ses études à l'université. Elle l'avait visitée avec Heinz, au cours d'un été où elle l'avait accompagné en Allemagne. Elle aimait également la région très boisée de la Hesse, qui lui rappelait ses forêts du haut pays, le château de Boissière où elle passait quatre mois par an, se rongeant d'inquiétude pour ce fils qui semblait avoir disparu sans laisser de traces.

Elle avait beaucoup hésité à partir à sa recherche. Elle

se disait que c'était son destin de toujours être séparée de ses enfants. Et puis elle songeait à Elise qu'elle avait retrouvée après de longues années de séparation, et elle reprenait espoir. Heinz avait vingt-cinq ans aujourd'hui, et il ne pouvait pas avoir disparu. Elle saurait bien le retrouver. De toute façon, elle ne pouvait pas supporter cette idée de l'avoir perdu, lui aussi, après avoir perdu Jan.

Dès qu'elle eut obtenu son visa, elle prit un matin le train pour le secteur occidental de Berlin, où elle arriva vers midi. Tous les bâtiments du centre étaient neufs, séparés par de beaux espaces verts, surtout dans le quartier où elle descendit, tout près du secteur russe, à proximité du grand parc du Tiergarten. Berlin était une ville bien étrange, dans laquelle régnaient la suspicion et la méfiance. Le bloc occidental et le bloc soviétique se tenaient face à face, et les rues étaient parcourues par des soldats en armes, des policiers, des hommes en uniforme aussi nombreux qu'inquiétants. Lucie elle-même se sentait surveillée. Elle n'ignorait rien de ce qui s'était passé ici depuis la fin de la guerre : le blocus de Berlin que les Occidentaux avaient surmonté grâce à un pont aérien, la proclamation à l'Est de la République démocratique dès 1949, un soulèvement populaire en juin 1953 et une terrible répression qui avait provoqué un afflux de réfugiés en Allemagne de l'Ouest.

Heinz, lui, avait fait le chemin inverse. Elle connaissait ses motivations, mais elle se refusait à croire qu'il ne retrouverait pas la raison. Elle partit à pied vers le poste frontière qui se trouvait entre le Reichstag et la Friedrichstrasse. Là, malgré ses papiers et son visa en bonne et due forme, elle dut attendre deux heures avant de pouvoir passer de l'autre côté, après avoir répondu à un interrogatoire sur les motifs qui la poussaient à venir à l'Est. Enfin, on la laissa partir et elle s'engagea dans une large avenue bordée d'immeubles gigantesques, très austères et très différents de ceux de Berlin-Ouest. A peine eut-elle fait cent mètres que deux policiers vinrent la prendre par le bras et la forcèrent à monter dans une grande voiture noire, sans lui laisser ni le temps ni la possibilité de se défendre.

— Où m'emmenez-vous ? demanda-t-elle.

Nul ne lui répondit. La voiture roula pendant un quart d'heure vers le sud-est, avant de s'arrêter devant un immeuble de plus de vingt étages en bordure de la Spree. Les deux policiers firent descendre Lucie et la conduisirent le long d'un interminable couloir, avant de prendre un ascenseur où se trouvaient une dizaine d'hommes en uniforme dont elle ne sut s'il s'agissait de soldats ou de policiers. Ensuite, on la fit attendre dans un petit bureau, sans lui donner la moindre explication. Elle eut peur de s'être engagée dans une aventure qui allait très mal se terminer. Comme elle lisait dans les journaux français tout ce qui concernait l'Allemagne de l'Est, elle craignit d'être accusée – elle ne savait au juste de quoi – et d'être jetée en prison.

Aussi, ce fut avec soulagement qu'elle vit brusquement apparaître Heinz devant elle. Il n'avait pas changé, si ce n'étaient ces deux rides au coin de ses lèvres, et une certaine raideur dans les mouvements. Elle voulut l'embrasser, le serrer dans ses bras, mais il l'arrêta de la main en demandant violemment :

— Qu'est-ce que tu viens faire ici ?

— Je suis venue te voir, Heinz, cela fait deux ans que je n'ai plus de nouvelles.

— De quel droit ?

— Tu es mon fils.

— Et alors ? Cela te donne-t-il le droit de me poursuivre où j'ai décidé de vivre ?

Les jambes fauchées, Lucie se laissa tomber sur le fauteuil derrière elle, murmura :

— Je ne te poursuis pas. Je cherche à savoir si tu vas bien.

— Ta présence ici me fait du tort. Tu n'aurais jamais dû venir. Ça peut me coûter ma carrière.

— Ta carrière ?

— Oui. Je ne peux entretenir aucun lien avec le monde occidental. Je m'y suis engagé. Il faut que tu partes et que tu ne reviennes plus jamais. De toute façon, tu ne le pourras pas. Je prendrai les mesures nécessaires.

Lucie était atterrée. Elle murmura dans un sanglot :

— Heinz, c'est toi ? C'est bien toi ?

— Evidemment que c'est moi. Tu ne me reconnais pas ?

— Non, dit-elle, non.

— C'est parce que j'ai fait des choix bien différents des tiens. Ma vie a changé. Elle est devenue ce que j'ai toujours voulu qu'elle soit.

— Ton père…, commença Lucie.

— Ah ! Non ! ne me parle pas de mon père. Il a voulu concilier l'inconciliable et il en est mort. Moi, je sais ce que je veux. Je me vengerai de ceux qui l'ont tué.

— C'est trop tard, Heinz.

— Non, ce n'est pas trop tard. C'est la pourriture du monde occidental qui a permis l'essor du nazisme. Ça n'arrivera plus jamais. Un nouveau monde est en train de naître en Europe. C'est celui que j'ai choisi et ce n'est pas le tien. Ce ne sera jamais le tien.

— Comment peux-tu dire une chose pareille ?

— Tu le sais très bien. Je vais te faire reconduire.

— Non, attends, s'il te plaît.

Elle ne savait plus que dire, tentait de s'accrocher à des mots qu'elle savait inutiles :

— Est-ce que tu me donneras de tes nouvelles au moins ?

— Non.

— Est-ce que tu as une femme, des enfants ?

— Ça ne te regarde pas.

Ces derniers mots achevèrent de la dévaster. Elle comprit que tout était dit. Elle se leva en tremblant sur ses jambes, demanda encore humblement :

— Laisse-moi au moins t'embrasser avant de partir.

Il fit non de la tête, puis, se ravisant, il l'embrassa rapidement, ouvrit la porte du bureau et disparut.

Elle attendit une minute, dut se rasseoir car ses jambes ne la portaient pas. Les policiers qui l'avaient arrêtée apparurent et l'invitèrent à les suivre d'un signe de tête. Ce qu'elle fit machinalement, sans même se rendre compte que l'un d'entre eux, en bas, dans le hall, la prenait en photo.

Durant le trajet du retour, elle ne vit rien autour d'elle. Seul Heinz demeurait présent devant ses yeux, prononçant des paroles qui la transperçaient. Elle ne reprit ses esprits qu'une fois parvenue dans le secteur occidental, se demandant si elle n'avait pas rêvé. Plus que de la déception ou du chagrin, c'était la peur, maintenant, qui l'habitait. Elle n'avait plus qu'un désir : fuir ce monde, cette ville pourtant peuplée de très beaux étangs et de jardins immenses, retrouver l'avenue de Suffren, le château de Boissière où rien ne viendrait plus lui parler de l'Allemagne.

11

APPORTANT le soutien de leur voix et de leur présence aux partisans de l'Algérie française, Mathieu Barthélémy et Roger Barthès se trouvaient à Alger, ce 13 mai 1958, et chantaient *La Marseillaise* autour du monument aux morts. En deux ans, l'armée avait réussi à faire évoluer favorablement la situation : le nombre d'attentats diminuait et des ralliements se concrétisaient chaque jour, au point que cinquante mille harkis servaient comme auxiliaires dans les troupes françaises. En outre, depuis le bombardement de Sakiet-Sidi-Youssef, l'ALN était désormais complètement coupée de ses bases tunisiennes.

Mathieu et Roger en auraient été rassurés si une dangereuse inconscience n'avait, selon eux, régné dans les milieux politiques parisiens où les cabinets ministériels ne cessaient de tomber. Le président Coty ne savait vers qui se tourner. Devant cette impuissance, les associations de pieds-noirs avaient pris les affaires en main pour montrer à Paris la direction à suivre : pas question de voir nommer Pflimlin président du Conseil, car les partisans de l'Algérie française le croyaient partisan d'un désengagement qui pouvait conduire à un abandon semblable à celui de l'Indochine.

Depuis l'assassinat d'Hocine, Mathieu n'avait plus confiance qu'en l'armée. D'ailleurs, tous les hommes favorables à l'Algérie française avaient été rappelés en métropole : Soustelle, Robert Lacoste, et d'autres encore qui, pourtant, une fois sur place, avaient parfaitement pris la mesure de la situation. Aussi Mathieu n'avait-il pas hésité à se rendre en voiture à Alger en compagnie de Roger Barthès, à l'appel de l'association de défense des pieds-noirs à laquelle ils appartenaient depuis deux ans. Il avait laissé la garde du domaine à Victor et à Martin, qui, à dix-sept ans maintenant, étaient capables de le défendre.

Ils étaient plus de cent mille, à Alger, cet après-midi-là, à crier leur colère contre le FLN qui venait d'exécuter trois jeunes soldats du contingent et à manifester contre l'investiture probable de Pierre Pflimlin à Paris. A dix-huit heures trente, quand les autorités quittèrent le monument aux morts, Mathieu et Roger se trouvèrent pris dans un violent mouvement de foule qui les entraîna vers la place du Gouvernement général que protégeaient des gendarmes et des CRS.

La place était noire de monde. On aurait dit que tous les manifestants y avaient reflué en suivant un mot d'ordre tacite. Des cris s'élevaient au-dessus du vacarme, qui dominaient des chants patriotiques : « Vive Salan ! » « L'armée avec nous ! » « Algérie française ! » Mathieu se trouvait maintenant séparé de Roger. Il cherchait à se dégager de la foule qui le retenait prisonnier trente mètres devant les grilles du Gouvernement général, quand éclata devant lui la première grenade lacrymogène. Il y eut alors une vague de reflux, qui, une fois dissipée, ne fit qu'exacerber la colère des manifestants. Dans les minutes qui suivirent, Mathieu se sentit porté vers les grilles tandis qu'éclataient d'autres grenades, sans grande conséquence pour les émeutiers. Les gendarmes et les CRS résistaient mollement. Les grilles cédèrent très vite, sans que n'éclate le moindre coup de feu. La foule, alors, se précipita en hurlant vers les marches et pénétra à l'intérieur de l'immeuble aux portes vitrées, dont une avait volé en éclats.

Mathieu avait suivi le mouvement sans même réfléchir. Il se retrouva dans un couloir et vit passer le général Massu entouré par quatre soldats en tenue de parachutiste. Quelqu'un, près de lui, lui montra le gaulliste Delbecque, et, à quelques mètres, Pierre Lagaillarde, le député. Mathieu comprit que ce qui venait de se produire était d'une importance capitale. Une demi-heure avait suffi aux manifestants pour se rendre maîtres du Gouvernement général. Rien ne serait plus jamais comme avant.

Il chercha Roger et finit par le trouver sur les marches, à l'extérieur du bâtiment. Ils s'assirent un moment, le temps de reprendre leurs esprits et de discuter de la conduite à tenir.

— Attendons, dit Roger, on ne sait pas ce qui peut se passer.

Mathieu n'était plus inquiet. L'armée était dans les murs : avec Salan et Massu, Paris ne pouvait rien contre ceux qui voulaient conserver l'Algérie à la France. Les deux hommes furent encore plus confortés dans leurs convictions quand ils apprirent que Massu présidait désormais le Comité de salut public qui venait d'être constitué. Mathieu voulut alors repartir pour Ab Daïa, mais Roger lui fit remarquer que, de nuit, c'était dangereux. Ils décidèrent d'attendre le jour et s'en allèrent à la recherche d'un toit dans la ville prise de folie, qui sentait la poudre et la fumée. Les manifestants avaient du mal à se disperser. On voyait des soldats partout, dans toutes les rues, y compris au pied de la Casbah. Mathieu et Roger trouvèrent une chambre dans un petit hôtel de Bab el-Oued, et, comme ils ne pouvaient pas dormir, ils discutèrent toute la nuit, animés d'un nouvel espoir.

Le lendemain, ils sortirent de bonne heure pour aller aux nouvelles. A Paris, le gouvernement Pflimlin avait été investi, mais un proche de Delbecque les rassura : Salan et Massu ne reculeraient pas. Le mieux, c'était de rentrer chez eux et de former à leur tour un comité de salut public dans leur commune. Ce qui pouvait passer pour une instruction officielle les incita à partir sans plus attendre vers la Mitidja où ils arrivèrent à midi.

Là, ils apprirent que Gonzalès, le contremaître de Colonna, avait été tué d'une rafale d'arme automatique sur la route de Boufarik où il était allé chercher des semences. Mathieu songea à leurs affrontements passés, leur différence de point de vue, et il lui sembla qu'aujourd'hui il comprenait mieux les arguments développés par Gonzalès. S'il avait longtemps cru à une coexistence pacifique avec les Arabes, aujourd'hui Mathieu la savait impossible. C'était ainsi. Nul n'y pouvait rien. Il avait patiemment rassemblé et travaillé des terres que revendiquait le FLN. Que pouvait-il faire d'autre que les défendre aux côtés de celle qui en était la plus capable : l'armée ? Comment eût-il pu renoncer à quarante années de travail acharné, à l'avenir de ses enfants ? C'était impensable. Il ne pouvait plus reculer.

Avec Roger Barthès et d'autres pieds-noirs, dont Colonna, ils formèrent un comité de salut public à Chebli et se tinrent à l'écoute des nouvelles d'Alger. Ils ne furent pas déçus : le 15 mai, au balcon du Gouvernement général, Salan lança un « vive de Gaulle » qui emplit les partisans de l'Algérie française de satisfaction. Ensuite, les choses ne traînèrent pas. Pflimlin démissionna le 28 mai, et le général de Gaulle fut investi des pleins pouvoirs le 1er juin.

— Nous sommes sauvés, dit Roger à Mathieu quand la nouvelle parvint à Chebli.

Ils procédèrent aussitôt à la dissolution de leur comité

et rentrèrent chez eux, persuadés d'avoir définitivement préservé l'avenir.

Charles Barthélémy avait bien du mal à se remettre de la mort de ses parents. Cela faisait deux ans qu'ils avaient disparu, et deux ans, cependant, que leur absence le surprenait, chaque fois qu'il arrivait à Puyloubiers. Il ne parvenait pas à s'y habituer. Plus que la mort de son père, aujourd'hui c'était celle, tragique, solitaire, de sa mère qui continuait de l'obséder. Choisir de mourir pour ne pas survivre à son mari paraissait à Charles très beau, mais mourir de cette manière, seule dans la neige et le froid, le culpabilisait : il avait l'impression de ne pas avoir su deviner ce qui allait arriver. L'aurait-il empêché ? Il aurait essayé probablement, mais en avait-il le droit ? Il ne cessait de se poser ces questions sans jamais trouver de réponse, et il en souffrait toujours autant, malgré les deux ans qui avaient passé.

Ce qu'il regrettait aujourd'hui, c'était de ne pouvoir leur apprendre qu'il avait été proposé pour être nommé professeur de collège. Il avait refusé, mais il se demandait s'il aurait agi de la même manière si François et Aloïse avaient été encore de ce monde.

— De toute façon, lui avait dit l'inspecteur, vous ne pourrez pas refuser un poste de directeur d'école bientôt.

— J'ai le temps de m'y préparer, avait répondu Charles.

— Sûrement moins que vous ne le croyez, avait répliqué l'inspecteur sans pouvoir dissimuler un geste d'agacement.

Charles avait pris cette décision de crainte d'être séparé de Mathilde, mais ce n'était pas la raison essentielle. Outre le fait qu'il aimait l'enseignement primaire, il n'admettait pas que Mathilde ne bénéficie pas aujourd'hui de la même promotion que lui, à cause des notes de sa première année à Argentat. Cela lui paraissait une grande injustice. C'était là sa manière de protester contre le sort fait à sa femme. Elle, de son côté, l'avait poussé à accepter, mais il n'avait pas cédé. A la rentrée d'octobre, ils enseigneraient côte à côte, comme ils l'avaient toujours fait.

Cet été-là, ils passaient comme d'habitude leurs vacances à Ussel et à Puyloubiers. Leurs déplacements avaient été favorisés car ils avaient pu acheter leur première voiture en 1955 : une quatre-chevaux Renault de couleur verte qui faisait l'admiration d'Edmond. Charles, au demeurant, croyait deviner dans les propos de son frère aîné de plus en plus d'amertume. Selon lui, il vivait mal sur cette propriété trop petite. Il avait dû emprunter pour acheter du matériel, et aujourd'hui les remboursements d'emprunt atteignaient presque les recettes d'une année.

— Nous n'avons pas assez de terres, constatait Edmond. Il faudrait pouvoir rentabiliser le matériel. C'est trop petit, ici, c'est impossible de travailler comme ça.

Charles songeait que ni lui ni Louise n'avaient demandé à être indemnisés au moment du partage, considérant que leurs parents leur avaient donné plus qu'à Edmond en payant leurs études, et il trouvait son frère bien amer. Pourtant il prenait garde de ne pas se fâcher avec lui, et, au contraire, cherchait à l'aider.

— Je peux me porter caution, si tu veux, disait-il, et tu pourras acheter d'autres terres. Elles ne valent pas cher, par ici.

Edmond, effectivement, aurait pu en acheter, car il ne restait plus qu'une famille de paysans dans le hameau. Tous les autres avaient quitté la terre, étaient partis en ville.

— Et si je peux pas rembourser, que se passera-t-il? demandait Edmond.

— Il n'y a pas d'autre solution que de s'agrandir, répondait Charles.

— S'agrandir pour quoi ? Robert va partir au service militaire, peut-être en Algérie. Qui m'aidera quand il ne sera pas là ? Et qui sait s'il en reviendra ?

— Allons ! disait Charles. J'espère que la guerre s'arrêtera avant que ton fils ne soit appelé. Quant à toi, tu n'as que quarante-deux ans. D'ailleurs, rappelle-toi, tu as toujours voulu rester ici.

— Ce n'est pas ce que j'ai fait de mieux.

Ces discussions, parfois, prenaient un ton qui peinait Charles. Il était évident que la cohabitation devenait difficile avec Edmond, mais que faire ? Charles aimait Puyloubiers. Il avait envisagé d'acheter la petite maison, aujourd'hui à l'abandon, de la famille Rebière, mais Mathilde, qui était née et avait grandi à Ussel, n'appréciait pas beaucoup l'isolement du hameau.

— Les enfants se plaisent, ici, avait insisté Charles. Ça les change de la ville.

Mathilde n'avait pas répondu. Elle avait compris qu'il tenait à son idée. Il était vrai aussi que les enfants étaient heureux de pouvoir courir dans les bois, les chemins, aider aux travaux des champs, vivre une vie différente de celle qu'ils menaient à Argentat. Elle se disait en même temps qu'ils avaient pu payer la voiture avec leurs économies, l'année précédente. Il suffisait donc d'emprunter un peu d'argent pour acheter la petite maison des Rebière dont nul ne voulait, et qui était mise en vente à deux cent mille francs.

L'affaire fut vite menée à bien. Il y avait longtemps que les héritiers des Rebière cherchaient des acquéreurs. Charles et Mathilde purent procéder eux-mêmes à quelques travaux d'aménagement à partir de la mi-août, mais il n'y avait pas grand-chose à faire. Une grande pièce dallée, éclairée par une immense cheminée aux landiers de fonte, servait de cuisine et de salle à manger. De là, on accédait à deux chambres, et, sur la droite, à un réduit qui faisait office de cabinet de toilette. C'était tout. On pouvait toutefois aménager un grenier à l'étage, si cela devenait nécessaire. Le seul problème était de la meubler. Ils avaient le temps, avant les prochaines grandes vacances. D'ailleurs ils devaient passer le prochain Noël à Ussel.

Sans oser l'avouer, Edmond fut déçu de l'acquisition par son frère de la maison Rebière. Il aimait les discussions qu'ils tenaient ensemble, apprendre les nouvelles venues de la ville, et il avait de l'admiration pour Charles autant que pour Mathilde. Pendant l'année, à Puyloubiers, ils vivaient seuls, à l'écart du monde, et Robert, bientôt, allait partir au service militaire. A son retour, s'il se mariait, ce qu'il fallait espérer, tout de même, comment ferait-on pour vivre à deux ménages alors que la propriété, aujourd'hui, leur permettait à peine de vivre décemment ? En fait Charles avait bien fait d'acheter une maison au village. C'était une décision raisonnable : il ne fallait pas la regretter.

D'ailleurs, malgré ces difficultés, malgré ces questions sur l'avenir, Edmond savait très bien qu'il n'aurait pu vivre ailleurs qu'à Puyloubiers. Il avait choisi cette vie. Et même si Charles menait une existence très différente de la sienne, même s'il avait acheté une maison qui l'éloignait un peu de lui, Edmond ne doutait pas qu'il pouvait compter sur son frère pour perpétuer ici une vie comparable à celle de leurs parents disparus.

Elise avait finalement décidé d'ouvrir une boutique à Londres, puis, un an plus tard, une autre à New York, mais elle ne cachait rien à Lucie des difficultés qu'elle rencontrait.

— Il faut tenir le coup, être patient avant de toucher

les premiers dividendes, assurait-elle sans parvenir à dissimuler totalement ses doutes.

Elle avait pris la précaution de mûrir son affaire, de choisir le quartier le plus commerçant près de Central Park, mais elle n'avait pas imaginé qu'il lui faudrait tant de temps avant de se constituer une véritable clientèle.

— Fais attention, lui dit Lucie, ne prends pas trop de risques. Viens plutôt en Corrèze. Un séjour là-bas t'aiderait à y voir clair.

— Pas tout de suite, répondit Elise, mais je viendrai, c'est promis.

Quand Lucie partit avec Paule pour le château de Boissière, au début de juillet, elle était très inquiète. Elle eut beaucoup de mal à savourer les heures douces de l'été dans l'ombre du grand parc, de même que les souvenirs dans la chambre de Norbert. Elle pensait trop à Paris, mais aussi à François et Aloïse qui n'étaient plus là. Ses visites à Puyloubiers lui manquaient. Elle s'y rendit une fois ou deux, mais les relations qu'elle entretenait avec Edmond et Odile n'étaient évidemment pas les mêmes qu'avec son frère et sa belle-sœur. Elle s'entendait mieux avec Charles et Mathilde qui lui rendaient de fréquentes visites.

Ces heures d'heureuse compagnie la distrayaient de la blessure infligée par son fils Heinz, qui ne donnait aucune nouvelle. Ce silence, ajouté aux problèmes d'Elise, lui avait fait perdre le sommeil. Pendant ses insomnies, Lucie se surprenait à penser à la mort. Elle se rendait souvent au cimetière de Saint-Vincent, songeait qu'elle était entrée dans la soixantaine, que l'essentiel de sa vie était derrière elle. Heureusement, il lui restait Elise et Paule. Mais Elise aussi était un sujet d'inquiétude. Ne s'était-elle pas engagée dans une aventure qui risquait de la ruiner ?

Celle-ci, de fait, arriva à la fin du mois très préoccupée. Pendant le trajet de la gare au château, elle ne parla de rien, mais, une fois sur place, elle ne fit pas mystère de la décision qu'elle avait dû prendre.

— Je suis obligée de vendre le château, annonça-t-elle.

Elle ajouta, comme Lucie ne savait que répondre :

— Je suis désolée, mais je ne peux pas faire autrement. Il me faut de l'argent, très vite.

— Il est à toi, ce château, ma fille, et tu en fais ce que tu veux.

— Oui, mais je sais ce qu'il était devenu pour toi ces derniers temps. Je suis désolée.

Paule s'indigna : elle aussi se plaisait maintenant dans ces murs qu'elle avait appris à aimer.

— Tu me remercieras peut-être un jour, lui dit Elise. De toute façon, je n'ai pas le choix. Il faut d'ailleurs que je reparte très vite, mais je voulais te le dire de vive voix.

Lucie se rendit compte que sa fille était venue puiser auprès d'elle les forces nécessaires à un combat qui s'annonçait périlleux.

— Ne t'inquiète pas, dit-elle. Je suis sûre que tu réussiras.

Elise repartit quarante-huit heures plus tard, après avoir demandé à Lucie de s'occuper de la vente. Il fallait agir vite, très vite, sous peine de tout perdre. Aussi, dès le lendemain du départ de sa fille, Lucie se rendit chez le notaire de Bort qui ne se montra pas très surpris. Sans doute était-il au courant des problèmes financiers d'Elise. Il indiqua à Lucie qu'il n'aurait pas de difficultés à trouver un acheteur. Maintenant que la situation politique était stabilisée, les affaires reprenaient.

Dès son retour au château, Lucie prévint Georges et Noémie Jonchère, et leur promit de faire tout ce qui était en son pouvoir pour que les nouveaux propriétaires les gardent à leur service. Ensuite, elle s'efforça de vivre le mieux possible les derniers jours qui la séparaient d'une coupure définitive avec une partie de sa vie. Jamais plus elle ne dormirait dans la chambre de Norbert. Jamais plus elle ne l'apercevrait penché sur elle dans l'ombre de la nuit. Il lui sembla que Norbert mourait pour la deuxième fois. Dès lors, elle passa ses journées à errer dans les grandes pièces du bas, les couloirs, les chambres, caressant les meubles, les objets, les tableaux, se réfugiant enfin dans la chambre de Norbert pour de longues rêveries dans lesquelles elle oubliait les soucis du présent. « Je fais mes provisions », se disait-elle. Et c'était vrai : elle tentait d'incruster dans sa mémoire les couleurs et les moindres détails de ce lieu enchanté qu'elle allait perdre définitivement.

Les derniers jours, elle marcha longtemps dans le parc, s'assit près du lavoir où elle faisait la lessive jadis, sur le perron où s'étaient tenues tant de fêtes, revit les magnifiques toilettes des femmes qui l'avaient tant impressionnée, entendit la musique des violons, les rires des invités dont la plupart étaient morts aujourd'hui. Ce passé ne demeurerait plus vivant que dans sa mémoire, mais pour combien de temps ? Elle n'aurait jamais cru qu'elle s'attacherait autant à ce château dans lequel elle était arrivée à seize ans. Elle souffrait tellement qu'elle partit deux jours avant la date prévue.

C'était un matin de la fin août. Elle observa le parc où les feuilles des arbres commençaient à changer de couleur dans la lumière dorée de la fin de l'été. Elle se retourna, embrassa du regard la chambre où elle avait eu de nouveau seize ans, où Norbert l'avait si souvent tenue dans ses bras. Elle se décida seulement à sortir quand tout se brouilla devant elle. Les larmes noyaient cet univers merveilleux et l'ensevelissaient pour toujours. A peine si elle eut la force de faire une dernière promenade dans le parc embrasé par la lumière chaude du soleil.

Une fois près de sa voiture, elle demeura immobile, ne pouvant détacher son regard de la fenêtre de la chambre de Norbert. Il lui sembla qu'une main agitait le rideau. Elle eut le bref désir de remonter, mais ses jambes la portaient à peine. Elle ouvrit la porte de sa voiture, s'assit à côté de Paule, ne put tourner la clef de contact.

— On part ou on prend racine ? fit Paule.

La voix de sa petite-fille tira enfin Lucie de ses songes. La main que la jeune fille venait de poser sur son bras lui fit prendre conscience d'une présence précieuse. Elle n'avait pas le droit de demeurer ainsi tournée vers le passé : sa fille et sa petite-fille avaient besoin d'elle. Lucie démarra doucement, parcourut l'allée sans se retourner, trouva la route, accéléra enfin, persuadée que le seul moyen de vivre heureuse les années qui lui restaient était d'aider de toutes ses forces les deux êtres qui, aujourd'hui, partageaient sa vie.

Les vendanges étaient bien difficiles à Ab Daïa, depuis que Mathieu, par souci de sécurité, avait renvoyé tous les fellahs. En agissant ainsi, il savait qu'il les expédiait probablement vers la rébellion, mais comment faire autrement ? Il suffisait d'un élément infiltré par le FLN pour mettre toute une famille en danger. Les pieds-noirs, pour la plupart, avaient agi de la sorte, si bien qu'ils étaient seuls, désormais, pour travailler leurs terres. Aussi s'aidaient-ils les uns les autres pour les plus durs travaux, s'isolant davantage, portant les armes en permanence, vivant sous la menace des coups de main de l'ALN qui se multipliaient, y compris dans les coins les plus reculés.

Dans la Mitidja, l'euphorie de l'arrivée du général de Gaulle au pouvoir était déjà retombée. S'il avait nommé Michel Debré, un partisan de l'Algérie française, Premier ministre, il avait écarté Soustelle du ministère de l'Intérieur. Dans certains journaux parisiens favorables au Général, on commençait à parler d'« autodétermination ». Qu'est-ce que cela signifiait ? Vers où allait de

Gaulle ? Roger Barthès avait perdu confiance en lui, mais Mathieu croyait encore dans l'action et dans la personne du Général. Il ne cessait de le répéter : jamais le plus illustre représentant de l'armée française n'abandonnerait l'Algérie.

En attendant, il fallait cultiver les terres, moissonner, vendanger. Heureusement, Victor et Martin travaillaient à présent comme des hommes. Mathieu était très fier d'eux. Le deuxième, qui avait été longtemps frêle, et plus proche de sa mère que de son père, avait rattrapé son frère : la situation dans laquelle on vivait avait contribué à l'aguerrir. Martin portait désormais les armes comme Victor et travaillait sur les terres aussi bien que lui. Ils étaient ce que l'on appelait des « faux jumeaux ». Victor avait les yeux noirs et Martin les yeux verts. Ce dernier était un peu moins grand que Victor, qui l'avait toujours dominé. Mais ils s'entendaient bien, et Mathieu ne se souvenait pas de les avoir vus se battre, même à l'âge où les enfants deviennent des hommes. Ses deux garçons, en fait, ne lui donnaient que des satisfactions.

Comment venir à bout de ces vendanges à dix, alors que, les années précédentes, on travaillait à plus de trente avec les fellahs ? La seule solution était de presser les raisins la nuit dans la cave, à la lueur des lampes. Mathieu et ses fils se reposaient à tour de rôle, dormaient à peine. Le plus pénible était le transport des comportes vers la maison, le soir venu.

Le dernier soir, précisément, alors que Mathieu et Roger commençaient à fouler le raisin, Martin et Victor repartirent avec la camionnette pour un dernier voyage dans les vignes. La nuit tombait, épaisse et chaude, saturée de parfums de moûts, allumant au-dessus de l'Atlas des foyers d'un rouge superbe. C'était Victor qui conduisait. Martin, à ses côtés, dodelinait de la tête à cause de la fatigue. Victor arrêta la camionnette à l'entrée de la vigne, puis les deux frères descendirent sans prendre leur fusil : ils avaient besoin d'avoir les mains libres pour hisser les comportes pleines sur la plate-forme. Et ce n'était pas une mince affaire. Il fallait s'y reprendre à deux fois : d'abord lever la comporte d'un même élan, ensuite l'appuyer contre le rebord, respirer, bander les muscles de nouveau pour la hisser définitivement sans la renverser.

Victor avait laissé les phares allumés. Ni l'un ni l'autre n'avaient peur. Ils s'étaient habitués à vivre avec le danger, ne pensaient, ce soir-là, qu'à rentrer rapidement les dernières comportes pour aller manger et se reposer. La dernière, précisément, était la plus éloignée de la camionnette. Victor s'engagea sur le chemin de terre, tandis que Martin, en arrière, s'essuyait le front. Quand la rafale d'arme automatique partit entre deux cyprès, il n'eut que le temps de se jeter à terre. Victor avait fait de même. Martin l'appela, mais il ne répondit pas. Martin, alors, se mit à rouler sur lui-même jusqu'à la voiture. Il parvint à atteindre le fusil et il tira en direction des cyprès. L'écho de ses coups de feu se répercuta indéfiniment sur la Mitidja, déclenchant les jappements des chacals sur les contreforts de l'Atlas, au-dessus de la route de Chréa. Puis le silence retomba et il n'y eut plus de perceptible que le murmure des cyprès.

— Victor ! cria Martin.

Il courut jusqu'à son frère, qui gisait face contre terre, le retourna, poussa un gémissement : Victor était plein de sang, depuis le ventre jusqu'au cou. Il ne respirait plus. Martin, alors, rechargea son fusil et courut vers les cyprès en hurlant. Il tira, rechargea, tira encore de rage et de douleur, puis revint lentement vers son frère qu'il entoura de ses bras comme pour le protéger.

C'est dans cette position que le trouvèrent Mathieu et Roger qui accouraient, les armes à la main. Mathieu, d'abord, crut que Victor n'était que blessé, mais, quand il comprit que son fils avait cessé de vivre, il devint comme fou. Roger crut qu'il allait retourner son arme contre lui et l'emprisonna de ses bras. Mais Mathieu, dont les forces étaient décuplées par la douleur, parvint à se dégager.

— Aide-moi, cria Roger à Martin. Prends son fusil !

Après une lutte d'une trentaine de secondes, Mathieu, tout à coup, se laissa tomber à terre et enfouit sa tête dans ses mains.

— Vite ! dit Roger. Ils peuvent revenir.

Ils portèrent le corps de Victor dans la voiture, le firent glisser entre les comportes, puis Martin s'installa au volant tandis que Roger aidait Mathieu à monter près de lui. La nuit se refermait sur la Mitidja silencieuse. Dix minutes plus tard, elle fut transpercée par les cris de Marianne que Mathieu n'eut même pas la force de consoler. Il était tout à sa douleur, assis sur les marches de l'escalier, recroquevillé sur lui-même, incapable de penser à autre chose qu'au corps de son enfant couvert de sang.

III

Les printemps rouges

12

L'ÉTÉ de cette année 1961 s'achevait dans un éclaboussement de couleurs sur le haut pays, où Charles, Mathilde et leurs deux garçons avaient passé deux mois de vacances. Ce n'étaient pas des vacances oisives : Charles aidait Edmond, son frère, pour les gros travaux, et il y associait ses enfants : Pierre aujourd'hui âgé de quinze ans et Jacques, qui, à douze ans, ne se faisait pas prier pour rentrer le foin et participer aux battages. Il en avait le goût, se plaisait dans ces travaux champêtres et ne songeait qu'à vivre à Puyloubiers, plus tard.

— Ah ! si j'avais un fils comme celui-là, moi ! regrettait Edmond.

— Il va revenir bientôt, ton fils, répondait Charles. Ça va finir, en Algérie, j'en suis sûr.

Pourtant, les nouvelles de là-bas demeuraient alarmantes : embuscades et attentats se succédaient dans les villes comme dans le bled. On disait même depuis quelque temps que les bombes étaient posées par les pieds-noirs opposés à l'autodétermination qui avait été votée lors du référendum de janvier dernier.

— Même s'il revient, disait Edmond, rien ne dit qu'il voudra rester avec moi.

— Je resterai, moi, prétendait Jacques, sous l'œil sceptique de Charles qui savait à quelles difficultés se heurtaient tous ceux qui étaient demeurés attachés à la terre.

Malgré le nouveau franc et la stabilité de la monnaie, en effet, le monde des campagnes, dans le Midi, le Centre et l'Ouest, peinait à suivre la modernisation imposée par le Marché commun. Si la grande agriculture y parvenait assez facilement, doublant sa consommation d'engrais et atteignant des rendements records, les deux millions d'exploitations inférieures à cinquante hectares nourrissaient à peine ceux qui leur étaient restés fidèles. Des sociétés d'« Aménagement foncier et d'établissement rural » avaient été fondées dans les départements avec mission d'exercer un droit de préemption sur les ventes des terres pour les acquérir et les redistribuer aux jeunes agriculteurs. Leur tâche, dans les régions déshéritées, était tellement gigantesque que la situation n'évoluait pas assez vite pour rendre viables les propriétés où, d'ailleurs, les petits exploitants étaient déjà endettés.

— Tu ferais mieux d'apprendre un métier de la ville, disait Edmond à Jacques en passant une main affectueuse dans les cheveux parsemés de quelques brins de paille.

— Non, répliquait l'enfant, moi je veux vivre ici, et faire les foins, les moissons. Je ne veux pas vivre en ville.

Charles était très circonspect. Il constatait avec quelle difficulté vivaient Edmond et Odile, ici, à Puyloubiers, et il savait que ce monde des petites propriétés était condamné, mais il n'oubliait pas que son père et sa mère avaient travaillé là toute leur vie, et qu'il y avait donc, sur ces terres ingrates, quelque chose de sacré, que l'on ne pouvait pas abandonner.

— Je ne veux plus aller à l'école. Je veux être agriculteur, ici, à Puyloubiers, répétait Jacques. Je n'aime pas l'école et je n'aime pas la ville.

Pierre, lui, réussissait si bien dans les études que Charles et Mathilde étaient surpris de constater combien leur deuxième fils s'y montrait rebelle. Pour Mathilde, ce n'était pas parce que Jacques ne s'y plaisait pas qu'il fallait qu'il devienne agriculteur. Il ne manquait pas de lycées techniques, à Tulle ou ailleurs, où il pourrait apprendre un métier qui lui permettrait de vivre convenablement. C'était même devenu une cause de conflit entre Charles et Mathilde.

— Si nous n'avions pas acheté cette maison, ici, soupirait-elle parfois, cet enfant ne se serait pas mis ces idées ridicules dans la tête.

— Il n'y a pas de honte à être paysan, disait Charles, peiné.

— Ce n'est pas ce que je veux dire. Tu le sais bien.

— Alors ?

— Ce que je veux dire, c'est que, lorsque l'on a la chance de pouvoir faire des études, il ne faut pas la gaspiller. Souviens-toi que ton père aurait bien voulu en faire, lui, et qu'il a été placé dans une ferme à douze ans.

— C'est une question de tempérament. Cet enfant n'aime pas la ville. Il n'est heureux qu'à Puyloubiers. N'est-ce pas son bonheur qui compte ?

— A douze ans, on ne sait rien de la vie. Et d'ailleurs, la terre n'est pas à toi, mais à ton frère. Et ton frère a un fils qui prendra sa suite.

Charles soupirait, n'insistait pas. Il se demandait si Mathilde ne redoutait pas, surtout, de voir rapidement ses deux enfants quitter le nid. Pierre, en effet, devait rentrer pensionnaire au lycée Edmond-Perrier de Tulle, en septembre, en classe de seconde, après avoir étudié de la sixième jusqu'à la troisième au collège d'Argentat. Jacques, lui, rentrerait dans ce même collège, au moins un an ou deux, peut-être même jusqu'au brevet. Après, on aviserait. Il n'était pas question de le mettre déjà en pension dans un lycée technique ou agricole.

— C'est trop tôt, disait Mathilde. Dans deux ou trois ans, il aura certainement changé d'avis.

Ces discussions avaient animé toutes les vacances, jusqu'au jour du départ. C'était un matin de septembre d'une profondeur et d'une sonorité extraordinaires. On aurait dit que la forêt résonnait comme une cave sous des voûtes vertes. Des échos sombres remontaient des vallons et se propageaient sur le plateau qui changeait de couleur. Le haut pays basculait lentement vers l'automne avec de longs soupirs.

Il allait être midi. Ils s'apprêtaient à prendre leur dernier repas de vacances quand ils entendirent des cris dans le haut du hameau. Ils reconnurent la voix d'Odile, sortirent et l'aperçurent sur le chemin, qui courait vers eux.

— Edmond ! Vite ! Vite !

— Qu'est-ce qui se passe ? demanda Charles.

— Là-bas ! là-bas !

Elle était incapable de s'expliquer. Elle montrait du doigt la forêt, à l'endroit où le versant s'incline vers la vallée. Charles voulut la retenir pour lui demander des explications, mais elle était comme folle et balbutiait les mêmes mots :

— Edmond ! là-bas ! là-bas !

Charles et Mathilde se mirent à courir à ses côtés, vers l'endroit qu'elle désignait, non sans avoir ordonné aux enfants de regagner la maison. Mais ceux-ci n'avaient pas obéi : ils suivaient à distance, attirés par la peur qui s'était emparée de toute la famille à l'instant où Odile était apparue sur le chemin.

Il leur fallut cinq minutes pour atteindre la crête qui s'ouvrait sur une friche dont Edmond avait dit à Charles, la semaine précédente, qu'il allait la dessoucher. Et ce que vit d'abord Charles, ce fut, en bas, contre les arbres de la forêt, les roues du tracteur renversé. Il comprit tout de suite, se retourna vers Mathilde :

— Retiens les enfants ! Qu'ils ne s'approchent pas.

Il se précipita vers le tracteur sous lequel il aperçut le corps de son frère. Il avait compris ce qui s'était passé : la friche était si pentue que, le câble de dessouchage ayant cédé, le tracteur s'était renversé, écrasant son conducteur qui n'avait pu s'échapper. Charles espérait qu'Edmond était seulement blessé. Mais, à l'instant où il se pencha sur lui, il comprit que son frère avait cessé de vivre. Il se redressa, des larmes dans ses yeux, cria à Mathilde et à ses enfants qui descendaient, comme fascinés, malgré ses recommandations :

— N'approche pas ! Emmène-les !

Mathilde parut s'éveiller d'un mauvais rêve, prit ses enfants par la main et les ramena vers la crête. Odile, elle, s'était agenouillée près du corps de son mari et tenait sa tête entre ses mains. Charles voulut l'aider à se relever, murmura :

— Viens ! Il n'y a plus rien à faire.

Mais elle le repoussa et s'allongea près d'Edmond dont le buste était pris sous le tracteur. Un filet de sang sortait de sa bouche. Ses yeux étaient ouverts sur le ciel, mais ils ne cillaient plus. Leur fixité et le rictus de souffrance de la bouche exprimaient l'horreur des derniers instants.

— Pars à Saint-Vincent avec la voiture ! cria Charles à Mathilde. Préviens le maire pour qu'il vienne avec des hommes et un tracteur. Moi, je reste là.

Mathilde hésita un instant, puis elle partit en emmenant ses fils avec elle, et Charles en fut soulagé. Il s'assit près d'Odile, prit son bras, tenta de l'éloigner.

— Viens, dit-il, viens.

Il parvint à l'entraîner à l'écart, et elle se laissa aller contre lui en gémissant. De l'endroit où ils se trouvaient maintenant, ils n'apercevaient plus le corps d'Edmond, seulement le tracteur. Charles revoyait son frère sur le chemin de l'école de Saint-Vincent, grimpant dans les arbres pour y chercher les nids, faisant le coup de poing contre les garnements qui les attendaient sur la route. Il le revoyait aussi le soir à la table familiale, assis face à lui, inquiet de ses mauvaises notes à l'école, uniquement soucieux de travailler près de son père, sur ce haut pays qui l'avait vu naître. Et ce haut pays l'avait tué. Charles songea vaguement qu'il n'avait plus de père, plus de mère et plus de frère. Il ne lui restait que Louise, sa sœur partie en Afrique, dont il n'avait pas de nouvelles. Malgré la présence d'Odile, il eut l'impression d'une immense solitude, voulut s'en aller, mais elle s'accrocha à lui et il n'y parvint pas. Alors il se résigna à attendre, étranger soudain à la beauté de ces hautes terres qui commençaient à se couvrir de cuivre et d'or, au vent du sud qui faisait courir sur la friche des souffles tièdes, portant des parfums de châtaignes et de feuilles déchues.

Au mois d'août, Lucie avait appris avec accablement l'édification du mur de Berlin. Depuis, il lui semblait que la barrière qui la séparait de son fils était devenue à jamais infranchissable. Heinz était définitivement perdu pour elle. C'était à cette déchirure qu'elle pensait en regardant à travers le hublot de la caravelle d'Air France l'Océan qu'elle franchissait pour la première fois, sur l'invitation d'Elise, aujourd'hui installée à New York.

En trois ans, les événements heureux s'étaient succédé pour sa fille, dont les affaires étaient devenues florissantes. Et cela grâce à son mari, John W. Bradley, qu'Elise avait connu dès son premier séjour aux Etats-Unis, et avec lequel, désormais, elle était associée. Elle avait rapidement abandonné son magasin de la Huitième Avenue pour celui, magnifique et gigantesque, de John Bradley, sur la Cinquième Avenue, entre Central Park et le Rockefeller Center. Lucie s'occupait de la boutique de Paris et veillait sur Paule, car Elise voyageait beaucoup. C'était elle, en effet, qui approvisionnait les boutiques en meubles rares d'Europe, y compris celles des Etats-Unis. Lucie et John Bradley vendaient les consoles, les bureaux, les crédences, les fauteuils d'Italie, des Pays-Bas, de France et d'Allemagne non seulement à de riches collectionneurs mais également à des décorateurs, avec qui John Bradley était en affaires.

Lucie était elle-même devenue une spécialiste des antiquités, avec une préférence pour les meubles rustiques français du XIXe siècle ou de l'Empire, ceux-là mêmes qui se trouvaient au château de Boissière, et dont elle gardait un souvenir ému. Elle avait cependant résolu une bonne fois pour toutes de se tourner vers l'avenir, d'oublier son âge – soixante-six ans – pour découvrir tout ce que à quoi, grâce à sa fille, elle avait désormais accès. New York, par exemple, après Londres, où elle s'était rendue à deux reprises les années précédentes.

Elle pensait souvent à son destin de petite paysanne originaire du Pradel, qui avait voyagé dans le monde entier : en Allemagne, en Suisse, en Angleterre et aujourd'hui aux Etats-Unis. Elle songeait également à l'argent qu'elle gagnait depuis qu'Elise lui avait confié la responsabilité de la boutique de Paris, à ce luxe qu'elle côtoyait, ces gens d'un monde qui lui avait toujours semblé interdit, et, parfois, elle en était un peu ivre, regrettait de n'avoir plus le temps de revenir à Puyloubiers.

Sa vie, qu'elle avait crue finie, l'emportait vers des horizons d'une grandeur et d'une beauté insoupçonnables, comme ce matin, au-dessus de l'Océan qu'elle apercevait à travers les nuages, l'avion ayant amorcé sa descente vers l'aéroport. Elle distingua les gratte-ciel de New York, l'immensité de la ville de part et d'autre de Manhattan, au-delà de l'East River, la grande baie ouverte sur l'Océan, d'un bleu très pur, étincelant, et elle attacha sa ceinture comme le recommandait l'hôtesse, une jeune femme brune vêtue d'un bel ensemble grège, qui souriait.

Moins d'une heure plus tard, Lucie roulait en compagnie d'Elise dans un taxi en direction de Manhattan, où se trouvaient à la fois la boutique et l'appartement d'Elise, la première au rez-de-chaussée, le second au vingt-cinquième étage, d'où l'on apercevait les Queens, Brooklyn et la baie piquetée de grands bateaux blancs. Jamais Lucie n'aurait imaginé pareil spectacle. Elle croyait rêver, se demandait si ce n'était pas le décalage horaire qui la projetait dans des songes éveillés, écoutait Elise parler de ses problèmes d'approvisionnement, de la demande en meubles français et italiens qui ne faisait que croître, ici, de l'autre côté de l'Atlantique, de John Bradley qui les attendait en bas.

— A moins que tu ne veuilles te reposer un peu, ajouta Elise.

— Si je pouvais dormir une heure, il me semble que je me sentirais tout à fait bien.

— Dans ce cas, je vais te montrer ta chambre.

C'était un appartement magnifique, meublé avec beaucoup de goût. Lucie remarqua une commode de Parme en placage de palissandre, bois de rose et bois de violette, une bibliothèque en cerisier à deux corps, et, dans la chambre, de part et d'autre du lit toscan « bateau », deux tables de chevet de Lombardie avec plateau de marbre. Elle ne s'approcha pas de la fenêtre qui lui sembla donner sur un vide insondable, et dont Elise lui dit qu'elle ne pouvait pas s'ouvrir.

— Heureusement, dit Lucie. C'est tellement vertigineux.

Elle se coucha, dormit deux heures, attendit que sa fille vienne la chercher, tout en regrettant que Paule ne fût pas venue avec elle : Paule avait passé deux mois de vacances à New York, mais aujourd'hui l'école avait repris à Paris et elle y était restée sous la garde de leur voisine de palier, Mme Lesseyne, qui secondait également Lucie dans la boutique.

Un peu plus tard, elle retrouva John Bradley avec plaisir : c'était un homme jovial, gros comme un ours, barbu, mais toujours impeccablement vêtu d'un costume de cachemire et d'une pochette en soie couleur bronze. Il était plus âgé qu'Elise, de cinq ans environ, roulait constamment ses deux yeux ronds en donnant l'impression de vouloir dévorer ses interlocuteurs. Lucie l'aimait beaucoup : elle avait deviné chez lui une joie de vivre qui n'avait d'égale qu'une générosité chaleureuse, et elle se réjouissait qu'Elise ait choisi de refaire sa vie avec un tel homme.

Il lui fit visiter le gigantesque magasin qui mesurait plus de deux cents mètres carrés, lui présenta deux vendeuses, un décorateur venu chercher des meubles français du début du siècle, un autre à la recherche de commodes suédoises. Et Lucie comprit que tout, ici, était bien plus grand qu'à Paris.

Là-bas, Elise avait vendu les deux boutiques de l'avenue de Suffren et du faubourg Saint-Martin pour en acheter une, mieux située, dans le quartier qui était devenu peu à peu le quartier des antiquaires, depuis les quais de la Seine jusqu'au boulevard Saint-Germain, en passant par la rue des Saints-Pères et la rue Bonaparte. Elise avait également acheté un entrepôt à proximité, dans la rue Mazarine, et cependant, malgré l'efficacité de cette organisation, cela paraissait presque dérisoire par rapport à celle de la Cinquième Avenue de New York. Lucie comprenait mieux, sur place, pourquoi sa fille, ici, gagnait tant d'argent et se félicitait chaque jour de son association avec John Bradley.

Vers le soir, ils allèrent dîner dans un restaurant français de Broadway, y retrouvèrent des clients de la côte

Ouest, et il ne fut question que de meubles rares. Le lendemain, Elise consacra une journée à sa mère. Elles visitèrent Greenwich Village où elles déjeunèrent dans un petit restaurant en briques rouges. Là, face à face, elles retrouvèrent un peu de leur intimité de l'avenue de Suffren, au temps où les affaires leur laissaient le temps de mieux se connaître, de se confier l'une à l'autre.

— Je ne peux m'empêcher de penser à ce mur, à Berlin, dit Lucie. Il me semble que je ne reverrai plus jamais Heinz. Jusqu'au mois d'août dernier, il me restait un petit espoir, mais aujourd'hui, vois-tu, je suis certaine de l'avoir perdu à jamais.

— Je pensais que ce voyage à New York t'aiderait à oublier, soupira Elise.

— Moi aussi. Mais je m'aperçois que ce n'est pas le cas. Et je m'aperçois aussi que Paule me manque. Tu sais, je ne vais pas pouvoir rester longtemps ici.

Et, comme Elise paraissait désolée :

— Il ne faut pas m'en vouloir : c'est un peu trop grand pour moi, je n'ai pas l'habitude.

— Oui, fit Elise, je comprends.

Et elle ajouta, enjouée, soudain, et souriante :

— Tu sais ce que je vais faire ? Je vais racheter le château de Boissière. J'ai appris que les nouveaux propriétaires voulaient le revendre.

— Oh ! non, fit Lucie, ce n'est pas la peine.

— Mais si, rappelle-toi comme tu y étais bien.

— Non, vraiment, non, s'il te plaît.

— Pourquoi ?

— Parce que j'ai choisi de regarder devant moi, d'oublier le passé. C'est le seul moyen de vivre à peu près bien, tu comprends ?

— Tu étais heureuse là-bas.

— Je l'ai cru au début. Mais si j'y étais restée, je serais morte aujourd'hui.

— Que me dis-tu là ?

— C'est vrai, crois-moi. En vendant ce château, tu m'as rendue à la vie.

Elles se turent, demeurèrent un moment perdues dans leurs pensées. Ensuite, elles parlèrent de ce qui était devenu leur passion commune : les meubles rares. Après l'Italie, les collectionneurs semblaient se tourner maintenant vers la Suède et l'Allemagne. Elise devait partir dans quelques jours à Stockholm avec John Bradley.

— Dépêchons-nous, dit-elle, j'ai encore tellement de choses à te montrer.

Elle emmena Lucie a Brooklyn par le vieux pont de 1883 d'où l'on avait une vue magnifique sur la statue de la Liberté. Le soir, elles étaient épuisées. Dans l'appartement du vingt-cinquième étage, Elise passa son temps à téléphoner pour rattraper le temps perdu.

— Demain, je sortirai seule, dit Lucie, et je repartirai dès que j'aurai un avion.

— Tu en es sûre ? C'est vraiment ce que tu veux ?

— Tout à fait. C'est vraiment trop grand, ici, tu comprends ?

— Oui, dit Elise, je comprends.

Lucie n'avait plus qu'une envie : aller se coucher et dormir. Ce qu'elle fit, après avoir observé, à travers les vitres mais sans trop s'en approcher, les millions de lumières qui s'étaient allumées dans la ville gigantesque dont elle avait l'impression, malgré la hauteur, d'entendre sourdement battre le cœur.

A des milliers de kilomètres de là, Pierre, le fils de Charles et de Mathilde, passait sa troisième nuit de pensionnaire au lycée Edmond-Perrier de Tulle, et il ne dormait pas, gêné qu'il était par la forte odeur d'encaustique régnant dans le dortoir de soixante garçons venus, comme lui, des campagnes environnantes. C'était la première fois qu'il quittait vraiment sa famille, et il avait été ému, malgré ses quinze ans, à l'instant où son père et sa mère l'avaient laissé dans la cour, en repartant pour Argentat.

Il repensait aux derniers jours passés à Puyloubiers, à la mort de son oncle Edmond, à ses obsèques à Saint-Vincent, à la douleur de sa femme, mais aussi à ces deux mois vécus dans la liberté magnifique des champs et des forêts. Ce qui l'avait le plus frappé, en arrivant au lycée situé sur les collines de Tulle, au début de l'après-midi du dimanche précédent, c'étaient les murs d'enceinte, les cours bitumées, les règles strictes qui organisaient une vie où rien n'était laissé au hasard. Une sonnerie implacable rythmait les heures et les allées et venues des élèves. Des surveillants ne les quittaient pas, ni au réfectoire ni au dortoir. Et Pierre songeait à sa liberté perdue des vacances et à sa vie d'Argentat, ses virées sur les quais de la Dordogne, ses baignades, ses escapades en barque vers les îles, en aval, dans l'ombre douce des aulnes et des saules cendrés.

Que c'était loin, tout ça ! Cela faisait seulement trois jours qu'il était pensionnaire et il lui semblait qu'un mois avait passé. Comment allait-il supporter les dix jours qui le séparaient d'une première sortie ? En se plongeant dans les livres, peut-être, puisque les heures d'études étaient interminables – une ou deux pendant la journée, deux de plus de cinq heures à sept heures, et une autre encore de huit heures moins le quart à neuf heures moins le quart. Ses facilités lui permettaient de venir à bout de ses devoirs et de ses leçons en très peu de temps, alors son esprit s'évadait, revenait vers Argentat, vers ses parents, son frère qui avait la chance de vivre encore là-bas, et, peut-être, n'en partirait jamais.

Depuis trois jours il avait fait connaissance de tous ses professeurs. Il appréciait plus particulièrement le professeur de français, M. Marcillac, un petit homme rond et jovial, et celui d'histoire, M. Portefaix, qui tous deux, à la différence des autres, étaient plus soucieux de leur enseignement que de la discipline. Pendant les récréations, de midi et demi à une heure et demie, et de quatre heures à cinq heures, il avait découvert la violence des grands de terminale qui contraignaient les plus jeunes à demeurer sous la galerie pour ne pas les gêner dans leurs matchs de football pratiqués sur toute la longueur de la cour, mais il avait surtout rencontré Daniel, qui était en seconde, comme lui, et venait de Montceau-sur-Dordogne, un village situé à quelques kilomètres d'Argentat. Dès les premiers instants s'était nouée entre eux une amitié qui les aidait l'un et l'autre à s'habituer à leur nouvelle vie, à partager leur savoir et leurs souvenirs, à s'aider dans l'adversité, car les brimades n'étaient pas rares, en récréation ou au réfectoire, entre les plus âgés et ceux, plus faibles, qui occupaient le même territoire.

Daniel était fils de paysan et donc boursier. Il avait été au collège de Beaulieu jusqu'en troisième, et, comme Pierre, demeurerait pensionnaire à Tulle jusqu'au baccalauréat, puisque telle était la loi, si l'on voulait avoir accès à l'université, aux hautes sphères de la connaissance, à une autre vie. Mais précisément, parfois, comme ce soir, alors que le surveillant venait d'éteindre les lumières, Pierre se demandait si le prix à payer n'était pas trop élevé. Et, surtout, si cette autre vie à laquelle il accéderait sans doute ne serait pas trop différente de celle qui l'avait jusqu'à ce jour rendu si heureux. Ah ! ces heures d'insouciance du collège à Argentat, ces leçons et ces devoirs si rapidement expédiés, cette liberté dans les prés le long de la Dordogne, ces vacances dans les forêts du haut pays ! Comme tout cela lui paraissait loin aujourd'hui ! Avaient-ils seulement jamais existé ?

Pierre avait beau chercher le sommeil, il ne pouvait pas s'endormir. Il n'avait pas été préparé à un monde si fermé sur lui-même, si redoutable. Charles, son père, lui avait parlé quelquefois du pensionnat où il avait vécu à Egletons, mais il ne lui avait rien dit de cette première année où il avait failli renoncer. Il est vrai qu'il était plus jeune alors, et qu'il n'avait jamais quitté Puyloubiers. Ce n'était pas le cas de Pierre qui avait quinze ans et avait connu à Argentat beaucoup plus de choses que son père au même âge. Mais il y avait finalement entre eux le même doute : la privation de liberté, la dureté de la vie qu'il découvrait, l'éloignement de la famille étaient-ils bien en rapport avec les espoirs entrevus ? Pierre, inconsciemment, au plus profond de lui, savait que oui. La seule chose à faire était d'essayer de s'habituer, de s'accrocher le temps nécessaire, et bientôt sa nouvelle vie lui deviendrait familière, du moins l'espérait-il.

Il était près de onze heures, dans le dortoir seulement éclairé par la veilleuse située dans la cabine du surveillant, quand un cri d'oiseau retentit brusquement à la gauche de Pierre, aussitôt repris par les occupants des lits de la rangée d'en face. D'autres lui répondirent en écho, courant d'une extrémité du dortoir à l'autre. Actionnée par le surveillant, la lumière jaillit, puis la porte s'ouvrit dans le silence brusquement revenu. Le surveillant, un homme grand, brun, au visage aigu, se dirigea à grandes enjambées vers l'endroit d'où étaient partis les premiers cris, c'est-à-dire du côté de Pierre, et hurla :

— Vous cinq, là, debout !

Il y eut quelques faibles protestations, mais tous les garçons désignés se levèrent, Pierre étant parmi eux.

— Placez-vous devant votre lit, les bras dans le dos, sans vous appuyer.

Les garçons obéirent, affichant tous un air de victime outragée, à part Pierre, très calme, qui, lui, avait sur le visage une expression naturelle, à peine teintée de contrariété.

— Alors voilà, cria le surveillant, vous allez rester debout jusqu'à ce que celui qui a poussé le premier cri se dénonce. S'il le faut, ce sera toute la nuit !

Il se tourna vers l'autre côté du dortoir, ajouta, non sans une certaine jubilation :

— Vos camarades bénéficieront de la lumière jusqu'à ce moment-là. Comme ça, demain, ils pourront témoigner leur satisfaction au responsable de leur manque de sommeil.

Il y eut des cris, des protestations, mais le surveillant n'en eut cure. Il regagna sa chambre et le silence retomba dans le dortoir illuminé.

Pierre connaissait celui qui avait lancé le chahut, mais il ne lui serait jamais venu à l'idée de le dénoncer. Non qu'il eût peur des représailles, mais il pensait qu'il se dénoncerait de lui-même, après quelques minutes de défi. Mais non, rien ne se passait. Malgré les cris de vengeance qui montaient çà et là, le surveillant, dissimulé dans sa cabine, demeurait impassible. Au bout d'une demi-heure, cependant, il éteignit la lampe qui se trouvait à l'opposé des cinq punis, mais laissa l'autre allumée. De temps en temps Pierre se tournait vers le coupable – son lit était situé juste à côté du sien – mais celui-ci, un élève de première classique, continuait de se taire. Cette attente, très pénible, se prolongeait. Les protestations s'étaient tues, les garçons les plus proches des punis s'étant réfugiés sous les couvertures. Pierre avait très sommeil. Il s'appuyait de temps en temps contre le cadre métallique du lit, se demandait comment tout cela allait se terminer.

Une heure plus tard, le surveillant ressortit, se planta devant les cinq punis, menaça :

— Puisque vous ne voulez pas entendre raison, nous allons jouer à un autre jeu : celui qui prendra appui contre son lit sera privé de sortie dimanche prochain.

Et, au lieu de regagner sa chambre, il se mit à faire les cent pas devant les cinq garçons. Une demi-heure passa ainsi, durant laquelle Pierre s'efforça de se tenir droit, fermant les yeux de temps en temps, luttant contre le sommeil de toutes ses forces. Exaspéré, sans doute fatigué lui aussi, le surveillant décréta alors :

— Vous serez tous les cinq privés de sortie, sauf si le coupable se dénonce d'ici dimanche. Pour ce soir, vous pouvez aller vous coucher.

Des soupirs de soulagement montèrent de tous les lits, et bientôt les lumières s'éteignirent. Malgré les menaces qui pesaient sur lui, Pierre ne tarda pas à plonger dans le sommeil.

Le lendemain matin, elles lui revinrent à l'esprit dès qu'il s'éveilla, lui nouant douloureusement l'estomac. Malgré les paroles de réconfort prononcées par Daniel, elles ne le quittèrent pas et continuèrent de le hanter toute la journée, d'autant plus qu'il dut faire face, lors des récréations, aux intimidations du coupable et de ses camarades de première : s'il parlait, il le regretterait.

Pierre n'avait pas du tout l'intention de parler. Il était accablé, seulement, par ce manque de courage qu'il découvrait, ces manœuvres d'intimidation venues à la fois des élèves et du surveillant, songeait au dimanche qui aurait dû le ramener vers Argentat, à ses parents qui devaient attendre comme lui cette première sortie. La journée qui passa lui parut sans la moindre couleur malgré le temps ensoleillé de l'automne. Il écouta à peine ses professeurs, eut du mal à venir à bout de ses devoirs.

— Ce n'est rien, lui disait Daniel, ça va s'arranger.

Mais Pierre ne l'entendait pas. A neuf heures moins le quart, au moment de la dernière récréation avant le dortoir, le surveillant le retint dans l'étude alors que les autres élèves sortaient. Il dévisagea un moment Pierre qui ne cilla pas, puis il lui dit d'une voix pleine de chaleur, très différente de celle dont il usait pour exercer son autorité :

— Je vous félicite. Vous avez du courage, parce que je suis sûr qu'ils ont cherché à vous intimider.

Il se tut un instant, reprit :

— Ne vous inquiétez pas. Je sais que ça ne peut pas être vous. On ne fait pas ce genre de chose quand on est nouveau, trois jours après la rentrée. Vous ne serez pas consigné.

Pierre ne baissa pas les yeux.

— Non, ce n'est pas moi, dit-il.

Et il ajouta :

— Merci, monsieur.

— Vous pouvez aller.

Il s'enfuit, retrouva Daniel dans la cour et, malgré les regards suspicieux des élèves de première, se sentit heureux, délivré. Certes, ce monde était dur, il le vérifiait à chaque instant, mais il y avait place pour le courage et la justice à condition de s'y montrer fort. Ce fut une leçon qu'il ne devait jamais oublier.

Cet automne-là était celui de toutes les folies sur la terre d'Algérie. Mathieu, qui roulait vers Alger en compagnie de Roger Barthès, se demandait s'il n'était pas en train de franchir la limite au-delà de laquelle il ne pourrait plus rien sauver, ni sa famille ni lui-même. Il avait pourtant tenté de retenir Roger, de lui expliquer que la violence aveugle ne réglerait rien, au contraire, mais il n'avait pu l'empêcher d'adhérer à l'OAS dont les réseaux s'étaient constitués au cours de l'hiver précédent. Car, désormais, les choses étaient claires : par le référendum de janvier 1961, de Gaulle avait fait approuver sa politique d'autodétermination. Pour les pieds-noirs, il n'y avait pas d'autre issue que la révolte. Même l'armée s'était rangée de leur côté : en avril, quatre généraux s'étaient emparés du pouvoir à Alger, arrêtant les délégués du gouvernement français, annonçant leur intention de prolonger par la force la présence française sur des terres que nul gouvernement n'avait le droit d'abandonner. Les généraux Challe, Zeller, Salan et Jouhaud avaient été arrêtés ou s'étaient rendus. On disait que des négociations secrètes avaient commencé entre le gouvernement français et le gouvernement provisoire de la République algérienne. De Gaulle avait de justesse échappé à un attentat au Petit-Clamart le mois précédent. En Algérie, les attentats se multipliaient, surtout dans les villes, et faisaient des centaines de victimes.

— On va réussir, disait Roger. Je suis sûr que Paris va reculer.

Mathieu, lui, depuis la mort de son fils, ne croyait plus à rien. Et s'il avait décidé de suivre son beau-frère à Alger ce matin-là, c'était pour l'aider, le protéger du mieux possible, ainsi que le lui avait demandé Marianne, qui craignait pour son frère. Ils avaient laissé à Martin la garde du domaine où s'était réfugiée Simone, la femme de Roger. Les pieds-noirs, en effet, se regroupaient pour se défendre contre les actions de l'ALN qui visaient aussi bien les traîtres à la cause algérienne que les colons. L'Algérie était devenue une poudrière dans laquelle il n'était plus question que de survie.

Ils arrivèrent sur les hauteurs de Mustapha-Supérieur au lever du jour. Passé un premier barrage, après une fouille de la voiture de Mathieu, ils aperçurent la ville blanche et la mer tout en bas, qui ondulait sous le bleu impérissable du ciel. C'est en approchant de l'hôpital civil que Mathieu tenta une nouvelle fois de dissuader Roger d'agir comme le lui avait demandé l'Organisation armée secrète. Celle-ci recrutait de plus en plus dans les villes voisines, ses éléments à Alger étant tous surveillés.

— C'est de la folie, dit Mathieu. Ça ne servira à rien de faire payer des innocents.

— Je t'ai déjà répondu que nous n'avions plus le choix des moyens. Laisse-moi là et retourne dans la Mitidja. Je me débrouillerai tout seul.

— Et si tu te fais arrêter ?

— Je m'en fous. Je préfère être fusillé que de partir d'ici. Ils nous ont trahis, ils vont payer.

— Ce ne sont pas ceux qui vont sauter avec ta bombe qui nous ont trahis.

— Qu'est-ce que tu en sais ?

— C'est à Paris que sont les traîtres, pas ici.

— Ici, ils travaillent tous pour l'ALN.

— Tu tueras aussi des pieds-noirs.

— Pas dans le quartier arabe.

— Ils te tueront avant.

— Certainement pas. Je connais Alger comme ma poche. Depuis la rue Michelet, il suffit de monter l'escalier pour accéder au marché Randon au pied de la Casbah.

— C'est donc là que tu vas, soupira Mathieu.

Conscient qu'il en avait trop dit, Roger ne répondit pas.

— Va te garer en bas, sur les quais, près de l'Amirauté, dit-il simplement. On repartira par Hussein-Dey et Birkhadem.

Mathieu ne trouva plus rien à dire. Il descendit vers le front de mer, s'arrêta à l'ombre d'un palmier, essaya encore de retenir Roger mais celui-ci s'éloigna sans un mot vers le lieu de livraison de l'engin de mort qu'il devait transporter. Comme Mathieu se tournait vers la mer, ses jambes se mirent à trembler sous lui. Il chercha l'ombre, se dirigea non sans peine vers le petit square Bresson où il put s'asseoir sur un banc et repousser la grande fatigue qui l'accablait. Il se sentit un peu mieux, observa le quai, un peu plus bas, le fort de l'Amirauté sur sa droite, les marins de faction en uniforme bleu, les petits voiliers qui se balançaient doucement. Affluaient des odeurs fortes de goudron, de futailles et de marée qui lui faisaient du bien en lui rappelant des sensations oubliées et d'autant plus précieuses.

Dans le square, près de lui, un petit âne à selle rouge promenait un enfant dont la mère tenait la main. Ici, c'était la paix, tout semblait encore possible. Le bleu de la mer se confondait avec le bleu du ciel dans un accord, une alliance qui aurait dû inspirer les hommes. Mais le mal était là, souterrain, invisible depuis longtemps : Mathieu se souvint du centenaire de la conquête en 1930, de ce soir où il avait admiré la mer ainsi, depuis la Casbah, et de la sensation de menace qu'il avait ressentie ce soir-là, peu avant l'assassinat de Batistini. Il se souvint de la rumeur d'alors : « Les Français fêtent le centenaire, mais ils n'en fêteront jamais un second. » Tout était dit, déjà. Il savait, Mathieu, depuis longtemps, mais sans oser se l'avouer, qu'il faudrait partir un jour. Et ce jour approchait. Les attentats, les bombes ne serviraient à rien. Ce qui comptait aujourd'hui, c'était de protéger les siens. Il n'avait pu protéger Victor, son fils aîné, mais il restait Marianne et Martin ; Roger Barthès, sa femme, quelques amis. Là était l'essentiel désormais.

Il pouvait être dix heures quand une explosion retentit dans la ville haute, fracassant le silence du matin. Malgré la distance, Mathieu entendit des cris lointains, puis une rumeur qui tarda à retomber, rehaussée par des sirènes, des coups de klaxon, un vacarme qui descendait vers la mer en faisant lever devant lui des oiseaux blancs qui allaient se perdre dans le bleu du ciel. Accablé, Mathieu se leva et se dirigea vers la voiture. Il aperçut des blindés qui manœuvraient sur les quais, des Jeep qui partaient vers l'est, en direction d'Hussein-Dey. Il s'assit au volant de sa traction, attendit, songeant aux barrages qu'ils allaient devoir franchir, si toutefois Roger revenait. Les minutes passaient, pourtant, et son beau-frère ne se montrait toujours pas. Mathieu mit le moteur en marche, manœuvra pour être prêt à partir, le capot face à la mer.

Il y avait plus d'un quart d'heure que la bombe avait sauté, et Roger n'arrivait toujours pas. Que faire ? Mathieu hésitait toujours en apercevant, sur sa droite, des soldats français qui installaient des chevaux de frise pour un premier barrage. Dire que lui, Mathieu, avait servi, et avec quel courage, dans cette armée qui aujourd'hui représentait pour lui une menace ! Décidément, le monde était vraiment devenu fou.

Quand la portière s'ouvrit, il fut surpris et sursauta. Sans un mot Roger s'assit à côté de lui, le visage fermé, méconnaissable, couvert de sueur.

— Il y a un barrage sur le quai, juste là, dit Mathieu.

— Attends un peu, fit Roger.

Il s'essuya le front, les bras et les mains, jeta son mouchoir par la fenêtre, respira bien à fond, puis :

— Vas-y, dit-il.

Mathieu rejoignit le front de mer, tourna à droite et, deux cents mètres plus loin, s'arrêta devant le barrage. Deux soldats français s'approchèrent, la mitraillette à la hanche, leur demandèrent leurs papiers. Il sembla à Mathieu que Roger mais aussi la voiture elle-même sentaient la poudre. Ce ne devait être qu'une impression.

— D'où venez-vous ? demanda le sergent.

— Du marché Meissonnier, répondit Roger.

L'officier jeta un coup d'œil aux cagettes vides sur la banquette arrière, ordonna :

— Descendez !

Roger sortit de la voiture, ouvrit le coffre, où se trouvaient d'autres cagettes vides, puis il resta un moment immobile devant l'officier qui le scrutait avec des yeux très pâles, presque blancs. Roger n'avait pas peur. Ces contrôles n'avaient aucune efficacité. Les pieds-noirs n'étaient pas assez fous pour transporter les bombes dans des voitures. Elles étaient fabriquées à l'intérieur même de la ville où les poseurs venaient en prendre livraison à pied.

— Vous pouvez aller, dit le sergent.

Roger remonta dans la voiture et Mathieu démarra avant même qu'il eût refermé la portière.

— Prends à droite vers l'Institut Pasteur, dit Roger. Ce n'est pas la peine d'aller jusqu'à Hussein. On coupera par El Madania.

Ils évitèrent ainsi d'autres barrages, rejoignirent la route de Boufarik qui, bientôt, au-delà des collines, bascula vers la grande plaine. Mathieu, alors, se tourna vers Roger qui lui parut méconnaissable. Ce fut comme si ses mains étaient couvertes de sang. Ce matin-là, en apercevant la Mitidja tout en bas, dans le vert clair des orangeraies et des vignes, Mathieu comprit qu'il allait la quitter pour toujours. Il n'en dit rien à Roger, mais il sut que ce combat était perdu comme allaient se perdre les hommes qui avaient choisi de le mener en posant des bombes qui tuaient des femmes et des enfants.

De retour d'Algérie, Robert, le fils d'Edmond et d'Odile, avait décidé de remplacer son père, et de s'installer à Puyloubiers. En apprenant cette décision, Mathilde avait été rassurée : il ne pouvait plus être question que Jacques aille un jour vivre sur la propriété des Barthélémy. Il allait poursuivre ses études au collège et renoncer définitivement à ce projet insensé de rester à la terre. Mathilde avait tenu ferme : elle n'aurait jamais laissé faire à son fils une bêtise pareille.

Elle ne comprenait pas la position de Charles, qui ne considérait pas d'un mauvais œil ce désir de retour à la terre, sans doute par fidélité à ses parents, à une vie de courage et d'obstination. Cette position différente avait été la cause de leur première vraie dispute, et, depuis, elle détestait Puyloubiers, cette maison des Rebière qu'ils avaient achetée, et où ses enfants se plaisaient tellement. Pour elle, vivre ainsi, c'était vivre en demeurant tourné vers le passé. L'avenir était ailleurs, elle le savait : vers les plaines, les villes, non dans ce haut pays refermé sur lui-même, malgré sa beauté. Aussi se réjouissait-elle de savoir Pierre à Tulle, promis à un brillant avenir. Elle avait en effet décelé très tôt chez son fils aîné des capacités bien au-dessus de la moyenne. Elle rêvait pour lui d'une situation à laquelle elle n'avait jamais pu prétendre à cause, d'abord et essentiellement, de sa condition de femme. Un statut d'institutrice était déjà inespéré, dans ce haut pays où les traditions pesaient encore de tout leur poids sur la vie quotidienne.

Même dans son métier, d'ailleurs, elle avait dû montrer plus de qualités, plus de perspicacité que n'importe qui. Elle n'avait rien oublié de ses difficultés lors de son arrivée à Argentat, quand les parents d'élèves, mais aussi l'inspecteur, avaient mis en cause ses compétences. Elle avait décidé de relever ce défi, non pas seulement pour elle, mais pour les femmes en général, afin qu'un jour rien ne leur soit interdit. N'avait-elle pas pris les mêmes risques que les hommes pendant la Résistance ? N'avait-elle pas travaillé autant qu'eux, sinon plus, malgré ses deux enfants à élever, les cahiers à corriger, les lessives, les repassages, les maladies, l'attention permanente accordée à chacun de ses élèves ? Non, elle ne regrettait rien de tout cela. Elle l'assumait parfaitement. Mais elle avait décidé d'agir pour qu'un jour les femmes puissent nourrir les mêmes espoirs que les hommes, que rien ne leur soit refusé.

En ce mois d'octobre 1961, son principal souci n'était pas là. Elle savait au moins depuis une quinzaine de jours qu'elle était enceinte. Elle n'en avait encore rien dit à Charles, ayant passé ses nuits à réfléchir, à refuser ce qui lui paraissait inacceptable à quarante et un ans. Elle lui en voulait, parfois, en constatant son insouciance, ses projets politiques, ses préoccupations souvent tournées vers lui-même, et elle se demandait comment il allait réagir à la nouvelle. Fallait-il vraiment lui confier ce qui était encore un secret ? Ne devait-elle pas agir d'elle-même en fonction de sa seule détermination, celle qu'elle s'était forgée au fil des jours en silence : elle ne garderait pas cet enfant. Elle ne le pouvait pas. Elle ne s'en sentait plus la force. Elle savait intimement qu'une nouvelle grossesse ferait d'elle une femme usée avant l'heure, vouée à des préoccupations semblables à celles des femmes des campagnes qui n'avaient jamais existé pour elles-mêmes, seulement pour les hommes, les enfants, le travail. Il lui semblait qu'elle ne supporterait pas les regards, les allusions, les moqueries, peut-être, de celles et de ceux pour qui l'amour, le plaisir sont choses coupables et qui les ont depuis toujours assimilés au vice. Elle les entendait avant l'heure : une maîtresse d'école enceinte à quarante et un ans : quel exemple ! Elle avait donc décidé que cela ne se saurait jamais.

Son honnêteté, sa clarté naturelles la décidèrent enfin à se confier à Charles. Elle ne doutait pas qu'il la comprendrait. Elle profita d'un mercredi matin, où Jacques était allé retrouver des copains dans le bourg, pour rejoindre son mari dans la salle de classe où il corrigeait ses cahiers. Il releva la tête et comprit en l'apercevant que quelque chose n'allait pas. Il se leva, vint vers elle, la prit par les épaules et demanda :

— Qu'est-ce qu'il y a ?

Elle hésitait, soudain, craignant de perdre sa liberté d'agir, de devoir se justifier, une fois de plus, mais elle avait pesé aussi cela.

— J'attends un enfant, dit-elle.

Et, aussitôt, comme si elle avait peur de ne pas trouver la force d'exprimer sa détermination :

— Je ne vais pas le garder.

Charles ouvrit de grands yeux, son visage se ferma, puis – sans doute pour ne pas trahir sa contrariété, songea-t-elle – il la prit dans ses bras.

— Tu en es sûre ? murmura-t-il près de son oreille.

— Tout à fait sûre.

Elle regretta un peu sa voix blanche, métallique, dont la dureté lui fit aussi mal qu'à lui. Il se détacha d'elle doucement, parvint à sourire et dit :

— Ce sera peut-être une fille.

— Non, dit-elle, ni une fille ni un garçon.

— Allons, voyons, tu ne peux pas parler comme ça.

— Pourquoi ?

Il se troubla, murmura :

— Nous pouvons très bien…

— Non, pas moi, le coupa-t-elle.

Il en resta stupéfait, et, détournant les yeux, il l'entraîna vers l'appartement, comme si parler de ce sujet-là dans une salle de classe était sacrilège. C'est du moins ce qu'elle ressentit et elle en fut davantage glacée. Il la fit asseoir dans la cuisine, face à lui, sourit une nouvelle fois, dit doucement :

— N'aie pas peur, je serai là, nous ne sommes pas trop âgés pour refuser ce qui nous arrive.

— Je ne veux pas, dit-elle.

— Mais pourquoi ?

— Parce que. Ça ne regarde que moi.

— Ça me regarde un peu aussi, peut-être.

— C'est pour cette raison que je t'en parle. Mais j'aurais pu aussi bien décider toute seule et tu n'en aurais rien su.

Il la dévisagea comme s'il la découvrait vraiment.

— Mais que dis-tu ? murmura-t-il.

— Tu as très bien entendu.

Il soupira, réfléchit quelques secondes, reprit :

— Tu vas t'habituer, tu verras.

— Non.

Il réfléchit de nouveau, les sourcils froncés, le front soucieux, ajouta :

— On ne peut pas faire ça.

— Pourquoi ?

— Parce que, parce que… tu sais bien pourquoi.

— Non, je ne vois pas.

— Parce que ce n'est pas bien.

— Pas bien pour qui ? Et qui peut décréter que ce n'est pas bien ?

Il se troubla, murmura :

— Tu sais ce que je veux dire.

— Non. Je ne vois pas.

Ce qu'elle constatait une nouvelle fois, c'était qu'il existait une différence d'éducation entre elle et lui. Elle était fille d'instituteurs laïques, et lui fils de paysan élevé dans une certaine religion, comme tous ceux qui vivaient à la terre, alors. Elle n'était pas croyante, alors que chez lui la formation de l'Ecole normale n'avait pas entièrement balayé les idées, la conduite, la morale d'Aloïse et de François, ses parents. Du moins pas tout à fait. Elle l'avait déjà vérifié, non sans en être quelque peu surprise.

— Qu'est-ce que tu vas faire ? demanda-t-il d'une voix qu'elle n'aima pas du tout.

— Je vais faire ce qu'il faut.

Il soupira, murmura :

— Réfléchis encore.

— Je réfléchis depuis presque un mois, tous les jours et toutes les nuits.

— Ça peut être dangereux.

— Je sais cela aussi.

Il leva une main qu'il voulut passer dans ses cheveux, mais elle se déroba tout en esquissant un pauvre sourire.

— Non, dit-elle, s'il te plaît.

Il sortit, regagna la salle de classe, et elle retrouva la même sensation de solitude qu'elle éprouvait depuis des semaines. Une seule personne pouvait l'aider : sa mère, qui s'était confiée à elle un jour, suggérant qu'elle avait affronté ce genre de problème. Elle devait savoir à qui s'adresser, comment faire. Mathilde décida d'aller la voir le plus tôt possible, dès ce dimanche, puisque Pierre ne rentrait pas de Tulle. Il lui sembla, dès cet instant, qu'elle avait accompli le plus difficile, mais elle était loin de se douter combien cette décision allait peser sur sa vie.

13

Ce printemps de 1962 faisait déjà penser à l'été. La Mitidja crépitait sous le soleil sans perdre la douceur habituelle de cette saison, qui, pour Mathieu, avait toujours été la plus belle. Mais ce matin, en se levant et en observant son domaine où avaient percé les premières fleurs, Mathieu se demandait si les printemps qu'il connaîtrait, ailleurs, ressembleraient à celui-là. Est-ce qu'il en retrouverait d'aussi beaux ? Il allait partir, en effet, sans doute pour toujours. Le combat avait été perdu. Malgré les précautions qu'ils prenaient, Roger et Simone avaient été tués, une nuit de décembre dernier, dans une embuscade entre Boufarik et leur domaine. Aujourd'hui, les accords d'Evian venaient d'être signés.

Ce que Mathieu avait senti venir depuis longtemps était arrivé. Tout était terminé, ici, pour la communauté européenne, qui n'avait plus qu'à choisir entre la valise et le cercueil, malgré les dispositions des accords signés entre le gouvernement français et le gouvernement provisoire de la République algérienne, prévoyant qu'un exécutif devait assurer l'ordre sous la direction de Christian Fouchet.

Personne ne pourrait oublier ce qui s'était passé : les meurtres, les assassinats, les bombes, les tortures, les vengeances, les mutilations : tout un cortège d'horreurs qui avait accompagné cette déchirure cruelle entre deux peuples, qui, en fait, aimaient autant l'un que l'autre ce pays. On était depuis longtemps entré dans l'irréversible et dans l'irrémédiable. Les pieds-noirs avaient commencé à partir.

Dès janvier, Mathieu avait envoyé sa femme et son fils en Métropole avec pour mission de trouver un petit bien dans une région de vignobles qui ressemblerait un peu à l'Algérie. Il n'avait eu aucun mal à convaincre Marianne, qui, depuis la mort de son frère et de sa belle-sœur, ne parvenait plus à dormir, tremblait et pleurait à longueur de journée, mais ç'avait été plus difficile pour Martin qui tenait à rester avec son père jusqu'au bout. Mathieu lui avait expliqué qu'il fallait faire sortir d'Algérie le peu d'argent qu'ils possédaient et surtout qu'ils ne devaient pas prendre le risque de laisser Marianne seule, au cas où, ici, il leur arriverait malheur.

— Alors pourquoi ne pars-tu pas avec nous ?

— Parce que nous aurons besoin de tout là-bas, et je veux essayer de vendre le plus possible de choses, même si ce n'est que des outils, ou des meubles.

— Pars avec elle, et moi j'essaierai de vendre. Je vous rejoindrai après.

— Ecoute, petit, avait dit Mathieu, moi j'ai soixante-huit ans et toi vingt et un. Ta mère a besoin de quelqu'un qui puisse travailler, et l'aider à vivre. Tu en seras plus capable que moi, et surtout plus longtemps.

— Tu ne tireras rien de ce que nous avons ici.

— On ne sait jamais. Peut-être certains vont-ils rester et en profiter pour acheter à bas prix.

— Tu sais bien que non.

— Il faut essayer.

Martin et sa mère étaient partis. Mathieu les avait conduits un matin à Alger avec deux valises, l'une d'elles contenant toutes les économies d'une vie de travail, c'est-à-dire trente mille francs. Lui s'était rapidement rendu compte qu'il était resté pour rien. C'était l'affolement général chez les pieds-noirs qui partaient en abandonnant tout : les maisons, les machines agricoles, les terres sur lesquelles ils avaient peiné, sué, travaillé, pour certains pendant plus de trois générations. Mathieu se savait en danger, seul à Ab Daïa. La nuit, il dormait à peine, son fusil près de lui. Mais il savait qu'il aurait du mal à s'en servir à cause de son bras unique. Alors, à quoi se résignait-il, dans cette Mitidja désertée ? Que cherchait-il ? A parcourir une dernière fois son domaine ? Il ne le pouvait même pas. C'eût été se suicider. Non, ce à quoi il ne se résignait pas, en fait, c'était à abandonner la tombe de son fils Victor, né et mort sur cette terre qu'il ne reverrait sans doute jamais. Cette pensée le faisait souffrir. Il avait aimé ce fils plus que tout au monde, et il avait l'impression de le trahir, de le laisser seul en pays hostile, sans aide, sans recours, comme un enfant incapable de se défendre.

Il fallait partir, pourtant. Là-bas, Martin et Marianne avaient besoin de lui. Là-bas, en France, il y avait aussi Lucie, avec qui il pourrait parler du Pradel, retrouver Puyloubiers et les enfants de François, renouer avec quelque chose qui avait compté pour lui, et ainsi boucler la boucle de sa vie.

Il ne savait plus quel jour on était. Un dimanche, peut-être. Par une sorte d'instinct de survie, il avait pris la précaution de garder suffisamment d'essence dans sa voiture pour gagner Alger le moment venu, et il conservait dans son portefeuille le billet de voyage acheté en même temps que celui de Martin et de Marianne. Quelque chose, cependant, le retenait encore. Il voulait voir une dernière fois la tombe de Victor, à proximité des vignes qu'ils avaient, avec Roger, replantées avec tant d'efforts.

Il déjeuna d'un morceau de pain et de fromage, et, juste au moment de se lever, il sentit une désagréable odeur de brûlé. Il se précipita à la fenêtre, aperçut des flammes : la grange et l'étable brûlaient. Il sortit comme un fou, s'approcha du foyer, chercha de l'eau, mais il y avait longtemps que la noria était à l'abandon. Il se saisit d'une fourche, se mit à lutter contre les flammes déjà hautes, comprit très vite qu'il ne parviendrait à rien, démuni de tout comme il l'était, avec, de surcroît, un seul bras pour défendre sa maison. Il demeura longtemps accablé devant ces flammes qui symbolisaient la ruine de tous ses efforts, de tous ses espoirs, puis il songea à la voiture. Il ouvrit la porte de la remise, puis celle de sa traction en espérant qu'elle démarrerait du premier coup. Ce qu'elle fit, heureusement. Quand il en descendit et qu'il se retourna vers sa maison, elle brûlait aussi. Il chercha de la main son portefeuille dans la poche arrière de son pantalon, constata avec soulagement qu'il s'y trouvait. Il remonta dans la traction, démarra, puis il s'engagea sur le chemin qui menait à la route, entendit des chocs bizarres contre la carrosserie, comprit qu'on lui tirait dessus quand une des vitres arrière éclata.

Il se baissa, faillit heurter l'un des eucalyptus qui bordaient le chemin de terre, réussit à atteindre la route, n'entendit plus rien, continua à toute allure vers Chebli où il tourna à droite pour gagner Birtouta qui se trouvait sur la nationale de Boufarik à Alger. Il eut la tentation de s'arrêter pour regarder une dernière fois son domaine, mais la pensée de sa femme et de son fils l'en dissuada, et il continua, les yeux pleins de larmes, dévasté par l'idée qu'il n'avait même pas pu s'incliner sur la tombe de son fils pour un dernier adieu.

De part et d'autre de la départementale, il y avait des feux partout. Mathieu n'était pas rassuré. Il s'attendait à tout moment à voir surgir une camionnette d'où sauteraient les fellaghas, mais ils devaient être occupés dans les fermes. Dès qu'il atteignit la nationale, il rencontra les premiers postes français et comprit qu'il était sauvé. Il montra ses papiers, put passer, atteignit la ville blanche vers neuf heures, alla se garer sur les quais, près du petit square où il avait attendu Roger Barthès le jour où il était allé poser une bombe. Il descendit vers le port où il y avait deux bateaux, mais pas le *Ville-de-Marseille* sur lequel Mathieu devait embarquer.

— Cet après-midi, lui dit l'employé de la compagnie, soyez là à partir de quatre heures.

Les quais étaient envahis de pieds-noirs affolés qui traînaient avec eux des malles ou des valises trop pleines. Mathieu s'aperçut qu'il n'avait, lui, même pas une valise. Des sandales, un pantalon, une chemisette, un portefeuille : il portait toute sa richesse sur lui. Un vacarme épouvantable s'élevait des quais dans la chaleur qui montait de minute en minute. Des coups de klaxon, des sirènes, des cris, des pleurs d'enfants, et tout cela dans l'odeur du goudron, de la ferraille des bateaux, de l'huile des machines, mais aussi de la mer. La mer ! Mathieu eut envie de la contempler une dernière fois, et monta vers la ville qui, elle, semblait ne pas avoir changé. Elle était là, toujours aussi blanche, avec ses îlots verts, la Casbah tout là-haut, et respirait comme à son habitude, poussant son haleine de café grillé, de jasmin, de légumes, insensible à ce qui se passait en bas, refermée sur elle-même mais battant comme un cœur dans un corps inaccessible.

Mathieu s'arrêta dans le square Bresson. Il n'était pas prudent de monter plus haut. Il n'y avait plus d'ânes ni d'enfants. Il semblait que la vie eût coulé vers la mer, et qu'elle se répandît sur les quais maintenant inondés d'une lumière étrange, non plus blanche, mais violette, comme quelquefois, en automne, quand montent les orages. Une patrouille de soldats français pénétra dans le square et s'approcha de lui.

— Ne restez pas là, c'est dangereux, dit à Mathieu un lieutenant qui semblait harassé, et dont la joue droite était barrée par une plaie mal cicatrisée.

Mathieu redescendit vers les quais, trouva deux pastèques à acheter et s'assit contre un hangar pour les manger. Un peu plus tard, il s'endormit à l'ombre, et se réveilla au moment où la chaleur était à son comble. Il y avait encore plus de monde qu'au matin sur les quais. Et toujours des cris, des pleurs d'enfants, des sirènes, le grincement des grues de chargement, des hommes et des femmes affolés, en pleurs, traînant de pauvres choses derrière eux.

Mathieu, qui n'avait pas fermé l'œil depuis plusieurs nuits, se rendormit à l'ombre. Quand il s'éveilla, un homme, hagard, était assis près de lui.

— Vous venez d'où, vous ? demanda-t-il à Mathieu.

— De la Mitidja.

— Moi, je suis de Cherchell.

Ils ne purent en dire plus. Un bateau arrivait à quai : le *Ville-de-Marseille.* Dès qu'il eut accosté, sans même attendre que les passerelles fussent abaissées, il y eut un mouvement de foule qui faillit précipiter ceux qui étaient le plus près du quai dans la mer. Mathieu craignit un instant de ne pouvoir embarquer, mais il y parvint au bout d'une heure d'efforts. Il était épuisé, tout comme les hommes, les femmes et les enfants qui se trouvaient maintenant sur le pont, allongés au hasard, comme des mendiants dans des quartiers déshérités. Plus loin, des mouchoirs s'agitaient, des cris s'élevaient, pitoyables, dérisoires, au milieu de cet ébranlement gigantesque qui avait saisi toute une population. Et le bateau ne partait pas. Les officiers ne parvenaient pas à faire relever la passerelle. Des soldats durent intervenir. Enfin les amarres furent larguées et le *Ville-de-Marseille* s'éloigna lentement du quai.

Quand il eut quitté le port, Mathieu observa longtemps, longtemps, la ville blanche qui semblait se fondre dans le bleu du ciel, le vert de la Bouzaréa, les cubes de la Casbah tels qu'il les avait découverts un matin, il y avait de cela presque cinquante ans. Cinquante années durant lesquelles il avait aimé ce pays, beaucoup travaillé, s'était battu pour le garder, mais dont il s'éloignait pourtant, avec une blessure qui se creusait au fur et à mesure que le bateau gagnait la haute mer, une blessure à laquelle, il le savait déjà, de façon certaine, il ne survivrait pas longtemps.

A Paris, le soleil déjà chaud du printemps évoquait pour Lucie celui du haut pays, quand la neige avait enfin fondu et que tous les arbres de la forêt se teintaient d'un vert tendre qui fonçait de jour en jour, donnant aux collines une apparence nouvelle et à leurs habitants l'impression de voir éclore un nouveau monde. Avec la vie qu'elle menait désormais, elle s'étonnait de n'avoir pas oublié le Pradel, Puyloubiers, cette existence si différente qui avait été la sienne avant ses retrouvailles avec sa fille Elise. Elle avait suivi non sans angoisse les événements d'Algérie, se réjouissait de savoir aujourd'hui Mathieu et sa famille en sécurité dans le département du Lot, près de Cahors, où ils avaient pu s'installer sur une petite propriété. Elle se promettait d'ailleurs d'aller les voir dès qu'elle le pourrait, tout en s'étonnant d'avoir encore ce frère, avec qui elle avait partagé la vie du Pradel, il y avait, lui semblait-il, une éternité. Elle n'avait qu'un an de moins que Mathieu. Il lui avait toujours été plus proche que François, leur aîné, car François avait été placé très tôt chez les autres, et ensuite était parti au service militaire.

Oui, elle irait voir Mathieu et sa famille dès qu'elle le pourrait, sans doute pendant l'été, puisque Paule était, à dix-sept ans, une jeune fille et qu'elle avait abandonné l'école pour apprendre le métier aux côtés de sa mère, à New York le plus souvent, avant de prendre la responsabilité de la boutique de Paris. De ce fait, Lucie, de nouveau, se sentait seule et songeait beaucoup à Heinz, à Berlin, dont elle n'avait aucune nouvelle. Elle se demandait si pour son fils, là-bas, le printemps était le même que pour elle, ou plus tardif, ou plus précoce, s'il pensait à elle, parfois, s'il parviendrait un jour à revenir vers elle, à oublier ces idées qui l'avaient entraîné vers un monde, une vie qui étaient désormais emprisonnées derrière un mur infranchissable.

Heureusement, à Paris, le commerce était florissant et sa passion pour les meubles, les objets précieux, toujours intacte. Elle aidait Lucie à attendre les retours de Paule et d'Elise, à oublier tout ce qui était douloureux, et elle se sentait bien dans la boutique de la rue Dauphine, où elle se rendait chaque jour depuis l'appartement de l'avenue de Suffren qu'elle n'avait pas voulu quitter, tant il y avait là-bas de souvenirs.

Ainsi, chaque matin, depuis le début du printemps, elle avait l'habitude de marcher une demi-heure, depuis la station de métro de Saint-Germain-des-Prés, par les petites rues d'un quartier qu'elle avait appris à aimer, jusqu'au quai de la Seine, où elle tournait à droite, pour retrouver la rue Dauphine. Il faisait si bon, ce matin-là, qu'elle ralentissait le pas, prenait le temps de regarder les vitrines des galeries de peinture, des vieilles librairies, des antiquaires concurrents. Elle en profita pour passer dans la rue Mazarine où se trouvait l'entrepôt, derrière l'Hôtel de la Monnaie.

Alors qu'elle en ressortait après avoir vérifié avec Mme Lesseyne, la responsable des lieux, l'arrivage d'une console vénitienne la veille au soir, elle heurta un homme qui la retint par le bras en s'excusant avec un drôle d'accent. Il était plutôt jeune, blond, le visage fin et semblait redouter quelque chose.

— Vous êtes Mme Hessler ? demanda-t-il, et ses yeux gris, aussitôt, emplirent Lucie d'effroi.

— Oui, répondit-elle, tout en prenant conscience du fait qu'on ne l'avait pas appelée ainsi depuis très longtemps.

Elle comprit en même temps que cette rencontre n'était pas fortuite, que l'homme ne s'était pas trouvé sur son chemin par hasard.

— C'est au sujet de votre fils, dit-il.

Lucie sentit ses jambes se dérober sous elle et demanda :

— Il lui est arrivé quelque chose ?

— Je ne peux pas vous répondre ici, fit l'homme.

— Venez à la boutique, c'est à deux pas.

— Non, rue Charlemagne, au 18, c'est dans le quatrième arrondissement. Il y a une cour intérieure. Je vous attendrai jusqu'à midi, pas davantage, porte en face de l'escalier, au second.

— Dites-moi au moins…

L'homme s'était éloigné, déjà, et elle demeurait sur le trottoir, cherchant à comprendre, tremblante, affolée, mais également étreinte par un fol espoir : Heinz lui donnait enfin signe de vie. Elle marcha lentement vers la boutique, où, comme chaque matin, elle ne put s'empêcher de caresser de la main une magnifique commode de Naples en placage de bois de rose à chevrons, puis elle s'assit et tenta de se remettre de ses émotions. Qui était cet homme ? Elle se souvint de l'atmosphère lourde de menaces qui régnait à Berlin, de la peur qui l'avait envahie là-bas, de son fils qu'elle avait eu du mal à reconnaître, et elle ne put se défaire d'une angoisse qui l'oppressait, en fait, depuis qu'elle s'était levée, ce matin-là, dans la lumière neuve du printemps.

Elle travailla jusqu'à dix heures, téléphonant pour des livraisons, recevant un client, puis un autre, jusqu'à ce que Mme Lesseyne vienne prendre les instructions de la journée. Lucie lui demanda alors de garder la boutique et elle appela un taxi pour se rendre rue Charlemagne. Elle se trouvait dans le vieux quartier de Saint-Paul que Lucie avait visité à plusieurs reprises, et qu'elle aimait beaucoup à cause des anciens hôtels particuliers, des bâtiments ornés de tourelles, des cours intérieures secrètes dans lesquels elle devinait un monde disparu de noblesse et de châteaux, qui, chaque fois, la faisait penser à Norbert de Boissière.

Elle trouva sans peine l'adresse indiquée par l'homme aux yeux gris, poussa la lourde porte à ferrures qui n'était pas fermée, traversa la cour avec hâte, monta l'escalier de deux étages et cogna à une porte qui s'ouvrit aussitôt. Elle songea qu'il devait guetter depuis sa fenêtre, n'en fut pas rassurée, au contraire.

— J'ai très peu de temps, dit-il en lui désignant de la main un fauteuil au dossier d'un bleu très pâle, comme brûlé par le soleil.

Il avait ôté son imperméable, était vêtu d'un costume vert, d'une chemise blanche et d'une cravate de la couleur de ses yeux. Il ne s'assit pas, demeura debout en face d'elle, au milieu de cette pièce sale, sordide, qui ne lui ressemblait pas. Il semblait aux aguets, ne cessait de regarder par la fenêtre.

— Je travaillais avec votre fils, commença-t-il brusquement. Je suis parti pour une mission en France et je ne suis pas rentré en Allemagne. Depuis, je me cache parce qu'ils ont des espions partout. Passé à l'Ouest, comme vous dites ici.

Il hésita un instant, reprit, alors que Lucie était pendue à ses lèvres :

— Votre fils a été arrêté il y a six mois.

— Mon Dieu, pourquoi ? fit Lucie en se dressant.

— Plus dans la ligne, madame. Il a été accusé d'espionnage au profit d'une puissance étrangère.

Il soupira, ajouta :

— Vos lettres.

— Non, fit Lucie, ce n'est pas possible.

— Tout est possible, là-bas, madame. D'ailleurs, il leur en faut bien peu pour arriver à leurs fins.

— Quelles fins ?

— Prouver ses liens avec une nation ennemie. Ils savent s'y prendre, vous savez.

— Où se trouve-t-il ? gémit Lucie.

— Dans un hôpital psychiatrique.

— Dans un hôpital psychiatrique ? souffla-t-elle, incrédule.

— Oui, c'est la règle, là-bas.

— Mais pour combien de temps ?

— On ne sait pas.

Devant l'air accablé de cette femme si digne, il ajouta :

— On ne sait jamais, madame, si on en sortira, et surtout dans quel état.

Il se tut, parut regretter ses paroles, murmura :

— Excusez-moi, mais c'est la vérité.

Il soupira, ajouta encore :

— Au cas où je réussirais à partir, j'avais promis à Heinz de venir vous parler.

Lucie ne se sentait pas bien du tout. Une pensée obsédante la hantait : Heinz était accusé de la même chose que Jan à cause d'elle : espionnage au profit d'une puissance étrangère. Jan, c'était par les nazis, Heinz par les communistes : ceux qui les avaient combattus farouchement. Elle ne comprenait pas. Elle ne comprenait rien à ce qui se passait, à ce qu'elle entendait.

— Vous êtes fou ! fit-elle.

Et elle le regretta aussitôt. L'homme aux yeux gris s'était glacé.

— Non, madame, dit-il, c'est lui qui m'a demandé de vous donner de ses nouvelles si un jour je réussissais à m'enfuir. Contrairement à ce que vous croyez, il pensait à vous, mais là-bas, vous savez, il ne fait pas bon entretenir des contacts avec le monde occidental.

Puis, devinant qu'il ne servait à rien d'expliquer, il parut pressé d'en terminer.

— Je ne peux pas rester plus longtemps ici, fit-il. Gardez l'espoir. Un jour, peut-être, il sera expulsé.

— Expulsé ? murmura Lucie.

— Oui, sait-on jamais ?

Elle ne sut s'il avait prononcé ces mots par compassion pour elle ou s'il croyait à ce qu'il disait. Il lui avait en tout cas rendu un peu d'espoir.

— Je dois partir, madame, répéta-t-il en constatant que Lucie ne bougeait pas.

— Oui, oui, dit-elle en paraissant s'éveiller d'un cauchemar. Mais peut-être pourrai-je vous revoir.

— Non, madame, jamais.

Il ajouta de nouveau, comme pour se justifier :

— J'avais promis, mais j'ai pris trop de risques.

Et, désignant la porte de la main :

— S'il vous plaît.

Lucie eut bien du mal à se lever. Elle chancela, faillit tomber. Il la prit par le bras, la soutint jusqu'à la porte, et, avant de la lâcher, lui baisa la main. Elle croisa une dernière fois les yeux gris qui la firent frissonner, puis elle fit demi-tour et descendit les marches en se cramponnant à la rampe. Dehors, elle traversa la cour du plus vite qu'elle le put, ne se retourna pas. Une fois dans la rue, elle marcha vers la Seine, se demandant si elle avait rêvé ou pas. La même sensation oppressante qu'à Berlin ne la quittait pas. Elle se trouvait à Paris, pourtant, et le printemps embellissait la ville, mais la blessure était trop douloureuse.

Lucie marcha longtemps, longtemps, droit devant elle et se perdit. Vers midi, elle se retrouva place de la Nation et prit un taxi pour revenir vers la rue Dauphine. Elle cherchait toujours à comprendre ce que lui avait appris l'homme aux yeux gris, mais n'y parvenait pas. Ce qu'elle comprenait seulement, c'était que, à cause d'elle, son fils et son mari avaient eu à souffrir. Et cette pensée lui était intolérable.

Dès qu'elle arriva dans sa boutique, elle décrocha le téléphone et appela Elise à New York. Sitôt qu'elle entendit la voix ensommeillée de sa fille, elle demanda d'une voix d'enfant :

— Viens, Elise, viens vite, s'il te plaît.

Mathilde ne s'était jamais remise de ce qu'elle avait subi à l'automne dernier. Tout s'était passé de façon bien plus douloureuse qu'elle ne l'avait imaginé. Si sa mère lui avait indiqué l'adresse d'une vieille femme du plateau capable de lui fournir des potions susceptibles de « faire passer l'enfant », elle ne lui avait été d'aucun secours à partir du moment où ces potions s'étaient révélées inefficaces. Seule, alors, Mathilde avait failli renoncer à son projet. Quinze jours de cauchemar s'étaient écoulés avant qu'elle n'obtienne l'adresse de ce que l'on appelait à mots couverts une « faiseuse d'anges ».

Après une première visite dans l'antre de l'officiante qui habitait un hameau voisin d'Ussel, Mathilde avait failli capituler. Elle avait hésité encore pendant huit jours, portant seule cette croix trop lourde pour elle maintenant, ne pouvant compter ni sur Charles, ni sur sa mère, ni sur ses enfants. Elle s'était sentie seule comme jamais elle ne l'avait été, s'était résolue à affronter l'horreur qu'elle redoutait pendant les courtes vacances de la

Toussaint. Elle avait gardé le souvenir précis du moment où elle était entrée dans la chambre sordide, d'une douleur atroce, puis elle avait perdu conscience. Quand elle avait vraiment retrouvé ses esprits, beaucoup plus tard, Charles était auprès d'elle, appelé par la vieille paniquée par l'hémorragie. Charles n'avait pas hésité, l'avait conduite à l'hôpital, où elle avait été admise pour une fausse couche. Elle y était restée huit jours, sous l'œil réprobateur d'un médecin qui n'était pas dupe. Elle était rentrée épuisée à Argentat, mais surtout dévastée par ce qui avait dépassé en horreur tout ce qu'elle avait imaginé.

Depuis, Charles lui semblait hostile. Son regard sur elle avait changé. C'était comme s'il avait découvert une autre Mathilde, comme si elle n'était plus celle qu'il avait connue. Et c'est vrai qu'elle était différente, après une épreuve pareille. Elle se rendait compte qu'elle n'avait pas estimé à leur juste mesure les conséquences de son acte. Cela n'avait rien à voir avec la religion ou avec la morale en vigueur, non, c'était plus grave. Elle avait l'impression d'avoir trahi quelque chose qu'un croyant eût appelé le sacré et qu'elle-même nommait simplement la vie. La force et la beauté de la vie. Elle sentait pourtant en elle la satisfaction d'avoir mené ce combat de femme, mais elle souffrait intensément de l'avoir gagné. Ce paradoxe même, qu'elle ne parvenait pas à surmonter depuis plus de six mois, l'ébranlait jusqu'au plus profond, là où, pensait-elle parfois, la vie, justement, prenait sa source, dans l'éclair mystérieux venu du fond des temps.

Elle se demandait avec scepticisme si, pour les femmes, existerait un jour le moyen d'affirmer leur liberté sans devoir recourir à ces manœuvres sordides où pouvait se perdre le meilleur d'elles-mêmes. Elle était décidée à lutter pour cela, mais elle ne s'en sentait pas la force, encore. Et cependant elle cachait bien ses moments de faiblesse à ses deux fils, à ses élèves aussi, mais parfois elle était submergée d'une vague de découragement, d'immense tristesse, comme ce dimanche-là, en début d'après-midi, alors que Jacques était déjà parti et que Charles s'apprêtait à le rejoindre au stade, la laissant seule, puisque Pierre n'était pas revenu de Tulle.

Il faisait beau, dehors, dans le printemps qui feutrait les arbres de feuilles aux couleurs tendres et l'air qui sentait le lilas. Mathilde avait ouvert la fenêtre et s'étonnait de ne plus voir distinctement les arbres du petit parc qui servait de cour de récréation aux élèves. Elle s'aperçut qu'elle avait les yeux pleins de larmes quand l'une d'elles coula le long de sa joue. Elle l'essuya aussitôt, en entendant Charles dans le couloir.

— Je m'en vais, dit-il.

— Oui, fit-elle sans parvenir à dissimuler une faille dans sa voix.

Il s'en aperçut, s'approcha d'elle, demanda :

— Qu'est-ce qu'il y a ?

— Rien, fit-elle, rien.

Comme il cherchait son regard, elle se détourna vivement, mais ne put lui cacher qu'elle pleurait. Il ne l'avait jamais vue pleurer. Même pendant la guerre, au moment de leur séparation ou de leurs retrouvailles.

— S'il te plaît, laisse-moi, dit-elle.

Au lieu de s'en aller, il tira une chaise et s'assit près d'elle. Il savait ce qu'elle vivait depuis des mois, et, même s'il n'avait pas approuvé sa décision, il s'était efforcé de demeurer au plus près d'elle, sans doute pas assez, il le comprenait aujourd'hui. Pourtant il avait renoncé à se lancer dans la politique, n'était même plus président du club de rugby qu'il avait fondé et pour lequel, cet après-midi-là, Jacques devait disputer un match dans l'équipe des cadets. Il avait renoncé également à un poste d'enseignant au collège, acceptant la voie qui le mènerait à la direction d'une école primaire. Tout cela en pensant à elle. Et il découvrait que ce n'était pas suffisant, qu'il n'avait pas été assez proche dans le combat qu'elle avait mené en manquant y laisser sa vie.

— Viens ! dit-il en lui prenant le bras. Allons marcher. Il fait si beau : ça te fera du bien.

D'abord elle ne répondit pas, ne bougea pas, mais, quand il se leva en lui prenant le bras, elle se laissa faire, lui demandant seulement un instant pour passer dans la salle de bains.

Dans la rue, ils prirent la direction des quais, passèrent devant la belle église Saint-Pierre, empruntèrent une ruelle entre des maisons à balcons de bois et aperçurent bientôt la rivière qui jetait des éclats de vitre. Il y avait longtemps que Mathilde ne s'était pas ainsi appuyée au bras de son mari. Après la guerre, c'était plutôt lui qui s'appuyait sur elle. Elle se rappela leurs premières sorties, à Paris, après que les blessures de Charles avaient guéri. Ce temps-là lui paraissait loin, même s'il ne s'était jamais effacé de sa mémoire. Dix-sept ans ! Il s'en était passé, des événements, depuis lors. Elle avait cru être forte, seule, et elle constatait qu'elle n'avait jamais eu autant besoin de Charles.

Ils prirent à droite, vers l'aval, le quai bordé de jardins fleuris, de saules, d'arbres fruitiers que lustrait la lumière douce du printemps. Ils marchèrent ainsi un long moment sans un mot, puis Charles murmura :

— Tu sais bien que je suis là, que tu n'es pas seule.

— Oui, je sais, dit-elle, mais en même temps elle savait qu'étant un homme, il n'éprouverait jamais ce qu'elle avait ressenti dans sa chair, au plus secret de son corps.

Des pêcheurs embarquaient en bas de quelques marches, discutant de la stratégie à tenir, et ils les saluèrent discrètement. Mathilde et Charles répondirent à leur salut, continuèrent le long du quai et s'assirent sur un banc, au soleil. Mathilde poussa un soupir d'aise, ferma les yeux, leva la tête vers les rayons chauds, couleur de miel, qui faisaient penser à l'été. En face, de gros chênes touffus achevaient de mettre leurs feuilles, dissimulant déjà les maisons de la rive.

— Tu as décidé de ta vie, dit Charles doucement. Tu es l'une des premières femmes à l'avoir fait, ici, dans ces campagnes, et tu en as payé le prix.

— Et quel prix, murmura-t-elle.

— Tu l'as fait.

— Ce que je sais, aujourd'hui, c'est qu'il faut qu'un jour les femmes n'aient que les enfants qu'elles souhaitent. En fait, c'est ce combat-là qu'il faut mener, pas l'autre, bien trop difficile, bien trop douloureux. Je vais m'y attacher.

— Si tu veux, nous pouvons demander un poste double dans une grande ville : à Tulle, par exemple. Pas deux postes de directeur encore, mais deux postes en avancement, tout de même, et pour tous les deux.

Mathilde soupira, ne répondit pas tout de suite.

— C'est beau, ici, dit-elle.

On entendait des enfants jouer au bord de l'eau vers l'aval. Des oiseaux gris tournaient au-dessus des chênes, et un vent léger apportait des parfums de chèvrefeuille et de lilas.

— Attendons un peu, dit-elle, le temps que Pierre passe le bac. Deux ans, ce n'est rien. Et puis il y a tellement de choses à faire ici, encore.

Charles ne répondit pas. Il songeait que Jacques, dans deux ans, aurait passé le brevet élémentaire et qu'il serait temps de lui trouver un lycée professionnel. Il songeait aussi que la vie l'éloignait de plus en plus de Puy-loubiers, de la terre dont il venait. Que resterait-il, bientôt, là-haut ? Robert n'avait pas trouvé de femme, et Odile se consumait dans un veuvage sans espoir. Le monde changeait. Les campagnes se vidaient de plus en plus. Le combat mené par son père, François Barthélémy, lui paraissait déjà lointain. François, l'ouvrier agricole placé à douze ans, qui avait réussi à devenir propriétaire, à offrir des études à ses enfants, était mort depuis si longtemps...

— Qui sait ce que deviendront nos enfants ? murmura-t-il.

— Ils deviendront ce qu'ils veulent devenir, puisqu'ils en auront la possibilité, dit Mathilde.

Il la reconnut bien là, sourit.

— Viens, dit-il, allons marcher.

Ils quittèrent le quai, remontèrent vers les quartiers hauts de la ville, jusqu'où les poursuivit l'odeur de l'eau et des jardins. Les passants, en les reconnaissant, les saluaient respectueusement. Voilà ce qu'ils étaient devenus : des instituteurs devant lesquels les gens se découvraient, marquant ainsi un respect, une considération qui représentaient l'une des grandes satisfactions de leur vie.

Dans le soir tombant de juin, où les hirondelles décrivaient de grands cercles dans le ciel d'un bleu pervenche, Mathieu regardait sa vigne. Une vigne, une seule, après en avoir possédé quinze hectares, là-bas, quinze hectares au milieu desquels était tombé Victor, ce fils abandonné dans une terre que, sans doute, Mathieu ne reverrait jamais. C'était surtout de cela qu'il souffrait : de ses pensées pour son enfant assassiné, seul, si loin, et pour toujours. Il pensait aussi à Leïla, sa première femme, à l'enfant qu'ils avaient eue et qui était morte en bas âge, à Hocine, le fidèle, assassiné lui aussi, à Roger Barthès et à son épouse, disparus comme tant d'autres, et il se demandait comment il avait pu survivre, lui, à cette tragédie. Il revoyait la ville blanche s'éloigner dans la brume de chaleur, puis disparaître au loin irrémédiablement, le pont du bateau où il était impossible de bouger tant il y avait de monde, et puis Marseille, la France, le train qu'il avait pris jusqu'à Toulouse, et ensuite Cahors où étaient venus l'attendre Marianne et Martin avec la Dauphine prêtée par un voisin.

Ils avaient peu parlé, tant l'émotion de ces retrouvailles était profonde. Marianne et Martin avaient craint le pire et tremblé jusqu'à ce que le télégramme de Mathieu leur parvienne. Ils lui avaient envoyé leur adresse dès qu'ils avaient été installés : Coustalet, par Espère, département du Lot. Là, ils avaient trouvé une fermette et quelques terres à louer, dont une vigne, sur un causse qui, par sa sécheresse et son aridité, ressemblait un peu aux collines d'Algérie, sur la route de Chréa. Le propriétaire, qui habitait Labastide-du-Vert, un village voisin, avait promis de vendre un jour. Martin et Marianne n'avaient pas hésité. Le loyer était faible, et l'argent dont ils disposaient leur permettrait d'acheter du bétail, du matériel et d'attendre les premières récoltes. En outre, le nom même du village, Espère, avait fini de les décider. Ils élèveraient des moutons, cultiveraient la vigne comme là-bas, s'occuperaient d'une basse-cour et d'un jardin qui les aideraient à subsister avant les premières rentrées d'argent.

Mathieu n'avait pas été déçu de leur choix, au contraire. Il avait tout de suite aimé cette terre rude, piquetée de genévriers et de chênes nains, qui était rouge, par endroits, comme celle de la Mitidja. La ferme, aux murs de pierre d'un jaune orangé, était située à deux kilomètres du village, isolée, donc, comme l'était Ab Daïa, là-bas. Par ailleurs, le Lot n'était pas très éloigné de la Corrèze, de la famille Barthélémy à laquelle ils avaient rendu visite, et qui avait promis de les aider. Mathieu avait revu Charles, sa femme et ses deux fils, Robert et Odile, le fils et la femme d'Edmond, mais aussi Lucie, sa propre sœur, qui était venue la semaine précédente à Coustalet et lui avait proposé de l'argent pour acheter les terres indispensables pour reconstruire une vie. Mathieu avait promis de faire appel à elle dès qu'il se serait organisé. Il l'avait trouvée changée, sa sœur, et terriblement inquiète pour son fils en prison en Allemagne, mais ils avaient parlé du Pradel, des parents, et cela avait fait du bien à Mathieu qui s'était senti non plus seul, comme durant les dernières semaines en Algérie, mais entouré des siens, proches ou plus lointains, et surtout, désormais, en sécurité.

Certes, la blessure ne s'était pas refermée et il lui arrivait de se réveiller souvent, la nuit, en sursaut, mais il lui semblait qu'il pourrait réapprendre à vivre, ici, entre sa femme et son fils. Et ce soir, dans la nuit qui tombait, en quittant la vigne qu'il venait de sulfater avec Martin, il se promettait de faire venir le corps de Victor, de lui donner une nouvelle sépulture, près d'eux, afin qu'ils soient tous réunis, comme autrefois. Il y avait pensé souvent, en avait parlé à Marianne, qui en avait pleuré.

— On ne pourra jamais, avait-elle dit.

— Mais si, avait-il répondu. Dans deux ou trois ans, tout sera rentré dans l'ordre, et on pourra aller le chercher.

Cette obsession inquiétait un peu sa femme et son fils, mais ils faisaient semblant d'y croire.

Mathieu rentrait lentement sur le chemin de terre en regardant, sur sa gauche, la pomme rouge du soleil qui se couchait sur les collines qui enserraient la vallée du Lot, respirant cette odeur particulière des chênes et des genévriers chauds, qui épaississait l'air et donnait à Mathieu la sensation de marcher sur ses terres d'Ab Daïa. Fugacement, bien sûr, mais c'était déjà ça. En hiver, ce serait sans doute différent, mais l'hiver était loin, et, avant, on pourrait vendanger, sentir l'odeur des moûts, des comportes pleines, des raisins écrasés et du premier vin coulant dans le cuvier.

Les étoiles s'allumaient une à une quand il arriva devant la maison basse si différente, extérieurement, de celle d'Ab Daïa. Il s'y plaisait, pourtant, car l'intérieur était meublé de la même façon, avec une grande table en chêne, un vaisselier, des chaises de paille, et possédait un *cantou*, c'est-à-dire une grande cheminée noire de suie, au centre duquel pendait une crémaillère sur laquelle Marianne faisait la cuisine. Tout était rustique, succinct, mais Mathieu, en partant d'Algérie sans même une valise, n'en avait pas espéré autant.

C'était aussi le cas de Marianne, qui, même si elle s'habituait plus difficilement à sa nouvelle vie, ne tremblait plus, au moins, et s'efforçait d'oublier. Ce n'était pas facile, mais elle avait encore un mari et un fils alors qu'elle aurait pu les perdre tous les deux comme elle avait perdu Victor, son frère et sa belle-sœur. Elle avait changé, car l'âge faisait son œuvre, même si elle avait douze ans de moins que son mari. Sa rondeur, ses grands yeux couleur de châtaigne, la placidité de son visage apaisaient Mathieu. Il avait plaisir à la retrouver, chaque fois qu'il rentrait du travail, à s'installer à table, à manger près d'elle.

Ce soir-là, il n'y avait que deux assiettes sur la table et Mathieu s'en étonna.

— Où est Martin ? demanda-t-il.

— Il ne mange pas ici, fit Marianne d'un air mystérieux.

— Allons, bon ! Qu'est-ce qui lui prend ?

— Il lui prend qu'il a sans doute mieux à faire, fit-elle en souriant malicieusement.

— Mieux à faire que de souper avec ses parents ?

Marianne ne répondit pas tout de suite. Elle semblait prendre un malin plaisir à ne pas dévoiler ce qu'elle savait, et que Mathieu, manifestement, ignorait.

— Vas-tu enfin me dire où il est ?
— Il est allé voir la petite.
— La petite ! fit Mathieu stupéfait. Quelle petite ?
— Elle s'appelle Claudine.
— Qu'est-ce que tu me racontes ?
— Tu sais quel âge il a, ton fils ?
— Bien sûr que je le sais.
— Alors ?

Mathieu ne répondit pas. Il se mit à manger sa soupe de pain, puis il but longuement et, enfin, demanda :

— Tu la connais ?
— Non, mais il m'en a parlé.
— Et alors ?
— Elle habite Labastide où ses parents sont propriétaires.

Marianne ajouta aussitôt :

— Une petite propriété, comme elles sont ici. Ils font du vin.

— Ah ! dit Mathieu.

Il se tut, continua de manger, tout en revoyant Martin en compagnie de son frère Victor quand ils couraient le domaine au cœur de la Mitidja. Le plus fougueux, le plus intrépide était mort. Martin, longtemps le plus fragile, était devenu un homme maintenant. Et un bel homme, avec ses yeux verts, son visage anguleux bruni par le soleil, sa silhouette élancée que le travail manuel n'avait même pas nouée. Pour lui aussi, l'épreuve avait été dure. Voir son frère tomber sous ses yeux, tout quitter, recommencer… Précisément, ce soir, Mathieu comprenait que son fils avait fait le choix de la vie, non celui du passé et du malheur. Certes, ce choix paraissait rapide à Mathieu mais, en même temps, il le rassurait.

— Assieds-toi, dit-il à Marianne qui, malgré les recommandations de Mathieu, restait souvent debout pendant les repas, ne parvenant pas à abandonner cette habitude de servir les hommes à laquelle elle avait été soumise depuis son enfance.

Elle hésita, prit place face à lui.

— Je me disais que c'est ce qui pouvait nous arriver de mieux, murmura Mathieu.

— C'est bien mon avis, fit Marianne.

— Peut-être aurai-je la chance d'avoir un petit-fils avant de mourir.

— Bien sûr, dit-elle, et tout recommencera.

— Oui, murmura-t-il, tout recommencera.

Ils finirent de manger en silence, puis Mathieu se leva et dit :

— Viens.

Marianne se hâta de desservir, de placer les couverts dans la souillarde qui lui servait d'évier, puis elle le rejoignit et le prit par le bras. Dehors, la nuit était bleue, épaisse comme du velours. Le chant des grillons semblait l'épaissir davantage. Les étoiles paraissaient proches, si proches qu'on avait envie de tendre la main vers elles.

— Crois-tu qu'il nous voit ? demanda Mathieu.

Marianne comprit qu'il parlait de Victor.

— Je l'espère, dit-elle.

— Je voudrais que, le jour venu, il puisse voir son frère se marier, ajouta Mathieu d'une voix troublée. Il me semble qu'il sera heureux comme nous.

— Oui, dit Marianne, ce jour-là, lui aussi il sera heureux.

Au terme d'une longue année de pensionnat, Pierre avait été admis en classe de première moderne, avec les félicitations du conseil des professeurs. Si c'était surtout en mathématiques que s'exprimaient le mieux ses capacités hors du commun, il obtenait aussi de bonnes notes dans toutes les matières. A la grande joie de Charles et de Mathilde, qui rêvaient pour lui d'un brillant avenir.

Jacques, lui, s'était fait à l'idée d'entrer dans un lycée technique en classe de seconde. En ce début d'été, cependant, l'heure n'était pas aux études, mais aux vacances. Et elles se passeraient à Puyloubiers, comme d'habitude, dans ce haut pays qu'ils connaissaient depuis leur plus jeune âge et qu'ils retrouvaient chaque année avec le même plaisir.

Même si Pierre aidait aux foins et aux moissons, il lui restait du temps libre pour courir la campagne, non plus à pied, mais à bicyclette maintenant, puisqu'il en possédait une depuis son succès au brevet. Il délaissait quelque peu Jacques et leurs occupations habituelles, pour pédaler jusqu'à Saint-Vincent où les jeunes étaient plus nombreux qu'au hameau aujourd'hui déserté. Là, il avait fait la connaissance des garçons et des filles de son âge, avec qui il passait des après-midi entiers, en discussions, en promenades, en expéditions dans la forêt où ils jouaient à se perdre, au fond des ravins qui plongeaient vers les rives de la Dordogne dont l'éclat, parfois, parvenait jusqu'à eux comme un éclair blanc. Etait arrivé un jour où Pierre s'était retrouvé seul avec Christelle, la fille du boulanger de Saint-Vincent, qui avait seize ans, comme lui, était une brune aux yeux noirs, sauvage et libre comme le vent, sans cesse à suivre les sentiers les plus escarpés, au plus profond des bois.

Epuisés, ce jour-là, ils s'étaient assis sur la mousse à l'écart du chemin, sous des hêtres immenses. Partout autour, la forêt respirait avec de brefs soupirs, haletante sous le chaud soleil de l'été. Sous les arbres, pourtant, il faisait frais. Et Pierre se sentait étrangement ému près de cette fille aux bras découverts, aux épaules dorées que soulignaient des cheveux bruns coupés court, laissant apparaître dans le cou quelques gouttes de sueur. Elle était troublée, elle aussi, Pierre le devinait, à cause de leur isolement et de la proximité du garçon, à moins de vingt centimètres d'elle. Tête légèrement baissée, elle grattait la mousse avec une brindille, faisant mine de s'intéresser à des larves ou à des insectes. Pierre ne savait rien des filles, de leurs rêves et de leurs secrets, sinon ce qu'il en entendait au lycée et qui n'embellissait pas ses propres rêves. Les histoires chuchotées dans les cours, toutes très crues, étaient bien peu en rapport avec ce qu'il en espérait, lui, et le poussaient à s'en détourner d'instinct.

Mais, là, dans ce coin de forêt isolé de tout, il n'hésita pas à poser doucement sa main sur les épaules qui frissonnèrent. Elle ne disait rien, continuait de gratter la mousse avec un air boudeur, mais ne protestait pas. Alors il avança son bras, de toute sa longueur, sur ses épaules, la serra contre lui, et tout d'un coup le visage se leva vers lui, les yeux clos, les lèvres ouvertes. Il se pencha vers elle, l'embrassa. Elle sentait la farine et le pain. Même s'il ne dura pas longtemps, il sut que cet instant lui resterait inoubliable, et que la forêt, désormais, en plus du parfum des arbres, lui offrirait pour toujours celui de cette fille si belle.

Dès que les lèvres se séparèrent, elle s'écarta légèrement et, pleine de confusion, toujours aussi mystérieuse pour lui, elle se leva et se mit à marcher. Il n'en demandait pas davantage. Il venait de signer un pacte avec quelque chose de beaucoup plus grand que lui, et dont la beauté, la gravité l'effrayaient un peu. Il fallait qu'il s'habitue. Elle aussi sans doute, puisqu'elle marchait devant, ne se retournait pas, mais l'attendait, se contentant maintenant de sa présence sans rien accorder d'autre, sinon une promesse muette, qu'il devinait très bien.

Il s'étonna à peine qu'elle retrouve si vite leur chemin, se demanda si elle ne l'avait pas entraîné si loin pour feindre de se perdre, rejeta cette idée qui lui parut indigne d'elle. Des cris, sur la route, droit devant, les surprirent. Les autres les appelaient. Avant de sortir du couvert des arbres, Pierre, cependant, retint Christelle par le bras; elle ne se déroba pas. Ils se retrouvèrent face à face, et il put apercevoir un court instant l'éclair d'un regard chaviré. Elle se laissa aller dans ses bras, posa sa tête contre son épaule, puis, une nouvelle fois, très vite, se détacha et s'éloigna.

En débouchant sur la route, elle avait retrouvé son calme, mais pas lui. Il lui sembla que ses camarades le dévisageaient bizarrement. Il ne s'en étonna pas, puisqu'il était devenu un autre. Après un long moment de silence, ils repartirent. Même à l'ombre, la route lui parut éblouissante de lumière. Il pédala vers Saint-Vincent dans la fin d'un après-midi inoubliable avec la sensation de voler. Elle pédalait devant lui, et il voyait la robe jouer juste au-dessus des genoux, les épaules couleur d'abricot onduler légèrement, imaginait ses lèvres qui avaient fondu sous les siennes, sentait contre sa poitrine les battements d'un cœur devenu fou.

Ils se séparèrent sur la place de Saint-Vincent en se donnant rendez-vous le lendemain au même endroit, et Pierre fit le chemin inverse, en direction de Puyloubiers, dans l'ombre des grands arbres qui venait de fraîchir, comme souvent, à cette heure-là, malgré l'été.

Il avait l'impression d'avoir rêvé. L'avait-il vraiment tenue dans ses bras? Il se souvint de son parfum, de son visage renversé, de la douceur de ses lèvres. Il s'arrêta un moment dans un chemin, s'assit pour réfléchir à ce qui s'était passé, et qui, lui semblait-il, était inscrit sur son propre visage. Il n'était pas possible que ses parents et son frère ne se rendissent pas compte de ce qui lui était arrivé. Comment cacher ce trouble étrange qui le transformait? Il attendit le plus longtemps possible avant de reprendre la route, si bien qu'il arriva en retard pour le repas du soir et que sa confusion fut à son comble à l'instant où il s'àssit face à sa mère et à son père, qui, toutefois, ne lui posèrent aucune question.

Son père reprit d'ailleurs la conversation interrompue avec Jacques, mais Pierre sentait le regard de sa mère posé sur lui et mangeait sans relever la tête. Il avait toujours été plus proche de Mathilde que de Charles. Si proche qu'il avait ressenti, chez elle, depuis un an, un changement douloureux, comme si elle avait dû affronter quelque chose de très grave, qu'elle n'oserait jamais avouer. Il se souvenait des dimanches de décembre et des vacances de Noël durant lesquels elle était restée enfermée de longues heures dans sa chambre, de ses sourires forcés, de lourds silences qui ne lui ressemblaient pas. Il avait tenté de la questionner, mais elle était demeurée lointaine, inaccessible, contrairement à son habitude, et il en avait souffert. Aujourd'hui, les yeux posés sur lui étaient redevenus les mêmes, mais il s'interrogeait encore sur ces jours, ces semaines, durant lesquels elle avait tellement souffert.

Il n'osa pas les affronter, ce soir-là, et sa mère ne lui posa pas de questions. Elle avait deviné. Le lendemain matin, alors que Pierre déjeunait, Jacques et son père étant déjà sortis, elle demanda doucement, avec un sourire qui le réconcilia avec la perception qu'il avait toujours eue de cette mère si proche, si forte, si attentive :

— Comment s'appelle-t-elle ?

Il hésita à peine.

— Christelle, souffla-t-il.

— Elle est jolie ?

— Mieux que jolie.

Ce fut tout mais ce fut suffisant pour qu'il sache qu'ils avaient renoué le lien un moment rompu, et qu'il se sente délivré, autorisé même à pédaler vers de nouveaux rendez-vous, au cœur de la forêt.

Ils ne se firent pas attendre. La bande avait compris. Ils partaient tous ensemble sur les routes ombreuses, s'arrêtaient dans des sentiers encombrés de fougères qui s'enfonçaient profondément sous le couvert des bois, et ils laissaient Pierre et Christelle seuls. Elle se montrait moins farouche, s'apprivoisait, mais demeurait lointaine, comme si elle avait peur. Il parvint avec peine à lui faire avouer pourquoi.

— Je ne peux pas faire d'études, moi. Je vais devoir travailler dès l'année prochaine. Toi, tu vas devenir quelqu'un, tu partiras et tu m'oublieras.

Il avait beau protester de sa sincérité vis-à-vis d'elle, elle ne le croyait pas ou parfois, brièvement, dans ces moments où elle lui donnait ses lèvres, et c'était déjà un peu les portes du paradis qu'elle lui ouvrait.

Ils jouaient à s'enfoncer le plus possible dans la forêt, s'allongeaient sous le couvert des branches, et alors elle disait :

— Personne ne nous trouvera plus jamais. Ici, tu es à moi. On ne te prendra pas.

Cette fragilité, cette sensation de menace qu'elle ressentait l'émouvaient. Le regard entre les cils mi-clos se chargeait d'une douceur dont il n'avait jamais connu la pareille, même auprès de sa mère. C'était bien autre chose qu'il avait découvert : l'immensité du bonheur dans lequel précipite le premier amour, la sensation que le monde vous contemple et vous approuve, que tout est justifié.

Ils prirent l'habitude de s'isoler, ne participèrent plus aux escapades et aux interminables discussions avec leurs camarades. Ils se donnaient rendez-vous dans des endroits connus d'eux seuls, blottis au centre du monde, écoutaient respirer la forêt et battre leur cœur, persuadés de vivre des moments précieux, sans que jamais il ne se hasarde à franchir la limite qu'elle avait fixée, quand sa main se posait sur ses genoux, ou juste au-dessus, et qu'elle rencontrait la sienne. Ils avaient seize ans et tout le temps devant eux. C'était ce qu'ils voulaient croire. C'était aussi ce que murmuraient les grands arbres aux feuilles caressantes en se penchant sur eux.

14

Lucie avait été très heureuse de retrouver Mathieu et sa famille à plusieurs reprises au cours des deux années précédentes. Depuis qu'elle n'avait plus de nouvelles de son fils, comme pour compenser cette absence douloureuse, elle avait besoin de se rapprocher des membres de sa famille. Elle n'avait pas hésité à venir en aide à son frère revenu sans un sou d'Algérie, mais surtout à Martin, son neveu qui ne possédait rien et devait se marier. A Paris, elle vivait près de Paule qui avait appris le métier d'antiquaire et la secondait maintenant dans la boutique de la rue Dauphine.

L'an passé, en septembre, Lucie avait fait un voyage à Berlin, pour tenter d'obtenir des nouvelles de son fils, mais il n'y avait plus aucun contact possible entre les deux secteurs. Elle avait vu le Mur, immense et terrifiant, qui la séparait à tout jamais de Heinz. Depuis son retour à Paris, elle n'allait plus très bien : elle perdait quelquefois la notion du temps et de l'espace, mais aussi la mémoire. Paule avait alerté Elise, sa mère, qui avait emmené Lucie aux Etats-Unis consulter les plus éminents professeurs. Ils avaient prescrit quelques médicaments mais ne s'étaient pas montrés très optimistes : un état dépressif aggravait des problèmes circulatoires dus à l'âge. Il n'y avait pas grand-chose à faire. Toutefois il valait mieux s'occuper que de rester sans travailler. Lucie se rendait donc chaque matin à la boutique en compagnie de sa petite-fille, travaillait de son mieux, malgré la grande fatigue qui pesait sur elle.

En cette mi-août de 1964, la boutique devant fermer pendant quinze jours, Lucie manifesta le souhait d'aller passer une semaine à Puyloubiers, non pas dans la maison de Charles, mais dans celle où avaient vécu François et Aloïse, et qu'occupaient aujourd'hui Robert et Odile. Elle s'y était réfugiée si souvent au cours de sa vie qu'elle était persuadée de puiser là de nouvelles forces. Elle y arriva très fatiguée par le voyage, le 17 août, au point que Charles, qui était allé la chercher à la gare de Merlines en voiture, insista pour qu'elle s'installe chez lui, et non pas chez Odile et Robert, qui étaient très occupés dans les champs. Elle refusa, prétextant qu'elle ne voulait pas se fâcher avec Odile. Charles s'inclina en disant :

— Tu sais que tu peux venir chez nous quand tu veux. N'oublie pas que nous sommes tout près.

— Bien sûr, répondit-elle.

Elle savait très bien qu'elle aurait été plus à l'aise chez Charles et Mathilde, qui vivaient de façon plus moderne que Robert et Odile, mais elle avait vraiment besoin de revoir la maison où François, souvent, l'avait accueillie quand la vie avait été trop cruelle pour elle.

Elle fut un peu déçue de la trouver changée, cependant, et vaguement négligée, Odile n'ayant pas toujours le courage de faire face aux tâches ménagères après avoir aidé son fils à l'extérieur. Elle l'avait poussé à se marier, mais, depuis qu'il était revenu d'Algérie, Robert était devenu taciturne. Il ne sortait guère, à Saint-Vincent ou ailleurs. Il s'abrutissait dans le travail, mangeait, dormait, vivait comme un homme des bois, et ne songeait guère à trouver une femme. « D'ailleurs, demandait-il à sa mère, est-ce que tu supporterais quelqu'un d'autre que moi dans la maison ? »

Peu à peu, leur vie s'écoulait dans deux solitudes qui se côtoyaient sans vraiment se rencontrer, et ils s'y étaient habitués. A quarante-six ans, Odile avait décidé de consacrer sa vie à son fils, et son fils avait accepté de ne pas abandonner sa mère sur un domaine qu'elle ne pourrait pas travailler seule. Mais c'étaient deux existences résignées qui s'effilochaient là, et Lucie le ressentit désagréablement dès le premier jour. Dès lors, elle passa plus de temps en compagnie de Charles et de Mathilde, sans toutefois remettre en cause sa décision première de dormir dans la maison de François.

Charles, pensant lui faire plaisir, la conduisit en voiture au Pradel, là où elle avait vécu son enfance, mais elle ne put demeurer longtemps devant la petite maison qui menaçait de s'écrouler, alors que le séchadour, lui, était déjà en ruine. Le lendemain, elle passa la journée près de Mathilde, et, cette journée les ayant rapprochées, elle eut de longues heures de discussions avec cette nièce par alliance qui semblait si sûre d'elle et professait des idées d'avant-garde sur la condition des femmes et la nécessité de s'affranchir de la tutelle des hommes et de la religion. Lucie ne la comprenait pas toujours, mais la force et la détermination de Mathilde la rassuraient, lui faisaient du bien.

A la fin de la première semaine, une nuit, Lucie se sentit très mal, mais elle se refusa à réveiller Odile qui avait terminé la journée de la veille épuisée. Elle parvint à se rendormir avec difficulté, s'éveilla très tard, le matin, erra dans la maison vide, sans réussir à se rappeler à qui appartenait cette maison dont l'aspect lui était pourtant familier. Quelque chose d'essentiel s'était rompu dans son cerveau, et elle ne parvenait plus à relier les lieux dans lesquels elle se trouvait à sa propre vie, sentait confusément qu'il s'était passé quelque chose de grave, mais se montrait incapable d'agir en conséquence.

Elle s'habilla machinalement, sortit, mais, au lieu de descendre vers la maison de Charles et de Mathilde, elle prit au contraire la direction opposée, vers Saint-Vincent, et se mit à marcher dans la lumière dorée de ce matin de la fin août où se devinaient déjà les prémices de l'automne, dans un début de brunissement des feuilles lustrées par l'humidité de la nuit. Lucie ne le remarqua même pas. Elle avançait du même pas régulier, un peu courbée mais déterminée, comme s'il était important de se porter à la rencontre de quelqu'un ou de quelque chose.

Au bout de deux kilomètres, elle tourna à gauche sans la moindre hésitation. Son regard erra un moment sur les épaulements des collines où la fourrure de la forêt, très épaisse, d'un vert sombre, soulignait le bleu pâle du ciel. On eût dit qu'une voix la guidait, dont elle se demandait, pourtant, d'où elle provenait. La petite route monta entre des châtaigniers immenses, descendit dans des fonds où murmuraient des ruisseaux perdus, puis elle se hissa sur un plateau couvert de bruyères avant de redescendre dans un vallon où ronronnait un moulin. Lucie s'assit quelques instants sur le mur d'enceinte, parut espérer la venue de quelqu'un, puis, comme personne ne se montrait, elle reprit sa route, du même pas volontaire, la tête légèrement inclinée vers l'avant, où elle portait de temps en temps sa main, comme si elle était douloureuse.

Vers midi, comme elle avait très chaud et que ses jambes, par moments, se dérobaient sous elle, elle s'assit à l'ombre d'une lisière de sapins, puis s'allongea et s'endormit. Une heure plus tard, quand elle se réveilla, elle regarda avec effarement autour d'elle, sembla se demander où elle se trouvait, puis elle se releva et se remit à marcher. Elle allait moins vite, maintenant, car ses forces la trahissaient, mais elle avançait tout de même de ce pas têtu qui eût fait croire qu'elle connaissait sa destination.

Quand elle était trop fatiguée, elle s'arrêtait quelques minutes, immobile, le visage hagard, légèrement tremblante, puis se remettait en route, de plus en plus lentement, tanguait un peu, comme quelqu'un qui a bu. Or elle n'avait pas bu, Lucie, elle allait simplement au bout de ses forces vers le lieu qu'elle découvrit vers cinq heures de l'après-midi : des grilles, un parc immense, et, tout au fond, un château dont la vue fit couler des larmes sur ses joues. Les grilles n'étaient pas fermées. Elle entra dans le parc à l'abandon, fit quelques pas, et tomba brutalement face à l'entrée, sur un tapis de mousse, entre de hautes fleurs sauvages entre lesquelles elle disparut. Ses lèvres murmurèrent deux syllabes puis demeurèrent closes. Elle était morte en souriant.

Il s'en était passé des événements, en deux ans, chez Mathieu, sur ce causse lotois qu'il avait appris à aimer, autant que Marianne, sa femme, et que Martin, son fils. Celui-ci s'était marié au printemps de 1963 avec Claudine, et habitait dans la même maison que ses parents. Pas tout à fait, cependant, car les deux hommes avaient construit un prolongement à la fermette où le jeune couple pouvait vivre avec un peu d'indépendance. La ferme et les terres étaient devenues leur propriété grâce à l'aide de Lucie, la Parisienne, qui avait donné l'argent nécessaire à Mathieu en lui disant :

— Tu n'auras pas à me rembourser. Ma fille et ma petite-fille sont à l'abri du besoin. Cet argent, considère qu'il doit aller à ton fils, à sa femme, et à leurs enfants. Il faut qu'ils recommencent ici ce qui a existé ailleurs et qu'ils en vivent le mieux possible.

Mathieu n'aurait jamais accepté pour lui-même, mais, songeant à l'avenir de Martin, il avait pris l'argent.

Martin ne savait pas exactement ce qu'il avait été convenu entre son père et sa tante, mais il savait qu'il hériterait de tout, puisqu'il était fils unique. Il pouvait donc s'investir totalement dans cette propriété qui s'était enrichie de six hectares de vignes qui donnaient du vin de Cahors. Détruits par le phylloxéra à la fin du siècle dernier, les cépages avaient été reconstitués patiemment, à la fois dans la vallée et sur les collines environnantes. Ils produisaient un vin de bonne qualité, à la fois âpre et velouté, que l'on vendait aisément après chaque vendange. Or Mathieu et Martin connaissaient bien la culture de la vigne. Ils avaient décidé d'un commun accord d'y consacrer toute leur énergie, comme ce matin-là, où ils taillaient la vigne en vert avant les vendanges qui s'annonçaient belles.

Ils s'étaient levés avec le jour, s'étaient mis au travail avant la grosse chaleur qui, ici, s'achevait souvent en orages. On craignait la grêle, qui pouvait détruire en quelques minutes la récolte d'une année, pas plus qu'à Ab Daïa, toutefois, où la nature était bien plus hostile qu'en Quercy. Ici, point de sauterelles ni d'inondations, et, bon an mal an, les vignes donnaient ce qu'on attendait d'elles.

A neuf heures, Mathieu et Martin cessèrent de travailler pour aller prendre à l'ombre le déjeuner qui se trouvait dans leur musette de toile. Ils s'assirent contre le mur d'une cazelle, un abri rond en pierres sèches où ils rangeaient leurs outils et les produits de traitement. Ils burent d'abord à la bouteille qui contenait du vin coupé d'eau, puis ils se mirent à manger leur pain et leur fromage en regardant droit devant eux la chaleur monter en vagues épaisses au-dessus des chênes nains et des genévriers.

— Il faut que je te dise quelque chose, fit Martin au bout d'un moment de silence.

Mathieu tourna la tête vers son fils dans l'attente de ce qui allait suivre. Martin, pourtant, ne se décidait pas.

— Alors ? fit Mathieu, impatient.

— Tu vas être grand-père au début de l'année prochaine.

Mathieu, qui avait longtemps espéré une telle nouvelle, ne parvint pas à avaler sa bouchée de pain. Quelque chose s'était serré dans sa poitrine, et l'image de Victor, sans qu'il sût pourquoi, venait d'apparaître devant ses yeux. Victor, enfant, qui courait dans les vignes, là-bas, Victor qui riait et qu'il faisait sauter sur ses genoux en riant lui aussi.

— Voilà une bonne nouvelle, dit-il en posant sa grosse main sur l'avant-bras de Martin. Ce sera un fils, sans doute.

— J'espère, fit Martin.

— Moi aussi, je l'espère.

Mais comment Mathieu eût-il pu expliquer à quel point l'enfant qui allait naître se confondait dans son esprit avec celui qu'il avait perdu ? Il lui semblait soudain que tout était justifié, que la vie était bien ronde, et belle, et qu'elle continuait ici, sous ce ciel d'un bleu de porcelaine.

— C'est bien, petit, dit-il en tentant de cacher son émotion à son fils. J'espère qu'il arrivera vite, parce que le temps presse, à mon âge.

— Allons ! fit Martin. Six mois à attendre, est-ce que ça compte ?

— Tout compte quand on a soixante-dix ans.

Mathieu soupira, ajouta :

— Ce que j'espère, c'est pouvoir lui tenir la main un moment, comme je vous l'ai tenue à tous les deux.

— Bien sûr que tu le pourras.

— Après, je pourrai mourir en paix.

Ils se turent. Le rappel d'un perdreau isolé de sa compagnie monta dans l'air qui s'épaississait et charriait des odeurs de mousse sèche, de pierres et de terre chaudes. Ils se levèrent, se remirent au travail, mais Mathieu, de temps en temps, s'arrêtait, levait la tête vers le ciel en s'essuyant le front, songeant à cet enfant qui allait naître et qui, il l'espérait, comblerait enfin le vide creusé par la mort tragique de Victor.

Un peu avant onze heures, ils s'arrêtèrent et prirent le chemin de la ferme entre les genévriers dont les baies bleuissaient. Ils n'avaient qu'une hâte : se mettre à l'ombre et boire, en attendant le repas de midi.

Peu avant d'arriver, Mathieu aperçut Marianne sur le seuil. Cette présence, avec cette chaleur, ne lui parut pas naturelle, d'autant que sa femme, au lieu de rentrer, vint à leur rencontre sous le soleil écrasant de la fin de la matinée. Il comprit qu'il s'était passé quelque chose, crut que Claudine avait eu un accident et comprit que Martin avait eu la même pensée que lui. Mais Claudine sortit derrière Marianne qui s'arrêta au milieu de la cour et attendit que Mathieu s'approche pour lui dire doucement en lui prenant le bras :

— Charles a téléphoné. Ta sœur, Lucie, est morte. On l'a retrouvée dans le parc du château de Boissière. Il dit qu'elle a dû faire une hémorragie cérébrale. On l'enterre demain à Saint-Vincent.

Mathieu, lentement, se dégagea, puis il hésita, et enfin se dirigea vers la remise. Comme Martin, qui avait entendu, esquissait un pas pour le suivre, Marianne lui dit :

— Non, laisse.

Mathieu entra seul dans l'ombre fraîche, referma la porte derrière lui. Là, il demeura un instant immobile, puis il s'assit sur un tronc de noyer qui servait de billot pour fendre le bois. En une matinée, il venait d'apprendre la nouvelle d'une naissance et celle d'une mort. La vie était donc ainsi faite ? Fallait-il mourir pour laisser place à un enfant ? Tout cela lui parut absurde et il se sentit très fatigué. Voilà qu'il se retrouvait seul des enfants du Pradel : François et Lucie avaient quitté ce monde. Il songea vaguement à ce premier de l'an 1900 quand ils avaient cherché les signes avec François, des signes d'un changement de la vie des hommes, qui, aujourd'hui, s'étaient multipliés. Il lui sembla qu'il n'était plus à sa place, que lui aussi allait devoir s'effacer, puis il pensa à ce petit-fils qui allait arriver et retrouva du courage. Il lutterait encore un peu. Il avait besoin de le connaître, de savoir si, par hasard, Victor ne se retrouverait pas dans un de ses traits, un de ses sourires ; alors seulement il saurait s'il était arrivé au bout de sa vie.

A la fin du mois de septembre de cette année 1964, Pierre découvrit Paris avec autant de crainte que de curiosité. A la grande satisfaction de ses parents, grâce à ses notes exceptionnelles il avait été admis en classe de mathématiques supérieures au lycée Louis-le-Grand situé 123, rue Saint-Jacques, dans le cinquième arrondissement. Ayant souffert de sa vie de pensionnaire, il avait obtenu de louer une petite chambre et de devenir ainsi un véritable étudiant, sans aucune des contraintes du pensionnat, sinon celle de prendre au lycée son repas de midi. Ils avaient trouvé cette chambre dans la rue du Pot-de-Fer, sur la montagne Sainte-Geneviève, pas très loin du lycée. C'était une chambre sans aucun confort, au dernier étage d'un immeuble très ancien, mais, pour Pierre, elle symbolisait la liberté à laquelle il avait aspiré pendant des années.

Il avait redouté ce départ à Paris pendant toutes les vacances, et pourtant sa mère l'avait aidé à combattre ses craintes en lui expliquant que ce départ était une chance de pouvoir accéder à une brillante situation, s'élever dans la société, mener une autre vie que celle de la province, dans une ville où se trouvaient les centres de décision, les esprits les plus brillants, les détenteurs du savoir, tout ce que pouvait espérer un jeune homme de dix-huit ans. Il ne lui avait pas été facile de partir, cependant, après trois mois passés à Puyloubiers, le plus souvent en compagnie de Christelle, qui lui avait fait cadeau de tout ce qu'elle possédait. Il se souvenait avec émotion des longs après-midi dans les senteurs épaisses de la forêt, des lits de mousse, de sa peau lisse et tiède, de sa résignation, enfin, à l'heure de la séparation, quand elle lui avait dit sans la moindre larme mais d'une voix qui l'avait transpercé :

— Tout est fini. Là-bas tu m'oublieras, c'est obligé.

Il avait protesté, sincèrement persuadé qu'il reviendrait vers elle dès qu'il le pourrait, mais il était parti parce qu'il le fallait – du moins parce qu'on lui disait qu'il le fallait. Son père, bien sûr, mais surtout sa mère, qui s'était inquiétée à plusieurs reprises de cette liaison devenue envahissante, en tout cas incompatible avec ce qu'elle espérait pour son fils aîné.

Pierre avait emporté avec lui une photo de Christelle et la regardait discrètement, même pendant les cours. Alors se levait en lui une vague de regrets contre laquelle il devait lutter. Il avait été décidé qu'il rentrerait chaque fin de trimestre, non plus à Argentat, mais à Tulle où avaient été nommés ses parents en cette rentrée scolaire 1964.

Ce qui lui manquait aussi, dans cette ville immense où il se sentait perdu, c'étaient les arbres, leur respiration et leurs parfums lourds, la parure sombre des forêts, l'espace ouvert par les chemins, cette sensation d'habiter un monde vivant, sans le moindre mur pour en fixer les limites. Il souffrait de la laideur des vieilles rues par lesquelles il montait vers la butte avant de basculer vers la rue Saint-Jacques, des odeurs croupies de ces quartiers anciens où battait le cœur de la grande ville, mais il ne souffrait pas du tout de sa vie au lycée. Ses années de pensionnat l'avaient préparé aux petites vexations inhérentes à la vie étudiante. Par ailleurs, ses facilités, malgré la concurrence plus élevée qu'à Tulle, lui permettaient de figurer parmi les meilleurs élèves de sa classe.

Non, ce dont il souffrait, surtout, c'était d'un bizarre sentiment d'infériorité. A Tulle comme à Argentat, en effet, il avait vécu parmi des jeunes gens de sa condition, et la situation de ses parents l'avait classé parmi les privilégiés. A Paris, c'était le contraire : les élèves qui étudiaient à Louis-le-Grand étaient issus, pour la plupart, des classes supérieures de la société, une sorte d'élite parisienne qui en avait conscience et le revendiquait. Cet état de choses se manifestait dans les mots, dans les gestes, mais aussi, naturellement, dans la façon de s'habiller. Pierre avait toujours cru qu'il était vêtu tout à fait normalement et il découvrait qu'il était vêtu pauvrement. Cette découverte l'avait blessé. De même que l'avait mortifié la manière dont certains étudiants dépensaient leur argent, notamment dans les cafés voisins de la Sorbonne, alors que lui-même s'y rendait rarement, économisant chaque pièce de un franc, renonçant à aller au cinéma, le dimanche, alors qu'il en avait tellement envie. Il découvrait qu'il n'était rien ni personne, qu'il allait devoir se battre plus que n'importe qui pour atteindre son but, qu'il était seulement riche de ses capacités à apprendre et à travailler.

Parfois, quand il se retrouvait au milieu de ses camarades, filles ou garçons, il avait honte de sa tenue, de ses pauvres moyens, et surtout il avait honte de cette honte. Il songeait à ses parents, aux efforts qu'ils consentaient pour qu'il puisse étudier à Paris, à ce qu'ils avaient toujours représenté pour lui, et il s'en voulait de se sentir faible, démuni, pas assez brillant ni assez malin pour attirer le regard de ces filles qui songeaient déjà à trouver un mari capable de continuer à les faire vivre dans le luxe auquel elles étaient habituées. Alors il fuyait, regagnait sa chambre sous les toits, travaillait toute la nuit, se persuadant qu'il parviendrait à escalader la montagne qui se dressait devant lui.

Il finit cependant par remarquer un garçon qui lui ressemblait beaucoup et qui fuyait lui aussi les réunions dans les cafés : il s'appelait Bernard F., paraissait venir de province, et demeurait à l'écart des conversations, dans les couloirs ou les salles de classe. Un soir, ils se retrouvèrent tous deux sur le trottoir et ils firent ensemble quelques pas dans la rue Cujas, en direction du Panthéon.

— Où habites-tu ? demanda Pierre.

— Dans la rue des Arènes, répondit le garçon, du côté de Jussieu.

— C'est loin ?

— Non, un quart d'heure seulement.

— Tu passes par la place du Panthéon ?

— Oui, je peux.

— Moi aussi, fit Pierre, j'habite rue du Pot-de-Fer. Elle est perpendiculaire à la rue Mouffetard.

Et il ajouta, en confidence, ayant senti qu'il pouvait se confier :

— C'est pas terrible comme rue, mais je préfère au pensionnat.

— Moi c'est pareil.

Ils ne tardèrent pas à déboucher sur la place du Panthéon dont la stature et la grandeur les écrasaient, et, à l'instant de se séparer, Pierre demanda :

— Tu viens d'où ?

— De Chartres. Ma mère est professeur.

— Et ton père ? demanda Pierre qui regretta aussitôt sa question.

— Il est mort.

— Excuse-moi, dit Pierre.

— Ce n'est rien, j'ai l'habitude.

Un vent tiède, venu d'on ne savait où, prenait la place dans toute sa largeur, portant des parfums de feuilles. Bernard paraissait y être aussi sensible que Pierre. L'un devait partir à gauche, l'autre à droite, et pourtant ils ne s'y décidaient pas.

— Qu'est-ce que tu fais le samedi ? demanda Pierre.

— Je travaille.

— Et le dimanche ?

— Je travaille aussi.

— Tu ne sors pas alors ?

— Non.

— Moi non plus.

Devant la discrétion du garçon qui se contentait de répondre à ses questions, Pierre se demandait s'il pouvait lui proposer de le retrouver le lendemain dimanche, pour faire mieux connaissance.

— Si tu veux, fit Bernard.

— On ira sur les quais.

— Entendu.

Il sembla à Pierre qu'il y avait comme une impatience dans la voix de son nouveau camarade, et, en s'éloignant vers sa chambre sous les toits, il ne douta pas d'avoir trouvé un allié dans le combat qu'il avait engagé.

Ils avaient l'impression d'avoir changé de monde, Mathilde et Charles, en ce mois d'octobre qui roulait les feuilles mortes dans les cours de récréation de l'école Marcelin-Berthelot située au cœur de Tulle. Ils avaient enfin emménagé dans une véritable ville, la préfecture du département, qui s'étageait sur les collines de chaque côté de la rivière Corrèze. C'était une cité bruyante et laborieuse, étalée tout en longueur le long de deux rues principales, et qui montait, au nord, vers le haut pays, et s'ouvrait vers le sud, sur le Midi et ses grandes plaines.

Charles avait accepté le poste de directeur de l'école qui comprenait toutes les classes depuis la maternelle jusqu'au CM2. Mathilde enseignait dans une classe mixte CE2-CM1, mais elle pouvait prétendre elle aussi à la direction de l'une des nombreuses écoles de la ville dès l'année scolaire suivante. C'est d'ailleurs ce qui avait incité Charles à accepter sa promotion, après un entretien avec l'inspecteur d'académie qui ne lui en avait pas fait la promesse formelle mais qui lui en avait laissé l'espoir. Jacques était inscrit dans un lycée technique afin de passer un brevet professionnel, mais il ne se plaisait pas dans cette ville trop grande pour lui. Il regrettait Argentat, Puyloubiers, la campagne, les forêts, et il ne montrait pas beaucoup d'enthousiasme pour les études.

A l'occasion de sa première rentrée scolaire en tant que directeur, Charles avait pu mesurer le poids de ses nouvelles responsabilités. C'étaient de nombreuses heures de travail en plus de sa classe de CM2, des réunions avec ses collègues dont certains, plus âgés que lui, ne le ménageaient pas, mais aussi et surtout avec les parents d'élèves, dont il apprenait les exigences sans y céder, ou juste ce qu'il ne pouvait refuser sans provoquer une intervention, toujours alarmée, de l'académie. Il avait rapidement appris ce qui était négociable et ce qui ne l'était pas : ne jamais accepter de changer de classe un élève dont l'instituteur ne plaisait pas à ses parents, mais ne pas hésiter à le faire si un maître ou une maîtresse paraissait plus apte à faire face aux difficultés d'un enfant. Ne pas transiger sur la discipline, ne jamais refuser d'emblée une intervention de l'académie, aider des collègues en difficulté, intégrer en douceur les modifications de programme, régler les conflits avec diplomatie mais sans jamais rien concéder sur l'essentiel.

Mathilde le secondait de son mieux, se familiarisant ainsi avec les fonctions qui allaient lui échoir bientôt. Mais son projet principal, pour cette année, était de développer l'association de planning familial qui avait commencé à fonctionner depuis la fin des années cinquante. C'était là sa manière de se battre pour que les femmes, un jour, ne vivent plus ce qu'elle avait vécu. Cette détermination inquiétait un peu Charles qui savait à quel point une institutrice devait se montrer irréprochable, c'est-à-dire ne jamais se faire remarquer en dehors de son travail, mais il savait aussi qu'il était inutile d'essayer de tempérer sa femme dans ses décisions. Il s'était donc fait à l'idée de devoir un jour prendre fait et cause pour elle, au détriment, sans doute, de leur fonction principale auprès des enfants.

Ils travaillaient tous les deux, cet après-midi-là, dans la salle à manger de leur appartement situé au premier étage dans l'immeuble aux fenêtres encadrées de briques, au fond d'une petite cour. Cet appartement était grand, trop grand pour eux, mais l'immeuble, très ancien, n'était pas en bon état. Il y avait une pièce d'eau sans douche, on se chauffait encore au poêle à mazout, et le plancher de bois, par endroits, montrait des faiblesses qui trahissaient la présence de termites. Qu'importe ! Ils en avaient l'habitude depuis La Roche, et leur travail, leur mission accaparaient toute leur énergie. Il devait être quatre heures, ce jour-là, quand la sonnette de la porte du bas retentit. Ce n'était pas rare, car leur porte demeurait ouverte le samedi après-midi, précisément, et même le dimanche matin, pour les parents, les collègues, tous ceux qui avaient besoin de conseil ou de réconfort.

— J'y vais, dit Charles à Mathilde, ne te dérange pas.

Il posa son stylo à encre rouge et descendit les marches de bois qui craquaient sous ses pieds. Quand il ouvrit, il s'étonna de découvrir une religieuse devant lui. Ses yeux, pourtant, d'un vert très clair, lui évoquaient quelque chose.

— Tu ne me reconnais pas ? fit une voix qui, elle, suffit à lui faire comprendre que cette femme, cette religieuse, était Louise, sa sœur partie en Afrique et dont il n'avait plus de nouvelles.

— Louise, fit-il, comment est-ce possible ?

— Cela fait deux ans que j'ai pris le voile, dit-elle. Je n'ai pas voulu te l'écrire, tu n'aurais sans doute pas compris, j'ai préféré venir te parler.

Elle ajouta, d'une voix à la douceur étrange :

— Il me tardait tellement.

Il ne répondit pas, la dévisagea un long moment, incapable de dire quoi que ce soit ni d'esquisser le moindre geste.

— Tu ne m'embrasses pas ? Ce n'est pas parce que je suis devenue sœur Marie-Louise que je ne peux pas embrasser mon grand frère.

Il se pencha, l'embrassa maladroitement, sourit en se redressant.

— Louise, murmura-t-il, mais nous ne nous sommes pas vus depuis combien de temps ?

— Cela fait six ans que je ne suis pas revenue.

— Viens, monte, fit-il.

Il la précéda jusqu'à l'étage, où Mathilde, elle aussi, fut très surprise, mais s'efforça de ne pas le montrer. Ils s'installèrent dans le salon, face à face, un peu gênés, comme s'ils étaient devenus étrangers, après tant d'absence et de bouleversements.

— Alors ? fit Charles, désireux de briser le silence.

— Alors j'étais la seule infirmière qui ne fasse pas partie de l'ordre, et j'ai fini par rejoindre mes sœurs, tout simplement. Ça s'est fait naturellement, à force de les côtoyer chaque jour, de vivre près d'elles, de souffrir et d'aimer avec elles.

Louise sourit, reprit :

— Notre dispensaire soigne des centaines et des centaines d'enfants.

— Toujours à Yaoundé ? demanda Charles.

— Non. Nous sommes installées au centre du pays, sur le plateau de l'Adamaoua, à huit cents mètres d'altitude, où la saison sèche dure sept mois.

— Ce n'est pas trop dur ?

— Je me suis habituée, dit Louise.

Effectivement, il y avait sur son visage une sorte de sérénité qui impressionnait Mathilde et Charles. Surtout Mathilde, au demeurant, qui avait toujours manifesté beaucoup de réserve vis-à-vis des gens de religion. Sa laïcité lui venait de ses parents instituteurs, et avait été renforcée par l'Ecole normale. Charles, lui, avait gardé ce fond de religion qui lui venait de sa mère, et qui s'était traduit, chez Louise, par une foi, un don de soi qui ne l'étonnaient pas vraiment.

Louise expliqua avec passion les problèmes auxquels on se heurtait en Afrique : celui de la rivalité entre les tribus, deux cents ethnies, pas moins, dont celle des Bantous, dominante ; le manque d'hygiène, la sécheresse, la malnutrition, les maladies endémiques de l'Afrique contre lesquelles on s'évertuait à lutter : paludisme, rougeole, tuberculose, la lèpre, encore, parfois, que l'on ne parvenait pas à éradiquer totalement.

Tout en parlant, Louise souriait, comme si elle ne redoutait en rien de vivre dans ces conditions et comme si, au contraire, sa mission la comblait. Au fur et à mesure qu'elle parlait, Charles voyait Mathilde se fermer, et il redoutait les questions qu'elle ne manquerait pas de poser quand Louise s'arrêterait. Il remarquait aussi, maintenant, à quel point sa sœur ressemblait à leur mère Aloïse, et cela l'émouvait.

— N'existe-t-il pas des hôpitaux, des dispensaires, en

dehors des ordres religieux ? demanda brusquement Mathilde.

— Quelques-uns dans les grandes villes, répondit Louise, mais pas dans les profondeurs du pays où se trouvent les véritables problèmes. Depuis l'indépendance de 1960, le pays s'est scindé en deux : le Nord s'est rapproché du Nigeria, et le Sud de l'ancien Cameroun français. Cela ne facilite pas les choses. On ne sait pas très bien si ça donnera un jour un Etat unitaire ou une partition définitive. Tout est très compliqué là-bas, comme dans tous les pays d'Afrique noire qui ont acquis leur indépendance.

— C'est peut-être mieux, quand même, que la colonisation, fit Mathilde, piquée dans ses convictions.

— Cela le deviendra, fit Louise avec la même sérénité dans la voix. Du moins pouvons-nous l'espérer.

Le calme de Louise atténua les craintes de Charles. Il avait compris que rien, ni les mots ni les questions, ne pourrait altérer le sourire posé sur ses lèvres ou durcir le ton de sa voix. Louise avait trouvé un sens à sa vie bien différent du sien, mais elle était heureuse, indéniablement, et même mieux qu'heureuse : elle était comblée par cette existence qu'elle menait si loin du pays où elle était née. Mathilde aussi le comprit. Même si elle ne le montra pas, elle en fut secrètement troublée et son attitude vis-à-vis de Louise s'adoucit.

Pendant les deux jours où Louise demeura à Tulle, Mathilde s'évertua à comprendre l'Afrique et le statut des femmes là-bas, tout en oubliant que c'était une religieuse qui les lui apprenait.

Le dimanche, ils allèrent se recueillir sur la tombe d'Edmond et de leurs parents à Saint-Vincent, puis ils se rendirent à Puyloubiers, que Louise revit avec émotion. Elle trouva Odile et Robert très changés, taciturnes, hostiles, presque, mais avec eux aussi elle sut trouver les mots pour apaiser le climat d'une conversation difficile. Elle voulut revoir les alentours de la maison, les chemins qu'elle avait parcourus, enfant, s'arrêta devant chacune des maisons du hameau, prit à pied le chemin de Saint-Vincent comme quand elle partait à l'école, puis elle déclara que le temps de son séjour s'achevait. Il n'y avait pas le moindre regret, pas la moindre nostalgie dans sa voix. Le même sourire flottait sur ses lèvres, lorsque Charles et Mathilde lui dirent au revoir sur le quai de la gare de Tulle. Quand le train s'éloigna, Charles se dit qu'il ne reverrait peut-être jamais cette sœur si étrange, si différente, dont il n'avait jamais deviné la richesse intérieure, même au temps où ils se côtoyaient le soir, après l'école, sous le regard de leur mère Aloïse, dans la grande cuisine de Puyloubiers.

Paule avait beaucoup de mal à se remettre de la disparition de sa grand-mère. Elle avait tellement vécu avec elle que la douleur de l'avoir perdue ne s'atténuait pas. En fait, c'était cette grand-mère qui l'avait élevée, plus que sa propre mère, Elise, qui était trop occupée par ses affaires. Aujourd'hui encore, Elise passait le plus clair de son temps aux Etats-Unis, laissant à Paule la responsabilité de la boutique de Paris, efficacement aidée, il est vrai, par Mme Lesseyne, qui connaissait tout du métier. Car Paule n'avait que dix-neuf ans et, si elle avait appris l'essentiel – apprécier la différence entre une table Régence ou une console du XVIIIe, estimer à sa juste valeur un secrétaire de Venise du XVIIe, négocier avec les clients, tenir une comptabilité –, elle n'avait pas atteint la majorité légale pour travailler à son compte.

Sa mère lui avait promis de l'intéresser à ses affaires dès sa majorité, mais Paule n'était pas pressée. Au reste, les quelques mois qu'elle avait passés aux Etats-Unis avec elle n'avaient fait que mettre au jour des goûts différents, des idées souvent opposées, et elle s'était heurtée plusieurs fois avec Elise qui ne comprenait pas cette insouciance de la jeunesse, son peu d'intérêt pour les affaires – les profits, disait Paule –, son aversion pour New York, et, au bout du compte, son mépris pour l'existence dorée qui l'attendait. C'est que, contrairement à sa mère, Paule avait connu autre chose que cette vie-là, près de sa grand-mère Lucie. Autre chose que la grande ville et le monde des affaires. Comme toutes les adolescentes, elle cherchait sa propre vérité, ne parvenait pas à oublier celle qui lui avait enseigné le prix et le sens des choses, à Paris ou dans ce qu'elle appelait le haut pays, là-bas, en Corrèze.

Paule se sentait seule, très seule, et, avec la disparition de sa grand-mère, elle avait l'impression d'avoir tout perdu. Elle s'interrogeait sur le moyen de maintenir – de sauver, pensait-elle – ces liens qui avaient tant compté pour elle et cherchait à préserver ce qui avait été le plus cher à Lucie. Aujourd'hui, elle avait trouvé et attendait avec impatience la venue de sa mère pour lui en parler.

Ce jour était venu. Elles étaient seules, toutes les deux, ce soir-là, dans l'appartement de l'avenue de Suffren, dînant d'un repas livré par le traiteur voisin. Elise, après avoir déploré la « petite mine » de sa fille, l'entretenait de livraisons, de commandes, de la difficulté à fournir des clients de plus en plus pressés, quand Paule, émergeant de ses rêveries, dit brusquement, arrêtant sa mère de la main :

— Il faut racheter le château de Boissière.

— Le château ? Quel château ?

— Le château où ta mère a choisi d'aller mourir.

Elise considéra sa fille avec stupéfaction, comprenant brusquement qu'elles vivaient dans deux univers très différents.

— Qu'est-ce qui ne va pas ? fit-elle. Tu es malade ? Tu ne te sens pas bien ?

— Non, pas bien du tout, mais ça ne semble pas avoir beaucoup d'importance.

Elise parut tomber des nues.

— Le travail ne te plaît pas ? demanda-t-elle.

— Le travail me plaît mais ma grand-mère est morte, fit Paule, qui ajouta, tout bas, si bas qu'elle se demanda si elle avait été entendue : ta mère aussi.

Elise parut enfin s'extraire des pensées qui étaient celles de sa vie quotidienne. Elle sembla tout à coup découvrir cette jeune femme qui lui ressemblait si peu : les yeux bleus, blonde, fragile et forte à la fois, et une gravité bien peu conforme à son âge. Plus qu'une gravité, d'ailleurs : on devinait une exigence pour on ne savait quel projet, quel espoir.

— Il te manque quelque chose ? demanda Elise.

— Il me manque tant de choses, soupira Paule.

— Quoi donc ? Parle, je suis là pour ça.

Paule hésita, comme si elle avait peur de blesser sa mère.

— Il me manque, par exemple, de vivre autrement que dans la facilité.

— Et tu voudrais que je rachète un château ? s'indigna Elise.

— Ce n'est pas un château que je voudrais que tu rachètes, c'est un lieu. Il y aurait une masure à la place, que, pour moi, ce serait pareil.

— Ce n'est pas exactement pareil du point de vue financier.

— Je te rembourserai plus tard.

— Avec quoi ? Avec l'argent que je te donnerai ?

Paule soupira, ajouta :

— N'en parlons plus.

Elise voulut lui prendre la main, mais Paule la retira brusquement.

— A moi aussi elle me manque, murmura Elise. Depuis que je l'avais retrouvée, c'était merveilleux. Ne crois pas que je ne pense pas à elle. Mais si j'ai choisi de travailler encore davantage, c'est pour moins souffrir de ne plus la sentir près de moi.

— Non, fit Paule, c'est près de moi qu'elle vivait. Pas près de toi.

— Oui, c'est vrai, concéda Elise après une hésitation, mais ce n'est pas pour cela que je ne regrette pas son absence.

— Je ne m'en suis pas aperçue.

Un lourd silence tomba. Elise soupira, reprit :

— Je te trouve bien sévère aujourd'hui envers quelqu'un qui n'a toujours pensé qu'à te faire vivre dans les meilleures conditions, qui t'a donné un métier, et qui t'a fait découvrir le monde entier.

— Peut-être parce que j'aurais voulu y parvenir par moi-même.

— C'est donc ça, murmura Elise en hochant la tête. Puis, en forçant le ton :

— Comment peux-tu me reprocher à la fois de n'avoir pas été assez présente et d'avoir choisi pour toi ?

— Parce que les deux choses sont également vraies.

— Bon, fit Elise, restons-en là si tu veux bien, et dis-moi ce que tu souhaites vraiment.

— Je te l'ai dit : rachète ce château.

— Qu'est-ce que tu en feras ?

— Ce n'est pas pour moi, c'est pour elle. Enfin je veux dire : c'est pour eux, mon grand-père et ma grand-mère.

Elise parut stupéfaite.

— Alors tu sais tout, murmura-t-elle. Elle t'a raconté.

— Evidemment, fit Paule. Je te rappelle que nous y avons passé des vacances, chaque été, toutes les deux. Moi aussi j'ai cru l'apercevoir dans les allées, Norbert de Boissière.

Elise soupira, tenta encore d'argumenter :

— Mais dans quel état est-il, ce château ?

— Je me suis renseignée : c'est devenu une ruine. Il ne coûte presque rien.

— Cela signifie qu'il faudra faire des travaux.

— Je m'en occuperai.

— Et tu les payeras comment ?

— Je me débrouillerai.

Elise réfléchit un instant, dévisageant sa fille comme si elle la découvrait vraiment :

— C'est entendu, dit-elle.

— Merci pour elle, fit Paule.

— Je ne suis pas persuadée que c'est ce qu'elle aurait souhaité, reprit Elise. Nous avions eu une conversation à ce sujet. Je lui avais proposé de le racheter et elle m'avait répondu qu'il ne le fallait pas, que le seul moyen de continuer à vivre était de regarder vers l'avenir, non vers le passé.

— Elle est allée y mourir.

— Oui, c'est vrai, mais toi, qu'iras-tu faire là-bas ?

Paule réfléchit un instant, répondit :

— J'irai chercher là-bas tout ce que je n'ai jamais trouvé ici.

— C'est-à-dire ?

— Tout ce qui ne peut se vendre.

Elise observa sa fille avec gravité. Elle était un peu mortifiée, mais en même temps il lui semblait qu'elle la comprenait.

— Est-ce que je peux faire quelque chose d'autre pour toi ? ajouta-t-elle d'une voix dépourvue d'animosité.

— Non, merci. J'espère d'ailleurs n'avoir plus rien à te demander.

Paule hésita, puis ajouta :

— Et si un jour – à ma majorité, par exemple – j'essayais de travailler seule, que dirais-tu ?

— Eh bien, je le regretterais. Tout ce que j'ai fait jusqu'à aujourd'hui, je l'ai fait pour toi.

— On ne peut pas vivre à la place des autres, tu sais, même s'il s'agit de ses propres enfants.

— En effet, murmura Elise, c'est ce que je viens de comprendre.

— Si tu veux bien, je partirai en Corrèze samedi, et je tâcherai de faire vite.

— Mais oui, ma fille. Dépêche-toi avant qu'on ne te le vole, ce fameux château.

Elise ajouta en se dirigeant vers le frigidaire pour ouvrir une bouteille de champagne :

— Il ne nous reste plus qu'à fêter ça.

— Fêtons ça, tu as raison. En espérant que ça ne nous portera pas malheur.

Trois jours plus tard, munie d'une procuration, Paule partit vers la Corrèze pour réaliser le projet qui lui tenait à cœur. Elle ne fut rassurée qu'en arrivant chez le notaire de Bort, lequel lui confirma que le château de Boissière était toujours en vente. Comment en aurait-il été autrement, tellement il paraissait, de nouveau, en si piteux état ? Paule, pourtant, n'eut pas une hésitation. Elle signa une promesse de vente en ayant la conviction d'avoir fait un pas décisif dans le projet secret qu'elle n'avait avoué à personne, pas même à sa mère : faire transférer le corps de sa grand-mère dans ces lieux où elle avait connu et aimé son grand-père au début de ce siècle.

15

Allongé face au ciel sur le plateau du Mecklembourg, Heinz Hessler tentait de rassembler ses forces en regardant défiler les nuages descendus de la mer Baltique. Il était épuisé, au point d'avoir cru plusieurs fois, au cours de l'hiver, ne plus jamais revoir le printemps. Depuis quatre ans, c'est-à-dire depuis que la Stasi était venue l'arrêter dans son bureau, il avait maigri de quinze kilos, ses traits s'étaient creusés affreusement, et nul ne l'aurait reconnu, parmi sa famille de France à laquelle il pensait parfois, comme un refuge possible, pour se soustraire aux épreuves qui s'étaient succédé.

Il n'avait rien oublié des premiers mois passés dans une prison de Berlin, des interrogatoires sans fin, des aveux qu'ils voulaient lui arracher, alors qu'il n'avait rien à se reprocher, au contraire : il avait coupé volontairement avec sa mère, avec la France, s'efforçant de les rayer de son esprit, de les oublier totalement, afin d'échapper à ces règlements de comptes qui apparaissaient, de temps en temps, entre les membres du bureau politique du Parti. Qui l'avait trahi parmi les élus du district de Berlin ? Heinz ne l'avait jamais su. Ce qu'il savait seulement, c'était que, malgré ses efforts, et bien que son père ait combattu les nazis, lui, en raison de l'origine de sa mère, avait eu beaucoup de mal à s'imposer au Politburo de l'un des districts qui avaient remplacé les *Länder* de l'Allemagne vaincue. Il avait toujours dû montrer plus d'aptitude au travail, à l'analyse, à l'organisation, que tous ses camarades. Mais cela n'avait pas suffi. Du jour au lendemain, il était tombé dans l'engrenage d'une accusation pour espionnage au profit d'une nation étrangère. Sans avoir la possibilité de se défendre, sans rien pouvoir prouver, puisqu'il était isolé, sans véritables amis, ayant, comme tous les responsables politiques, établi sa situation sur la peur et non sur la solidarité.

Il n'avait rien avoué, cependant, malgré les heures, les jours et les mois de torture morale plutôt que physique, au cours desquels ses tourmenteurs se relayaient pour lui arracher des aveux. Il avait tenu bon. Un mois. Deux mois. Il avait lutté contre cette idée d'être rejeté, détruit par ceux qu'il avait voulu rejoindre depuis son plus jeune âge, ceux qui pour lui représentaient le combat contre le nazisme : les communistes. Cette idée-là lui était apparue insupportable. Il avait failli se laisser mourir à plusieurs reprises, mais une faible lumière était demeurée allumée en lui : l'image de sa mère venue jusqu'à Berlin pour le retrouver. Sa mère vivante quelque part et qui l'attendait, sans doute, comme elle l'avait toujours fait, pour le ramener vers ces montagnes d'un vert sombre dont le bref souvenir, parfois, adoucissait son calvaire.

Après une parodie de jugement qui l'avait condamné à la rééducation dans un hôpital psychiatrique, Heinz avait été conduit en Poméranie, près de la ville de Rostock, où, parmi de nombreux détenus, il était devenu une ombre errante, abrutie de neuroleptiques, de médicaments testés pour l'Etat, de produits hallucinogènes destinés sans doute à le faire devenir fou. Il l'était devenu, ou presque, car son esprit avait complètement occulté une longue période qu'il évaluait aujourd'hui à six mois et qui, en réalité, avait duré un an. Il avait alors signé des aveux sans savoir ce qu'il signait et il s'était retrouvé dans un camp de travail sur le plateau du Mecklembourg, au nord-ouest de l'ancien camp nazi de Ravensbrück, sur un immense chantier dont le but semblait de creuser indéfiniment la terre pour y ensevelir les prisonniers.

Il avait fallu à Heinz une année pour retrouver une partie de ses facultés et comprendre qu'il s'agissait probablement de construire une base nucléaire destinée à abriter des missiles dirigés contre l'Europe de l'Ouest. Mais il n'en était pas certain. Il n'était plus certain de rien, au reste. Car, après les tortures morales, était venu le temps des épreuves physiques. Le travail épuisant de six heures du matin à huit heures le soir, à charrier des brouettes de pierres et de moraines, témoins de la présence ici, jadis, d'un front glaciaire. Le froid terrible de l'hiver, la nourriture réduite au minimum, les maladies, la promiscuité des hommes au regard vide, aux yeux cernés, dans le silence et dans la peur, sans doute comme dans ces camps qu'avaient construits les nazis et qui resurgissaient aujourd'hui, avec d'autres justifications, après leur démolition décidée par l'URSS au nom de la dénazification.

Sans le savoir, Heinz Hessler était broyé par l'Histoire, celle qui avait tué son père, Jan, et par ceux dont il avait voulu partager le combat. C'était tellement absurde, tellement douloureux, qu'il s'étonnait d'être encore vivant aujourd'hui, pour voir ce nouveau printemps éclore en fleurs, en parfums et en souffles tièdes qui glissaient sur sa peau, l'incitant à fermer les yeux avec un plaisir qui lui faisait venir des larmes dans les yeux. Il comprenait que les printemps de ce monde étaient les mêmes partout. Partout, au printemps, éclatait cette force qui venait de très loin, des premiers matins, des premières saisons. Et c'est cette force qui avait fait surgir les hommes du néant alors qu'ils se croyaient, eux, tout-puissants. L'espèce humaine était ainsi : son orgueil, son instinct de domination s'exprimaient dans l'oubli de cette évidence : le monde aurait très bien pu se passer d'elle et de ses occupations dérisoires.

Heinz se souvint des printemps de Puyloubiers, des feuilles sur les arbres de la forêt de chaque côté de la route du village où il allait à l'école. Comment s'appelait-il ? Impossible de se rappeler. Il lui semblait très important de s'en souvenir, mais il ne le pouvait pas, bien qu'il en cherchât le nom depuis quelques jours – exactement depuis le matin où il avait senti le premier souffle tiède sur sa peau, aperçu la première feuille sur un bouleau près du chantier.

Aujourd'hui, Heinz ne se sentait pas seulement brisé, mais totalement épuisé. Sa pelle ayant cassé, il avait trouvé refuge pour quelques instants entre deux baraques en planches qui abritaient les outils, à l'écart de l'immense trou creusé dans la terre, dont la faille s'ouvrait à cent mètres de là. Il ne parvenait plus à se relever. Il n'en avait d'ailleurs ni l'envie ni la force. Il se sentait comme étranger à ce qui se passait, accueillait des images fugaces de Paris, de Puyloubiers, de ce village où il allait à l'école et dont il cherchait toujours désespérément le nom, comme si le fait de le retrouver allait le sauver, le délivrer de toute sa fatigue, de son accablement, et lui rendre les forces indispensables à sa survie. Il revoyait aussi son bureau à Berlin sur la Karl-Marx Allee, son appartement sur l'Alexanderplatz à laquelle il accédait par la grande avenue Unter den Linden, si agréable l'été quand la chaleur stagnait sur la ville, et que l'ombre des tilleuls l'accompagnait jusque chez lui, après le travail, pour quelques heures de repos. Il ne s'était jamais marié, Heinz Hessler. Il s'était consacré à sa fonction de directeur de la production industrielle du district, à ses immenses responsabilités, tout entier tendu vers son but : faire triompher le communisme qui avait si bien combattu le nazisme qui avait tué son père. Et le communisme l'avait broyé. Il allait le tuer lui aussi, Heinz n'en doutait plus.

Au-dessus de lui, les fins nuages laissaient apparaître un bleu dont il lui semblait n'avoir jamais vu le pareil. En tout cas, pas durant l'interminable hiver de Poméranie, au cours de ces longs mois où la neige tombait inlassablement, noyant les alentours, la forêt, le plateau qui paraissait se fermer sur lui-même pour mieux retenir les hommes prisonniers. Cette idée avait fini par s'imposer à lui malgré la douceur du printemps : il n'en sortirait jamais. Et aujourd'hui, il avait trop lutté, trop souffert. Après avoir repoussé les limites de l'épuisement pendant quatre ans, Heinz n'en pouvait plus.

Il eut encore quelques délicieuses minutes de répit, durant lesquelles son esprit erra dans les lieux trop lointains qu'il avait connus : la Suisse, dont il se rappelait le lac si grand, si bleu, un parc ombragé à Paris, la tour Eiffel au bout, une messe de minuit dans ce village dont il ne retrouverait plus le nom. Il avait trente-cinq ans, et il ne le savait pas. Il pensait en avoir trente-quatre. Une année avait été rayée de sa mémoire. Il n'avait plus envie de lutter. Pour quoi? Pour qui? Pour cette mère qu'il avait rejetée et qui, peut-être, était morte aujourd'hui? Pour ce parti – le SED – qui avait fait de lui un fantôme? Pour ces idées dont il avait cru qu'elles contribueraient à construire un monde plus juste, plus heureux, et auxquelles aujourd'hui il ne pouvait plus croire? Rien ne le rattachait plus à la vie que le souffle tiède du printemps.

Quand les deux kapos surgirent, Heinz les entendit à peine. Le menaçant de leurs armes, ils se mirent à hurler d'une même voix haineuse :

— *Aufstehen ! Schnell !*

Heinz Hessler ne bougeait pas. Il avait fermé les yeux, mais il voyait pourtant toujours les feuilles du bouleau frissonner devant lui. Il sentit des coups de bottes contre ses jambes, ses côtes, mais il gardait les yeux clos. La rafale de mitraillette le surprit à peine. Il venait d'achever sa vie en revoyant enfin un nom sur un panneau routier, dans un coin reculé de la France, au cœur d'un peuplement de grands arbres, d'hommes et de femmes généreux : Saint-Vincent-La-Forêt.

En s'éveillant, ce matin de juillet, Pierre regarda l'aube du haut pays s'infiltrer entre les volets clos. A l'instant d'ouvrir les yeux, il s'était cru encore à Paris, dans sa petite chambre sous les toits, puis la réalité lui était revenue à l'esprit : son voyage de Paris à Tulle la veille, et le départ pour Puyloubiers l'après-midi même en compagnie de son père. Jacques s'y trouvait depuis trois jours pour aider Robert; quant à sa mère, Mathilde, elle ne viendrait pas avant une semaine. Elle avait à faire dans le cadre de son activité de présidente de l'association de Planning familial. D'ailleurs, elle n'avait jamais aimé Puyloubiers, son éloignement, la façon ancestrale – routinière, disait-elle – dont on vivait encore là-haut, et elle avait pris goût à la vie en ville, où elle pouvait enfin exercer des responsabilités conformes à ses convictions.

Elle avait eu le temps de se réjouir des succès de son fils aîné, la veille, pendant le repas de midi. Les deux années de mathématiques supérieures et de mathématiques spéciales effectuées à Louis-le-Grand avaient permis à Pierre de se présenter au concours de l'Ecole centrale – on disait Centrale – et d'être reçu vingt-quatrième sur deux mille candidats. Ses qualités littéraires avaient joué autant que ses aptitudes scientifiques, le concours prenant en compte aussi bien les premières que les secondes. Ainsi, en trois ans, si tout se passait bien, il deviendrait l'un des ingénieurs les plus recherchés par les grandes entreprises, et il entamerait une carrière à la mesure de ses exceptionnelles qualités.

Pierre avait eu le temps, avant de partir, de se rendre rue Montgolfier, dans le troisième arrondissement, à côté du Conservatoire des arts et métiers, où se trouvait l'école prestigieuse qui lui avait ouvert ses portes. Il suffisait de se référer à la galerie de portraits des grands anciens pour mesurer le chemin parcouru depuis le collège : Blériot, Eiffel, Leclanché, Michelin, Peugeot, Schlumberger avaient fréquenté ces lieux prestigieux. Pierre était fier de son succès mais il était très fatigué par les nuits d'études. Il devait se reposer, tout oublier, avant de se remettre au travail à la rentrée. Voilà pourquoi il se trouvait à Puyloubiers, ce matin-là. Voilà pourquoi aussi sa mère, Mathilde, avait renoncé à lui demander de rester près d'elle à Tulle, ne fût-ce que quelques jours. Là-haut, il ne doutait pas de retrouver les forces nécessaires pour affronter dans les meilleures conditions l'année scolaire qui commencerait en septembre.

Il se leva dans la pénombre, ouvrit les volets. L'air vif du matin, auquel il n'était plus habitué, le surprit. Quelle heure pouvait-il être ? Il consulta sa montre : neuf heures. Cela faisait bien longtemps qu'il n'avait pas dormi jusqu'à neuf heures. Il avait en effet pris l'habitude de se lever chaque matin à cinq heures, ce qui ne le dispensait pas de se coucher tard : jamais avant minuit, en fait. Il savourait donc ce premier matin de vacances, seul dans la grande cuisine, en prenant son petit déjeuner, son père et son frère étant sortis depuis longtemps. Malgré lui, son esprit vagabondait vers Paris, et, chaque fois que son regard revenait se poser sur les objets de la maison, il s'en étonnait, n'étant pas encore accoutumé à ce nouvel univers.

Quand il eut fini, il sortit et s'assit sur le banc de bois qui se trouvait à droite de la porte. Partout autour du hameau la forêt d'un vert sombre paraissait s'élancer vers le ciel. Il n'y avait pas un bruit, pas même le chant d'un coq. Fermant un instant les yeux, Pierre songea à l'agitation joyeuse de la rue Mouffetard, à la place du Panthéon, sans parvenir à apprivoiser, à faire sien ce silence du haut pays. Il lui sembla, pour la première fois, qu'il y avait là quelque chose d'infranchissable, et il en fut surpris, vaguement malheureux, comme si cette fracture en annonçait une plus grave, dont il aurait à souffrir.

S'il était venu si vite à Puyloubiers, en effet, c'était parce qu'il avait hâte de retrouver celle qui lui écrivait, de temps en temps, et à laquelle il répondait avec la sincérité dont il avait toujours fait preuve. A Paris, il n'avait jamais vraiment regardé les filles – les femmes, non plus, au reste – qu'il côtoyait toujours hâtivement. Il ne pensait qu'au travail, même s'il était parvenu à se défaire de cette sorte de sentiment d'infériorité qui lui interdisait l'approche de l'une de ces créatures dont la grâce, le regard, l'assurance disaient à quel point elles se prétendaient inaccessibles. Deux ans avaient peu à peu fait de lui un Parisien, lui avaient donné la certitude d'être capable d'affronter un monde qui restait souvent insaisissable. Et cependant il demeurait persuadé qu'il devrait toujours montrer davantage d'aptitudes que ses camarades, du fait de sa condition, la vie qu'il avait menée en province ne l'ayant jamais préparé à d'aussi âpres combats.

Son véritable univers était là, autour de lui, du moins celui dans lequel il pouvait déceler une force, une vérité, une permanence qui lui étaient familières. Et pourtant, une nouvelle fois, il ressentait ce matin, par rapport à lui, une sorte de décalage qui le laissait songeur. Comment parviendrait-il à concilier une réussite, une carrière auxquelles il tenait, avec ce monde sans horizon et peut-être sans avenir ? Il lui sembla qu'il y avait là une incompatibilité majeure qui le meurtrit.

Pour lui échapper, il choisit la fuite et partit sur sa bicyclette vers le lieu secret où Christelle l'attendait. Ni l'un ni l'autre n'avaient oublié ; à deux kilomètres de Saint-Vincent, sur la route d'Ussel, un sentier sur la droite, près d'un énorme châtaignier, puis un kilomètre dans le bois, et, au fond d'une combe, une cabane de forestier, un lit de fougères, au cœur du monde, protégés par la forêt. Il lui avait annoncé son arrivée par lettre et lui avait donné rendez-vous pour le premier matin, le plus tôt possible. Elle l'attendait, c'était sûr. Il ne pensait plus qu'à cela en pédalant entre les grands arbres de la petite route que transperçait à peine le soleil. Il ne l'avait pas revue depuis six mois, car il n'avait pas pu rentrer à Pâques, ayant trop de travail pour préparer son concours.

On ne pouvait pas rouler sur le sentier où l'herbe et les fougères étaient trop hautes. Pierre poussait sa bicyclette d'une main, avançait le plus vite possible, courait presque, dans la pénombre des bois qui exaspérait le parfum de la mousse et des feuilles humides, dans la tiède douceur du matin.

Christelle se tenait devant la cabane, appuyée contre un des rondins de la porte d'entrée, la tête légèrement inclinée sur le côté, un peu boudeuse, comme à son habitude, ses cheveux bruns ramenés devant son visage. Il se précipita vers elle, la prit violemment dans ses bras. Ils tournoyèrent jusqu'au lit de fougères où ils tombèrent comme des oiseaux foudroyés, et, une fois encore, elle ne lui refusa rien, au contraire : elle consentit à tout ce qu'il voulait d'elle avec une sorte de désespoir, qu'il ne ressentit pas de prime abord, trop occupé qu'il était à redécouvrir le parfum de sa peau, les muscles de ses bras, de ses jambes, la vigueur de son corps tendu vers lui. Une fois de plus, elle lui fit cadeau de tout ce qu'elle possédait, sans calcul, sans appréhension, abandonnant pour quelques minutes les réserves où la conduisait parfois sa beauté farouche, et quelque chose de désespéré, dans lequel, souvent, elle se réfugiait sans recours.

Ensuite, ils restèrent de longues minutes sans parler. Elle avait posé sa tête sur sa poitrine, et il l'entendait respirer doucement, caressait ses cheveux. Au bout d'un moment, pourtant, elle se redressa, s'assit, et, sans le moindre sourire, demanda :

— Alors, tu es reçu ?

— Oui, dit-il. Centrale, tu te rends compte ?

Elle ne répondit pas, continua de le dévisager gravement.

— Qu'est-ce qu'il y a ? fit-il. Qu'est-ce qui ne va pas ?

Elle ne répondit pas davantage : il y avait toujours en elle ces moments de départs brusques, ces absences où il ne pouvait pas l'atteindre. Il s'assit à son tour, passa son bras droit autour de ses épaules, reprit :

— Dis-moi ce qui ne va pas. Qu'est-ce qui s'est passé ?

— On va se perdre, fit-elle brusquement.

— Comment ça, on va se perdre ?

— Plus le temps passe et plus tu t'éloignes de moi.

— Mais je suis là.

— Oui, bien sûr, mais ce concours, cette grande école et tout ce qui t'attend là-bas. Tu m'oublieras, c'est sûr.

— Allons, voyons, fit-il en la serrant contre lui. Tu sais bien que je ne t'oublierai jamais.

— Mais si, tu m'oublieras.

Elle répéta à mi-voix, avec un désespoir si sincère, si total qu'il en fut bouleversé :

— Tu m'oublieras, c'est obligé.

Tout le temps qu'ils passèrent ensemble, ce matin-là, il ne put, malgré ses efforts, effacer l'évidence de cette incompatibilité de destins. Même seul avec elle, au plus profond de la forêt, il devinait qu'il avait changé, que les deux ans passés à Paris avaient modifié la perception qu'il avait de ce monde à l'écart du monde. Et, bien que le cachant soigneusement, il en était aussi désespéré qu'elle, prenant conscience d'une sorte de manque, d'absence de bruits mais aussi de mots, de discussions passionnées, d'exercices flatteurs de l'esprit. Il en fut blessé intimement, comme s'il avait été coupable de trahison. Il y avait là, dans sa vie, aujourd'hui, quelque chose d'irrémédiable et, même s'il le refusait, il savait qu'il ne pouvait lutter contre. Il s'efforça, cependant, de rassurer Christelle, qui demeurait butée, non pas hostile mais rebelle, vraiment malheureuse, persuadée de l'avoir déjà perdu.

Pendant les jours qui suivirent ces retrouvailles, ils firent en sorte de reléguer loin d'eux la pensée que les vacances un jour s'achèveraient, mais chaque fois que Pierre la quittait, il songeait que peut-être, bientôt, malgré lui, il la quitterait définitivement. Alors il ne voyait même plus les grands arbres qui l'avaient toujours accompagné sur cette petite route du bonheur et c'était comme si elle le conduisait malgré lui vers ces pays inconnus où, dans son enfance, régnaient des ombres redoutables chaussées de bottes de sept lieues.

Ce mois de juillet 1966 rappelait délicieusement à Mathieu l'Algérie, l'arrivée des grosses chaleurs, le ciel immensément bleu, la ronde folle des hirondelles, le silence accablé qui tombait sur la terre au milieu du jour et ces soirées indéfiniment prolongées devant les seuils à attendre la nuit. Il aimait son nouveau coin de terre, s'en contentait. Marianne, elle, avait noué des relations plus suivies avec des familles de pieds-noirs installées en nombre dans les villages du Quercy, y compris à Cahors où Mathieu la conduisait quelquefois pour les courses. Lui-même n'aimait pas ressasser des souvenirs trop douloureux. Le passé, l'Algérie, Ab Daïa vivaient en lui, et il n'avait pas besoin de les entendre évoqués, souvent déformés, ou embellis, mais toujours différents des siens.

Son Algérie était trop ancienne, trop douloureuse, trop belle pour qu'il pût la partager avec d'autres. Marianne le déplorait mais Mathieu ne cédait pas. Chacun chez soi, c'était mieux ainsi.

D'autant que l'on n'était pas seul à Coustalet, puisqu'un garçon était né chez Martin et Claudine en février de l'année passée, un garçon prénommé Olivier, qui était aussitôt devenu la passion de Mathieu. Dès que le petit avait su marcher, il l'avait emmené sur les chemins du causse, lui tenant la main comme il l'avait si longtemps espéré, heureux de conduire ce petit homme sur ce qui deviendrait son domaine, un domaine que personne, ici, au moins, ne lui prendrait jamais. Ce petit ressemblait beaucoup à Victor, le fils disparu : il était brun, les cheveux et les yeux très noirs, comme lui, et cela troublait Mathieu qui, parfois, s'imaginait là-bas, à Ab Daïa, vingt ans plus tôt, tenant Victor ou Martin par la main. Il s'efforçait de croire qu'il ne s'était rien passé, qu'il se trouvait toujours en Algérie, qu'en tournant la tête il allait apercevoir l'Atlas blidéen assoupi dans la brume de chaleur, l'orangeraie, les vignes, la maison qu'il avait construite de ses mains.

— Tu dors ? demandait l'enfant.

— Non pas, disait Mathieu. Je rêve.

— Pas bon rêver, disait l'enfant.

— Allons ! Qu'est-ce que tu racontes ?

Mathieu n'aurait jamais avoué à quoi tenait cet attachement à ce petit-fils, mais il n'en concevait aucun scrupule. Et cependant Martin était vivant, lui, bien vivant, bien présent, et Mathieu était heureux de travailler près de lui, même si, à soixante-douze ans, ses propres forces avaient beaucoup diminué. C'était plutôt Claudine qui aidait Martin dans les vignes. C'était une jeune femme brune et sèche, énergique, courageuse et toujours pleine de respect pour ses beaux-parents.

Mathieu et Marianne n'avaient qu'à se louer de sa présence. Comme elle avait un frère qui devait reprendre la propriété familiale, elle s'était investie totalement dans sa nouvelle vie, sa famille, sa maisonnette et ses vignes au sujet desquelles Martin, avec les propriétaires voisins, avait entamé le combat d'un classement en AOC. Ils espéraient bien y parvenir le plus tôt possible, et vendre ainsi leur vin à meilleur prix, d'autant que le cahors avait toujours eu bonne réputation. C'était un vin qui possédait beaucoup de force, celle du calcaire chauffé au soleil, de la flamme, même, dont on retrouvait la délicieuse brûlure dans la bouche, et qui, ensuite, s'éteignait dans un velours fruité. Allons ! Ils avaient fait le bon choix en venant s'installer sur ces collines lotoises à partir desquelles commençait le Sud, ce Grand Sud qui finissait à la mer, et, au-delà, en Algérie.

Il était onze heures, ce matin-là, quand Mathieu ramena son petit-fils après leur promenade autour de la maison. Il but un demi-verre de vin coupé d'eau, puis il s'apprêta à sortir, annonça à sa femme qu'il allait à la cave soufrer des fûts.

— Avec une chaleur pareille, ça pourrait bien attendre, observa Marianne.

Il ne répondit pas. Le fait de ne pas pouvoir aider son fils et sa belle-fille comme il l'aurait voulu, déjà, irritait Mathieu. Si, en plus, il ne pouvait plus travailler à l'ombre, c'était à désespérer de tout. Il traversa la cour, poussa la porte de la remise, descendit à la cave qui se trouvait au sous-sol, creusée dans la pierre, et où régnait une délicieuse pénombre. Il aperçut un morceau de ficelle sur le sol en terre battue et se pencha pour la ramasser, comme il en avait pris l'habitude depuis que son isolement à Ab Daïa, au temps ou il avait construit sa maison, l'avait contraint à tirer profit de tout, du moindre objet, du moindre matériau.

A l'instant même où, courbé en deux, ses doigts touchèrent la ficelle, Mathieu sentit un étau d'une extrême violence se fermer sur le haut de sa poitrine, à trois doigts au-dessous de la glotte. La violence de la douleur lui arracha un gémissement, puis sa vue se brouilla, et il se laissa tomber sur le rocher en essayant d'avaler un air devenu rare. Il ne savait pas ce qui se passait. Il devinait seulement qu'il lui arrivait quelque chose de grave, quelque chose, en fait, qu'il avait toujours redouté, sachant bien qu'un jour il paierait la note d'une vie de travail et, souvent, de souffrances. La bouche grande ouverte, il cherchait à respirer sans trop accentuer la douleur de sa poitrine, puis il s'assit, le dos appuyé contre un fût, sans pouvoir essuyer la sueur qui coulait sur son front, sur ses joues, sur son cou. Il avait trouvé une position qui, au moins, lui permettait de respirer à peu près normalement. Il fallait patienter quelques minutes : la douleur disparaîtrait comme elle était venue. Mais bientôt sa vue se brouilla et il perdit conscience, roulant sur le côté, avec un gémissement qu'il n'entendit même pas.

Quand il reprit connaissance, beaucoup plus tard, il aperçut d'abord Marianne, puis Martin, enfin le médecin d'Espère qui rangeait une seringue dans sa sacoche.

— L'ambulance va arriver, dit-il, ne vous agitez pas.

— L'ambulance ? Quelle ambulance ?

— Vous avez fait un accident cardiaque. Je vous fais conduire à l'hôpital de Cahors.

Il voulut protester mais il n'en eut pas la force, car la douleur était encore là, un peu moins violente, mais encore terriblement présente. Pour ne plus rencontrer le regard angoissé de sa femme et de son fils, il ferma les yeux. Il lui sembla alors que, de nouveau, il perdait connaissance, mais quelque chose le reliait encore au monde des vivants.

— Le petit, murmura-t-il. Olivier.

— Il est là, dit une voix qui devait être celle de Marianne.

Mathieu en fut soulagé. Plus tard, il comprit qu'il se trouvait dans une voiture à cause des cahots qui réveillaient la douleur. Il parvint à ouvrir les yeux, aperçut quelques arbres, puis le ciel d'un bleu si intense qu'il se crut revenu en Algérie. Alors il referma les yeux, soulagé : il avait rêvé le cauchemar de la guerre et du départ sur le grand bateau blanc. Il roulait sur la route d'Ab Daïa et ne tarderait pas à apercevoir l'orangeraie dont les fruits formaient comme des flammes dans la nuit qui tombait.

Paule avait décidé de passer le mois d'août au château de Boissière. Elle avait senti le besoin de retrouver ces lieux où quelque chose de rare et de sacré continuait de vivre. Ballottée entre Paris, New York et le monde entier, elle avait découvert là un port, des repères qui l'assuraient de quelque rocher solide au milieu de son malêtre. Elle n'avait jamais connu son père qui avait été fusillé avant sa naissance, pour des raisons qu'elle n'avait jamais vraiment percées à jour. Elle avait besoin de peser le poids de son existence en vivant dans les lieux où s'étaient connus ses grands-parents maternels. C'était cela, en fait, le but principal de son séjour, même si le rachat de ce château tenait également à la nécessité qu'elle avait éprouvée d'accéder au souhait de sa grand-mère, de lui rendre définitivement ce vers quoi elle s'était dirigée à l'heure de mourir.

Paule avait aussi besoin de réfléchir. Majeure depuis le mois d'avril, elle se trouvait à l'heure du choix : allait-elle continuer à travailler pour sa mère, s'installer à son compte ou renoncer à ce métier dans lequel elle avait été élevée ? Elle ne savait pas. Elle était perdue. La vie qu'elle avait menée depuis un an ne l'avait pas aidée à voir clair en elle. Elle s'était mise à sortir tous les soirs avec un garçon prénommé Antoine, qui l'avait entraînée dans sa bande de jeunes désœuvrés soucieux seulement de brûler leur jeunesse, l'argent qui coulait à flots grâce à des parents occupés ailleurs, comme l'était la mère de Paule, exactement.

Là, au cours des nuits branchées de la rive gauche, Paule s'était mise à fumer, d'abord du cannabis, puis, poussée par Antoine, du haschich, et elle y avait pris goût. Dans cette errance légère et insouciante s'étaient provisoirement dissipés son mal de vivre, la quête de son identité, toutes les questions qu'elle se posait, elle à qui tout avait été donné dès sa naissance. Ces folles nuits durant lesquelles elle avait tenté de tout oublier s'étaient achevées le matin où, en se réveillant, elle avait aperçu une seringue sur la table de nuit. Alors elle avait eu peur, très peur. Elle avait aussitôt tenté de couper les ponts avec Antoine, mais il ne l'avait pas lâchée. Pour lui échapper, elle s'était enfuie au château, toute seule, afin de faire le point sur elle-même, sur sa vie devenue folle.

Les premiers jours avaient été très difficiles. Elle s'était rapprochée de ses cousins de Puyloubiers qui, par leur façon de vivre, leur calme, leurs certitudes, l'avaient rassurée. Elle avait marché dans la forêt, travaillé de ses mains dans le parc du château à qui un jardinier de Saint-Vincent avait redonné un aspect presque agréable. Depuis un an, la toiture avait été réparée et toutes les fermetures remplacées. Seul l'intérieur avait aujourd'hui besoin d'aménagements. Paule s'était installée au rez-de-chaussée, dans l'aile droite, utilisant les quelques pièces qui avaient été occupées par les anciens gardiens et étaient donc demeurées en meilleur état. Elle avait entrepris des travaux de peinture au premier étage et s'était rendu compte qu'elle aimait le travail manuel. La première pièce achevée, elle était passée à une autre, dérangée seulement par les artisans convoqués par téléphone pour des travaux qu'ils effectueraient à partir de septembre. Ils se montraient étonnés de trouver là, seule, une jeune fille, mais ils savaient qui elle était et n'ignoraient pas qu'ils seraient payés rubis sur l'ongle, ce qui n'était pas toujours le cas sur d'autres chantiers.

Quand elle eut repeint deux pièces, elle trouva une vieille commode du XVIIIe en très mauvais état et elle entreprit de la restaurer. Elle se rendit à Ussel où elle acheta de la colle, du mastic, une petite scie à bois, de la teinture, et se passionna pour cette tâche qui lui donna l'impression de faire revivre quelque chose et non plus de se consacrer au commerce d'objets de valeur. Dès lors, elle se sentit mieux et se lança dans un autre combat, dont elle savait, pour s'être renseignée à Paris, qu'il ne serait pas le plus facile.

Quand elle révéla au maire de Saint-Vincent qu'elle désirait faire inhumer le corps de sa grand-mère dans le parc du château de Boissière, celui-ci leva les bras au ciel en protestant que l'on n'était plus au siècle dernier, que les privilèges des grands propriétaires fonciers avaient disparu, qu'il y avait des lois très précises aujourd'hui pour les sépultures, et que tout le monde devait s'y soumettre.

— Même si j'étais d'accord avec vous, conclut le vieil homme, un agriculteur à la retraite qui n'aimait pas être bousculé, je ne le pourrais pas : il me faudrait l'accord de la sous-préfecture.

— Eh bien, je vais aller le leur demander, fit Paule, bien décidée à ne pas en rester là.

Elle ne put obtenir de rendez-vous avec le sous-préfet d'Ussel, mais en obtint un avec son secrétaire général, qui lui laissa peu d'espoir :

— Faites une demande écrite et nous l'instruirons.

— Quand ?

— Dès que nous le pourrons. Vous savez, nous avons à traiter des problèmes plus urgents. Et puis il nous faut l'accord de la Direction de l'Action Sanitaire et Sociale, de l'Equipement, bref de tous les services de l'Etat.

— Ce sera long ?

— Un an, peut-être, mais rien ne dit que votre demande aboutira : un seul avis défavorable et monsieur le sous-préfet ne pourra pas passer outre.

— J'attendrai, dit Paule, mais je reviendrai dans un an.

Elle repartit furieuse, mais tout autant déterminée. Pour passer sa colère, elle rendit visite à son oncle Mathieu dont Charles, son cousin instituteur, lui avait dit qu'il avait été victime d'un infarctus, et, comme chaque fois qu'elle se rapprochait de sa famille, elle se sentit mieux. Mathieu était le frère de Lucie, cette grand-mère à laquelle elle s'était tellement attachée. Elle la retrouva à travers lui et en fut bouleversée. Il avait des expressions du visage, des regards, une façon de parler, aussi, très lente, qui étaient semblables à ceux de sa sœur, et pourtant ils avaient mené des vies très différentes. Il y avait là une sorte de permanence, d'identité profonde qui émouvaient Paule, comme chaque fois qu'elle les constatait. Près des siens, en ces lieux, il lui semblait comprendre qui elle était et quel sens elle devait donner à sa vie. Ce qui lui apparaissait de plus en plus évident au fil des jours, c'était qu'elle ne pouvait pas continuer à exercer une activité qu'elle n'avait pas choisie, profiter d'un argent qu'elle n'avait pas gagné. Sa vie, son métier, elle devait les construire elle-même, même si elle devait en payer le prix fort.

C'est ce qu'elle écrivit à sa mère en lui demandant de bien vouloir trouver une gérante pour la boutique de Paris. Aussi, à la fin du mois, quand Paule rentra avenue de Suffren, Elise, inquiète, l'y attendait.

— Qu'est-ce que tu comptes faire ? demanda-t-elle avec plus d'inquiétude que de colère.

— Je ne sais pas encore. Je sais seulement ce que je ne veux plus faire, répondit Paule.

— Quoi donc ?

— Je ne veux plus vendre de meubles, même s'ils sont magnifiques, même s'ils sont hors de prix.

— Et tu vivras de quoi en attendant de travailler ?

— Il me reste quelques économies.

— Pour combien de temps ?

— Le temps qu'il faudra.

Paule ajouta, après une hésitation :

— D'ailleurs je vais quitter ton appartement, louer une chambre à mon nom.

— Mais enfin qu'est-ce qui te prend ? Tout ce que j'ai fait jusqu'à aujourd'hui, c'est pour toi, pour que tu vives heureuse, je te l'ai déjà dit et je pensais que tu m'avais comprise.

— Justement, je vis bien, mais je ne suis pas heureuse.

Paule défia sa mère du regard, ajouta :

— Tu sais pourquoi ?

— Je suppose que tu vas me le dire.

— Parce que je n'ai pas décidé de ma vie. Depuis que je suis née tu penses pour moi, tu travailles pour moi, tu décides pour moi. Il y a pourtant quelque chose que tu ne peux faire pour moi : c'est vivre.

Elise considéra sa fille avec stupéfaction, puis elle baissa la tête. Elle effaça rapidement une larme au coin de ses paupières, se leva en disant :

— C'est entendu. Tu vas pouvoir vivre seule, comme tu le dis si bien, mais tu comprendras très vite que ce n'est pas aussi facile que tu le crois.

Elle ajouta après une hésitation, au moment de quitter la pièce :

— Ce jour-là, heureusement, je serai là.

L'été de cette année 1966 n'avait pas été très beau mais pluvieux, ce qui avait donné un prétexte à Mathilde pour ne pas passer trop de jours à Puyloubiers. D'ailleurs, si ce n'avait été la présence de Pierre là-bas, elle n'y serait sans doute pas allée tant elle avait à faire dans le cadre du Mouvement pour le planning familial. Une partie de son combat venait d'aboutir avec l'autorisation de la pilule contraceptive pour les femmes. Il fallait maintenant venir en aide à toutes celles qui en auraient besoin, en expliquant son fonctionnement et surtout le moyen de l'obtenir par une ordonnance médicale. Les plus concernées étaient les femmes des milieux défavorisés, souvent mères de familles nombreuses, mais aussi les jeunes filles qui n'osaient pas avouer à leur mère des relations trop poussées avec leurs amoureux. Pour celles-là, l'avortement demeurait un drame et un risque considérables. D'où le fait que Mathilde considérait que sa tâche n'était pas achevée : elle le serait seulement avec la légalisation de l'interruption de grossesse mais il restait un long chemin à parcourir, elle le savait.

A la fin août, elle reçut une convocation de l'inspecteur d'académie à laquelle elle se rendit en se demandant ce qu'il lui voulait. Elle avait obtenu un poste de directrice lors de la rentrée précédente et n'espérait plus rien sinon la possibilité de remplir au mieux sa mission. Tout en marchant vers le bâtiment de l'Inspection d'académie où avait été fixé le rendez-vous, elle se demandait en quoi allaient consister cette année encore les modifications de programme ou de méthodes décidées par les énarques du ministère. Une fois arrivée, elle s'étonna de se retrouver seule dans le hall, alors que d'ordinaire elle y rencontrait des collègues.

La secrétaire très digne et un rien compassée, qu'elle connaissait bien, ne la fit pas attendre. Elle l'introduisit avec une certaine gravité dans le bureau de l'inspecteur, un homme au visage aigu, aux cheveux gris portant de fines lunettes, qui devait approcher de la retraite. Il fit asseoir Mathilde qui, aussitôt, n'aima pas la façon dont il l'observa, comme si elle était coupable. Mais de quoi eût-elle pu être coupable ? Elle se le demanda quand l'inspecteur commença, après un soupir, d'une voix qui lui parut peinée plutôt qu'agressive :

— Je vous ai fait venir, madame Barthélémy, pour vous rappeler quelques principes essentiels de votre statut.

Mathilde ne voyait pas du tout où il voulait en venir.

— Comme vous ne l'ignorez pas, reprit l'inspecteur, les fonctionnaires de l'Etat sont soumis à une obligation de réserve.

— Je ne l'ignore pas, en effet, dit Mathilde, et je crois…

— Attendez, reprit l'inspecteur en la coupant aussitôt d'une voix contrariée : les fonctionnaires de l'Etat, dont vous êtes, n'est-ce pas, sont également soumis à l'obligation de se consacrer à leur fonction.

Mathilde commençait à comprendre et quelque chose d'infiniment douloureux se nouait en elle.

— Or il semble que vous ne respectiez ni l'une ni l'autre malgré la promotion dont vous avez bénéficié l'an passé.

— C'est-à-dire, monsieur l'inspecteur ? fit Mathilde glacée.

— C'est-à-dire que vous professez des idées contraires aux lois de la République dans le cadre d'une association qui est étrangère à votre fonction.

— Si c'est de la contraception que vous parlez, monsieur l'inspecteur, elle vient d'être légalisée.

— Je parle aussi de l'interruption de grossesse, autrement dit de l'avortement, que vous défendez, et dont je vous rappelle qu'il est puni par la loi de prison ferme aussi bien pour la personne qui en aura procuré les moyens que pour celle qui en aura... disons : bénéficié.

— C'est justement cela que nous voulons changer.

— En violant les obligations de votre statut, et de surcroît en donnant un exemple qui n'est pas celui qu'on attend d'une directrice d'établissement scolaire.

— Mon travail n'a jamais souffert des idées que je défends et...

— En contrevenant à vos obligations statutaires ! la coupa l'inspecteur en haussant brusquement la voix.

Il soupira, reprit :

— Aussi bien, en accord avec le ministère, j'ai décidé de vous infliger un blâme sans inscription au dossier, du moins dans un premier temps. Si vous ne comprenez pas le message que je suis chargé de vous transmettre aujourd'hui, il va de soi que les choses deviendront plus graves.

Mathilde ne répondit pas. Elle n'était que révolte et colère, mais elle tentait de ne pas prononcer les paroles définitives qu'elle sentait naître en elle. Ses yeux lançaient des éclairs. L'inspecteur s'en rendit compte, qui reprit d'une voix moins cassante :

— Ecoutez, madame Barthélémy, sincèrement, j'aurais beaucoup de peine à sanctionner plus gravement une directrice aussi remarquable que vous l'êtes. Mais vous ne pouvez en aucun cas défendre au grand jour des idées contraires à la loi. C'est impossible. Je reçois des plaintes chaque jour. Le ministère ne le tolérera plus. Je suis sûr que vous me comprenez.

— J'ai toujours cru que l'enseignement devait être source de progrès, fit Mathilde d'une voix sans concession.

— A condition de demeurer dans la légalité.

— Il n'y a pas d'autre moyen que d'en sortir pour faire évoluer les mentalités. Ça a toujours été le cas. Beaucoup ont payé cher pour que nous ne vivions plus dans des conditions rétrogrades ou moyenâgeuses.

— Je ne le contesterai pas, madame. Ce que je suis chargé de vous indiquer, c'est qu'en la matière il y a toujours un prix à payer. Il vous appartient de savoir si vous y êtes disposée ou pas.

— Ne doutez pas que j'y sois disposée.

— En ce cas, je ne pourrai plus rien pour vous, malgré l'estime que je vous porte, ainsi d'ailleurs qu'à votre mari. Sachez bien que j'ai dû user de mon autorité pour que la sanction souhaitée par le ministère ne soit pas purement et simplement une mise à pied.

Mathilde était devenue de glace. Ses mains tremblaient mais elle les serrait très fort pour ne pas se trahir.

— J'ai parfaitement compris, fit-elle. Est-ce tout ce que vous aviez à me dire, monsieur l'inspecteur ?

— C'est en effet tout pour le moment. Vous pouvez disposer. J'espère ne pas vous revoir de sitôt, sinon pour des motifs pédagogiques.

Mathilde se leva, ne fit aucun pas vers lui pour ne pas avoir à lui serrer la main. Elle se hâta de regagner sa voiture, se sentit un peu mieux une fois à l'air libre, mais ses mains tremblaient encore quand elle saisit le volant. Ce fut sans se rendre vraiment compte de ce qu'elle faisait qu'elle prit la route de Puyloubiers.

Dès la sortie de Tulle, elle montait abruptement vers le haut pays, à travers des arbres superbes qui commençaient à se teinter de rouille. Plus loin, sur le plateau, elle sinuait entre de mauvais prés couverts de joncs, des mares et des fermes closes sur elles-mêmes. Mathilde roulait vite, encore sous le coup de la colère, mais bien décidée à ne pas renoncer au combat dans lequel elle s'était engagée. A Ussel, elle prit à droite la route de Puyloubiers où Charles s'accordait encore quelques jours de vacances avant de redescendre. Elle y arriva vers midi et le trouva en train de faire la cuisine dans la petite maison qu'elle aimait si peu mais dont lui ne pouvait pas se passer. Elle lui expliqua aussitôt ce qui était arrivé, lui résuma les propos et les menaces de l'inspecteur, s'arrêta, la voix brisée. Une fois de plus, fidèle à l'attitude qu'il avait toujours montrée vis-à-vis d'elle, il ne lui mesura ni ses paroles de réconfort ni son soutien :

— Il y a sans doute une solution, dit-il après un bref instant de réflexion. Il suffit que tu ne sois plus présidente en titre de ton association. Tu pourras t'y impliquer d'autant plus que tu n'auras plus à t'occuper des problèmes de représentation à Paris ou ailleurs. On ne pourra plus te reprocher de ne pas te consacrer à ta fonction et du même coup, officiellement, tu satisferas à ton obligation de réserve.

Elle promit de réfléchir, accepta de ne retourner à Tulle que le lendemain, en sa compagnie, d'ailleurs, car il avait décidé de rentrer ce jour-là. Elle avait besoin de parler, de se justifier, car elle avait été beaucoup plus blessée qu'elle ne se l'avouait. Pendant l'après-midi, elle ne cessa de lui détailler l'entrevue avec l'inspecteur, au lieu d'essayer de l'oublier. Une fois encore, elle sentit Charles proche d'elle comme pendant la guerre, comme pendant les épreuves qu'ils avaient traversées. En s'enfonçant dans la forêt, ils retrouvèrent les sensations de cette époque où le danger était partout, du courage de leur jeunesse, de son parfum aussi, de sa force, et Mathilde comprit qu'elle demeurerait celle qui avait toujours été du côté du combat, non de la soumission.

Pierre était reparti fin août avec, dans la tête, les airs de musique qu'il écoutait au transistor avec Christelle dans leur refuge au cœur de la forêt, ces chansons populaires qui, chaque été, accompagnaient les amours de milliers d'adolescents. *Strangers in the night, Emmenez-moi* de

Charles Aznavour, la musique du film *Docteur Jivago* avaient bercé ces heures libres et heureuses qui venaient de s'achever sans la moindre transition, avec un désespoir de plus en plus affirmé de la part de Christelle qui était condamnée à demeurer à Saint-Vincent pour aider sa mère malade. Pierre avait promis de ne pas l'oublier. Il avait juré sur tout ce qu'il possédait de plus cher, et il était sincère. Mais l'autre monde, celui qu'il avait retrouvé sans véritable déplaisir, l'avait happé dès son arrivée, même s'il continuait de fredonner les refrains entendus là-haut, sous les grands arbres, de la bouche d'Aznavour : « Emmenez-moi au bout de la terre, emmenez-moi au pays des merveilles… »

Il avait retrouvé Bernard, qui, comme lui, avait été reçu à Centrale et habitait toujours rue des Arènes. Pierre n'avait pas quitté la rue du Pot-de-Fer où le loyer était en rapport avec ses moyens, même s'il n'était pas facile de se rendre en peu de temps dans le troisième arrondissement où se trouvait l'école prestigieuse à laquelle il venait d'accéder. Paris bruissait de l'agitation heureuse due aux retrouvailles d'après les vacances, quand tout paraît neuf, possible, et que l'on a encore dans les yeux, les oreilles, les images et les sons des périodes d'insouciance. Pierre prenait le bus le matin, mais rentrait à pied, parfois, le soir, en compagnie de Bernard, par l'île de la Cité et le pont de la Tournelle, commentant la journée, les changements considérables avec Louis-le-Grand.

A Centrale, en effet, la formation comprenait l'acquisition de compétences variées, un savoir étendu dans beaucoup de disciplines scientifiques, qui devaient garantir, plus tard, l'adaptabilité à des changements technologiques rapides. Ce n'était pas tout : elle nécessitait un fonds culturel solide, une bonne aisance en économie et en sciences humaines. Et c'est ce qui avait séduit

Pierre, qui avait toujours eu autant de goût pour les sciences que pour les autres matières plus théoriques, plus intellectuelles.

Par ailleurs, si les locaux étaient vétustes et mal adaptés, il régnait dans l'école un esprit de modernité étonnant, car elle était entièrement tournée vers l'industrie civile. De nouveaux bâtiments ultramodernes étaient en construction à Châtenay-Malabry où le déménagement était prévu dans un ou deux ans. Les enseignants étaient des personnalités éminentes, encore plus brillantes qu'à Louis-le-Grand, qui collaboraient toutes au développement de la science industrielle, dans le domaine de la recherche comme de la gestion des entreprises. Après trois années d'études, sortaient diplômés de cette grande école des ingénieurs « à la française », capables d'intégrer n'importe quelle entreprise européenne.

— Nous n'en sommes pas encore là, soupira Bernard, ce soir-là, en traversant le pont de la Tournelle.

— Mais nous y serons bientôt, répondit Pierre qui avait gagné en assurance, en maturité, et dont le sentiment d'infériorité avait diminué depuis deux ans, à mesure que ses capacités s'étaient exprimées vis-à-vis de ses camarades.

Il se sentait un peu moins exclu de ce monde élitiste, avait fait l'effort de s'y adapter, ne fût-ce qu'en adoptant ses tenues vestimentaires, son vocabulaire, ses attitudes. Il se sentait d'ailleurs plus à l'aise à Centrale qu'à Louis-le-Grand. Son comportement vis-à-vis des filles de sa promotion avait changé. Elles ne lui paraissaient plus lointaines, ni inaccessibles. S'il pensait beaucoup à Christelle, il se laissait aller malgré lui à une camaraderie, dont il savait pourtant qu'elle ne pouvait être innocente.

Il travaillait toujours énormément, se levait à cinq heures du matin, sortait très peu, si ce n'était une heure ou deux le dimanche après-midi, pour aller discuter avec Bernard dans un café de la rue Soufflot, que fréquentaient de nombreux étudiants. Les quais de la Seine n'étaient plus indispensables à la dissimulation de sa timidité. Son travail et ses qualités avaient renversé son complexe de provincial rebelle aux mœurs parisiennes. Il savait qu'il avait changé mais, en même temps, il se sentait soulagé de ne plus souffrir de sa gaucherie. Il vivait mieux, heureux, même, malgré ce qui le rattachait encore au pays de son enfance.

Un dimanche après-midi, précisément, alors qu'il discutait paisiblement avec Bernard dans le café d'où ils apercevaient le Panthéon, deux filles qu'ils avaient connues à Louis-le-Grand s'approchèrent, et Bernard les invita à s'asseoir à leur table. L'une s'appelait Edwige et l'autre Françoise. Elles riaient, paraissaient heureuses de ces retrouvailles, alors que l'an passé elles ne leur avaient guère accordé d'attention. Edwige, une blonde réservée au genre slave, expliqua qu'elle étudiait le droit rue d'Assas ; Françoise, une rousse exubérante, les lettres à la Sorbonne. Eux-mêmes racontèrent leurs études à Centrale, et Pierre rentra plus tard, ce jour-là, dans sa petite chambre sous les toits. Il essaya alors d'écrire à Christelle mais n'y parvint pas. Les vacances, le haut pays, la forêt lui paraissaient trop loin.

Le dimanche suivant, les deux filles les retrouvèrent comme par hasard, ou plutôt naturellement, puisqu'elles avaient dans ce café leurs habitudes, étant étudiantes à deux pas. Toutes deux habitaient ensemble boulevard Saint-Michel, dans un appartement qui appartenait aux parents d'Edwige. Cette révélation provoqua quelques instants de malaise, car elle prouvait combien leurs conditions d'existence étaient différentes. Pourtant, Bernard ne refusa pas de le visiter quand Françoise le lui proposa avec un sourire qui n'avait rien d'énigmatique. Edwige, gênée, resta avec Pierre quand les deux autres s'éloignèrent. Il était clair qu'elles avaient fait leur choix, et ce choix aurait correspondu à celui de Pierre s'il avait dû en faire un. Autant la rousse était expansive, autant Edwige se montrait réservée, timide, même, au point que Pierre se demanda comment elles pouvaient cohabiter.

— Françoise est ma cousine, expliqua-t-elle, comme si elle avait deviné les questions qu'il se posait.

Elle avait des yeux de faïence, d'un bleu très clair, très doux, des cheveux blonds qu'elle portait longs sur les épaules, un front haut, lisse comme un galet, un nez fin et régulier, de belles lèvres sans le moindre fard. Pierre se souvint qu'il avait senti son regard sur lui furtivement, l'an passé, en se retournant brusquement, mais il s'était dit, alors, qu'il avait dû se tromper.

— Et toi, où habites-tu ? demanda-t-elle.

Elle baissa aussitôt les yeux, craignant qu'il ne se méprenne.

— Une chambre sordide, sous les toits, de la rue du Pot-de-Fer. Je m'en voudrais de te proposer de la visiter.

Il ajouta, craignant de l'avoir blessée :

— Un jour, peut-être.

— Bien sûr, fit-elle.

Il s'interrogea sur le sens de ces mots, crut deviner un trouble dans les yeux qui cillèrent, mais ne releva pas.

— Si on marchait un peu, proposa-t-elle.

— Si tu veux.

Ils descendirent la rue Soufflot, côte à côte, sans parler, tournèrent à droite dans la rue Saint-Jacques, d'où l'on apercevait très loin, tout en bas, le boulevard Saint-Germain, les quais de la Seine et, au-delà, le cœur de Paris. Edwige s'arrêta brusquement, murmura sans le regarder :

— J'ai longtemps rêvé de ce jour.

— C'est gentil, ça, dit-il en lui prenant le bras.

Il eut alors l'impression de tenir en son pouvoir, sa volonté, la ville immense qui s'étendait devant lui dans sa mystérieuse beauté.

16

Au début du mois de mai 1968, Charles Barthélémy n'avait pas bien mesuré la portée des événements qui venaient de conduire à la paralysie du pays. Ni l'agitation dans les lycées, ni celle des universités de Nanterre et de Caen, ni les manifestations d'avril et les barricades au quartier Latin ne lui avaient encore donné l'exacte mesure d'un mouvement qui allait embraser le pays pendant plusieurs semaines. Bientôt les ouvriers avaient rejoint les étudiants, les usines avaient fermé, les postes aussi, l'essence manquait, et l'on avait enfin compris en province qu'il se passait quelque chose de grave qui touchait aux fondements mêmes de la société. Les images des incendies et des batailles de rue aperçues à la télévision rendaient compte, maintenant chaque soir, d'un ébranlement dont on ne savait où ni comment il s'arrêterait.

A Tulle, les manifestations ouvrières et lycéennes parcouraient chaque jour, ou presque, les deux rues principales, bloquant la circulation, défiant ouvertement la force publique, contribuant à la paralysie de la vie quotidienne. Si Charles hésitait à se mêler à celles des syndicats d'enseignants, Mathilde, elle, défilait en tête des cortèges. Quelque chose le retenait dans cet élan un peu fou de ce si beau mois de mai et il cherchait en lui-même, ayant du mal à le définir, de quoi il s'agissait. En fait, il pensait à son père François, placé à douze ans, et qui avait mené sa vie à la force du poignet, s'était battu, avait lutté pour vivre mieux, mais seul, toujours, et sans se plaindre. Son existence avait été bien plus difficile, bien plus douloureuse que celle des étudiants ou des ouvriers d'aujourd'hui. Ainsi, une sorte de pudeur retenait Charles à l'instant d'aller manifester pour une vie meilleure, alors que la sienne était tellement plus belle que celle de son père et de sa mère.

— Ça n'a rien à voir, disait Mathilde auprès de qui il se justifiait malaisément. On ne peut pas comparer deux époques. Et puis ce n'est pas parce que les gens ont vécu malheureux qu'il faut accepter que cela continue. Ce sont là des idées qui ont contribué à maintenir en place des régimes totalitaires en Espagne ou ailleurs.

Certes, elle n'avait pas tort. Mais elle n'avait rien connu, elle, du combat quotidien des gens sans terre, de tous ceux qui ne savaient pas s'ils mangeraient le lendemain. Ses parents instituteurs avaient toujours eu un logement et un salaire pour vivre sans difficulté. Elle ignorait tout du pain mesuré, des frusques ravaudées, des pièces que l'on compte et que l'on recompte, le soir, sur la table de la cuisine. Elle avait toujours voulu peser sur les choses pour les faire changer, comme il aurait dû y contribuer, sans doute, si sa situation d'aujourd'hui ne lui avait pas donné la conviction de faire partie des privilégiés.

— Et les autres, disait Mathilde. Y penses-tu ?

— Oui, j'y pense, mais je ne suis pas sûr que brûler les voitures ou casser les vitrines aidera à ce qu'ils vivent mieux.

— Il y a vingt ans de cela, tu n'aurais pas tenu de tels propos.

— C'est vrai, concédait-il, sans doute as-tu raison, mais moi, je pense à mon père.

— Ton père est mort depuis longtemps.

— Si longtemps ?

— Douze ans. Le monde tourne. Les mœurs changent, et heureusement. Que crois-tu que font nos enfants ? Qu'ils restent à l'écart de ce qui se passe ?

— Tu as des nouvelles ?

— De Pierre, non, mais de Jacques, oui. Il est devenu responsable Force ouvrière et il occupe son usine.

— Et Pierre, à Paris ?

— Sa dernière lettre date du début du mois, tu le sais bien. Il n'était pas inquiet du tout, au contraire.

Charles ne répondait pas. Il demeurait suspendu à l'écoute des nouvelles à la radio, s'inquiétait des violences et des grèves alors que, dix ans plus tôt, il y aurait certainement participé. Il s'inquiétait aussi pour Pierre à Paris, redoutant qu'il ne perde une année, que son travail ne soit réduit à néant. Chaque matin, il descendait dans les salles de classe, s'asseyait au bureau, contemplait les bancs vides et réglait les affaires courantes comme il le pouvait, n'ayant plus aucun contact avec l'académie.

Un matin, trois représentants du Syndicat national des instituteurs – des collègues qu'il côtoyait chaque jour – vinrent lui demander les clefs des classes en lui annonçant qu'ils allaient occuper l'école.

— Prenez-les si vous voulez, répondit-il, mais ce n'est pas moi qui vous les donnerai.

Dès lors, il demeura dans l'appartement, regrettant de devoir économiser le peu d'essence qui lui restait et de ne pas pouvoir rejoindre Puyloubiers, comme il le faisait d'ordinaire le week-end, en cette saison.

Avec Mathilde, les rapports se tendirent sérieusement pour la première fois de leur vie. Elle sentait la victoire du grand combat de sa vie à portée de la main.

— Nos idées avancent, se réjouissait-elle. Après ce qui se passe, il ne nous faudra pas longtemps pour obtenir la légalisation de l'interruption de grossesse. Plus personne n'osera revenir en arrière. Comment peux-tu rester à l'écart d'un mouvement aussi chargé d'espoir ? Je ne te reconnais plus.

— Peut-être parce que je me suis battu quand le péril était bien plus grave, lui répondit-il un soir sans pouvoir dissimuler une pointe d'hostilité.

Elle en demeura stupéfaite, dit doucement :

— Charles, c'était il y a vingt-cinq ans.

— Peut-être, mais je ne suis pas sûr que ceux qui sont dans les rues aujourd'hui auraient eu le courage d'y aller à l'époque.

— Comment peux-tu dire une chose pareille ? Qu'est-ce qui te permet de penser que la jeunesse d'aujourd'hui ne vaut pas la nôtre ? Qu'elle aurait été incapable de montrer autant de courage que nous ?

— Peut-être parce qu'elle n'a pas été élevée de la même manière.

— Comment cela ?

— Tu sais bien ce que je veux dire.

— Non, je ne vois pas.

— Evidemment tu ne vois pas. Tu n'as jamais tenu une fourche ni les manches d'une charrue.

Elle s'approcha de lui, l'observa un instant, hésita à se montrer blessante, y renonça. Elle détourna la tête et sortit de la pièce, le laissant seul avec ses idées qu'il exprimait si mal mais que, pourtant, il ressentait intimement. Il avait, lui, défendu son pays contre un envahisseur, alors qu'aujourd'hui ceux qui occupaient la rue le mettaient en péril. Etait-ce le même combat ? N'y avait-il pas là une différence essentielle ? Et cependant Mathilde se battait comme elle s'était battue à l'époque. Charles cherchait à la comprendre, n'y parvenait pas. Il s'enfonçait dans une solitude qui le mettait mal à l'aise, le rendait honteux, parfois, ou plein de colère.

Il résolut d'aller voir son oncle Mathieu qu'il savait si proche de son père François, pour savoir ce qu'il pensait de tout cela. Au diable le rationnement de l'essence ! Il avait besoin de trouver ce qui, en lui, ne parvenait pas à adhérer à ce vent fou qui balayait le pays dans une tempête joyeuse.

Pierre avait été emporté, lui, à Paris, dès la nuit du 10 au 11 mai, dans la rue Gay-Lussac. Pris sur les barricades qu'ils avaient contribué à dresser, quatre manifestants avaient été condamnés à deux mois de prison ferme. Françoise, l'amie d'Edwige, avait été matraquée et avait dû rester deux jours à l'hôpital. Depuis, ces condamnations et la violence policière avaient soudé entre eux les étudiants parisiens, même ceux qui, comme Pierre, à Centrale ou ailleurs, n'étaient pas directement concernés par la suspension des cours ou la fermeture des écoles. Chaque soir des émeutes embrasaient le quartier Latin. Pierre avait vraiment mis le doigt dans l'engrenage et avait été pris par la folie insouciante d'une jeunesse prête à tout renverser.

Si, au début du mois, craignant de perdre une année, il avait gardé ses distances, il n'avait pu longtemps se soustraire à la tempête, ne serait-ce que pour ne pas laisser Edwige en danger. En deux ans, en effet, ils avaient fait du chemin ensemble, au point que, l'été précédent, il n'était même pas revenu à Puyloubiers. Il était devenu un Parisien et, dans les bras d'Edwige, avait tout oublié de là-bas, du parfum des forêts, de Christelle, même si, parfois, un serrement de cœur le surprenait à ce souvenir, un serrement de cœur qu'il refoulait très vite dans un passé devenu terriblement lointain depuis le début du mois.

Le 11 mai, rentrant d'Iran, Pompidou avait fait libérer les manifestants arrêtés. Le 13, la police avait évacué la Sorbonne que les étudiants avaient réinvestie aussitôt, de même que l'Odéon quelques jours plus tard. De Gaulle, de retour de Roumanie, avait lancé son verdict à la télévision : « La réforme oui, la chienlit non », mais il n'avait réussi à calmer ni la fureur étudiante ni les grèves qui s'étendaient maintenant à tout le pays. Le 22, Cohn-Bendit avait été expulsé, et les échauffourées, les batailles de rue étaient devenues quotidiennes.

Le soir du 23, Pierre se trouvait en compagnie d'Edwige, de Françoise et de Bernard à l'angle du boulevard Saint-Michel et du boulevard Saint-Germain, quand les manifestants, comme de coutume, s'en étaient pris aux rares voitures encore stationnées là. Peu après, ils avaient reflué vers la place Saint-Michel et allumé des feux, scandant des slogans, chantant *L'Internationale,* écoutant les discours des responsables étudiants, Sauvageot et Geismar en tête, qui réclamaient le retour de Cohn-Bendit.

Depuis le début des événements, l'agilité et le courage d'Edwige avaient beaucoup surpris Pierre. De même que sa détermination au sein d'un mouvement qui ne la concernait pas précisément, dans la mesure où elle était issue d'un milieu très favorisé. Mais il avait compris que la révolte étudiante était bien autre chose qu'une revendication matérielle. Elle était une explosion de désir de liberté en une époque qui vivait encore sur les structures morales de l'après-guerre, alors que l'essor économique les avait fait craquer. En somme, une mise à niveau exigée par une jeunesse qui avait été élevée sur d'autres valeurs que celles de ses parents et de ses dirigeants.

Tout le monde était devenu fou durant ce joyeux mois de mai. L'enthousiasme, la passion, l'insouciance emportaient cette jeunesse vers des rivages inconnus et donc d'autant plus beaux, d'autant plus désirés. Le monde ouvrier l'avait rejointe dans une contestation beaucoup moins innocente, mais tout aussi déterminée. Il faisait beau, il faisait chaud, et sous les pavés se trouvait la plage espérée des vacances prochaines. Plus personne, jamais, n'interdirait quoi que ce soit car il était devenu interdit d'interdire.

Pierre n'était pas dupe de tout cela, mais pour la première fois de sa vie, après avoir tant travaillé, si peu dormi, toujours respecté les règles, il découvrait le plaisir de se laisser aller, de se sentir emporté par un flot insouciant aux côtés d'Edwige, des jeunes filles et des jeunes gens rieurs et un peu incrédules de leur nouveau pouvoir qui hantaient les rues de Paris.

La nuit tombait quand une centaine d'excités s'en prirent aux camions des CRS qui, pourtant, s'efforçaient de se montrer discrets, dans les rues perpendiculaires. Ils leur lancèrent des pavés avec une violence et une adresse forgées au fil des émeutes quotidiennes. Très vite, des grenades lacrymogènes vinrent s'abattre sur la place, où les étudiants, harangués par les responsables, se mirent en marche vers l'Odéon par la rue Danton. Empêchés de passer par un cordon qui s'était senti menacé, ils refluèrent vers la place Saint-André-des-Arts, où la fumée piquait douloureusement les yeux. Pierre tenait fermement la main d'Edwige, qui cherchait toujours sa cousine Françoise du regard mais avait bien du mal à la suivre. C'était incroyable comme les filles se montraient intrépides – souvent plus que les garçons – au cours de ces soirées où le danger n'était pas négligeable au contact des forces de police.

Le flot des étudiants remontait maintenant le boulevard Saint-Michel et se scindait en deux à l'angle du boulevard Saint-Germain. Une vague prit la direction de la Sorbonne et l'autre, à droite, le boulevard vers l'Odéon. Ce fut le cas de Pierre et d'Edwige, qui devinaient, près d'eux, Bernard très inquiet pour Françoise dont la chevelure rousse apparaissait parfois en tête du cortège, puis disparaissait aussitôt. Ils furent entraînés par un flot qui quitta le boulevard pour gagner l'Odéon par la rue de l'Ecole-de-Médecine. L'avant-garde des étudiants attaqua les CRS à l'angle de la rue Dubois et de la rue Delavigne. La réplique fut d'une violence inouïe. Les CRS chargèrent à coups de matraque et de grenades, provoquant la débandade de la masse des étudiants qui, d'instinct, retournèrent vers le boulevard Saint-Michel pour se regrouper. L'accès en était coupé à l'angle des rues Racine et de l'Ecole-de-Médecine par deux escadrons de CRS. Les étudiants, pris au piège, tentèrent de s'échapper mais ils étaient trop nombreux pour passer.

Pierre courait en tirant Edwige par la main, mais celle-ci se retournait souvent et le gênait dans sa course. Bernard avait disparu, sans doute resté en arrière pour attendre Françoise. Avec la fumée, on n'y voyait presque rien. On entendait des cris et une sorte de martèlement sur le macadam, qui était celui des chaussures cloutées des CRS qui se rapprochaient. Rue Corneille, Edwige trébucha et tomba. Pierre tenta de la relever, mais elle se plaignait du genou. A peine se furent-ils appuyés contre le mur que la vague des CRS fondit sur eux, matraque à la main, et ils n'eurent que le temps de s'accroupir pour tenter d'échapper aux coups. Ils n'y réussirent pas, entrèrent la tête dans les épaules, mais éprouvèrent dans tout leur corps le choc terrifiant des matraques. Heureusement les CRS ne s'arrêtèrent pas et continuèrent de courir vers l'extrémité de la rue. Les épaules et le crâne douloureux, Pierre se releva, sentit quelque chose de chaud sur son front, y porta la main, vit le sang. Edwige, aussi, saignait, mais des lèvres. Il la prit par le bras, pesa à tout hasard sur une grande porte qui, miraculeusement, s'ouvrit sur une cour intérieure. D'autres étudiants, sonnés, profitèrent comme eux de l'aubaine.

La cour intérieure, pavée, donnait sur des escaliers en

colimaçon. Pierre et Edwige se traînèrent vers l'un d'entre eux et s'y réfugièrent. Ils tremblaient, non pas de douleur, mais de colère. Ils venaient de découvrir une violence qu'ils n'avaient pas soupçonnée jusqu'alors. La conscience confuse que quelque chose d'inoubliable venait d'arriver les toucha l'un et l'autre. Dans cette manifestation insouciante et joyeuse, l'une des parties ne jouait pas : elle se défendait d'autant plus férocement qu'elle se sentait en péril. Ils avaient cru à un jeu, mais ce n'en était pas un.

Pierre avait pris Edwige par les épaules et la serrait contre lui. Elle ne pleurait pas, mais elle était très pâle. Elle eut une nausée qui la fit vomir, et Pierre eut l'impression qu'elle perdait connaissance. Il l'appuya contre le mur, monta jusqu'au palier, sonna à une porte qui ne s'ouvrit pas. Il sonna alors à la porte d'en face, que tira une vieille dame élégamment vêtue.

— Mon amie est blessée, dit Pierre.

— Eh bien, allez la chercher, jeune homme, dit-elle.

Il se hâta de redescendre et soutint Edwige jusqu'au premier étage.

— Ah, jeunesse, jeunesse ! fit la vieille dame en versant un doigt d'alcool dans un verre.

Puis elle le tendit à Edwige qui se remettait difficilement, sur le canapé vert. La vieille dame avait des yeux très bleus, très pâles, une robe de chambre couleur du ciel de ce mois de mai.

— Merci, dit Pierre, merci beaucoup. Nous partirons dès qu'elle sera remise.

— Il ferait beau voir que vous partiez si vite, dit-elle. Pour une fois que des jeunes gens entrent dans ma maison !

Elle s'assit dans un fauteuil face au canapé, sourit et, d'un air extasié, les yeux brillants, demanda :

— Jeune homme, s'il vous plaît, racontez-moi !

A cinq cents kilomètres de là, Jacques Barthélémy, le frère de Pierre, faisait partie de l'équipe de permanence, à Tulle, dans le hall de son usine occupée. Il y avait là des représentants des trois syndicats de l'entreprise : ceux de la CGT, ceux de Force ouvrière et ceux de la CFDT. Lui-même avait accepté la charge de secrétaire général adjoint du syndicat Force ouvrière, qu'il avait rejoint dès les premiers mois de son entrée dans la SOCAVIM, une entreprise de fabrication de pièces détachées, sous-traitante de la Régie Renault. Il y était entré comme agent de maîtrise malgré son jeune âge, grâce à sa formation aussi bien théorique que pratique au lycée professionnel, en attendant de partir au service militaire à l'automne.

Malgré le statut très favorable que lui conférait cette formation, il n'avait pas hésité à s'engager dans le combat syndical, rejoignant d'instinct le camp des ouvriers plutôt que celui des cadres, comme s'il y avait pensé depuis toujours. Sous une solidarité de façade, des rivalités opposaient les différents syndicats, notamment la CGT et Force ouvrière. La scission n'avait jamais été oubliée entre les deux formations, qu'une longue histoire, en France, en Espagne ou ailleurs, n'avait fait qu'exacerber. Ce que les gens de Force ouvrière reprochaient le plus aux cégétistes, c'était leur inféodation au parti communiste. Cela depuis toujours, et aujourd'hui plus que jamais.

Depuis que le mouvement étudiant avait mis le feu au pays, le parti communiste, comme les autres partis de gauche, au reste, avait vite compris que c'était une occasion unique de prendre le pouvoir. Ils poussaient derrière les syndicats, persuadés, depuis l'annonce d'un référendum faite par de Gaulle le 24 mai, que le fruit était mûr pour tomber de l'arbre. On était le 27 mai. La question était de savoir s'il fallait ou non accepter le protocole de Grenelle issu des premières négociations entre le gouvernement et le monde ouvrier. Force ouvrière était plutôt pour, mais la CGT était contre et faisait campagne dans ce but à Paris, chez Renault et chez Citroën. Le résultat du vote était imminent.

On attendait également des nouvelles du meeting du stade Charléty, où les ténors de la gauche devaient prendre la parole. Les postes de radio marchaient sans discontinuer, les flashs apportant des nouvelles toutes les demi-heures. Quand la porte du hall s'ouvrit, ce soir-là, le secrétaire de la CGT avait le sourire : à Paris, le protocole de Grenelle avait été rejeté.

— On les tient ! lança-t-il à la cantonade. Cette fois ils sont foutus.

Jacques, lui, était partagé, mais plutôt pour la poursuite du mouvement. Aussi ne fut-il pas déçu par la nouvelle, au contraire. Il comprit que la lutte serait longue et il songea à reprendre des forces en montant à Puyloubiers, dès le lendemain, puisqu'il n'était pas de permanence et qu'il n'y avait pas de manifestation prévue. C'est d'ailleurs pour la proximité du hameau qu'il avait cherché du travail à Tulle plutôt qu'à Brive où les débouchés étaient plus nombreux. Et il s'en félicitait aujourd'hui, car s'il n'avait plus d'essence, trois heures de bicyclette pour monter à Puyloubiers ne lui faisaient pas peur.

Il n'avait rien oublié, en effet, de sa passion pour ce haut pays où il avait passé le meilleur de son enfance. S'il avait cédé à ses parents et était entré dans un lycée technique au lieu de devenir agriculteur, il le regrettait aujourd'hui, même si la solidarité du monde du travail lui semblait plus agréable à vivre que l'isolement des paysans attachés à une terre ingrate, dans un haut pays où les Noëls étaient toujours blancs et les conditions d'existence toujours aussi âpres.

Mais il y avait désormais autre chose qui l'attirait là-haut : une jeune fille qui s'appelait Christelle et qu'il avait consolée, l'été dernier, d'avoir perdu son amour d'adolescence. Cela s'était fait simplement, car elle était venue aux nouvelles au hameau depuis Saint-Vincent, et Jacques l'avait raccompagnée souvent, ne pouvant assister sans agir à ce désespoir causé par son propre frère. Ainsi, ils s'étaient rapprochés, sans franchir toutefois la barrière que dressait entre eux une blessure trop récente. Il avait décidé de laisser le temps faire son œuvre, persuadé qu'elle oublierait Pierre un jour, comme se perdent dans le souvenir des images ou des lieux que l'on ne revoit pas assez souvent. Et il serait là, lui qui n'avait jamais avoué à personne combien il avait souffert de voir Christelle se rapprocher de son frère, alors qu'il en était amoureux depuis toujours.

Les longues côtes de la route, ce matin-là, ne pesaient guère dans ses jambes, tandis qu'il pédalait seul entre les arbres luisants de la rosée de la nuit. Il lui semblait qu'il était seul au monde, un monde qui ne changeait pas, cependant que plus bas, dans les villes, un ébranlement gigantesque secouait la société des hommes. Le printemps aussi était le même que celui des années précédentes, comme si toute cette agitation n'avait ici aucune incidence, à part l'absence de voiture, mais justement : cette permanence inébranlable avait à voir avec une certaine vérité du monde, Jacques le devinait. Ici, le ciel, les arbres donnaient aux manifestations de rue une sorte de vanité dérisoire. Jacques pensa à l'usine, aux discours, aux slogans, et l'image d'une fourmilière lui vint à l'esprit. C'était comme si un pied d'ogre avait frappé la fourmilière. Ici, régnaient le silence et une paix immémorialc. Jacques avait toujours su que, pour lui, le dilemme de la vie se poserait en ces termes : le calme du haut pays, son âpre solitude ou l'agitation de la société des hommes. Aujourd'hui il ne l'avait toujours pas résolu, du moins définitivement. Chaque fois qu'il remontait là-haut une délicieuse étreinte lui serrait le cœur. C'était comme s'il rentrait à la maison.

Il arriva à Puyloubiers en fin de matinée, déjeuna avec Odile et Robert qu'il aidait toujours, en été, à l'occasion des gros travaux, puis il partit vers Saint-Vincent où il trouva Christelle en train de faire la vaisselle. Depuis que sa mère était morte, elle avait naturellement pris sa place. Elle tenait la maison et la boutique, vendant le pain délicieux que cuisait son père, la nuit. Celui-ci faisait la sieste. C'était un homme énorme, vêtu d'un éternel pantalon bleu et d'un maillot de corps blanc couvert de farine ; un colosse qui, malgré son isolement, son travail accaparant, devinait à quel point sa fille rêvait d'une autre vie. Comme toutes celles des villages, d'ailleurs, qui apercevaient à la télévision un monde d'autant plus merveilleux qu'elles s'en sentaient exclues. Elles étaient nombreuses à avoir trouvé un mari lors des courtes études qu'elles avaient pu faire à la ville et à n'être jamais revenues, sinon pour embrasser rapidement des parents vieillissants et repartir très vite, comme l'on fuit des fantômes qui risquent de vous retenir si vous n'y prenez garde. Il devinait, le brave homme, que la vie, désormais, avait glissé vers les plaines, les zones urbaines et qu'elle était, sur les hautes terres, d'une certaine façon, à plus ou moins longue échéance, condamnée. Il se sentait donc d'autant plus coupable de retenir sa fille près de lui et ne considérait pas d'un mauvais œil les visites de Jacques.

— Donne-moi deux ans, petite, lui disait-il, après je me débrouillerai.

Elle, elle sentait bien qu'elle avait perdu Pierre définitivement, mais elle ne pouvait encore se tourner vers d'autres bras. Elle y avait pensé, bien sûr, depuis l'été dernier, mais décidément non, la blessure était trop douloureuse. Quand Jacques lui expliqua, cet après-midi-là, qu'il était monté à bicyclette, elle ne voulut pas le croire.

— Depuis Tulle ? En vélo ?

— Oui, fit-il, je n'ai plus d'essence.

— Nous non plus, dit-elle, depuis huit jours mon père ne fait plus de tournées.

Elle réfléchit, demanda :

— Et combien de temps as-tu mis ?

— Un peu moins de trois heures.

Il sembla à Jacques que quelque chose s'était rallumé dans son regard, quelque chose – une lumière, un éclat – qui l'avait toujours troublé et qui s'était éteint depuis quelques mois. Ils discutèrent pendant plus d'une heure avec un ton de complicité nouveau, du moins voulut-il le croire. Il eut la conviction qu'elle aimait l'entendre parler de sa vie à Tulle, de toute cette agitation dont on était à l'écart, ici, à Saint-Vincent, qu'elle lui était reconnaissante de la lui faire partager. Quand ils se séparèrent, elle l'embrassa.

— Merci, lui dit-elle.

Et elle ajouta, furtivement :

— Il me faut encore un peu de temps.

— Bien sûr, fit-il. Ne t'inquiète pas : j'attendrai.

En repartant sur la route baignée de soleil, il ne sentait plus les pédales, d'autant que les descentes étaient maintenant plus nombreuses que les montées. Une ombre fraîche l'accompagnait, qui avait la douceur des pluies de printemps. Il chantait sur sa bicyclette, ne se souciait pas du tout de ce qui l'attendait en bas. Il allait reprendre sa place dans le combat engagé depuis le début du mois, mais il savait qu'en quelques heures il était devenu plus fort et qu'il ne faillirait pas.

Après que de Gaulle, soutenu par des manifestations enfin favorables, eut dissous l'Assemblée nationale et annoncé des élections, le mois de juin avait éteint l'incendie qui avait embrasé la France entière. Le 14, la police avait fait évacuer l'Odéon et la Sorbonne. Le 17, le travail avait repris chez Renault, le 20 chez Citroën et Peugeot. Les 23 et 29, les élections avaient provoqué un raz de marée gaulliste, sanctionnant les troubles du mois précédent et révélant le véritable souhait de stabilité et de sécurité des Français. Les vacances d'été démobilisèrent définitivement les contestataires encore étonnés d'avoir à ce point ébranlé le régime.

A Paris, toutes les boutiques du quartier Latin ayant été fermées, Paule, par désœuvrement, avait renoué avec ses anciennes relations qui s'étaient empressées de participer à la « révolution en marche », comme disait si bien Antoine, lequel désormais se déclarait bouddhiste, comme ses amis qui cherchaient dans le mouvement hippie un prolongement au vent fou du mois de mai. Elise, la mère de Paule, avait tenté de l'attirer vers les Etats-Unis le temps que la situation se calme, mais ce pays symbolisait tout ce que Paule détestait, c'est-à-dire le pouvoir de l'argent, ce que justement contestaient, combattaient les agitateurs de mai. C'est pour cette raison, essentiellement, qu'elle s'était rapprochée d'eux au lieu de s'enfuir au château de Boissière, comme elle l'avait fait une fois, et elle avait trouvé là une manière d'exprimer son rejet de la vie facile qu'elle avait menée, ou plutôt qu'on lui avait fait mener jusqu'alors.

Le vent de mai l'avait emportée elle aussi, mais beaucoup plus dangereusement que les autres. En effet, dans le cercle de son ami Antoine – lequel s'était laissé pousser la barbe et portait un collier de fleurs –, on fumait de la marijuana et il n'était question que de liberté, de monde sans argent, de paix et d'amour. *Peace and love* était désormais le mot de ralliement de toute une communauté basée à Rueil-Malmaison qu'avaient rejointe des Hollandais, des Danois et un Américain dont les dollars rendaient possible un approvisionnement sans limite en herbe et en nourriture.

Elle avait replongé dans la drogue et de ce fait oublié tout ce qui, jusqu'à ce jour, lui avait évité de sombrer : le souvenir de sa grand-mère, le château réhabilité avec soin mais qui, aujourd'hui, dans son esprit altéré, symbolisait tout ce qu'il fallait détester, le haut pays de Corrèze qui disparaissait dans une brume dont l'épaisseur avait fini par le lui dissimuler totalement. Elle rejetait d'autant plus cette image que, malgré ses efforts, elle n'avait pas réussi à faire transférer le corps de sa grand-mère dans le parc où elle était allée mourir. Elle en concevait un sentiment d'échec qui aggravait, pensait-elle, celui de sa vie. Pour toutes ces raisons, elle se laissait glisser sur une pente où elle risquait de se détruire, sans avoir la force de réagir.

Car tout le monde fumait, dans le pavillon de Rueil qui était entouré d'un immense jardin, et dont on ne savait à qui il appartenait vraiment. Tout le monde couchait avec tout le monde, et chacun rivalisait d'imagination pour décrire le monde futur qu'il fallait construire, puisque l'ancien avait été détruit, balayé comme il le méritait.

Il fallait d'abord puiser dans la philosophie hindoue. Là se trouvait la vérité : dans le détachement du monde, de la richesse, des valeurs occidentales. Il fallait remonter à la source de la spiritualité pour y prélever ce qui servirait à bâtir la vie nouvelle. Et la source, c'était Katmandou, au Népal, où était né et mort le Bouddha, et où il fallait aller, donc, pour y atteindre le nirvana, le détachement complet de ce monde inacceptable, qui n'avait jamais pu apporter aux vivants le bonheur.

Aussi Paule n'eut pas la moindre appréhension, pas le moindre doute, ce 10 juillet 1968, quand ils partirent à six, en direction de New Delhi, avec des billets d'avion achetés par John l'Américain. Après une escale à Bahreïn dans le golfe Persique et une à Bombay, ils arrivèrent à Delhi qui leur livra brutalement la réalité hindoue si différente des villes occidentales. Ils durent d'abord répondre à un questionnaire serré sur les motifs de leur séjour en Inde, devant un fonctionnaire hostile, bien décidé à ne faire aucun cadeau à ces étrangers fantasques et privilégiés qui accouraient vers le Népal comme vers un lieu sacré alors qu'il n'était que misère. Ensuite, passé le quartier des belles résidences, dont les maisons basses étaient abritées sous de grands arbres dans une luxuriance surprenante de fleurs, le taxi emprunta des rues où des silhouettes faméliques cherchaient l'ombre des murs avec la résignation endémique des hindous qui attendaient la pluie, tombaient comme des mouches sans le moindre cri, mourant de faim.

Dans la voiture surchauffée, Paule aperçut des yeux immenses qui la dévisageaient comme si elle était responsable de la maigreur effrayante des corps, et elle comprit qu'elle ne les oublierait jamais. Une vache sacrée empêcha le taxi de passer. Le chauffeur attendit patiemment qu'elle veuille bien bouger d'un mètre, alors que John menaçait de descendre pour lui botter les fesses. La canicule et la pauvreté semblaient exacerbées par les mouches que les enfants ne chassaient même plus de leurs visages. Sous les yeux de Paule, deux cadavres étaient allongés le long d'un mur et personne ne semblait s'en préoccuper. Le taxi n'avançait pas, ou à peine. A un moment donné, des mains se tendirent à l'intérieur et l'une d'entre elles agrippa le bras de Paule qui cria. Il fallut que les garçons l'aident à se délivrer. Malgré la chaleur accablante, elle dut refermer la vitre. Enfin, au bout de deux heures de route, ils arrivèrent à leur hôtel où ils restèrent confinés jusqu'au lendemain, encore sous le choc des scènes entrevues dans les rues, se demandant s'ils n'avaient pas rêvé.

Antoine et John s'empressèrent de redonner au Népal, à Katmandou, la splendeur spirituelle qu'ils avaient imaginée, et ils minimisèrent la misère aperçue, laquelle n'avait, pas plus que la richesse, la moindre importance. Il fallait vivre détaché de cette terre ingrate. Le bonheur était ailleurs : dans l'amour, la paix, le don de soi, l'élévation vers Bouddha.

Le lendemain, ils prirent le train en direction de Rampur, une ville située à proximité de la frontière du Népal qu'ils devaient rallier en car. C'était un train bondé, caniculaire, où les mêmes yeux noirs, grands ouverts, les dévisagèrent comme s'ils étaient des étrangers venus d'une autre planète, et toujours avec cette résignation qui faisait si mal à Paule alors qu'elle enthousiasmait Antoine sous ses colliers de fleurs. Un jour et une nuit de voyage dans ce convoi qui s'arrêtait continuellement les livrèrent à une ville dont la banlieue était recouverte de huttes où vivaient les parias, ces intouchables qui servaient d'esclaves à la caste dirigeante dans une acceptation effrayante de leur sort. Antoine loua aussi cette absence de révolte qui lui parut symboliser le summum du détachement humain. Paule, elle, eut terriblement peur de ces fantômes et, pour la première fois depuis son départ, une sorte de honte naquit en elle au spectacle de ces gens qui ne pouvaient que subir, souffrir dans le même temps où d'autres, en France et en Europe, vivaient si confortablement. Que venaient faire des privilégiés dans ces pays, alors qu'ils étaient incapables d'aider vraiment ces malheureux ? Elle fuma plus que de coutume, ce soir-là, et encore plus le lendemain matin, quand John annonça qu'ils devaient attendre ici qu'il reçoive de l'argent de son père, afin de prendre le car rouillé et bringuebalant qui devait les conduire à la frontière du Népal.

— Pas plus de huit jours, assura-t-il. Et puisque nous

avons du temps, profitons-en pour faire connaissance avec ce peuple admirable.

Paule partit avec Antoine vers les quartiers les plus riches et ils se mêlèrent à une foule hagarde au cœur de laquelle les hommes vêtus de blanc et les femmes en saris de toutes les couleurs les frôlaient sans les voir. Il y avait des mendiants partout, et une puanteur atroce régnait dans les rues surchauffées, envahies par les mouches.

C'est là, au milieu d'une population en proie aux pires déchéances, au cœur de cette misère douloureuse et insupportable, que s'éveilla en elle le refus. Là, à l'angle de deux rues commerçantes où des enfants en guenilles se battaient pour mendier à cet endroit stratégique, quelque chose de secret, au plus profond de Paule, se remit à vibrer. Quelque chose qui avait à voir avec le courage et le travail de ceux qui l'avaient précédée sur la Terre. Elle sut qu'elle n'irait pas à Katmandou, mais que, au contraire, l'argent promis par John lui servirait plus sûrement à prendre le chemin du retour.

En cette fin juillet 1968, Mathieu Barthélémy avait dû abandonner son idée de retourner en Algérie une dernière fois sur la tombe de son fils Victor. Il avait compris qu'il n'obtiendrait jamais de visa, que la Mitidja lui était pour toujours interdite, qu'il ne foulerait pas une dernière fois, avant de mourir, ce sol qu'il avait tant aimé. Car la mort approchait, il le savait très bien : depuis son infarctus, deux ans auparavant, il ne s'était jamais rétabli. Mais comment eût-il pu en être autrement ? A soixante-quatorze ans, après avoir tant travaillé, tant souffert à la guerre, après avoir perdu un fils, il était à bout de forces. Seule la présence d'Olivier, son petit-fils, lui apportait le peu de bonheur qui, désormais, lui suffisait. Encore avait-il la chance d'être entouré comme il l'était, alors qu'il ne pouvait plus travailler, ou à peine, de sa femme, de son fils Martin et de sa belle-fille qui, tous, se montraient aux petits soins pour lui. Mais travailler avait toujours été pour Mathieu une seconde nature. Or, au moindre geste, il était épuisé, sentait se réveiller dans sa poitrine cette douleur qu'il connaissait bien, et qu'il avait appris à apprivoiser.

Faute de pouvoir se rendre en Algérie, il demanda à Martin, un dimanche de juillet, de le conduire à Puyloubiers, comme pour accomplir un ultime pèlerinage au pays de son enfance. Il avait envie de revoir les forêts, la maison où il avait retrouvé François, son frère, si souvent, et Charles, son neveu, qui était venu le voir en mai, au moment des événements. Il savait qu'il existait entre eux une certaine connivence : ils portaient le même jugement sur les émeutes et sur les grèves. Toute cette agitation paraissait un peu dérisoire à qui travaillait de l'aube jusqu'à la nuit sans la moindre garantie de percevoir un salaire si la grêle ou la maladie s'abattaient sur les récoltes. Le monde paysan avait suivi le déroulement des événements avec un quant-à-soi sceptique : les revendications ouvrières n'étaient pas les siennes, celles des étudiants encore moins, sauf si un fils ou une fille avaient la chance de faire des études et dans ce cas, précisément, il ne fallait pas la gâcher. Bref ! le travail de la terre, lui, n'attendait pas. Et Charles, bien qu'instituteur, ne l'ignorait pas.

Martin et Mathieu partirent de bonne heure, ce dimanche-là, par la nationale 20 jusqu'à Brive, puis ils prirent la route de Tulle et d'Ussel qui lentement les hissa vers le haut pays. Chaque fois qu'il s'y rendait, Mathieu était étonné par le contraste entre le causse qu'il habitait et ces bois, ces pâtures, ces forêts d'un vert profond, même en été, qui semblaient souligner le ciel d'un bleu de myosotis, comme pour attirer le regard. Il se sentait heureux, ce matin-là, comme il ne l'avait pas été depuis longtemps : la fraîcheur de la matinée, sans doute, et cette palpitation de la verdure autour de la voiture, comme une invitation à se fondre avec elle, agissait secrètement en lui, avec une douceur oubliée. Après la canicule des derniers jours, Mathieu, ici, respirait mieux.

A Puyloubiers, il put marcher un peu avant le repas, entrer dans la maison où ils s'étaient retrouvés si souvent, après la Première Guerre notamment. Là, tout en buvant un verre de vin, il put revoir les ombres du passé : celle de Pauline, la mère d'Aloïse, et Aloïse elle-même, assise face à lui, à côté de François, quand elle avait failli perdre la raison, en 1918, avec ce vide effrayant dans ses yeux pourtant si beaux.

Ensuite, ils prirent leur repas de midi dans la maison de Charles et de Mathilde mais ils évitèrent de parler des événements. Avec l'été, le mois de mai paraissait loin, déjà, et ils s'étaient tout dit à ce sujet. Ils parlèrent de Pierre, qui avait décidé de rester à Paris pendant les vacances, de Jacques qui déjeunait aujourd'hui à Saint-Vincent, du vin de Cahors pour lequel Martin était persuadé d'obtenir une AOC rapidement. Ensuite, Mathieu eut besoin de s'allonger pour une sieste, comme il en avait pris l'habitude en Algérie, depuis qu'il se levait de très bonne heure. Pas longtemps : une petite demi-heure seulement, après quoi il manifesta le désir de repartir, car, dit-il à Charles, il voulait passer par le Pradel.

Martin prit la route de Bort, tourna à droite, ne tarda pas à trouver le chemin de la ferme où Mathieu avait vécu tant d'années avec François et Lucie, près de leurs parents morts dans le dénuement, presque dans la misère. Martin arrêta la voiture devant la cour de la maisonnette en ruine, et ils descendirent tous les deux pour en faire le tour, entre les orties, le chiendent et les bardanes. Le toit de la maisonnette s'était écroulé. Mathieu ne parlait pas. Il cherchait désespérément à revoir des images de son enfance mais elles le fuyaient : trop de temps s'était écoulé. Il comprit qu'il ne parviendrait pas à faire provision de ce qu'il était venu chercher ici et eut un moment d'accablement. Il ne reconnaissait plus rien, de la même manière qu'il ne se reconnaissait plus dans ce monde en train de naître depuis le mois de mai. Les hommes et les femmes ne vivraient plus jamais comme ils avaient vécu. Cette évidence, cette sensation le firent chanceler. Il observa la colline, pour savoir si la croix, là-haut, était encore là. Il lui sembla l'apercevoir, au carrefour de deux chemins, là où, le 1er janvier 1900, ils avaient, avec François, guetté les signes d'un monde nouveau. François était mort depuis longtemps, ainsi que Lucie, et leur père et leur mère aussi. Lui, Mathieu, était le dernier à pouvoir se souvenir de ce temps-là, de ces gens-là, qui ne savaient pas s'ils auraient du pain l'hiver prochain. « Tant mieux, se dit-il, ni mes enfants ni mes petits-enfants ne connaîtront cela », et, en même temps, il eut la sensation d'une trahison qui le poussa vers la colline.

— Tu ne vas pas monter là-haut ! s'indigna Martin.

— Si. Attends-moi là.

Martin soupira, mais retourna vers la voiture. Mathieu retrouva d'instinct l'ancien sentier, le suivit avec une sorte d'ivresse qui l'empêcha de sentir la fatigue, du moins durant les premiers mètres. Ensuite, la douleur dans sa poitrine augmenta au point de l'obliger à s'arrêter plusieurs fois. Pourtant, une fois en haut, ce fut comme une victoire sur lui-même et sur le temps. Il s'assit sur le socle de pierre et parvint à reprendre son souffle tout en observant les lointains comme il l'avait fait avec son frère le 1er janvier du siècle. Il ne distingua ni les sapins ni les bouleaux que François lui avait montrés à l'époque, là-bas, sur l'épaule ronde de la montagne.

— François, murmura-t-il, cette fois, il a vraiment changé, le monde.

Et il lui sembla sentir une présence près de lui au point qu'il tendit la main pour la toucher. Il tourna la tête, constata qu'il n'y avait rien, plus rien, et la douleur augmenta dans sa poitrine. Il resta encore de longues minutes assis sur le socle, un peu perdu, ne sachant plus guère où il se trouvait. L'appel de Martin, en bas, lui fit reprendre conscience de la réalité. Il se leva, et, après un dernier regard vers l'horizon, se mit à redescendre.

Le trajet de retour fut silencieux. D'ailleurs, depuis quelques mois, Mathieu parlait très peu. Très préoccupé par la douleur de sa poitrine qui ne le laissait pas en repos, il se préparait à ce qui l'attendait, qui approchait, il en était sûr. Il ne dormit pas de la nuit et Marianne, au matin, proposa de faire venir le docteur.

— Non, merci, ce n'est pas la peine, dit Mathieu.

Mais la douleur n'avait jamais été aussi forte. Après avoir déjeuné, quand tout le monde fut occupé, il partit vers les vignes sous un soleil implacable, avec une seule idée en tête : y arriver avant qu'il ne soit trop tard. En sueur, serrant les dents, il y parvint à grand-peine, et, aussitôt, se coucha entre les ceps comme il en avait pris l'habitude, à l'abri des regards, depuis deux ans, quand son angine de poitrine se réveillait et le faisait souffrir. Il se sentit alors un peu mieux, pensa à son fils Victor avec l'impression de s'être enfin rapproché de lui, puis la douleur, au lieu de régresser, enfla subitement. Il comprit que, ce matin, rien ne l'arrêterait. Quelques minutes plus tard, il eut la sensation qu'un grand soleil éclatait dans sa tête. Il connut un magnifique instant de bonheur en songeant que c'était non seulement le soleil de la Mitidja, mais aussi celui qui se levait là-bas, au Pradel, il y avait si longtemps, au-dessus des forêts éternelles.

Photocomposition C*MB* Graphic,
44800 Saint-Herblain

Aubin Imprimeur
LIGUGÉ, POITIERS

Achevé d'imprimer en août 2002
pour le compte de France Loisirs
123, bd de Grenelle, 75015 Paris

N° d'édition 37335 / N° d'impression L 63941
Dépôt légal, juillet 2002

Imprimé en France